KB043043

페어
Fair
플레이
Play

페어플레이

1판 1쇄 찍음 2016년 9월 5일
1판 1쇄 펴냄 2016년 9월 12일

지은이 | 피오렌티
펴낸이 | 고운숙
펴낸곳 | 봄 미디어

기획 · 편집 | 김민지, 김지우

출판등록 | 2014년 08월 25일 (제387-2014-000040호)
주소 | 경기도 부천시 원미구 소향로17, 304(두성프라자)
영업부 | 070-5015-0818 편집부 | 070-5015-0817 팩스 | 032-712-2815
E-mail | bommedia@naver.com
소식창 | http://blog.naver.com/bommedia

값 9,000원

ISBN 979-11-5810-245-6 03810

※파본은 구입하신 서점에서 교환하여 드립니다.

페어 Fair 플레이 Play

피오렌티 장편 소설

프롤로그 · 7

1화 · 9 2화 · 49

3화 · 85 4화 · 104

5화 · 127 6화 · 149

7화 · 174 8화 · 195

9화 · 214 10화 · 235

11화 · 254 12화 · 284

13화 · 308 14화 · 328 15화 · 359

에필로그 You are my Miracle · 369

※「」는 영어, 『』는 스와힐리어, “”는 한국어입니다.

프롤로그

제이는 그녀의 얼굴을 바라보지 않았다. 깜짝 놀랄 만큼 잘생긴 얼굴 위로 냉소적인 미소만 띠고 있을 뿐이었다. 리세는 왈칵 눈물이 쏟아지려는 걸 꾹 참고 다시 말했다. 용기란 용기는 죄다 쥐어짠 음성이었다.

"그럼 이거 하나만은 확실히 말해 줘. 왜 나와 결혼했어? 몰디브에서 이산그룹은 두 번째 이유고, 내가 첫 번째 목적이라고 했잖아. 무슨 의미인지 정확히 말해 줘."

날 좋아해서라고, 사랑해서라고 말해 줘. 지난 11년간 제이에게 무슨 일이 있었는지 몰라도 나에게 사랑을 느끼게 된 거라고 말해 줘, 제발.

제이는 리세의 속마음은 전혀 알지 못한 채 테이블에 올려

둔 두 손을 깍지 껴서 맞잡았다. 언제 봐도 피아니스트의 그것처럼 길고 아름다운 손가락이었다.

"너와 결혼해 세상에서 가장 불행한 여자로 만들어 주려고 했어. 이산그룹 이무현 회장의 무남독녀 외동딸 이리세를 말이야."

"……!"

"네가 불행한 걸 보는 게 내 삶의 목표야."

리세는 큰 충격을 받은 표정이었다. 테이블 아래 꼭 마주 잡은 손이 바들바들 떨렸다. 안색은 백지장처럼 창백하다 못해 시체처럼 바래 갔다. 제이는 그러거나 말거나 아랑곳 않고 계속 말을 이었다. 차분하고 단정한 음색이었다.

"어떻게든 네가 불행의 바닥까지 추락해 몸부림치는 걸 보고 난 다음, 그런 다음 널 놓아줄 거야."

제이든은 리세의 귀에 대고 달콤하게 속삭였다. 멀리서 누가 본다면 식사 중 달콤한 사랑의 밀어를 속삭이고 있다고 생각할 터였다.

1화

마르체바(Marceva)의 하늘은 눈이 시리도록 푸르고 맑았다. 2년 전, 아버지 이 회장 및 수행원들과 함께 다녀온 탄자니아의 잔지바르(Zanzibar)만큼이나 티끌 하나 없이 깨끗하고 청명한 창공이었다.

남아프리카 공화국과 국경을 마주한 모라비아(Moravia)의 수도 마르체바는 여러모로 잔지바르와 닮아 있었다. 스와힐리어를 쓴다는 점 외에도 문화적인 측면에서 탄자니아와 흡사했지만 특히 리세가 거주하는 부유층 타운은 유독 더 비슷했다.

더디긴 해도 꾸준히 개발되어 가는 마르체바는 하천을 중심으로 두 구역으로 나뉘어져 있었다. 작은 강을 한가운데 둔 두 마을은 극명한 대조를 이루었다. 강 위쪽에 위치한 빌리지는 눈부시게 흰 대리석과 돌로 만들어진 벽들로 가득 차 있었다. 벽 너머로 대저택의 꼭대기가 아스라이 보였다. 벽 위에는 360도 회전하는 보안 카메라가 쉴 틈 없이 움직이고 있었다.

"리세 아가씨, 창밖으로 몸을 내밀지 마세요. 위험합니다."

"네, 주의할게요."

열세 살의 소녀는 검은 양복을 입은 여자의 요청에 온순하게 답했다. 몸은 좌석에 다시 돌아와 있었지만 고개는 여전히 창 쪽으로 돌려진 채였다. 2년 만에 다시 돌아온 마르체바였다. 한국에서 겨울방학을 맞아 석 달간 아버지와 지내기 위한 방문이었다. 한국은 연일 폭설에 엄동설한이었으나 아프리카 대륙 최남단인 모라비아는 여전히 한여름이었다. 달력상 날짜만 겨울일 뿐 한국의 8월 날씨와 하등 다를 바가 없었다.

그럼에도 리세는 즐거웠다. 따가운 태양빛에 머리가 녹아버릴 것 같았지만 짜증은 전혀 나지 않았다. 마음속 한편에는 기대감도 조금 있었다. 아버지 이무현 회장 외에, 2년 만에 만나는 또 다른 존재에 대한 반가움과 설렘 때문이었다.

잠시 후 소녀를 태운 롤스로이스는 강 너머 호화 저택 중에서도 가장 크고 화려한 대문 안으로 들어섰다. 커다란 천사 세 명이 한데 모여 나팔을 불고 있는 커다란 청동 분수대에서 시원한 물이 듣기 좋은 소리를 내고 있었다.

"리세야!"

"아빠!"

소녀가 차에서 내리기가 무섭게 커다란 덩치의 신사가 아이를 향해 득달같이 달려왔다. 작년 여름, 이 회장이 부인의 제사를 위해 잠시 귀국했을 때 이후로 첫 조우였다. 부녀는 잠시 서로를 얼싸안고 볼에 입을 맞추며 근 반년만의 해후를 만끽했다.

"아빠! 얼굴이 지난번보다 많이 탔어요. 요즘 햇볕이 쨍쨍했나 봐. 그리고 살도 더 쪘어. 이 뱃살 좀 봐, 단추가 터지려고 해!"

"하하, 그래? 넌 얼굴이 더 하얘졌네? 그새 팔다리도 자란 것 같기도 하고…… 우리 리세는 입만 다물고 있으면 영락없이 인형이야! 오랜만에 와서 잔소리로 들들 볶으려고?"

말은 그렇게 하면서도 신사는 좀처럼 웃음을 거둬 가지 못했다. 그는 평소에는 온기 한 점 내비치지 않는 냉혹한 사업가였다. 하지만 아내를 여의고 단 하나 남은 혈육, 무남독녀 외동딸 리세에게는 자상하기 짝이 없는 아빠로 그야말로 딸바보가 따로 없었다.

리세는 겨울방학 동안 이 회장과 함께 지내며 초빙한 국제학교 교사들에게 영어와 불어, 피아노와 바이올린 레슨을 받을 계획이었다.

물론, 이 회장의 편의 아래 또래 친구들과도 해변가에서 수영하고 스노클링을 하는 등 즐거운 시간을 보낼 예정이기도 했다.

강 상류 쪽 부촌 안에는 이 회장의 이산그룹 외에도 모라비아 정부의 협력하에 일본과 중국, 유럽의 기업 오너 및 임원 가족들이 체류하고 있었다. 모라비아의 발전을 위해 각종 건물과 리조트, 호텔 등을 짓고 있어 편의를 봐주는 것이었다.

2년 전에도 리세의 인형처럼 예쁘고 깜찍한 용모와 예의 바른 품성은 모두의 관심과 사랑을 한 몸에 받은 바 있었다. 하지만 그때 리세와 진심으로 교감을 나누고 즐거운 시간을 보낸 아이는 따로 있었다. 어려서부터 금수저를 물고 태어나 버릇없고 특권 의식만 가득 찬 상류층 아이들이 아니라 강 하류 빈민촌에서 만난 한 남자아이였다.

『야, 제이! 아까 나 그 동양 계집애 봤어. 이산그룹 회장 집 은색 롤스로이스에 타고 있었어! 2년 전보다 더 예뻐지긴 했지만 분명히 그 계집애가 맞아. 겨울 동안 제 아버지랑 여기서 지내려고 돌아왔나 봐?』

『……함부로 계집애라 부르지 마.』

열다섯의 소년이 으르렁거리듯 말하자 한 살 더 많은 남자아이는 머쓱한 듯 뒷머리만 긁으며 저만치 사라졌다. 소년은 강의 하류, 해변가 구석에 자리한 수산 시장에 앉아 막 들어온 생선과 문어, 크랩 등을 손질하는 중이었다. 모래사장 위 더러운 천에 올려진 해산물들은 흙과 먼지로 뒤범벅되어 지저분했다. 위생 관념 따위 찾아볼 수 없는 문명과 상당히 동떨어진 모습이었다.

제이든은 백인과 동양, 아주 희미하게 중동 혈통까지 동시에 담고 있는 외모의 소유자였다. 방금 전 핀잔을 당하고 돌아선 남자를 포함해 시장 안 사람들은 아프리카계 특유의 구릿빛 피부가 대부분이었다. 백인이나 동양인들도 더러 보였지만 배낭 여행객이거나 가이드, 장을 보러 온 부촌 저택의 사용인들이었다. 제이든처럼 동양인인지 백인인지 중동인인지 한눈에 구별하기 모호한 외모는 어디에도 없었다.

그는 어딜 가나 모두의 시선을 사로잡았다. 단지 불분명한 혈통 때문만은 아니었다. 어릴 때부터 신비함을 띠고 있던 그의 얼굴은 열다섯 살, 청소년기에 접어들면서 그 미색을 더욱 강하게 발하였다.

햇빛에 탄 구릿빛 어깨에 벽돌처럼 단단한 가슴, 키는 이미 170을 웃돌았다. 그는 까마득히 멀리 보이는 호화 저택 끝자락을 눈에 담았다.

리세가 돌아왔구나.

그녀가 이번 겨울에 돌아올 것이란 사실은 이미 사전에 알고 있었다. 집에 컴퓨터는 없었지만 가끔씩 사용하는 도서관

내 컴퓨터로 이메일을 확인했다. 사실 그의 집에는 컴퓨터뿐 아니라 흔한 가전제품조차 없었다. 애초에 전기가 들어올 시설이 제대로 갖춰져 있지 않았다.

제이든은 그리 오래 상념에 잠겨 있을 수 없었다. 배낭 여행객으로 보이는 백인 여자 두 명이 다가와 그에게 알은체를 했다.

「안녕! 영어…… 할 줄 알죠? 그런데 여기 사는 현지인 맞아요? 아무리 봐도 아프리카 사람으로는 안 보이는데. 콕 집어 말한다면 남미 쪽?」

「여기 사는 사람 맞습니다. 아버지가 한국인, 어머니는 레바논과 남아프리카 공화국 사이 혼혈 백인이라 제가 국적 불명 얼굴이 된 겁니다. 뭘 사러 오셨어요?」

「어머, 그렇구나! 진짜 독특한 외모네요. 영어도 완벽하고. 어머니가 남아공에서 오셔서 그런가? 아니, 그런데 영어도 완벽한데 여기서 왜 이런 일을 하고 있어요?」

「…….」

제이든은 여자들의 도를 넘은 질문에 답하지 않았다. 여자들도 크게 개의치 않는 것 같았다.

두 여자의 눈은 제각기 반팔 셔츠 아래로 드러난 구릿빛 팔뚝과 우람한 어깨, 그 반대로 가늘고 고운 턱선을 가진 지독하게 섹시한 그의 하얀 얼굴에 집중되어 있었다. 종래에는 매처럼 날카로운 선을 그린 눈썹과 눈매, 오뚝한 콧날과 키스해 보고 싶어지는 입술 선에 고정되어 떠날 줄을 몰랐다. 남자는 머리부터 발끝까지 치명적인 섹시함, 그 자체였다. 하지만 어딘가 앳되고 풋풋해 보이는 분위기로 보아 10대일 가능성도 있어 보였다.

여자 중 하나가 은근히 목소리를 깔면서 그에게 뭔가를 내밀었다.

「우린 여행객인데 여기서 묵어요. 어딘지 알죠?」

그녀가 건넨 종이 위에는 부촌 쪽 고급 리조트호텔의 로고가 찍혀 있었다. 물론 제이든도 그곳이 어디인지 잘 알고 있었다.

「이건 내 명함이에요. 오늘 밤 우리 방에 놀러 오지 않을래요? 물론 사례는 있을 거예요. 우리 방은 504호.」

금발의 글래머 미인은 제이든에게 야릇한 미소를 지어 보였다. 미성년자면 어떠랴, 빈민촌에 사는 10대들은 마약과 술값을 위해 몸을 파는 것보다 더한 일에도 기꺼이 뛰어든다는 이야기를 들은 바 있었다.

제이든은 낡은 구형 휴대폰을 꺼내 어딘가로 전화를 걸었다. 연락이 잘 되지 않는다고 작년에 어머니가 얻어 온 중고폰이었다.

「라비, 화끈한 알바 안 할래? 유럽에서 오신 금발 미인 두 분이 오늘 밤 3p 하고 싶으시대. 마르체바 팜트리 부띠끄 리조트, 방 번호는…….」

「어머! 뭐하는 거야? 재수 없게…… 가자!」

얼굴이 생문어처럼 새빨갛게 달아오른 여자가 곁의 친구를 재촉하며 재빨리 그 현장을 떠났다. 제이든은 휴대폰을 내려놓고 저만치 멀어져 가는 두 유럽 여자의 뒷모습을 혐오감 어린 눈으로 노려보았다. 한두 번 있는 일도 아니었다.

심지어 남자들이 접근해 온 적도 몇 번 있었다. 어떤 기업의 CEO는 본인이 남색가임을 스스럼없이 밝히며 후원자가 되겠다고 노골적인 유혹을 해 오기도 했었다. 제이든은 그 어떤 유혹에도 넘어가지 않았다.

예전에는 흙바닥을 뒹구는 극빈한 생활이 지겨워 어느 돈 많고 나이 든 여자의 노리갯감이 되어 팔자 한번 고쳐 보자는 생각도 했었다. 처음 그런 생각을 한 것이 불과 열 살 때였다.

하지만 2년 전 리세를 만나고부터 마음을 고쳐먹었다. 그의 인생 목표는 보다 바람직하고 건전하며 정상적인 궤도로 방향을 틀게 되었다. 제이든은 아프리카 빈민 학생 후원 프로그램에 등록된 영국 교육부 산하 국제 학교의 특례생으로 입학한 극소수 현지 학생들 중 한 명이었다. 그는 열일곱 살에 국제 학교를 마치면 곧바로 영국 대학에 입학할 수 있도록 낮에는 수산 시장 일을 거들고 밤에는 공부에 매진하고 있었다.

어머니는 남아공 케이프타운의 호텔에서 숙식을 해결하며

일하고 있기에 수 년째 떨어져 살고 있었다. 젊은 시절 마약에 찌들고 방탕하게 살아 그녀가 호텔에서 버는 수입은 죄다 빚 탕감에 쓰였다.

그의 고단한 일상을 지탱해 주고 한 줄기 빛이 되어 주는 것은 오직 한 가지밖에 없었다. 리세와 한 달에 한 번 정도 주고받았던 이메일이었다. 마침, 타이밍도 완벽하게 휴대폰 벨 소리가 울려왔다. 오매불망 기다리고 있던 사람이었다.

—제이!

「리세.」

—잘 지냈어? 오늘 나이마 아주머니께 말해 놓을 테니까 별관으로 들어와.

제이든은 긍정의 답을 주고 통화를 끊었다. 가슴이 두근거렸다. 두근거리던 가슴은 이내 거친 심장박동으로 바뀌었다. 아무 부질없는 감정이었다. 10대 남자라면 누구든 가질 법한 치기 어린 감정놀음일 따름이었다.

따지고 보면 리세와 아무 관계도 아니었다. 둘 사이에는 그 어떤 미래도 없었다. 설령 계획대로 착착 일이 진행되어 그가 영국 대학교 장학생으로 국가적인 지원을 받아 영국 국적과 전문직을 갖게 된다 하더라도 무리였다.

리세는 뿌리부터 제이든과 다른 세계 사람이었다. 그녀는 대한민국 최고 부호 톱 10 안에 드는 이산그룹의 무남독녀 외동딸이었다. 제이든은 한국인 보좌관과 빈민촌 현지 여자

사이에서 나온 사생아였다.

그의 부친은 근무가 끝난 뒤 어머니를 떠났다. 그 뒤로 연락이 닿은 적은 한 번도 없었다. 가끔씩 마을 가게에 비치된 TV를 통해 뉴스를 접하거나, 부촌의 한인 저택과 주 모라비아 한국 대사관에서 아르바이트를 할 때 그 나라 문화와 정서에 대해 어깨 너머로 들은 적은 많았다. 그때마다 그는 얼굴도 이름도 모르는 친부에 대해서 생각하곤 했다.

하지만 2년 전 리세가 그의 세계로 걸어 들어온 이후로는 늘 그녀에 대한 상념뿐이었다. 상상 속에서 그는 리세와 다정한 오누이가 되기도 하고 다정한 연인이 되기도 했다. 결혼까지 상상의 나래를 펼쳐 본 적도 있었다. 하지만 그뿐이었다. 적어도 이 생에서는 이뤄질 수 없을 헛된 꿈이었다.

그가 듣기로 한국이나 일본 같은 동양에서는 상류층과 일반인 사이의 갭이 매우 크며 두 계층 간의 결혼도 극히 드물다 했다. 하물며 아프리카 빈민촌 흙바닥에서 살고 있는 최하층의 사생아는 더 말할 것도 없으리라. 하지만 그럼에도 좋았다. 단지 리세를 가까이에서 보고 서로 대화를 나눌 수 있다는 사실만으로도 행복했다.

리세가 이번 겨울을 이곳에서 지내고 나면 언제 다시 마르체바에 올지 가늠할 수 없었다. 리세 본인조차도 모를 터였다. 이무현 회장은 현재 절반쯤 완성된 거대한 리조트 타운이 완공되고 나면 한국으로 영구 귀국할 것이다. 그럼 리세가 마르체바에 올 일도 영영 없어지리라.

그 생각만 하면 가슴이 아프도록 조여들었다. 아직 일어나지 않은 미래의 일이나 상상하는 것만으로도 벌써 심장이 답답해지고 귀중한 보물을 손에서 놓쳐 버린 진한 상실감이 일었다.

하지만 뭘 할 수 있으랴. 허락된 운명이 거기까지인 것을. 그에게는 운명을 거스를 정도의 막강한 힘이 없었다.

제이든은 어전에 내놓은 해산물을 정리하고 어깨에 짊어졌다. 눈부시게 반짝이는 인도양의 푸른 물살이 눈을 시리게 만들었다.

그는 집으로 발걸음을 옮기며 2년 전 처음 리세와 만났던 순간을 떠올렸다.

2년 전, 리세는 열한 살이었다. 서울 국제 학교 4학년이라던 동양인 여자애는 까만 눈망울과 양 갈래로 땋았다가 하나로 합친 흑단 같은 머리칼이 예뻤다. 열세 살의 제이든이 처음 소녀를 본 것은 작은 다리 건너편에서였다.

마르체바 강은 말이 강이지 하천 정도로 좁고 작았다. 하지만 교각 다리 하나를 사이에 둔 두 세계는 그야말로 천지차이였다. 제이든이 살고 있는 강 하류 쪽은 현지인들이 모여 사는 작은 마을이었다. 다리 저편은 각 나라 대사관 및 기업 임원들이 모여 사는 초호화 저택들이 즐비하게 늘어서 있었다.

마치 약속이나 한 듯 사람들은 그곳을 하이 빌리지로 불렀다. 하이 클래스, 즉 상류층이 모여 사는 마을이란 뜻일 터였다.

다리 앞에는 경찰들이 눈처럼 새하얀 제복을 입고 24시간 삼엄한 경비를 펼치는 조그만 베이스캠프가 있었다. 국경 앞 검문 초소를 방불케 하는 분위기였다.

강 상류 부촌 쪽에서 현지인 마을로 넘어오는 것은 언제든 가능했으나 그 반대는 어려웠다. 마르체바 시 정부 산하의 경찰들이 현지인의 부촌 출입을 엄격하게 통제했기 때문이었다.

저택에서 일하는 현지인들은 어쩌다 한 번씩 휴가를 얻어 집으로 돌아가거나, 장을 보거나 심부름을 하기 위해 하루에 여러 번씩 오고 갔다.

다리 위가 가장 분주한 시간은 초저녁 5시 무렵이었다. 가정부나 요리사가 장을 본 뒤 주인 가족을 위한 저녁을 차려야 하기 때문이었다. 매일 이맘때 저택에서 일하는 사용인들이 제각기 심부름과 장을 보고 주인집으로 돌아가려 꽤 긴 줄을 이루고 서 있었다.

제이든은 수산 시장에서 조개 한 바구니를 날라다가 다리 위에 줄을 섰다. 저만치서 이산그룹 저택의 가정부 나이마가 한 소녀의 손을 잡고 다리 쪽으로 걸어오는 모습이 제이든의 눈에 들어왔다.

누구지? 저 인형 같은 여자앤.

나이마가 경찰 중 한 명에게 제이든 쪽을 가리켜 보이자 경찰은 건너오라는 손짓을 했다. 그는 조개가 가득 든 바구니를 한 손으로 번쩍 들어 올려 나이마와 소녀에게로 뛰듯이 걸었다. 팔이 빠질 정도의 무게였지만 소녀에게 온 시선이 쏠려 있어 무거운 줄도 몰랐다. 나이마는 수고했다며 팁까지 얹어 소년에게 내밀었다. 소년이 받아 들며 소녀 쪽을 빤히 보았다. 여자애는 방긋 웃으며 한 손을 흔들어 보였다.

「안녕! 영어 할 줄 아니?」

「응, 안녕.」

「난 리세야. 근데 너 참 특이하게 생겼다! 백인 같은데? 라틴계 같아, 저기 남미 있잖아. 멕시코나 아르헨티나, 칠레, 코스타리카. 거기서 왔어?」

「아가씨, 다음 사람이 기다립니다. 나이마, 아가씨 모시고 그만 가 봐요.」

재촉하는 경찰 때문에 제이든은 더 대화를 나눌 수 없었다. 그는 돈을 한 손에 챙겨 들고 도망치듯 다리 반대편으로 달렸다. 집까지 줄곧 달음박질쳤다. 심장이 터질 것 같았다. 너무 급하게 뛴 탓이라 생각했다.

하지만 그는 딱딱한 나무 침상 위에 누워 한참 동안 잠을 이루지 못했다. 간신히 잠이 들기까지 머릿속에는 까만 머리와 눈을 한 귀여운 동양 소녀가 가득 차 있었다.

제이든이 소녀를 다시 만난 것은 그로부터 며칠 뒤의 일이었다. 그는 나이마의 일용직 청탁을 받고 당당하게 이산그룹 회장 가족이 거주하는 화려한 저택 안으로 들어섰다. 물론 본관 쪽은 구경도 못 하고 정원 여기저기 점점이 흩어진 별관들 중 한 곳에만 들어갈 수 있었다. 본관 쪽은 경찰들이 경비를 선 채였다.

나이마가 있었기에 그나마 간단하게 검문이 끝났지, 만약 그 혼자 저택 안에 들어섰다면 어떤 일이 벌어졌을지 상상하기도 싫었다. 나이마는 20대 후반의 현지인 여자로 본래 성격이 온화하기도 했지만 특히 제이든을 친아들처럼 대해 주었다.

그녀는 미혼모로 현재 로우 빌리지 친정집에서 어머니가 어린 아들을 키워 주고 있었다. 작년에 강에서 수영하던 나이마의 아들이 익사할 뻔한 것을 제이든이 구해 주었다. 나이마에게 있어 제이든은 생명의 은인과 같았다.

『제이, 이리 와. 세탁기 돌아가는 걸 보다가 작동을 멈추면 뚜껑을 열고 옷을 다 꺼내. 그리고 옆의 기계 속에 집어넣어. 젖은 옷을 자동으로 말리게 하는 건조기야. 이 기계도 작동을 멈추면 옷을 다 꺼내서 바구니에 차곡차곡 단정히 개켜서 집어넣어. 어렵지 않지?』

『이게 말로만 듣던 세탁기랑 건조기란 거구나. 네, 알았어요.』

나이마는 제이든을 지하 세탁실에 홀로 두고 본관 건물 주방으로 돌아갔다. 제이든이라면 안심할 수 있었다. 어린 나이였지만 누구보다 영리한 아이였다.

사실, 그는 나이마가 지금까지 봐 온 아이들 중 가장 똑똑하고 눈치 빠른 소년이었다. 이런 곳에서 잡일을 시키기엔 아까울 정도였다. 그나마 내년부터는 영국 정부의 후원을 받아 정식으로 야간 국제 학교에서 공부할 수 있게 되어 다행일 따름이었다.

제이든은 나이마가 시킨 대로 옷들을 세탁기에서 옮겨 건조기에 말리는 데까지 마쳤을 때였다. 다음 옷들을 세탁기 안에 넣으려는데 뭔가 부스럭거리는 소리가 들렸다. 여자아이용 점퍼 안에 종이 한 장이 들어 있었다. 미처 꺼내 두지 못하고 넣어 둔 것 같았다. 제이든은 잠시 망설이다 세탁기가 돌아갈 동안 어차피 할 일이 없다는 것을 깨닫고 그 앞에 주저앉아 글을 읽었다.

영어 에세이 과제:주제—마르체바에 와서 느낀 점

로우 빌리지. 다들 강 아래쪽 마을을 이렇게 부르지만 저는 그렇게 부르지 않기로 했습니다. 대신, 현지인들이 사는 마을이란 뜻의 로컬 빌리지라 부를 것입니다. 로우(low)란 단어는 현지인들에 대한 우월감을 가지고 있는 것처럼 들려서 좋게 생각되지 않습니다. 옳지 않다는 생각이 듭니다.

또한, 하이 빌리지도 마찬가지입니다. 저는 이 마을을 포린 빌리지(foreign village), 즉 이방인의 마을이라 부르겠습니다.

로컬 빌리지에 살고 있는 아이들을 먼발치에서 본 적이 있습니다. 흙으로 만들어진 조그만 움막에서 열 명 정도 되는 대가족과 살고 있다고 나이마가 말한 적이 있었습니다. 아이들이 신발도 신지 않고 흙바닥을 뛰어다니는 모습이 행복해 보이면서도 너무 안쓰러웠습니다.

하지만 그들은 분명 행복할 것입니다. 제가 이렇게 동정과 연민을 느끼는 것조차 모욕이 될 수 있습니다. 스쳐 지나가는 타국의 이방인이 가지는 얕은 오만과 편견일 뿐일 것입니다. 그래도 가끔, 아주 가끔은 그 아이들의 눈에 비친 길 건너의 세상은 어떠했을지 궁금합니다.

강 하나만 건너면 이방인의 마을과 부유한 백인, 혹은 동양인 체류자들의 호화 주택이 있습니다. 해변가에도 부유층 관광객들을 위한 리조트와 별장들이 줄지어 늘어서 있습니다. 백인과 동양인 부자가 현지인의 시중을 받는 모습이나 뜨거운 햇살 아래 선탠하고 수영하며 사치스러운 망중한을 즐기는 이

곳을 보면서, 이 이방인의 점거지를 먼발치에서 바라보면서 아이들은 어떤 생각을 할까요? 강 하나를 사이에 둔 채 가끔은 이런 생각을 하지 않았을까요?

인형 같이 예쁜 금발 여자들과 키 크고 좋은 곳을 입은 백인, 혹은 동양인 남자들이 들락날락거리는 저 궁궐 같은 집 안은 어떤 세상일까? 내가 사는 여기와는 완전히 다른 세상이겠지?

이런 생각이 들어 저는 내내 마음이 편치 않았습니다. 제가 과거 아프리카를 점령했던 서구권 나라에서 온 백인은 아니지만, 그럼에도 불구하고 여전히 죄책감과 죄의식이 들었습니다. 저보다 더 어린아이들을 볼 때마다 그 마음은 더 커지곤 합니다.

비참하고 잔인한 노예의 역사를 거친, 자유롭다 말하는 지금 이 순간에도 부모가 돈 많은 백인 주인들의 시중을 충실히 드는 모습을 보면서 생계를 위한 소중한 직업이라고 말할 수 있을까요? 돈을 물처럼 쓰는 백인들 덕분에 그나마 일용할 양식이 생긴다는 것을 알면서도 가슴으로는 형용할 수 없는 분함을 느꼈습니다.

저보다 훨씬 더 예쁘고 투명한 눈을 한 여자아이들이 아직도 일부다처제의 사회 속에서 때로는 잔혹한 할례를 거치며 자유가 극도로 제한된 삶 속에 평생 갇혀 살아야 하는 사실이 마음 아팠습니다.

모라비아는 정말 제대로 개발의 길을 걷고 있다고 할 수 있을까요? 옳은 방향으로 나아가고 있을까요? 이방인을 위해서가 아니라 현지인들, 특히 이 나라의 미래인 어린아이들을 위해 좋은 방향으로 나아가고 있는 것일까요. 저는 이 문제에 대해 앞으로도 계속 경각심을 가지고 모라비아의 변화를 지켜보고 싶습니다.

—이리세.

에세이는 거기서 멈춰 있었다. 제이든은 입을 다물지 못했다. 영어 작문 실력 때문이 아니었다. 리세는 어려서부터 원어민 가정교사에게 영어를 배웠다고 들었다. 그를 놀라게 한 것은 글 안에 담긴 내용과 생각 때문이었다.

고작 열한 살 소녀가 '마르체바에 와서 느낀 점'이란 주제로 이런 생각을 펼쳐 보이다니 믿을 수가 없었다. 그 또래 아이들이라면 기껏해야 아프리카 대륙이라 날씨가 덥다거나 풍경, 음식, 문화 정도를 묘사하는 데서 그칠 터였다.

종이 뒷장에는 산수 문제를 푼 흔적이 있었는데 죄다 틀려 있었다. 아무래도 산수 쪽에는 그다지 재능이 없는 것 같았다. 제이든은 어떻게 할까 생각하다 종이를 접어 주머니에 집어넣었다.

그는 일을 끝냈음을 알리려 본관 앞에 선 경찰에게 허락을 받고 주방으로 이어지는 후문으로 향했다. 나이마에게 종이를 전해 줄 생각이었다. 하지만 굳이 제삼자에게 전해 줄 필요가 없어졌다.

「안녕! 우리 전에 만난 적 있지?」

「…….」

글을 쓴 장본인이 주방 안 그의 눈앞에 있었다. 소녀는 긴 실내용 린넨 원피스를 입고 주방 계단참에 앉아 뭔가 알록달록 달콤해 보이는 것을 입안에 한가득 베어 문 채였다. 기가 막히게 고소하고 맛있는 냄새가 진동을 했다.

소년이 주위를 둘러보았지만 나이마는 없었다. 여자아이가 그에게 가까이 오라고 손짓했다. 손에 든 쟁반 위의 간식을 같이 먹자는 뜻인 것 같았다. 하지만 제이든은 감히 그럴 수 없었다.

「나이마 아줌마는 밖에 바비큐 기계 살펴보러 나가셨어.」

제이든이 끝까지 오지 않자 소녀는 자리에서 벌떡 일어서서 그에게 걸어왔다. 그가 흠칫 놀라 뒤로 물러섰지만 여자애는 포기하지 않고 쿠키를 하나 코앞에 들이밀었다.

「요리사 아저씨가 만든 초콜릿 과자야. 프랄린 쇼콜라. 저……나 팔 아픈데.」

「고, 고마워.」

제이든은 리세가 반 강제로 들이미는 쿠키를 받아 입안에 넣었다. 그 순간 소리를 지를 뻔했다. 기가 막힌 맛이었다. 지금까지 먹어 본 음식들 중 최고의 맛이었다. 쿠키는 제대로 씹기도 전에 목구멍 너머로 훌쩍 사라져 버렸다. 이렇게 맛있는 걸 매일 먹는다니. 제이든은 소녀가 너무도 부러워 죽을 것만 같았다.

「더 먹어.」

제이든은 사양 않고 쿠키로 손을 뻗었다. 아무리 빈민촌 흙바닥을 구르며 살아도 복지 재단 도서관의 모든 책들을 죄다 섭렵한 그였다. 적당히 사양하는 게 예의라는 걸 너무도 잘 알았지만 지금은 도저히 그럴 수가 없었다. 생전 처음 맛보는 천국의 맛을 당해 낼 재간이 없었다.

소년이 게 눈 감추듯 쟁반 위의 쿠키를 거덜 내자 리세가 빙그레 웃었다. 그 웃음에 움찔 놀란 제이든은 그제야 품 안의 종이가 생각나 불쑥 내밀었다.

「이거 세탁기에 옷 넣으려다 우연히 봤어.」

「아! 내일까지 내야 되는 과제야. 안 그래도 없어져서 다시 써야 되나 고민 중이었는데, 고마워! 근데 혹시 이거 읽었어?」

「……응.」

제이든은 잠시 망설이다 결국 솔직히 실토했다. 어쩐지 내용을 훔쳐본 것을 사과해야겠다는 생각이 들었다.

「미안해. 내용을 봐야 버려도 되는지 어떤지 아니까…….」

「아니, 괜찮아!」

「그런데 뒷장의 도형 문제도 숙제야?」

「응. 내가 세상에서 제일 싫은 게 도형 문제야. 진짜 이해가 안 돼.」

소녀는 조금 창피한 듯 입술을 내밀며 웃었다. 제이든은 혹시 주제넘은 참견이 아닐까 싶어 조심스럽게 운을 뗐다.

「이거, 쉽게 푸는 방법이 있어.」

제이든은 펜을 하나 빌려 종이 위에 쉬운 공식을 도입해 보였다. 리세는 탄성을 질렀다.

「우와, 선생님도 이런 건 가르쳐 주지 않으셨는데. 너 엄청 똑똑하다! 몇 학년이야?」

「학교 안 다녀. 이건 일주일에 한 번씩 열리는 자원 봉사단 텐트 교실에서 배운 거고. 내년부터 국제 학교 정식으로 다닐 거야.」

리세는 뭔가 말을 하려다 입을 꼭 다물었다. 소년은 더러운 옷을 입고 있진 않았지만 흙 움막집에 사는 아이들과 비슷한 모습이었다. 물론 백인에 가까운 외모에 품행도 발라 천박함이 전혀 느껴지지 않았다. 하지만 강 저편에서의 삶은 어렴풋이 짐작이 갔다.

「공부하는 거 좋아하나 봐? 머리 엄청 좋은 것 같은데…… 영어도 무지 잘하고.」

「공부하는 건 좋아해. 영어도 재단 도서관 책 읽으면서 배웠어. 가끔 이렇게 심부름 오면서 대화하기도 하고. 요즘은 더 읽을 책이 없어서 못 읽고 있지만.」

「정말?」

리세가 갑자기 자리에서 벌떡 일어나 그의 손목을 잡아끌었다. 작은 접촉일 뿐이었지만 제이든의 몸에 등골이 쭈뼛서는 전율이 일었다.

소녀는 의견도 묻지 않고 대뜸 경찰이 지키고 선 1층 현관 안으로 들어섰다. 경찰은 제이든을 위아래로 훑어보며 한쪽 눈썹을 꿈틀 움직였지만 이산그룹의 외동딸을 막아서진 않았다.

「어, 저기…… 나 이제 집에 가야 하는데.」

「이거만 가지고 가. 잠깐만.」

소녀는 1층의 드넓은 홀을 지나 구석의 어딘가로 그를 데려갔다.

제이든은 늘 호기심을 가지고 있었다. 부촌 안에서도 가장 크고 아름다운 이 저택의 외관을 바라보며 과연 그 안은 어떨지, 그림책에서 본 인도의 궁전이나 유럽의 궁전처럼 생겼을지 항상 궁금했었다.

하지만 호화롭고 화려한 실내 장식 따윈 전혀 들어오지 않았다. 손목을 잡고 앞서 걷는 소녀의 긴 머리와 뒤로 맨 원피스의 리본, 가느다란 발목만이 소년의 시선을 온통 사로잡았다.

가슴이 미친 듯이 뛰었다. 숨쉬기가 너무도 힘이 들었다. 전에 생선 배달이 늦어질까 봐 100m 경주하듯 정신없이 달음박질쳤을 때와 같은 느낌이었다. 그는 귓불까지 온통 새빨개져 있었다. 리세가 알아차릴까 크게 숨을 들이쉬며 가빠지는 호흡을 골랐다. 얼굴이 빨리 원상태로 돌아오기만을 바랐다.

긴 복도 끝, 두 아이가 당도한 곳은 책들로 가득 찬 커다란 서재였다.

「우와…….」

제이든의 입에서 나지막한 탄성이 터져 나왔다. 눈앞에 펼쳐진 광경은 그야말로 동화책 속 삽화 같았다. 높은 책꽂이가 사방을 둘러싼 서재였다. 절대 현실에서 볼 수 없을 거라 여겼던 거대한 책의 저장고가 눈앞에 있었다. 재단 도서관에 구비된 서적보다 100배는 더 많은 것 같았다.

「이쪽은 좀 오래된 책들이니까 없어져도 괜찮을 거야. 무거울 테니까 오늘은 열 권만 가져가. 다 읽으면 와서 또 가져가도 되고. 기사 아저씨한테 차로 갖다 주라고 부탁할게.」

「하, 하지만…….」

「괜찮아! 천천히 골라 봐.」

제이든은 침을 꼴깍 삼켰다. 쭈뼛쭈뼛 구부정한 자세로 가장 가까이에 있는 책장에 다가갔다. 동양인 소녀는 더 이상 인형이 아니었다. 날개를 숨긴 천사나 다름없었다.

리세는 소년이 기뻐하는 모습을 보면서 그보다 더 큰 환희를 느꼈다. 왜인지는 몰랐다. 소년이 처연하고 측은한 동시에 어쩐지 마음이 통하는 것 같아 뭐라도 해 주고 싶을 뿐이었다. 그녀가 할 수 있는 것이라면 다 해 주고 싶었다.

며칠이 지났다. 제이든은 태어나 가장 큰 기쁨을 느끼며 일상을 보내고 있었다. 희미한 램프 빛에 의지해 밤새 책을 읽어도 흙바닥 한가운데 남아 있는 책들의 존재에 행복했다. 앞으로 한 달 반 정도 있으면 3월이 된다. 그때는 국제 학교 야간 수업 장학생으로 본격적인 공부를 할 수 있으리라. 그렇게 되면 학교 공부 따라가느라 지금처럼 책을 읽을 시간도 없을 것이다. 시간이 있을 때 최대한 많이 읽을 수 있다는 사실이 행복하기만 했다.

그날 저녁, 나이마는 친정어머니와 아들이 사는 집에 돌아와 제이든의 움막집 문을 두드렸다. 두 집은 바로 건너편에 자리하고 있었다.

나이마는 커다란 보따리에 싸인 책 뭉텅이와 달콤한 냄새가 풍기는 꾸러미를 그에게 내밀었다.

『리세 아가씨가 너 주라고 했어. 쿠키랑 케이크도 가져가라고 하도 성화라 가져오긴 했다만…… 제이, 이쯤에서 그만하는 게 좋을 것 같아. 책은 내가 한두 권씩 허락받고 가져올게. 더 이상

아가씨랑 가까이하지 마. 회장님이 알면 좋아하지 않을 거야. 다른 심부름 자리 구해 줄 테니 저택에는 더 안 오는 게 좋겠다.』

『……네, 이제 저택엔 안 갈게요.』

나이마가 문을 닫고 사라진 뒤로도 소년은 흙바닥 위에 망연자실 서 있었다. 보따리 안에는 책들이 대여섯 권 더 들어 있었다. 작은 메모도 담긴 채였다.

제이, 전에 네가 말했던 천문학 책이랑 서방세계의 정치와 역사 관련 책들이야. 한국어로 된 책은 사진들 때문에 일부러 보냈어. 한글은 몰라도 별자리나 우주 사진 보면 좋을 것 같아서. 요리사 아저씨가 만든 슈크림도 맛있게 먹어.

—리세.

그는 종이 꾸러미를 풀어 헤쳐 동그랗게 부풀어 오른 커다란 슈크림을 꺼냈다. 보기만 해도 군침이 돌 정도로 노릇노릇 맛있어 보였다. 한입 베어 물자 노란 커스터드 크림이 입안에 달콤하게 퍼져 나갔다. 꾸역꾸역 목에 멜 정도로 슈크림을 밀어 넣었다. 너무 한꺼번에 집어넣어 목이 메고 기침이 나왔다. 이제 다시는 날개 숨긴 천사를 볼 수 없다 생각하니 하염없이 눈물이 흘렀다.

흙벽과 흙바닥이 희미한 램프 아래 붉게 빛났다. 어디서 얻어 온 침상과 책상, 바구니 몇 개가 소년이 가진 전부였다. 제이든은 한참 동안 흙바닥에 주저앉아 울다가 새로 얻은 책들을 바구니 안에 소중하게 집어넣었다. 울어도 아무도 도와주지 않는다. 어머니가 귀에 딱지가 앉도록 하셨던 말씀이었다. 비록 떨어져 있지만 어머니는 그 누구보다 제이든을 사랑했다.

『제이, 사랑하는 제이. 조금만 참아라. 앞으로 5년 정도만 이렇게 떨어져 살면 빚도 다 갚을 수 있어. 그럼 널 여기로 부르마. 모라비아에는 아무 희망이 없어. 아무리 서방 자본들이 들어와 개발하고 투자해도 밑바닥 인생들에겐 아무 떡고물도 떨어지지 않을 거야. 조금만 참으렴.』

제이든은 눈물을 훔치고 책의 내용에 집중하려 애썼다. 하얀 여백에 떨어진 눈물방울이 점차 말라 갈 때쯤 평정을 되찾았다.

나이마의 권고대로 그는 한동안 강 건너편을 아예 쳐다보지도 않았다. 일은 토요일 나른한 오후에 발생했다. 그날은 수영하기 딱 좋은 날씨였다. 마르체바 해변에 적지 않은 사람들이 수영을 즐기고 있었다.

중앙에는 부유한 관광객을 위한 스노클링과 수영 장비를 대여하는 가게들이 떡하니 자리 잡고 있어서 해변은 자연스레 동서로 구분되었다. 동쪽은 체류자들과 부유한 관광객들 전용이었고 서쪽은 현지인들이 자유로이 드나들도록 허용되는 곳이었다.

가게에는 안전 요원과 경찰들이 상주하고 있어 바다 속에서조차 부유층과 현지인들이 서로 섞일 일은 없었다. 현지인 아이들은 아예 부촌 전용 해안과 최대한 거리를 두는 것이 몸에 배어 있는 것 같았다.

수족관 가이드 겸 청소 아르바이트를 막 마친 제이든은 잠시 해변가에 앉아 쉬는 중이었다. 현지 여자아이들이 부르고 손짓해 댔지만 그는 손인사만 할 뿐 미동도 하지 않았다. 그는 미간을 좁힌 채 수평선을 바라보았다. 그때 누군가 시야에 들어왔다. 나이마의 아들 샘페가 점점 깊은 바다로 들어가고 있었다.

『저 녀석……!』

전에 한 번 익사할 뻔한 일을 계기로 샘페는 절대로 혼자 해변가에 가지 않기로 약속했었다. 하지만 이제 겨우 아홉 살인 샘페가 위험에 대한 경각심이 있을 리가 없었다. 제이든은 재빨리 웃통을 벗어 던지고 물속으로 걸어 들어갔다.

샘페를 향해 가면서도 그의 할머니를 찾아 여기저기 훑어보았지만 노파는 어디에도 보이지 않았다. 잠시 화장실에 갔거나 할머니의 눈을 피해 샘페 혼자 해변가로 온 것일 수도 있었다.

『샘페! 이리 와!』

하마터면 큰일 날 뻔했다. 제이든은 더 깊은 곳으로 들어가려던 샘페를 거의 반강제로 이끌어 육지 쪽으로 밀었다. 샘페는 제이든과 장난을 치려는지 깔깔 웃으며 하이 빌리지 해변 쪽으로 마구 내달렸다.

『저 녀석, 정말! 샘페! 그쪽으로 가면 안 돼!』

어린아이니 경찰도 크게 뭐라 하진 않겠지만 그래도 조심하는 게 상책이었다. 하필 샘페는 부촌 전용 해변 한구석 건설 중인 리조트 타운 공사장 쪽으로 달렸다. 거대한 크레인이 쇳소리를 내며 로봇처럼 움직이는 게 신기한 모양이었다. 그때 낯익은 여자애가 긴 비치가운을 입고 제이든에게 달려오는 모습이 눈에 띄었다.

「제이!」

그 뒤로 소녀의 일탈을 뒤늦게 발견한 듯 수행원으로 보이는 여자가 이쪽으로 한달음에 달려오고 있었다. 사고는 순식간이었다. 중형 크레인이 잠깐 흔들리는가 싶더니 입안 가득 물고 있던 벽돌 무더기를 인도 쪽으로 마구 쏟아 내었다. 기계 오작동인 것 같았다.

"꺄악!"

비명이 해변가에 울려 퍼진 것과 소년이 소녀를 잡아끌어 감싼 것은 거의 동시였다. 피가 사방으로 튀고 주위에 몰려든 사람들의 비명이 끊이지를 않았다. 곧이어 부유층 전용 병원의 응급차가 도착했고 제이든은 의식을 잃은 채 옮겨지게 되었다.

「제이든, 어떡해! 나 때문에…… 어떡해, 죽으면!」

「아가씨, 괜찮아요. 머리엔 맞지 않았으니 죽지는 않을 거예요.」

「나도 병원에 같이 갈래! 이거 놓아 봐요!」

「구급차엔 자리가 없으니까 차로 모실게요, 아가씨. 울지 말고 진정하세요!」

수행원은 소녀를 안고 달랬다. 잠시 후 리세가 탄 차는 하이 빌리지 한가운데 자리한 커다란 신설 병원으로 향했다.

제이든은 다음 날이 되어서야 깨어났다. 그의 왼쪽 등에서 왼팔, 팔꿈치 위까지 두꺼운 붕대가 칭칭 감겨 있었다. 얼굴에도 여기저기 반창고가 붙어 있었지만 머리가 좀 멍한 것 외에는 딱히 거동에 불편함은 없었다. 그저 지독하게 배가 고플 뿐이었다.

「깨어났니?」

화려한 독방 병실 안 어디선가 본 듯한 중년의 신사가 그를 내려다보고 있었다. 남자는 소년의 머리맡에 앉아 투박한 영어로 말을 걸었다. 제이든은 그가 누구인지 기억해 냈다. 시내를 가로질러 가는 롤스로이스 세단 안에 앉아 있던, 지독하게 무섭고 냉혹하다는 이산그룹 이무현 회장이었다. 그의 앞에서 오금을 제대로 펴는 사람은 거의 없다고 들은 바 있었다. 그러나 소년을 바라보는 회장의 눈빛은 따뜻하기만 했다.

「어디 불쾌하거나 이상한 곳은 없니?」
「네, 없습니다.」

「우리 딸을 구해 줬다고 들었다. 벽돌이 등과 왼팔을 스쳐 갔는데 상처가 좀 깊게 나 몇 주 붕대를 감고 있어야 한다는구나. 입원하는 동안 우리가 잘 보살펴 줄 테니 걱정 말아라. 그리고 퇴원한 뒤로도 사례는 후하게 하마. 듣자 하니 고아라던데…….」

「아뇨, 고아가 아니…….」

제이든이 어머니에 대해 언급하려 할 때였다. 그는 말을 더 잇지 못하고 벌겋게 달아올라 고개를 푹 숙였다. 배에서 꾸르륵 소리가 멈추지 않고 계속 이어졌다. 소년은 당황해서 복부를 꾹 눌렀다. 꼬르륵 소리가 더 크게 나왔다.

「저런, 배가 고픈 모양이구나.」

이 회장은 재빨리 로봇처럼 서 있던 수행원에게 손짓해 보였다.

잠시 후 다른 수행원 한 명이 김이 모락모락 나는 스프와 부드러운 음식 위주로 정성껏 차려진 카트를 끌고 왔다. 회장은 자리에서 몸을 일으켰다.

「일단 허기부터 채우는 게 좋겠다. 우리 리세가 한 시간 뒤 병원으로 와 정식으로 감사 인사를 할 거야. 난 일정이 있어 이만 가 봐야 하니 나중에 다시 보자.」

「네, 네. 감사합니다!」

소년은 상체만 간신히 일으킨 채 꾸벅 절을 했다. 이 회장은 바지 주머니에 한 손을 찔러 넣고 돌아서서 걷다가 걸음을 멈췄다. 뒷모습에서도 조용한 박력과 위압감이 배어 나왔다. 이무현은 다시 몸을 돌려 몇 발짝 걸어왔다.

"아무래도 이상해."

시선은 여전히 소년을 향한 채였다. 제이든은 한국어를 전혀 알아들을 수가 없어 조금 긴장한 얼굴로 회장을 다시 보았다. 치킨 스프를 떠올린 수저가 다시 쟁반으로 내려왔다.

"눈 색깔만 검은색이면…… 한국인 혼혈 같은데. 이상하게 낯설지 않아."

「…….」

「아무것도 아니다. 어서 먹어라.」

회장은 설핏 웃음 지어 보이고 다시 몸을 돌렸다. 그는 방 밖으로 나가며 뒤따르는 수행원에게 지시했다.

"저 애 출생 배경 다시 한 번 알아봐. 정확하게, 꼼꼼히."

"알겠습니다, 회장님."

이상하게 친근감이 들었다. 한국인 특유의 무언가가 분명 소년에게서 느껴졌다. 예쁜 눈매가 낯설지 않다고 생각한 것은 단순한 착각일까. 이무현은 생각에 잠긴 얼굴로 수행원이 열어 주는 롤스로이스 세단 안에 몸을 묻었다.

3주 동안 제이든은 꿈같은 나날을 보냈다. 일반적인 경우라면 병원에 입원한 것이 비극적인 불행일 뿐이겠지만 그에게는 행복 그 자체였다. 산더미 같은 책들과 난생처음 먹어 보는 온갖 맛있는 음식에 방송, 영화들이 쏟아져 나오는 대형 TV 등 모든 것이 신천지였다.

하지만 무엇보다 가장 행복한 것은 다름 아닌 리세의 방문이었다. 소녀는 하루도 빠짐없이 들러 그와 대화를 나누고 돌아갔다. 이 회장이나 수행원들이 너무 과하다고 할까 봐 매번 수학책을 가져가는 것도 잊지 않았다. 어쨌든 숙제를 하려면 가정교사보다 훨씬 쉽게 가르쳐 주는 제이든의 도움이 절실하긴 했다.

「제이, 너 발등에…… 그게 무슨 흉터야? 왜 거기만 울퉁불퉁 튀어나와 있어? 혹시 화상이라도 입은 거야?」

「고아원에 있을 때 기니아충에 감염됐을 때 생긴 건데…… 별로 듣기 좋은 이야기는 아니야.」

「기니아충? 오염된 물 마셔서 벌레가 피부를 뚫고 나오는 그 기니아충? 세상에, 어떡하다가 감염된 거야? 말해 봐, 지금은 괜찮은 거야?」

리세가 도저히 물러설 기미를 보이지 않자 제이든은 난처한 얼굴로 상체를 조금 일으켰다. 그는 부끄러운 듯 이불 밖으로 드러난 발을 다시 안으로 꽁꽁 숨기며 말을 이었다.

마르체바에 오기 전 아홉 살 때, 어머니가 빚쟁이를 피해 도망 다니느라 제이든을 잠시 고아원에 맡겼었다. 그때 오염된 식수를 먹어 기니아충이 발등을 뚫고 기어 나왔다. 의사가 실처럼 긴 벌레를 빼내는 동안 고통이 너무도 격심해 중간에 기절하기까지 했다.

발등이 타는 듯이 아파서 한 달간 제대로 걷지 못했던 일화를 소년은 담담히 들려주었다. 어쩌다 그런 물을 먹게 되었느냐는 물음에 제이든은 고아원 사람들이 자행한 괴롭힘과 구타의 일환이었다고 답했다. 생김새가 그들과 다르다는 이유였다.

「혹시 몸 여기저기 자잘한 흉터들도 그때 생긴 거야?」

「응, 옛날 일이니까 이젠 신경 안 써.」

리세의 심각한 눈빛에도 소년은 별일 아니었다는 듯 어깨만 으쓱했다. 물론 다시 떠올리기조차 싫은 끔찍한 기억이었다. 고아원에서 지냈던 반년간의 시간은 큰 트라우마로 남아 있다.

그곳에 있는 동안 종종 창문은 고사하고 불빛 하나 없는 어두컴컴한 지하 창고에 갇혔다. 아이들이 그를 강제로 밀어 넣고 밖에서 문을 잠가 버린 것이었다. 단지 괴롭히기 위해서일 뿐 아무 이유도 없었다.

제이든은 상자와 청소 도구가 빼곡하게 쌓여 있는 흙바닥 위에 앉아 그저 열어 주기만을 기다렸다. 일방적인 폭력과 학대 속에서 아홉 살 남자아이가 무엇을 할 수 있었겠는가. 당시의 기억은 폐소공포증을 만들었고 밀폐된 흙바닥에 오래 방치되어 기관지 또한 좋지 못했다.

리세에게 그 모든 이야기를 하는 동안 제이든은 일종의 치유 효과 비슷한 안정감을 느꼈다. 신기한 일이었다. 머릿속에서 완전히 지워 버리고픈 악몽 같은 기억들이 자연스럽게 퇴색되는 것 같았다.

리세는 눈물이 그렁그렁한 눈을 하고 그를 바라보았다. 눈물을 보이는 건 제이든을 모욕하고 동정하는 행위가 아닐까. 소녀는 애써 복받치는 감정을 누르고 또 눌렀다. 제이든이 조심스럽게 운을 떼었다. 이 회장의 부인이 예전에 사고로 죽었다는 사실을 그 역시 들은 바 있었다.

「혹시 물어봐도 괜찮다면…… 너도 종종 엄마가 그리울 때가 있어?」

「내가 너무 어릴 때 돌아가셔서 엄마에 대한 기억이 거의 없어. 한국에 계신 막내 이모가 오히려 엄마 같아.」

그 후로도 한참 동안 속내 깊은 이야기가 계속 이어졌다. 두 아이는 기묘한 교감을 느꼈다. 만난 지 얼마 되지도 않았고 각자 동떨어진 세계에서 살아왔는데도 마치 오래전부터 알아 온 듯한 친근함이 서로를 향해 흘렀다.

둘은 거의 매일 병실에서 대화를 나누었다. 희한하게 이야깃거리가 마르지 않았다. 책으로 축적된 제이든의 지식과 나이답지 않은 통찰력, 비상한 두뇌는 어느 면에서 리세보다 더 우위에 있었다. 둘은 어느새 그 누구보다 친밀해졌다.

제이든은 상처가 낫고도 며칠 더 병원에서 지냈다. 비록 등에서 어깨로 이어지는 상처 자국이 남았지만 개의치 않았다. 여자아이인 리세에게 그런 상처가 남느니 제 몸에 생기는 게 훨씬 낫다고 생각했다. 게다가 리세는 보기보다 몸이 약한 편이라 들었다. 딱히 병약한 기미를 느낀 적은 없지만 어릴 때부터 기가 약해 금세 피로해진다고 나이마가 무의식 중에 흘리듯 말한 적이 있었다.

온전한 회복기를 거친 뒤 그는 다시 저택으로 심부름을 가게 되었다. 이 회장은 어려운 생활환경을 고려해 심부름꾼으로 제이든을 고용해 주었고 보수도 직원 못지않게 넉넉하게 주었다. 그리고 비록 야간반이나 국제 학교 학생으로 성실히 공부해 추후 영국 정부에서 후원하는 대학교에 진학하면 정식으로 유학 생활을 할 수 있도록 지원도 아끼지 않겠다고 약속했다.

하지만 꿈같은 시간도 서서히 그 끝을 맞이하고 있었다. 어느덧 2월 중순으로 접어들었다. 리세는 새 학기를 준비하기 위해 며칠 뒤 한국으로 돌아가야 했다.

「내년 여름, 겨울방학은 유럽 쪽에서 보낼 것 같아. 거기 이모들이 계셔서…… 하지만 내후년에는 꼭 올게! 여름이 안 되면 겨울에라도 꼭 올게.」

리세는 시무룩한 얼굴로 제이든에게 말했다. 그녀도 제이든만큼이나 서운한 것 같았다. 하지만 제이든은 단언할 수 있었다. 리세가 아무리 서운해도 제 심정의 절반도 되지 않으리라고. 그녀가 이메일로라도 연락하자고 말해 줘 그나마 막혔던 숨통이 트이는 기분이었다.

그로부터 2년이 흘렀다. 제이든은 집으로 돌아와 서둘러 몸을 씻었다. 이 회장의 배려로 지금 그는 흙 움막이 아니라 해변가의 작은 건물에서 지냈다. 리조트 타운 쪽 집들에 비하면 초라하고 볼품없었지만 작은 화장실과 샤워실도 딸려 있어 움막집보다 한결 쾌적한 환경임은 두말할 나위가 없었다.

그는 깨끗한 평상복으로 갈아입고 예전에 나이마에게서 받은 사우디 아라비아풍 새하얀 수단과 두건을 뒤집어썼다. 그동안 저택의 심부름을 자주 하여 출입에 제약이 거의 없었다.

하지만 최근 상황이 조금 달라졌다. 전 세계에서 발생하는 무차별 테러나 모라비아 내부 정세 등 여러 가지로 치안이 불안해져 하이 빌리지로 통하는 검문도 그 어느 때보다 삼엄했다.

나이마는 공연한 시비를 피하기 위해 지난달 제이든에게 중산층 현지인처럼 보이는 옷을 건넸다.

『하이 빌리지로 올 때는 꼭 이걸 걸치고 아무리 더워도 벗지 마. 요즘 정세도 불안하고 마약 범죄도 나날이 증가하고 있어서 경비가 더 삼엄해. 회장님이 허락하셨으니 저택 안에서는 상관없지만 빌리지 안에는 다른 눈들이 많으니까.』

현재 마르체바에는 긴장된 공기가 감돌고 있었다. 이러다 성난 시민들이 언제 폭동을 일으켜도 이상할 게 없겠다는 말이 하이 빌리지 안에서도 쑥덕쑥덕 돌았다.

제이든은 적어도 리세가 여기 머물 동안에는 아무 일도 일어나지 않기를 바랐다.

2화

「제이!」

2년이란 시간이 이렇게나 긴 시간이었나. 한 달에 두세 번 이메일을 주고받긴 했지만 최근 모습을 본 적은 없었다. 제이든은 눈앞에 선 열세 살 소녀를 보고 잠시 멍하니 서 있었다. 여전히 어린 소녀였지만 2년 전과는 사뭇 달랐다. 키가 좀 더 컸으리란 건 예상했었다. 하지만 이렇게 예뻐질 줄은 몰랐다.

귀엽고 사랑스러워 마냥 인형 같던 소녀는 이제 여자가 되어 가고 있었다. 한쪽 어깨로 늘어뜨린 머리는 햇살에 눈부시게 빛났다. 석류알처럼 붉은 입술 사이로 새하얀 치아를 드러내며 웃는 리세는 민트색 홈웨어 드레스를 입고 별관 홀에서 그를 향해 걸어오고 있었다. 리세의 눈에도 놀라움이 짙게 어렸다.

「우와, 제이! 키 엄청 컸네? 어떻게 2년 만에 이렇게 컸어? 몸도 엄청 커지고, 어른 같아! 엄청 잘생겨졌어. 원래도 잘생겼지만!」

「너도 키 많이 자랐네. 아주…….」

예뻐졌다는 말을 차마 입 밖으로 내보낼 수가 없어서 제이든은 그저 얼굴만 붉혔다. 리세는 스스럼없이 다가와 그의 두 손을 꼭 맞잡았다. 변함없는 태도였다. 그녀는 큰 눈을 반짝반짝 빛내며 제이든이 목 위까지 두르고 있는 두건을 장난스럽게 벗겨 냈다.

「이게 뭐야? 사우디 왕자같이.」

두건을 걷자 반팔 소매 아래로 드러난 상처에 리세의 눈이 금세 흐려졌다. 2년 전 벽돌이 할퀴고 지나간 자국이 여전히 그 자리에 남아 있었다.

「이 흉터…… 아직도 그대로구나. 등에서부터 쭉 이어져 있을 텐데. 아빠에게 말씀드려서 흉터 제거 수술하자.」

「괜찮아. 이것도 많이 흐릿해진 거야. 시간이 흐르고 새살이 돋으면 굳이 수술 안 해도 괜찮을 거래. 그때 가서도 없어지지 않으면 꼭 수술시켜 주겠다고 회장님이 말씀하셨어.」

「그래…… 아프진 않아?」

걱정스런 물음에 제이든은 고개를 설레설레 저으며 옆은

웃음을 지었다. 두 사람은 햇빛을 가린 커다란 차양 아래 마주 보고 앉아 그동안의 회포를 풀었다.

제이든이 국제 학교에서 주야간 장학생들 중 톱을 달리고 있다는 사실은 리세를 그리 놀래킬 만한 거리가 아니었다. 제이든은 리세가 알고 있는 또래들 중에서 가장 우수했다. 천재라는 말은 제이든 같은 사람을 표현하기 위한 단어임을 2년 전부터 실감하고 있던 차였다.

「요즘도 수산 시장에서 일하고 있어? 그럼 밤에 공부하기 힘들잖아. 낮에는 따로 예습 복습해야 되는데.」

「회장님이 장학생 국비 지원금도 알아봐 주셔서 사실 일 안 해도 괜찮아. 수산 시장 일은 샘페네 할머니 일을 가끔 도와드리고 있는 거야. 샘페 기억하지? 나이마 아주머니 아들.」

「당연히 기억하지! 많이 컸겠다. 그래도 낮에는 공부만 해. 책도 읽고. 2년 뒤에는 영국 대학에 전액 장학금으로 입학할 수 있게.」

「그래야지. 내년이면 국제 학교 7학년이 되지? 넌 앞으로 어떻게 할 거야? 지난번 이메일에선 회장님이 본격적인 유학 준비 언급하셨다고 했잖아. 이모들이 있는 영국으로 갈 가능성이 크다고.」

제이든은 잘생긴 미간을 살짝 좁히며 말을 이었다. 그는 제발 그렇게 되기만을 간절히 빌고 또 빌었다. 둘 다 영국에서 공부하게 된다면 적어도 1년에 몇 번 정도는 그녀를 만날 수 있을 터였다. 그것은 제이든에게 있어 어둠 속 조그만 희망의 불빛이었다. 시간이 흐름에 따라 연락은 자연스레 뜸해지리라. 각자의 세계를 살아가게 될 미래 속에서 그가 기대할 수 있는 유일한 것이었다. 다행히 리세는 긍정적인 대답을 들려주었다.

「나도 이모 댁에서 학교 다니는 게 편하니까 아마 영국에 가게 되겠지. 아빠도 그편이 안심된다 말씀하시고. 아무리 일러도 9학년쯤엔 갈 것 같아. 그럼 우리 영국에서도 만날 수 있겠다, 그치?」

리세는 함박웃음을 지었다. 제이든은 더할 나위 없는 환희를 느꼈다. 당장이라도 리세의 붉은 입술에 입을 맞추고픈 충동이 일었지만 혼신의 힘을 다해 본능을 억눌렀다. 애써 우윳빛 얼굴에서 시선을 살짝 돌리고 화제도 다른 것으로 바꾸었다.

「나 한국어도 공부하고 있어, 요즘.」

「뭐? 정말? 스페인어랑 중국어도 배우고 있다 했잖아! 어떻게 한국어까지 배울 생각을 다 했어?」

「한국에 대해 조금 더 알고 싶어서. 너 때문인 것도 있고…… 아버지의 나라니까.」

「아아.」

리세는 잠시 입을 다물었다. 혹시나 제이든의 상처를 건

드릴까 싶어 항상 피하고자 의식하는 주제였다. 자세한 것은 몰랐다. 다만, 그의 생부가 15년 전 제이든의 어머니를 버리고 한국으로 돌아가 연락이 완전히 단절된 것만 알고 있었다. 생부가 그의 존재를 모르듯 제이든도 아는 것이 없다고 했었다.

하지만 역시 피는 숨길 수 없는 모양이었다. 이산그룹 저택에 드나들고 리세와도 알게 되면서 얼굴도 모르는 아버지의 나라에 대해 더 알고픈 마음이 생겼나 보다. 제이든은 짐짓 아무렇지도 않게 운을 뗐다.

「우리 이제부터 한국어로 대화해 보자. 틀리면 고쳐 줘.」

「좋아! 한국어, 외국인이 배우기에는 엄청 어려운 언어인데 얼마만큼 하는지 한번 볼까?」

10분도 되지 않아 리세는 곱지 않은 얼굴로 잔뜩 볼멘소리를 했다.

"제이! 너 정말 독학한 거 맞아? 어떻게 그렇게 잘해? 난 영어만으로도 충분히 힘든데. 신은 진짜 불공평해! 아니, 너 언어 천재 아니야? 아니다, 수학도 잘하니까 그냥 천잰가."

그녀는 감정이 격앙된 나머지 한국어로 외쳤다. 제이든은 웃으며 그녀의 말을 지적했다. 그 역시 한국어로 답하고 있었다. 발음은 조금 어눌할망정 그는 문법이 정확한 한국어를 구사했다.

"너라고 부르면 안 되는 거잖아. 오빠라고 불러야지."

"그건 반칙이야. 영어에선 정말 친오빠나 친언니가 아니면 부르지 않잖아."

"그렇지만 우린 지금 한국어로 대화하고 있잖아."

"아, 정말 얄미워! 어떻게 이 정도로 빨리 한국어를 배울 수가 있는 거야?"

리세는 약이 올라 가슴을 탕탕 쳤다. 제이든은 그런 리세가 전혀 밉지 않았다. 밉기는커녕 마냥 귀엽고 사랑스러웠다.

그렇게 꿈결 같은 시간이 흘러갔다. 어느덧 리세가 마르체바에 온 지 한 달이 지나 1월 중순을 넘어가고 있었다.

이산그룹 소유의 저택 바로 뒤에는 기술 제휴를 맺은 민우그룹 건설사 대표의 집이 있었다.

그리고 며칠 전, 민 대표의 막내아들 민우진이 이곳에 왔다. 미국에서 겨울방학의 절반을 지내고 남은 기간 동안 여기서 부모님과 지낼 예정이었다.

민 대표는 슬하에 딸만 셋을 층층이 두고 있다가 뒤늦게 얻은 아들을 금지옥엽처럼 여겼다. 눈에 넣어도 아프지 않을 귀한 장남이었다.

우진은 겨울에도 무더운 모라비아에 그다지 오고 싶지 않았다. 어려서부터 품위 있게 말을 가리도록 철저히 가정교육을 받았기에 드러내 놓고 말하진 않았지만 아프리카에서 방학을 보내는 게 무슨 재미가 있을까 싶었다. 하지만 어머니가 지나가듯 하신 말씀에 비행기를 타는 순간부터 잔뜩 신이 났다.

"그래도 리세가 있으니 심심하진 않을 거야, 아들."

우진은 연회나 행사에서 리세와 자주 마주치곤 했었다. 리세보다 두 살 많은 국제 학교 상급생이었지만 마음이 잘 맞아 어느새 친구처럼 가까워졌다. 우진은 점잖으면서도 쾌활한 편이었고 리세도 꾸밈없이 순수하고 붙임성 있는 성격이었기에 두 아이의 어울림은 지극히 자연스러운 일이었다.

하지만 잔뜩 부풀어 있던 기대와는 달리 리세와 그다지 많은 시간을 보낼 수가 없었다. 그녀는 낮에 친구와 수학 공부를 해야 한다고 별관에 틀어박혀 좀처럼 집 밖으로 나오지 않았다. 아무리 선행 학습에 열심히라고 해도 유별나다 싶었다. 우진은 무슨 핑계를 대야 그 공부에 끼어들 수 있을까 고민하다 별관에서의 은밀한 만남을 목격하게 되었다.

다음 날 오후, 하이 빌리지 내 위치한 대사관저 자녀들은 요트를 타기로 했다. 요트를 타고 해변가에 모여 바비큐 파티를 열 예정이었다. 우진은 그 사실을 전달해 준다는 명분으로 일부러 리세가 공부하는 시간에 맞춰 찾아갔다. 민우그룹 손주의 별관 출입은 어려운 일이 아니었다.

우진은 반팔 티셔츠에 카프리 팬츠 차림을 하고 별관 뒤뜰의 테라스를 향해 조심조심 걸었다. 거대한 부채처럼 펼쳐진 화초 잎 너머에서 즐거운 웃음소리가 희미하게 들려왔다. 리세 특유의 맑은 웃음이었다.

화초 잎 사이로 리세의 인형 같은 얼굴이 보였다. 그리고 맞은편에 누군가의 옆얼굴이 보였다. 우진의 또래거나 그 이상 되었음직한 남자였다. 샤프한 턱 선이 도드라진 옆얼굴로 보건대 남미나 동서양 혼혈 같았다. 정면을 보지 않았어도 잘생긴 얼굴임을 확신할 수 있었다. 대사관저 외교관이나 기업 임원의 아들 중 하나인가 싶었다. 하지만 자세히 보면 볼수록 그쪽 신분은 아닌 것 같았다.

저 옷, 아무리 봐도 빈민촌 쪽 옷차림인데?

우진의 직감은 맞았다. 둘이 두런두런 나누는 대화는 놀랍게도 한국어였다. 발음은 약간 어눌했지만 남자는 꽤 막힘없이 한국어를 구사했다. 그리고 그는 국제 학교 야간 수업에 대한 기대감과 수산 시장에서의 일은 이번 주에 끝난다는 둥 일상 이야기를 하고 있었다.

우진은 혼란스럽기 짝이 없었다. 도대체 왜 리세가 빈민촌 사내를 집에까지 들여 어울리는지, 이 회장님이 과연 허락한 것인지, 완전히 다른 세계에 사는 두 사람 사이에 서로 형성될 만한 공감대가 대체 뭐가 있는지 눈앞의 상황이 전혀 이해되지 않았다.

남자가 수산 시장에 가 봐야겠다며 내일 다시 오겠다는 말을 남기고 자리에서 일어섰다. 우진은 화초 잎 밑에 최대한 허리를 굽힌 채 숨을 죽였다. 남자가 반대편 후문으로 사라지고 리세도 본관 쪽으로 걸어가는 모습을 본 우진은 몸을 똑바로 폈다.

뭔가가 이상했다. 그의 상식으로는 리세와 수산 시장에서 일하는 빈민촌 야간 학생이 어울릴 이유가 전혀 없었다. 이해되지 않는 장면은 우진을 꺼림칙한 기분으로 이끌었다. 그는 조심스럽게 남자의 뒤를 밟아 후문으로 나섰다. 남자는 몸놀림이 매우 날렵한 것 같았다. 흰 수단을 걸친 그는 저택 밖을 나서기가 무섭게 감쪽같이 사라지고 없었다.

우진은 제집으로 들어가 어머니에게 수행 기사를 불러 달라 청했다. 시내 구경을 제대로 못 했으니 한 번 둘러보고 싶다는 명분이었다. 진짜 목적은 수산 시장에서 문제의 남자를 찾는 것이었지만.

"안 실장 아저씨, 저 수산 시장에 가 보고 싶어요. 그쪽에 데려다주실 수 있으세요?"

"네? 하지만 거긴 좀…… 재래식 시장이라 냄새도 지독하고 그다지 좋은 구경거리도 없습니다. 도련님 비위만 상하실 거예요. 차라리 리조트 수족관 쪽으로 가시죠."

"괜찮아요. 여기 마르체바 수산 시장이 워낙 지역 명물이라고 해서 잠깐 둘러보고 싶어요. 한 바퀴만 돌고 수족관 쪽으로 갈게요."

안 실장은 마지못해 차를 돌렸다. 우진을 태운 차는 어느덧 해변가 야외 수산 시장에 도착했다. 창문을 살짝만 열었음에도 생선 내장 특유의 역한 냄새가 진동했다. 으리으리한 명품 차는 시장의 광경과 전혀 어울리지 않아 모두의 시선을 잡아끌었다.

그때 우진의 눈이 인파 속 키 큰 남자를 금세 잡아냈다. 사실, 못 알아보는 쪽이 더 어려웠다. 대다수의 흑인과 소수의 백인 배낭여행객들이 뒤섞여 있는 가운데 그는 어느 쪽에도 속하지 않은 이국적인 풍모를 지니고 있었다.

정면을 보니 옆얼굴을 봤을 때보다 훨씬 더 잘생긴 외모였다. 아직 10대 특유의 앳된 티가 있었으나 지극히 거칠고 야성적인 카리스마가 짙게 풍겼다. 떡 벌어진 어깨와 반팔 소매 아래 문신 같은 흉터가 햇살에 어른거렸다. 남자는 고무장갑 낀 두 손으로 커다란 생선들을 가판대 앞에 진열하고 있었다.

그때 차 옆을 스쳐 지나가는 남자 둘이 있었다. 두 사람은 남자 쪽을 향해 손을 크게 흔들며 알은체를 해 보였다. 그들은 곧 담배 피우는 시늉을 하며 뭐라고 현지어로 시끄럽게 외쳐 댔다. 저만치 선 남자는 미간을 좁히며 고개를 설레설레 저어 보였다. 두 남자는 김샜다는 표정으로 금세 뒤돌아섰다. 그리고는 백인 여행객들에게 일일 가이드를 해 주겠다고 호객 행위를 하기 시작했다. 차림새는 양아치처럼 가벼워 보였지만 영어는 꽤 유창했다.

"안 실장 아저씨, 저 두 명 좀 가까이 불러와 주시면 안 될까요?"

"네? 아니, 저런 불량스러워 보이는 애들에게 왜…… 도련님, 저런 아이들과는 가까이하시지 않는 게 좋습니다."

"잠깐만 물어볼 게 있어요. 무술 유단자인 아저씨가 뒤에서 지켜보시면 되잖아요. 부탁이에요!"

그는 난감한 표정을 짓다가 마지못해 차 문을 열었다. 큰 덩치의 안 실장이 두 현지인 소년을 데려오기까지는 단 10초도 걸리지 않았다. 물론 돈의 힘이었다.

「자, 여기 10달러씩이다. 우리 도련님이 묻는 것에 잘 대답하면 10달러씩 더 줄 테니 얌전히 대답해.」

우진은 창문을 살짝 더 아래로 내리고 겨우 10대가 됐을까 말까 한 소년들을 마주했다. 중동 쪽 혈통이 섞인 외모의 소년들이었다. 그는 영어로 물었다.

「아까 손 흔들며 인사했던 남자 말인데, 너희들 친구야? 그 사람에 대해서 말해 줘.」

두 소년은 짐짓 놀란 듯 서로를 바라보다가 조심스레 운을 뗐다. 그들은 남자에 대해 아는 것을 간략히 말했다. 눈치로 보건대 몸을 사리는 게 분명했다. 우진은 지갑을 꺼내 100달러짜리 미국 지폐를 흔들어 보였다.

「좀 더 자세히, 아니 아는 걸 죄다 말하면 둘이 50달러씩 나눌 수 있어.」

두 소년은 눈을 하트형으로 빛내더니 서로 앞다퉈 말하기 시작했다. 둘 중 하나가 이산그룹 저택의 심부름꾼으로 일한다는 언급을 하기가 무섭게 우진이 불쑥 물었다.

「거긴 왜 드나드는 거지? 심부름 때문에? 혹시 이 마을에서 지낼 때는 수상한 기미가 없나?」

「수상한 점이야 많죠! 수산 시장 일은 돈 한 푼 안 받고 앞집 아이 할머니 도와주는 거거든요. 저택에서 나오는 심부름 삯이 그렇게 많을 리가 없는데 이상하게 여유가 좀 있어요, 그 녀석. 은행에 매달 차곡차곡 저금하는 눈친데 그 돈이 어디서 나오는지 알다가도 모르겠다니까요. 담배 피우게 좀 빌려 달라 해도 절대 안 빌려주고.」

「맞아요! 그래서 우리끼린 마약 판매 아르바이트 하는 거다 짐작하고 있어요.」

우진의 손에 들린 지폐에 눈이 먼 나머지 두 소년은 새치혀로 점점 이야기를 꾸며 내기 시작했다. 그들은 리세의 목숨을 구해 준 보답으로 이 회장이 다달이 생활비를 지원해 주며 공부에만 전념할 수 있도록 도와준다는 사실은 전혀 몰랐다. 사고 자체에 대해서도 잘 알지 못했다.

「마약통 외엔 달리 설명할 길이 없거든요. 말만 불법이지 마르체바 사람들이 마약에 쩔어 산다는 건 다 아는 사실이고요. 저 녀석은 눈이 항시 초롱초롱한 걸 보면 자기는 안 하면서 운반책만 하는 게 틀림없어요!」

「맞아, 그리고 이산그룹 저택에 일이 없을 때도 허구한 날 드나드는 것도 이상해. 지금 회장 딸이 와 있는데 엄청 예쁘다며! 혹시 그 애 보려는 속셈 아냐?」

우진이 미간을 좁히며 리세와 남자와의 관계에 대해서 좀 더 채근했다.

「그 집 딸에 대해 뭔가…… 말한 적은 없어?」

소년들 중 한 명이 잠시 머뭇거리다 용기를 얻은 듯 나직하게 속삭였다. 살짝 열린 차창 틈새로 보이는 눈이 흐릿했다. 하루의 절반은 마약에 취해 사는 눈빛이었다.

「사실, 그 여자앨 노리고 있는 것 같아요. 그 자식 항상 입버릇처럼 이 나라를 뜰 거다 말하곤 하거든요. 심부름 간 김에 기회를 엿봐서 확 어떻게 해 버리고 돈이랑 귀금속도 좀 훔쳐서 여길 떠 버릴 속셈인지 모르죠.」

「맞아요. 어쨌든 전 저놈의 두둑한 주머니가 마약 끄나풀 짓에서 나왔다고 장담해요. 경찰에 찌를까 했지만 무서워서…….」

"도련님, 이제 그만 가는 게 좋겠습니다."

그때 먼발치에서 두 소년을 지켜보고 있던 안 실장이 운전석으로 다가오며 말했다. 우진은 고개를 끄덕이며 100달러짜리 지폐를 소년에게 내밀고 재빨리 차창을 닫았다. 두 소년은 이게 웬 횡재냐 싶어 제자리에서 펄쩍펄쩍 뛰더니 뒤도 돌아보지 않고 내달렸다. 한시라도 빨리 약을 사 환상에 젖어들고 싶어 안달이 난 모양새였다.

우진은 거칠게 뛰는 가슴을 진정시키려 애쓰며 안 실장에게 집으로 빨리 돌아가자고 요청했다. 거짓말인지 아닌지는 정확히 알 수 없었다. 하지만 거짓이 아니라는 보장도 없었다. 만약 저들의 말이 사실이고 충분한 근거가 있을시 리세는 위험에 노출되어 있는 것일 수도 있었다.

우진은 겨우 열다섯이었지만 마냥 순진하지만은 않았다. 모라비아에 오기 전 이 나라가 당면한 국민적 악습에 대해서는 여러 서적과 언론 보도를 통해 접한 바 있었다. 강간, 강도, 상해 등 외국인을 상대로 한 범죄가 조금씩 증가하고 있었고 그 강도 또한 나날이 심각해져 가고 있었다. 그에 반해 범죄 연령은 점점 낮아져 또 다른 사회적 문제로 대두되고 있는 게 현실이었다.

그날 저녁 현지 뉴스에는 남아프리카 대륙 곳곳에서 확산 중인 민주화 혁명과 민중 봉기, 반정부 시위에 대해 보도했다. 민우그룹 회장의 차남이자 민우건설사 대표를 맡고 있는 민상진은 혀를 끗끗 찼다.

"이 나라에도 조만간 군사 쿠데타가 터질 거야. 젊은 것들은 하나같이 마약에 빠져 있고 총선을 앞둔 정치인들은 알비노 사냥에 혈안이 되어 있고. 다당제라는 정치체제가 애초에

이 미개한 나라에 걸맞지 않는 시스템이야."

알비노 사냥은 소위 백색증 환자들의 신체가 행운을 가져다준다는 미신 때문에 신체 일부를 잘라 수천 달러에 밀매하는 악습을 일컫는 말이었다. 눈, 혀, 사지, 가슴 등 잘린 신체를 주술 의식에 사용하기도 해 전 아프리카 대륙에서 주술행위를 법적으로 금지했는데도 불구하고 상황은 전혀 나아질 기미를 보이지 않았다. 아버지의 신랄한 말에 우진은 짐짓 심각한 표정을 지어 보였다.

"네? 그럼 리조트 사업에도 문제가 생기는 것 아니에요? 혁명이 일어나면 기물도 파괴되고 공사도 중단될 텐데."

"어떤 쿠데타가 터져도 외국 자본으로 만들어지는 모든 건물과 외국인들은 안전해. 마르체바에 이상한 기운이 감돌기 시작하면 곧바로 미군이 파병되어 하이 빌리지를 요새화시킬 거야. 나도 어차피 3월에는 슬슬 한국으로 들어갈 테니 우린 걱정할 것 없다."

"그럼 이산그룹 회장님도 봄에는 영구 귀국하시는 거죠? 그럼 리세도 더 이상 여기 올 일이 없겠네요."

"그렇겠지. 이제 공사도 안정되었으니 더 여기 있을 필요가 뭐 있겠느냐. 그동안 여기서 체류한 이유는 딱 하나야. 꽉 막히고 폐쇄적인 모라비아 정부가 서방의 자본과 투자를 개방하게 만드느라 오래 지체된 거지. 이제 알아서 굴러가게 됐으니 우리들은 이쯤에서 뒷짐 지어도 돼."

"네."

우진은 조금 안도했으나 그래도 제이든 한이라던 그 녀석 이야기는 꺼내기로 마음먹었다. 가능하다면 경찰 수사도 받게 하고 리세의 집에도 출입하지 못하게 만드는 편이 좋으리라.

그는 오늘 차 앞에서 나눈 두 현지인 소년과의 대화를 아버지에게 죄다 털어놓았다. 물론 소년들이 돈에 눈이 멀어 되는 대로 말을 했다는 사실은 알지 못했다. 옆에서 듣고 있던 그의 어머니는 깜짝 놀라 두 손을 맞잡았다.

"어머나! 그게 정말이니? 여보, 리세가 위험할 수도 있겠어요! 아니, 이 회장님은 왜 그런 애가 출입하게 내버려 두신 거지? 도무지 이해가 안 되네. 그러고 보니 이 회장님, 며칠 전부터 업무차 중국에 계시지 않아요?"

"그래. 그렇지 않아도 우리에게 리세를 부탁하고 가셨단 말이지. 마약이라. 우진이 말대로 내일 현지 경찰에 수사를 요청하는 게 좋겠어. 로우 빌리지 일은 우리가 알 바 아니지만 리세랑 가깝게 지낸다니 그냥 두고 볼 순 없구나."

"맞아요, 아빠. 내일 오전에 경찰 측에 연락해 주세요. 이건 리세의 안전이 달린 문제니까요."

❉ ❉ ❉

하이 빌리지에 거주하는 민우그룹의 위상 앞에서 현지 경찰은 한없이 을이었다. 민우그룹 로열패밀리의 말 한마디에 당장 제이든이 일하는 수산 시장으로 경찰 몇 명이 출동했다. 물론 증거가 없어 일단은 경찰서에 연행하여 조사를 받도록 하는 게 목적이었다.

또래 평범한 소년들은 으레 경찰 제복만으로도 오금이 저려서 군말 없이 따라갔을 것이다. 하지만 제이든은 결코 평범한 열다섯 사내아이가 아니었다.

『거부합니다. 영장 없이는 출두할 의무가 없습니다.』

그는 현지어로 당당히 말하며 경찰들 앞에서 버텼다. 시장 안 사람들은 경찰의 권위가 무서워 감히 나서진 못했으나 누가 봐도 제이든을 옹호하는 분위기였다. 사회의 약자인 로우 빌리지 주민들이라 해도 경찰들이 성난 군중 앞에서 무소불위의 권력을 휘두르는 데는 무리가 있었다. 총선을 앞둔 상황의 공권력은 그 어느 때보다 여론에 신경을 써야 했다.

시장 사람 백에 아흔아홉은 제이든의 편이었다. 가장 오래된 시장 토박이 남자가 제이든 뒤에서 조용히 중얼거렸다.

『맞아. 영장이나 증거도 없는데 왜 끌고 간다는 거야? 아무리 우리가 못 배운 무지렁이들이라도 무고한 사람한테 이러는 건 잘못이란 걸 세 살배기도 알겠네.』

『맞아요, 맞아! 우리 제이에게 왜 이래요? 선량한 시민에게 이렇게 함부로 하면 안 되죠!』

나이마의 친정어머니인 노파 역시 두 주먹을 불끈 쥐고 제이를 두둔했다. 경찰들은 서로를 마주보았다. 뜻밖의 복병을 만났다는 난처한 표정이었다. 그들 중 한 사람이 앞으로 나서 최대한 부드러운 목소리로 말했다.

『오해하지 마세요. 우린 그냥 몇 가지 질문만 할 겁니다. 여러분도 아시다시피 요즘 마약 범죄가 극성을 부리고 있고 밀수의 움직임이 활발해지고 있어요! 우리 마르체바 빌리지의 안전과 발전을 위해서라도 마약이 뿌리 뽑히도록 다 함께 협조해 주셔야 합니다.』

그때 군중들 뒤에 정차해 있던 관광용 택시로부터 외침이 들려왔다. 뒷좌석에 앉은 두 여승객은 한눈에 보기에도 유럽에서 온 관광객 일행이었다.

「맞아요. 저 남자가 우리에게도 마약을 사라고 은근히 부추겼어요. 자기가 아주 좋은 물건 가지고 있다고…….」

여자들 중 한 명이 경찰의 취조에 결정적인 한마디를 보탰다. 얼마 전 제이든을 호텔방으로 꼬여서 재미를 보려다 무안을 당했던 여행객들 중 한 명이었다. 천박해 보이는 인상의 금발 머리 여자는 아주 잘됐다는 표정을 짓고 있었다. 경찰들의 얼굴이 한순간에 돌변했다. 여자는 창 너머로 호텔 연락처를 넘기기까지 했다.

「저런 녀석은 당장에 경찰서로 끌고 가 제대로 조사해야 돼요. 필요하다면 얼마든지 증언해 드릴 테니 여기로 연락하세요.」

두 여자를 태운 택시는 이내 하이 빌리지 쪽 리조트 타운을 향해 떠났다. 난감한 표정을 짓고 있던 경찰들은 승리에 도취된 얼굴로 제이든의 양팔을 강제로 붙들었다.

『증인도 나타났으니 더는 빼도 박도 못하겠지? 이봐, 빨리 연행해! 이 녀석, 마약 판매 수단책일 수도 있겠어!』

시장 안의 모두가 크게 동요하며 제각기 떠들고 소리를 지르는 둥 큰 소란이 일었다. 제이든은 구속된 두 팔을 풀려고 했지만 건장한 경찰 장정 두 명을 이길 수는 없었다. 그는 분한 듯 이를 꽉 악물고 저항하기를 포기했다. 지금은 반항해봤자 도리가 없었다. 일단은 경찰서로 조용히 끌려가 거기서 최대한 자기변호를 하는 방법밖에 없었다.

몸을 굽혀 경찰차에 탄 그는 입을 한일자로 꾹 다물었다. 언젠가 한국어 책에서 보았던 하루아침에 날벼락이란 말은 이런 때 쓰는 건가 싶었다. 창 너머 푸른 하늘에 누군가의 얼굴이 불현듯 떠올랐다. 흑진주처럼 까만 눈동자, 흑단처럼 아름다운 머리칼을 지닌 소녀가 경찰서로 가는 내내 제이든의 뇌리에서 떠날 줄을 몰랐다.

제이든이 이틀째 경찰서에 갇혀 심문을 당하고 있다는 이야기는 가정부 나이마를 통해 리세의 귀에도 들어왔다. 리세는 모든 정황을 듣고 충격 받은 표정이었다. 도저히 믿을 수가 없었다.

제이든은 아빠가 후원해 주는 생활비를 차곡차곡 저축하고 낮에는 나이마네 생선 가게 일을 무상으로 도와주면서 시간을 보내고 있었다. 밤에는 국제 학교 야간 수업을 들으며 열심히 학업에 매진하는 성실한 학생이었기에 눈코 뜰 새 없이 바빴다. 빈민층 청소년 범죄의 온상인 마약이나 술, 성적인 문란함과는 거리가 멀었다. 로우 빌리지뿐 아니라 모라비아 전체에서 그만큼 건실하게 하루하루를 살고 있는 사람은 없을 터였다.

「나이마 아주머니, 걱정 말아요. 제가 아빠에게 연락해서 도움을 요청할 거예요. 김 비서님! 아빠, 아직도 두바이에 계시죠? 아빠께 연락해서 도와 달라고 해 주세요! 제이는 억울하게 잡혀간 거예요!」

리세는 비서와 수행원들에게 빨리 이 회장에게 연락해 달라고 졸랐다. 그들은 회장에게 연락은 하겠지만 어차피 이틀 뒤에는 돌아올 예정이니 그때까지만 기다리자고 리세를 설득했다. 그녀는 고개를 끄덕일 수밖에 없었다.

다음 날 오전, 리세는 가정교사와의 레슨도 죄다 취소하고 도심 한가운데 자리한 마르체바 중앙 경찰서로 향했다. 아버지의 권력에 의지해 제이든과의 면회를 신청했고 10분간의 면담이 허락되었다.

잠시 후 리세는 수행비서 두 명을 뒤에 세워 둔 채 초조하게 앉아서 제이든을 기다렸다. 몇 분 뒤 나타난 제이든의 모습은 말이 아니었다. 사흘 동안의 고초를 보여 주듯 그는 수척해 보이는 몰골을 하고 있었다. 분명 식사는 제대로 제공된다고 들었지만 구류 자체에서 느끼는 공포가 엄청난 에너지를 고갈시키리라는 건 충분히 예상되는 일이었다.

「제이!」

리세는 책상을 사이에 두고 그의 손을 덥석 잡았다. 안타깝고 처연한 마음에 금방이라도 눈물이 흘러내릴 것만 같았다.

「제이, 기다려. 아빠가 내일모레 돌아오실 거야. 아직 전화 통화는 못 했지만 두바이에서 귀국하시기로 되어 있어. 아빠가 오시면 생활비의 출처나 네 무고함에 대해서 다 설명해 주실 거야. 조금만 참아.」

「그래. 고마워…….」

「믿을 수가 없어! 아무리 인권 의식이 부족하다 해도 어떻게 무고한 사람을!」

「거짓 증언이 너무 유력하게 받아들여졌어. 본의 아니게 원한을 산 사람이 있어서. 괜찮을 거야, 리세. 걱정하지 마.」

금방이라도 울 것 같은 그녀의 얼굴에 제이든은 억지로 엷은 웃음을 지어 보였다.

「모레 회장님이 나타나시면 상황 끝일 테니까 걱정하지

않아도 돼.」

「뭐 필요한 거 없어? 먹을 거나 입을 거, 이불도 필요하면 얼마든지 준비해 줄게! 말만 해!」

「아무리 인권 의식이 부족하다 해도 아직 형이 확정된 것도 아닌 사람에게 함부로 대하진 않아. 부족한 건 없어, 리세.」

그동안 부족한 게 있었다면 오직 네 존재뿐이었어.

제이든은 그녀가 자신을 오해할까 봐 노심초사하고 있었다. 리세가 자신을 정말로 마약 운반책이나 관광객을 상대하는 밀매꾼이라 믿지는 않을지 죽을 만큼 두려웠었다. 하지만 그녀가 무고함을 믿어 줄 뿐만 아니라 외국에 있는 이 회장에게 연락해 도움을 요청할 것이라 말해 주니 고맙기 그지없었다.

경찰 측은 리세와 수행원들이 요청한 대로, 일단 이 회장이 모라비아로 귀국해 제이든의 무죄에 힘을 실어 줄 때까지 잠시 구속을 보류하기로 결정했다.

경찰서에 억류되어 있는 동안에도 일반적인 경우보다 훨씬 더 인격적이며 좋은 대우를 받고 있었다. 이산그룹 저택에 자유로이 드나들 만큼 신뢰를 얻었다는 사실과 리세가 요청한 면회 때문이었다. 이산그룹의 후광이 아니었다면 지금쯤 그는 정식재판도 없이 마약범 전용 교도소로 이송되었을지도 몰랐다. 백인 관광객의 강경한 증언만으로도 충분했다.

면회 시간 10분이 눈 깜짝할 새 지나갔다. 리세는 수행원과 간수의 요청에 마지못해 면회실 의자에서 몸을 일으켰다.

「제이, 조금만 기다려. 조금만 더 견뎌 줘…… 알았지?」

「난 괜찮다니까. 너야말로 걱정 말고 집에서 기다려. 회장님이 오실 때까지 여기 더 오지도 말고.」

「내일도 올 거니까 그런 말은 하지 마! 필요한 거 있으면 뭐든 알려 줘.」

리세는 울 것 같은 표정으로 면회실을 떠났다. 그래도 경찰서에 올 때만큼 마음이 천근만근 무겁지는 않았다. 제이든의 말대로 경찰 측은 이 회장의 영향력을 고려해 그의 인권을 우선시한 대우를 해 주는 것 같았다.

하지만 그날 밤, 사건은 전혀 다른 방향으로 급물살을 타게 되었다.

리세는 목욕 시중을 받고 침대에 누워 조용히 책을 읽고 있었다. 그때 수행 여비서들 중 한 명이 문을 거칠게 노크한 뒤 다급한 목소리로 외쳤다.

"아가씨, 리세 아가씨! 주무시나요?"

리세는 깜짝 놀라 아니라고 답했다. 곧바로 문이 벌컥 열렸고 낯익은 얼굴의 정 비서가 모습을 드러냈다.

"아가씨, 지금 한국에 돌아가야 해요! 회장님에게 일이 생겼습니다."

"네? 아빠가 왜요? 무슨 일이에요!"

"업무차 두바이에서 한국에 잠깐 들르시던 중 공항에서 급성 심근경색으로 쓰러지셨다고 합니다. 앞으로 한 시간 내 전용기가 준비될 테니 어서 준비하세요, 아가씨! 짐은 제가 챙기겠습니다."

"네? 아빠가…… 아빠가! 괜찮으신 거래요? 네? 심각하신 건 아니에요?"

"수술을 받으셔야 할 수도 있어요. 어쨌든 지금으로선 저희도 정확한 상황을 모르니 빨리 한국으로 돌아가시는 게 좋겠습니다."

리세는 갑작스런 비보에 눈물이 왈칵 날 뻔했지만 비서의 다독거림과 부드러운 독촉에 재빨리 잠옷을 벗고 옷을 챙겨 입었다. 부리나케 집 밖으로 나서기 직전 그녀의 뇌리에 누군가의 얼굴이 퍼뜩 떠올랐다. 다름 아닌 제이든이었다.

"제이! 제이, 어떡하지. 아빠가 위독하셔…… 빨리 가 봐야 해. 하지만 제이를 두고 어떻게 가지. 이대로 갈 수는 없어!"

리세는 전용기가 준비되어 있는 부지로 가기 전 민우그룹 저택에 들러 달라고 비서에게 간절히 청했다. 수 분 뒤 리세는 우진과 저택 앞뜰에서 마주했다.

"우진 오빠, 부탁이야. 그거 꼭 전해 줘, 알았지? 오빠만 믿을게!"

"……그래. 회장님이 괜찮으셔야 할 텐데. 도착하면 꼭 연락해 줘. 회장님 상태도 알려 주고."

"그래, 알았어. 오빠, 다시 한 번 부탁하는데 내가 다시 돌아올 때까지 제이 꼭 도와줘. 경찰서에서 함부로 하거나 억울하게 교도소로 끌려가지 않게 꼭 좀 도와줘. 알았지?"

"그래, 알았어. 나중에 서울이나 여기서 다시 보자."

리세가 비서들과 문 밖으로 사라진 직후 우진은 정원 한가운데 서서 그녀가 억지로 손에 쥐여 주다시피 한 종이봉투를 열어 보았다. 작은 쪽지와 은색 별모양 펜던트가 들어 있었다. 우진은 지체 않고 쪽지를 펼쳐 보았다. 급하게 휘갈겨 쓴 글씨가 몇 줄 적혀 있었다.

제이, 아빠가 위독하셔서 한국에 가 봐야 하지만 꼭 다시 돌아올 거니까 잊지 말고 건강히 기다려. 그동안 우진 오빠랑 민 대표님이 널 도와줄 거야. 연락할 거니까 조금만 기다려, 알았지?

—리세.

은색 별모양 펜던트는 리세가 평소 늘 걸고 있던 목걸이였다. 그만큼 그녀에게 큰 의미가 있고 가장 좋아하는 물건일게 분명했다.

우진은 목걸이와 쪽지를 한참 노려보다가 쪽지를 갈기갈기 찢어 정원 한가운데 수풀 속으로 던져 버렸다. 목걸이는 그대로 호주머니 속에 넣었다. 죄책감은커녕 왜 제이란 놈에게 이렇게나 신경 쓰는지 분해 죽겠다는 표정이었다.

"아무리 동정심이 넘쳐도 그렇지. 왜 그런 거지새끼한테 이렇게……."

어머니의 부름에 우진은 몸을 돌려 저택 안으로 사라졌다. 잔혹하게 찢긴 종이 몇 조각은 수풀 속 어딘가 흔적도 없이 사라졌고 몇 조각은 분수대 물 위에 둥둥 떠 있었다. 그 조각들이 다시 하나로 합쳐져 원래 수신자에게 읽힐 가능성은 전혀 없을 터였다.

민 대표 역시 아들과 의견이 얼추 비슷한 것 같았다. 다음 날 경찰서장과 출근길에 마주친 민 대표는 고급 세단 뒷좌석에 앉아 심드렁한 어조로 말했다.

「어젯밤 리세 양은 한국으로 떠났습니다. 이 회장도 이미 두바이에서 곧바로 귀국한 것으로 알고요. 어차피 올해 봄에 다 정리해 영구 귀국하고 모라비아 지사장을 파견 보낼 예정이었으니 한 달 정도 더 빨리 들어간 셈이죠.」

「아, 그렇습니까? 하지만 리세 양은 일부러 제이든에게 들러서 면회도 하고 그를 잘 부탁한다 말했는데요. 회장님이 내일 돌아오실 거라면서요.」

경찰서장은 턱을 쓸면서 민 대표의 말에 조금 고개를 갸우뚱했다. 피부색은 토속 현지인과 같은 구릿빛이었지만 그는 케냐 나이로비에서 고등교육을 받은 부유한 집안 출신이었다. 그에게 있어 로우 빌리지 사람들의 인권이 그 무엇보다 우선시될 일은 절대 없을 것이었다.

서장의 관심사는 오직 하이 빌리지 외국인들이 지역에 공헌하는 자본력과 거기서 떨어지는 콩고물로 제 식솔들 배를 불리는 것밖에 없었다. 은밀한 탐욕으로 번들거리는 그 내면은 인간의 존엄성 같은 문제에 아무런 관심도 없었다.

「부잣집 아가씨의 형식적인 겉치레 동정심일 뿐이지요. 제이든인지 뭔지 그 소년 일은 경찰당국에서 알아서 하십시오. 우리야 뭐, 그 애와 아무 관련도 없고 사실 이 회장도 마찬가지 아닙니까. 그저 많고 많은 저택 일꾼들 중 하나였을 텐데. 리세 양도 이제 본국으로 돌아갔으니 더 신경 쓰지 않을 겁니다. 정말 그 소년을 생각하는 마음이 있었다면 어젯밤 그렇게 갑자기 가 버렸을 리가 없죠.」

경찰서장과 몇 마디 한담을 더 나눈 뒤 민 대표는 가죽 좌석에 몸을 묻고 시가를 하나 꺼내들며 중얼거렸다.

"애당초 이 회장이 그런 빈민촌 거지새끼와 엮일 일이 뭐가 있겠어. 딸년이 워낙 여리고 착해 빠져서 쓸데없이 도와주려 한 거지. 뭐, 경찰에서 알아서 하겠지."

이산그룹과 민우그룹에서 더 이상 신경 쓸 기미가 보이지 않자 경찰서장은 본색을 드러내며 제이든을 마르체바 남쪽의 세르푸 소년원으로 보내도록 지령을 내렸다. 아무리 군부 독재 치하라 해도 정식재판 없이 용의자를 교도소로 이송할 수는 없었다.

하지만 미성년자의 경우엔 이야기가 달랐다. 모라비아 법적 성년인 열여덟 살 이전의 범죄 청소년은 관할 지역 경찰서장의 결정만으로도 소년원에 보내져 갱생 교육을 받을 수가 있었다. 일주일 뒤 곧바로 소년원에 보내질 것이란 통고를 받은 제이든은 엄청난 충격에 휩싸였다.

『소년원 6개월이라뇨! 전 무죄예요! 이 회장님이 돌아오셔서 제 평소 행실이나 생활을 증언해 주시기 전까지 정식 기소를 유보하기로 하지 않았나요? 이건 말도 안 돼요!』

경찰 측 예상대로 제이든은 격렬하게 항의했다. 그는 리세에게 연락해 달라고 서장에게 애원하다시피 간절히 청했다. 하지만 서장은 그럴듯한 연기를 펼쳐 보였다. 그는 사람들이 알고 있는 것보다 훨씬 더 간교한 인물이었다. 서장의 방에는 만 달러 상당의 명화 복제품이 새로 걸렸다. 귀찮은 떨거지들을 잘 정리해 탈탈 털어 버리라는 민 대표의 개인적인 선물이었다.

이 회장은 현재 위독한 상태였지만 위기만 잘 넘기면 다시 회복될 터였다. 이 회장은 물론이고 리세 역시 결코 무시할 수 없는 중요한 존재들이었다. 그는 내심 우진의 짝으로 리세를 점찍어 두었다. 이산그룹의 주인인 이 회장은 대한민국 그 누구도 부럽지 않을 최고의 사돈감이었다. 동정심이 지나치게 많은 리세가 나중에라도 이 일을 문제 삼지 않을까 싶어 민 대표는 확실히 싹을 제거하고자 서장에게 은근슬쩍 사탕을 입에 물려 주었다.

만 달러는 적어도 로우 빌리지 내 열 가족은 1년간 먹여 살릴 수 있을 만큼 큰돈이었다. 하지만 민 대표에겐 고작해야 눈깔사탕 하나 값에 지나지 않았다. 서장은 커다란 눈알을 뒤룩뒤룩 굴려 보이며 제이든에게 미안한 척 연기를 펼쳤다.

『리세 아가씨는 어젯밤 전용기로 한국에 돌아갔다고 들었다. 회장님도 두바이에서 곧바로 본국 들어갔고. 그 저택은 지금 대청소에 이것저것 정비하느라 정신이 없어. 이제 리조트 사업도 물망에 올랐고 해서 회장님과 따님 모두 영구 귀국하고 2주 뒤 새로운 지사장이 파견 나와 살게 될 예정인가 보더구나. 어젯밤 떠나면서 너에 대한 이야기는 한마디도 없었어. 이제 완전히 여길 뜨니 그들도 더는 신경 쓰고 싶지 않은 거겠지. 너에겐 안타까운 일이다만…….』

『그럴, 그럴 리 없어요. 리세가 그렇게 가 버릴 리 없어요. 그럴 애가 아니에요!』

『믿기 힘들겠지만 그게 사실이야. 나도 정말 유감스럽게 생각한다. 민우그룹 측에서도 리세에게 다시 연락했지만 묵묵부답이라고 하네. 네가 마약을 팔려고 했다는 그 관광객이 워낙 강력하게 주장해서 우리도 널 이대로 집에 보내기는 힘들어. 6개월만 소년원에서 얌전히 지내다 나오는 수밖에 방법이 없어.』

『말도 안 돼…… 다 당신들이 꾸민 짓이야. 그럴 리가 없어!』

제이든은 바보가 아니었다. 말이 소년원이지 포로수용소나 다름없이 열악하고 비인간적인 환경일 게 분명했다. 게다가 6개월만 있다 나올 수 있으리란 보장도 없었다. 어딘가 노역으로 끌려가서 개죽음을 당하거나 다른 루트로 흘러가 범죄 조직에 유입될 수도 있었다. 범죄 청소년들을 갱생한다는 명목하에 세워진 소년원은 오히려 아이들을 더 큰 범죄의 세계로 끌어들이는 온상으로 탈바꿈된 상태였다. 그게 바로 지금의 모라비아였다.

삼면이 인도양에 둘러싸인 아름다운 남아프리카 대륙의 반도국, 서방의 자본이 유입되어 급부상하기 시작한 리조트 천국. 그것들은 달콤한 사탕발림 홍보 영상으로만 꾸며진 모라비아의 아주 작은 단면일 뿐이었다.

진짜 모라비아의 현실은 기아와 기니아충, 말라리아 등에 고통 받고 움막집 흙바닥에서 생활하는 빈민층 아이들, 교육의 균등한 기회도 주어지지 않아 희망 없는 미래와 비참한 현실을 잊고자 일상의 절반을 마약에 취해 살아가는 청년들, 살기 위해 각종 범죄 조직에 유입되어 조직원으로 생계를 잇는 하층민들, 선거철이면 미신을 신봉한 나머지 백색증 환자의 신체를 산 채로 잘라 내는 악습까지 자행하는 정치인들의 모습이었다. 휴양지란 가면 뒤의 아비규환이 진짜 모라비아였다.

제이든은 이를 갈며 바닥에 힘없이 주저앉았다. 다리에 힘이 풀려 더 서 있을 수조차 없었다. 절망, 끝없는 절망의 나락으로 떨어진다는 기분이 이런 것이구나 싶었다. 어릴 적 잠시 지냈던 고아원보다 몇 배는 더 참혹할 미래가 눈앞에 보이는 것 같았다.

리세, 정말로 한국으로 돌아가 버린 거야? 날 도와줄 거라고 했잖아. 날 믿는다고 했잖아. 제발 연락 좀 해 줘, 제발…… 이 회장님 힘을 단 한 번만 빌려줘!

지금 그에게 있어 유일한 희망은 리세뿐이었다. 썩은 동아줄이라도 붙잡고 싶은 절박함, 누구보다 믿었던 이에게 배신당한 절망감이 제이든의 영혼을 빠르게 잠식해 갔다.

—우진 오빠, 나 리세야. 그동안 잘 지냈어?

"그래, 리세야! 회장님은 좀 어떠셔?"

우진은 일주일 만에 받은 리세의 연락이 진심으로 반가웠다.

—수술 끝나고 경과 계속 보고 있어. 의사 말로는 좀 더 지나면 의식도 제대로 회복하실 거고 재활 치료도 받으실 수 있대.

"그래? 정말 다행이다. 회장님, 강한 분이시니 금세 회복하실 거야!"

—고마워. 민 대표님께도 안부 전해 드려 줘. ……그런데 제이는 이제 경찰서에서 나왔겠지? 어떻게 지내고 있어?

우진은 잠시 틈을 두었다가 천연덕스럽게 말을 이었다.

"응, 우리가 보석금도 주고 해서 증거 불충분으로 풀려났어. 그런데 마침 그 아이 어머니가 케이프타운에서 돌아와서 갑자기 그쪽으로 데리고 갔어. 이런 일도 있었고 아들을 계속 혼자 두는 게 불안했나 봐. 짐을 싸서 순식간에 가 버렸어."

—뭐? 왜 그렇게 갑자기?

"그거야 모르지. 연락처도 남기지 않고 갔어. 그래도 어머니와 같이 살게 됐으니 잘된 거지."

—오빠, 내 쪽지랑 목걸이 다 전해 줬지?

"응. 경찰서에 전달했으니 받았겠지. 이제 더 신경 쓰지 마. 지금은 무엇보다 이 회장님 빨리 나으시는 게 중요하잖아."

—이메일을 계속 보냈는데 계속 확인하지 않고 있어서. 그리고 나이마 아주머니에게도 전화했는데 계속 받지 않아.

저택 관리인들 말로는 잠시 집에 가 있다고 하는데…….

"그런 것 같던데? 친정어머니가 많이 아프신 것 같았어. 그쪽도 모친 병간호에 신경 쓰느라 마음의 여유가 없을 거야."

우진은 단 한 번의 망설임도 없이 거짓말을 줄줄 읊었다. 그들이 굳이 손을 쓰지 않아도 이산그룹 저택 관리자들은 이 회장이나 리세에게 연락을 취해 달라는 나이마의 요청에 일절 응해 주지 않았다. 그녀는 현지인 일꾼들 중 하나일 뿐 로열패밀리에게 연락을 취하게 해 줘야 할 만큼 중요한 존재가 아니었다.

―그래…… 알았어. 하지만 뭔가 제이 소식을 듣게 되면 나한테 꼭 알려 줘, 오빠. 나이마 아주머니께도 어머니가 좀 괜찮아지시면 나한테 꼭 연락해 달라고 전해 주고.

"그럴게. 하지만 나랑 부모님도 이제 곧 한국으로 들어가야 해서…… 큰 도움은 안 될 거야. 일단 나이마 아주머니에게 네 말은 꼭 전달해 놓을게."

리세는 침울한 목소리로 전화를 끊었다. 우진은 양심의 가책 없이 수화기를 내려놓고 소파에 몸을 묻었다. 다음 주엔 그들 가족 역시 한국으로 돌아갈 예정이었다. 시간이 지남에 따라 리세도 제이나 나이마에 대해 까맣게 잊게 될 터였다.

나이마는 점심시간이 되자마자 쏜살같이 저택을 벗어나

경찰서로 달음박질쳤다. 오전에 그녀가 들은 이야기를 확인하기 위해서였다. 현지인 일꾼들 중 누군가 제이든이 오늘 점심 때 마르체바 남쪽에 위치한 세르푸 소년원으로 보내지리라 넌지시 말했던 것이다.

나이마는 경찰서로 달려가 서장을 만나게 해 달라고 간곡히 요청했지만 아무 소용이 없었다. 경찰서 말단 직원은 딱하다는 얼굴로 말했다.

『오전에 이미 수송 차량이 떠났어요, 나이마. 증거 불충분인 건 알지만 미성년자를 소년원에 보내는 건 경찰서장 권한이라…… 미아에게도 알리지 않고, 너무한 것 같아요. 제이든이 정말 안됐어요.』

미아는 남아공 케이프타운에서 일하고 있는 제이든 모친의 이름이었다. 나이마는 미아의 비상 연락처를 통해 알리겠다 말하고 한참 뒤 경찰서를 나섰다. 한국의 이 회장이나 리세에겐 전혀 연락이 닿지 않았다. 저택 관리하던 한국인들은 나이마의 메시지를 전달했지만 저쪽에서 아무런 답변이 없다고만 주장할 뿐이었다. 그 말이 사실인지 거짓인지 확실히 알아볼 방법조차 없었다.

나이마는 제집으로 돌아가 아들 샘페를 찾았다. 샘페는 친형처럼 믿고 따르던 제이든이 없어지자 매일 울면서 그를 찾기 바빴다. 하지만 나이마가 말해 줄 수 있는 것은 아무것도 없었다. 그녀는 근심 어린 표정으로 샘페를 품에 안고 칭얼

대는 아이를 얼렀다.

그녀는 제이든이 깊이 걱정되었다. 세르푸 소년원은 말이 갱생 시설일 뿐 일반 성인 범죄자를 수용하는 교도소와 별다를 바 없었다. 기본 위생 관념조차 없어서 깨끗한 식수도 공급되지 않고 제대로 된 의료 시설조차 구비되어 있지 않아 매달 질병으로 죽어 나가는 아이들이 많다고 들은 적 있었다. 교관들은 뇌물에 찌들어 있고 수감된 아이들은 폭력에 무방비 상태로 노출된 상황이었다.

나이마는 제이든의 안녕을 위하여 마음을 다해 기도를 올렸다. 그녀가 그를 위해 할 수 있는 일이라곤 그것뿐이었다.

해가 두 번 바뀌었다. 그동안 모라비아에는 격렬한 항쟁의 피바람이 그칠 날이 없었다. 그해 2월, 수만 명에 달하는 인명이 부상당하고 죽음에 이른 뒤에야 케냐타 대통령은 내각을 해산하겠다고 발표했다. 보름 뒤 13년간 장기 집권한 아흐메드 케냐타 대통령은 2년째 반복되는 반독재 정부 시위와 인근 국가들의 외압에 의해 마침내 권좌에서 물러나게 되었다.

잠시 군부가 통치권을 이양 받은 동안 모라비아는 자유 대선을 치르게 되었고 유력한 당선자로 지목되었던 인권 변호사 마타이가 대통령 자리에 올랐다. 마타이는 처음의 공약대로 헌법을 개정하고 민주화의 길로 들어서는 터전을 닦기 시작했다. 무엇보다 그는 타국에서 온 백인 자본가들의 도를 넘은 권력 남용과 정치적 입김을 조금씩 제거해 나가는데 힘을 쏟았다.

모라비아는 서서히, 그러나 확실히 과거의 진창에서 벗어나 앞으로 나아가기 시작했다.

3화

세월이 덧없이 흘렀다. 강산도 변하게 한다는 10여 년의 시간이었다. 뇌출혈로 사망한 이산그룹 이무현 회장의 장례식이 치러진 지 어느덧 한 달이 지나가고 있었다.

이루 말할 수 없던 무거운 슬픔의 격랑도 리세의 가슴속에서 조금씩 진정되어 갔다. 몇 개월 전 이 회장과 다같이 그녀의 대학 졸업식에서 즐겁게 사진을 찍던 때가 엊그제 같았건만 더 이상 아버지가 없다는 사실이 도저히 믿기지 않았다.

평창동 거실, 리세는 화장기 없는 얼굴로 눈앞에 마주한 남자 발치만 내려다보고 있었다. 우진은 식어 버린 찻잔을 테이블 한옆으로 치우고 말을 이었다. 올해 스물일곱으로 장성한 그는 꽤 수려한 용모에 재벌가 3세 사업가다운 분위기를 풍겼다.

“리세야, 아직도 생각할 시간이 더 필요하니?”

그가 처음 결혼에 대해 언급한 것은 반년 전의 일이었다. 물론 그전에도 넌지시 낌새를 주었지만 리세는 단 한 번도 마음을 알아챈 기색을 내보인 적이 없었다. 청혼에 대한 대답도 지난 6개월간 차일피일 미뤄 왔다.

“응. 오빠…… 아직은 아빠 일로 너무 정신이 없어서 아무것도 결정할 수 없을 거 같아. 이모부가 임시 회장직을 갑자기 맡게 되시면서 가족들도 경황이 없고. 이 얘기는 좀 나중에 했으면 좋겠어. 미안해.”

“아냐, 내가 오히려 미안하지. 그럼 좀 더 시간을 줄게. 하지만 이거 하나만은 알아줬으면 좋겠어. 난 반년 전부터가 아니라 오래전부터 널…… 쭉 여자로 보고 있었어. 어느 날 갑자기 그런 마음이 들어서는 절대 아니야. 고 이 회장님과 우리 아버지는 예전부터 알고 계시기도 했고.”

우진은 리세의 수척한 얼굴을 보며 말을 더 잇지 못한 채 좀 쉬라고 말한 후 일주일 뒤 다시 연락하겠노라 저택을 나섰다. 리세의 창백한 얼굴에는 가련한 청초함이 짙게 배어 있었다. 한 떨기 연약한 백합처럼 아름다웠다.

역시 너무 일렀나.

프로포즈하기엔 좀 시기상조였나 싶었다. 하지만 그와 리세가 둘이 있는 모습이 언론에 자주 포착되어 이미 두 재벌가의 결합이 기정사실인 것처럼 세간에 떠돌고 있었다. 고 이 회장과 그의 부친 민상진 대표, 두 사람간의 평소 친목 및 업무적 교류 역시 그 소문에 무게를 더 실어 주었다.

비록 지금 당장은 퇴짜를 맞은 셈이었지만 우진은 그다지 낙담하지 않았다. 리세의 이모부 조관희가 임시 회장직에 올라 수장 역할을 한 지도 벌써 넉 달째였다. 단 몇 달간이었지만 이사회의 결론은 이미 내려진 셈이나 다름없었다.

조관희는 회장직을 맡기에 적합한 그릇이 아니었다. 신중하고 냉철한 판단으로 타고난 사업가 기질을 보였던 첫째 사위 이무현과는 달리 둘째 사위 조관희는 넉 달 만에 그룹 주가를 전례 없이 대폭 떨어뜨리고 우왕좌왕 갈피를 잡지 못하다 경솔한 판단으로 이것저것 무리하게 확장시키기 일쑤였다.

굴지의 대기업이 단시일 내 이 정도의 주가 폭락과 적자 직전 상황까지 몰리기는 대한민국 건국 이래 처음일 거라 입을 모아 혹평할 정도였다. 따라서 이사회는 하루라도 빨리 조관희를 임시 회장직에서 내보내고 제대로 된 이를 회장직에 앉힐 것을 강경히 주장하고 있었다.

민 대표가 우진에게 리세와의 결혼을 언급한 것은 2주 전이었다. 아들이 오래전부터 리세에게 연정을 품고 있다는 사실은 일찍이 알고 있던 터였다. 이 회장의 부고는 안타까운 일이었지만 이럴 때 짭짤한 실속도 차리고 아들놈이 원하는 혼사도 성사시킬 일석이조의 효과를 보는 것이 최대 관심사였다.

"우진아, 리세와의 혼인 빨리 추진하거라. 다른 건 이 아버지가 다 도울 수 있지만 리세 마음을 얻는 건 어디까지나 네 몫이니. 어정쩡한 놈들이 이산그룹을 꿀꺽 삼키기 전에 우리가 빨리 나서야지. 리세와의 결혼이 공식 발표되는 즉시 넌 이산그룹 차기 회장이 되는 거나 마찬가지야. 상황 봐서 나중에 우진의 계열사로 합병시킬 수도 있고."

"하지만 아버지, 아시다시피 리세의 외갓집 가족들 중 다른 누가 차기 회장이 될 가능성도 있어요. 제가 회장이 된다면 마다하진 않겠지만, 그렇지 않다 해도 전 리세랑 결혼할 겁니다."

"어리석은 소리! 그룹이 네 손에 떨어지지 않으면 그 혼인을 왜 해! 리세 하나 가져서 어디다 쓴다고. 그 정도 예쁜 애는 다른 명문가에도 넘친다. 어쨌든 혹시라도 그룹이 다른 놈 손에 넘어가면 이 혼사는 절대 할 이유가 없는 거야. 그러니 넌 리세 마음 잡는 데만 집중해. 나머지는 내가 다 알아서 해 줄 테니. 리세가 제 아버지 몫 주식을 죄다 상속받았으니 이변이 없는 한 최대 주주가 되는 건 확실해. 그 아이는 사업에 대해 아무것도 모르니 신랑이 회장직을 맡을 가능성이 가장 크지. 그러니까 우진이 네가 리세 마음을 잡아야 하는 거다! 이사회도 딱히 반대할 명분이 없는 민우그룹 장남이니까. 하하하."

그때 부자간의 대화를 내내 듣고만 있던 우진의 모친이 한 마디 거들었다.

"말이 나왔으니 말이지, 리세 외가에 아들이 하나도 없는 게 얼마나 다행이에요. 이산그룹 창업주가 딸만 셋을 둬서 모두 피 한 방울 안 섞인 데릴사위로 와 있지, 손주도 죄다 손녀들뿐이지. 아들 보는 유전자가 어쩜 그리 동시에 뚝 끊겼을까?"

"그러게 말이야. 그나마 큰 사위 이 회장이 리세 어머니 죽고 나서도 그룹을 더 크게 발전시켜 왔는데 그 친구도 이제 저세상으로 가 버리고...... 쯧쯧."

우진은 이어지는 부모의 담화를 한 귀로 흘리며 혼자만의 생각에 잠겨 있었다.

그는 그룹의 회장직보다 리세를 더 간절히 원했다. 따라서 리세 본인에게서 결혼 수락을 꼭 얻어 내야만 했다. 아버지 민 대표를 이길 자신이 없었기에 리세를 얻기 위해서라도 부친의 갈망대로 그룹까지 손에 넣을 생각이었다.

하지만 상황은 그들이 원하는 방향으로 쉬이 흘러가지 않았다.

우진이 다녀간 날 저녁, 이산그룹의 본가 저택에는 기묘한 분위기가 흘렀다. 리세는 물론 그녀의 두 이모와 이모부 모두 사색이 되어 거실 한가운데 모여 있었다. 고 이 회장을 가까이에서 보필해 왔던 그룹의 법률고문관 최대영 변호사가 방금 창업주 일가에게 폭탄선언을 던진 뒤였다.

두 이모부는 안색이 하얗게 질려 최 변호사의 얼굴만 빤히 바라보았다. 특히 임시 회장직을 맡아 왔던 첫째 이모부 조관희의 안색이 더 파리하게 질려 있었다.

"뭐, 뭐라고요? 그게 대체 무슨 소립니까! 어떻게 그렇게 갑자기!"

"죄송합니다. 저도 임시 주주총회가 열렸다는 사실을 이제야 전달받았습니다. 이 회장님이 계셨더라면 상상도 못 할 일입니다만…… 어쨌든 이미 벌어진 일이고 리세 아가씨나 다른 가족분들보다 주식 점유율이 높은 모종의 인물이 내일 중대 발표를 한다는 것이 암암리에 퍼지고 있습니다."

내내 입을 다물고만 있던 리세가 간신히 입을 떼었다. 아무리 사업에 대해 무지하다 해도 모종의 인물에 대해서는 경악하지 않을 수가 없었다.

"도대체 그 사람이 누군가요? 어떻게…… 아버지보다 더 많은 주식을 보유하고 있을 수가 있죠? 이해가 안 가요."

"저도 오늘 처음 알았습니다. 다른 상위 주주들 몇몇이 담합해서 어제 한꺼번에 매매했다 합니다. 시세보다 다섯 배씩 더 높이 매입한 모양이에요. 워낙 베일에 가려진 인물이라 저도 지금으로썬 아무 정보가 없고 미국의 신생 그룹 CEO라는 것만 알려져 있습니다. 그리고 내일 모레 월요일, 기자회견을 열어 깜짝 발표를 할 것이라고 합니다. 그때가 되면 어떤 인물인지 알 수 있겠지요."

"뭐라고요?"

최 변호사의 말에 이모와 이모부들 모두 한목소리로 강경하게 외쳤다. 어떻게 하루아침에 주주들이 창업주 가족의 뒤통수를 치는지 이해할 수가 없었다. 이렇게 급속히 판도가 뒤집혔다니. 믿기지가 않았다.

"세상에, 이건 말도 안 돼! 우리 모두 주식을 다 합쳐서 한 사람에게 몰아줘도 그 사람 지분보다 적다는 소린가! 만약 그자가 최대 주주 권한을 이용해 자기가 회장직에 오르겠다고 하면 우린 다 어떻게 되는 거야? 우리도 만만찮은 주식 지분이 있지만 이대로라면 매달 배당금만 좀 받을 뿐 완전히 빛 좋은 개살구 꼴이 되는 거잖아!"

"그러게요! 창업주의 직계가족이 어떻게 하루아침에 어디서 굴러먹다 온지 모를 외국 놈에게 회장직을 고스란히 뺏기고 종이호랑이처럼 뒤로 물러앉아? 세상에 이런 법이 어디 있어요?"

어른들이 아웅다웅 제 목소리를 높일 동안 최 변호사는 잠시 침묵을 지키고 있었다. 바로잡아 주어야 할 사안들이 있었지만 분위기상 그 점은 지금 말하지 않기로 했다. 그렇지 않아도 충격이 꽤 클 창업주 가족에게 이 이상의 타격을 주고 싶지 않았다. 변호사는 월요일 전, 정보가 더 입수되면 다시 연락하겠노라 약속한 후 물러났다.

리세는 그를 현관까지 배웅하고 거실로 되돌아오려다 긴 복도 안쪽에서 걸음을 우뚝 멈췄다. 그녀는 본래 발소리를 거의 내지 않고 걷는 편이었다. 리세의 귀에 결코 듣고 싶지 않은 이모네 가족들의 수군거림이 희미하게 들려왔다.

"아니, 세상에 이게 대체 무슨 일이야! 원래대로라면 내가 몇 달 뒤 정식으로 취임해야 순서 아니야? 그럼 난 동서도 상황 봐서 계열사 하나 맡기려 했었지."

"벌써부터 불안하네요, 월요일에 무슨 발표를 하려는지…… 도대체 누구죠? 아니, 얼마나 대단한 인물이길래 우리 그룹 주식을 장악했는데도 아직 정체도 파악이 안 된 거예요?"

"그러게. 그런데 리세는 어떻게 되는 거지? 전에 민 대표가 조만간 제 아들과 약혼 날짜 잡고 싶다고, 리세만 수락하면 일사천리로 혼사가 진행될 테니 협력해 달라 말했는데…… 혹시 이 사실을 알면 그쪽에서 혼담을 없었던 일로 하자는 거 아냐? 민 대표는 절대 손해 볼 장사할 인간이 아니잖아. 리세에게서 얻을 게 없다고 생각되면 바로 나 몰라라 등 돌릴 거야."

"하지만 우진인 아닐걸요. 그 앤 오래전부터 리세 좋아하는 마음을 공공연히 내비쳤어요. 아마 그룹과는 상관없이 리세랑 결혼하고 싶어 할 거라고요."

"만에 하나 우진이가 아버지를 꺾지 못하면 리세는 어떡해? 누가 떠맡아? 아버지 쪽도 고아나 다름없고 우리 중 누가 거둬 줬다 시집보내야 할 텐데……."

"리세도 성인인데 자기 앞가림은 해야지. 하긴 손에 물 하나 안 대 보고 공주처럼 자라서 앞가림 할 수도 없겠다만…… 어쨌든 지금 리세가 문제가 아니야. 우리 모두 앞날이 불투명한 판에 누굴 걱정해! 이 저택에서도 쫓겨나 길거리에 나앉는 거 아닌가 몰라. 미국에 있는 우리 애들은 또 어쩌지. 비벌리힐즈 집은 아직 대출 상환도 다 못 했는데."

리세는 이모, 이모부들의 말이 더 이어지기 전에 몸을 돌렸다. 그녀는 조용히 계단을 올라 제 방으로 들어가 문을 닫았다.

엄마 대신으로 생각했고 그들 또한 그러리라고 여겼다. 하지만 역시 한 다리 건너인 피는 어쩔 수 없는 모양이었다. 이미 세상 뜬 언니의 핏줄, 한낱 조카일 뿐인 리세는 그들의 최우선 관심사가 될 수 없었다. 이런 위기 상황에서는 제 몸, 제 자식들 걱정이 1순위인 게 당연했다.

리세는 사무치는 외로움과 절망에 몸을 떨었다. 문에 등을 기댄 그녀는 다리에 힘이 풀려 스르르 주저앉고 말았다. 그동안 깊이 묻어 뒀던 슬픔이 다시금 가슴속 깊은 곳에서 솟구쳐 오르는 것 같았다. 눈물이 양 뺨을 타고 거침없이 흘렀다.

"아빠…… 아빠, 왜 이렇게 빨리 가 버리신 거예요……."

아빠가 너무도 보고 싶었다. 아무리 그리워해 봤자 소용없다는 걸 알면서도 리세는 한참을 눈물로 애달픈 그리움을 표출했다. 그리고 한 가지 사실을 새삼 인지했다.

이런 상황에서도 우진에게 기대고픈 마음이 전혀 생기지 않았다. 지금까지 오랜 세월 그를 가까이 알아 왔음에도 단 한 번도 남자로 느껴진 적이 없었다. 민우진은 그냥 아는 오빠, 그 이상도 그 이하도 아니었다. 앞으로도 그럴 것은 명확했다. 우진의 프로포즈를 제 무의식은 이미 거절했다는 사실을 비로소 깨달았다.

먹빛 창 너머 한남대교와 반포대교를 가득 메운 차량 행렬은 거인이 하나씩 다리 위에 놓은 장난감처럼 보였다. 한강 야경이 한눈에 내려다보이는 전망은 그 일대 최고가의 호화 펜트하우스다웠다.

웬만한 가정집 열 채 크기의 널찍한 1층, 키 크고 건장한 남자가 탁 트인 거실을 가로질러 침실로 향했다. 남자는 마치 먹이를 향해 여유 있게 걸어가는 한 마리 맹수 같았다. 180cm가 훌쩍 넘는 키에 운동으로 다져진 탄탄한 근육과 커다란 골격은 강인한 남성미가 넘쳤다. 골격과 다르게 섬세하게 조각된 듯한 완벽한 얼굴선과 이목구비는 모델이라 해도 손색이 없을 정도였다.

남자는 단정하게 조여진 넥타이를 한 손으로 잡아당겨 순식간에 풀었다. 그는 눈처럼 흰 드레스 셔츠의 단추를 하나씩 풀면서 욕실과 연결된 드레스 룸 안으로 걸어 들어갔다. 남자의 구릿빛 상체는 군살 하나 없이 완벽했다. 그는 나머지 옷을 벗고 욕실로 걸어가다 발걸음을 멈췄다. 욕실 옆 콘솔에 올려져 있던 휴대폰이 남자의 손에 들렸다.

"이산그룹 최 변호사에게 연락했나? 내일 오후 일정, 차질 없도록 해."

거의 완벽에 가까운 한국어였다. '거의' 라고 표현될 수밖에 없는 이유가 있었다. 희미한 이국적 색깔이 감도는 억양, 그리고 한국어를 유창하게 구사하는 미국인 특유의 특징적인 몇몇 발음 때문이었다. 하지만 전화상으로는 외국 출신이란 사실이 거의 파악되지 않을 정도였다.

물론 지시를 받은 비서 외 그와 직접 통화할 정도의 최측근들은 남자의 출신에 대해 알고 있었다. 하지만 그 출신이란 것 역시 대외적으로 알려진 프로필상의 이력이었다. 그의 진짜 정체와 과거에 대해 알고 있는 사람은 최측근 중에서도 극소수에 불과했다. 정확하게는 단 몇 명뿐이었다.

남자는 휴대폰을 다시 콘솔 위에 올려놓은 뒤 욕실로 들어섰다. 웬만한 집 하나가 다 들어갈 정도로 큰 면적에 최고급 대리석과 금으로 마감한 인테리어가 5성급 호텔의 로열 스위트룸 욕실을 방불케 했다.

남자의 벗은 등 왼쪽에는 희미한 흉터 자국이 흘러내렸다. 흉터는 왼팔까지 타고 내려와 팔꿈치 바로 위까지 번져 있었고 자잘한 상처 자국들이 등과 허리 쪽에 드문드문 보였다. 그 외에는 티끌 하나 없이 완벽한 몸이었다. 사실 그런 상처들조차 남자의 강렬한 외모에 큰 흠집을 낼 수는 없었다.

그는 남자로 태어나 상상할 수 있는 가장 완벽하고 아름다운 외모를 지니고 있었다. 길고 강인한 사지는 아주 단순한 동작 하나조차 기품 있고 우아하게 보이도록 만들었다.

순하고 맑은 초식 동물은 결코 아니었다. 찌를 듯이 날카롭고 카리스마 넘치는 눈빛이 그를 맹수 중에서도 제왕처럼 보이도록 만들었다. 인위적으로 노력할 필요도 없었다. 그는 타고난 맹수이자 혈전의 승자 그 자체였다.

날이 밝았다. 모두에게 심란하기 그지없던 토요일 밤이 지나고 리세에게는 또 한 번 깜짝 놀랄 일이 기다리고 있었다. 아침 식사를 하기도 전에 그녀를 찾는 전화가 왔다. 어제 저택에 들렀던 그룹의 법률고문관 최대영 변호사였다.

—리세 아가씨, 이른 시간에 죄송합니다. 급하게 말씀드릴 것이 있어서 실례를 무릅쓰고 전화 드렸습니다.

“아니에요, 괜찮습니다. 급한 일이라니 무슨……?”

최 변호사는 핵심만 간략히 설명했다. 지극히 공손하고 사무적인 어조였지만 그녀가 어떻게 반응할지 다소 염려하는 기색이 느껴졌다. 예상대로 리세는 한동안 말을 잇지 못했다. 전화기 너머로 그녀의 당혹감이 고스란히 전해졌다.

"그 모종의 인물이…… 최대 주주란 사람이 오늘 저녁 식사에 절 초대했다는 건가요? 저 혼자만요?"

—그렇습니다. 6시에 집으로 차를 보낼 테니 부담 없이 오면 된다고 합니다. 월요일 언론에 발표할 사안에 대해 먼저 리세 아가씨와 단둘이 의논하고 싶다고 전해 왔습니다.

"그런 의논이라면 이모와 이모부님도 다 같이 만나야 하는 게 아닌가요? 왜 저만……."

—저도 자세한 이유까지는 모르겠습니다.

리세는 아랫입술을 깨물고 잠시 고민에 빠졌다. 혈혈단신으로 적의 소굴에 초대받은 기분이었다. 물론 최대 주주란 자가 그녀를 해치거나 불순한 동기를 품고 있으리라 생각되진 않았다. 뭔가 거부할 수 없는 거래 비슷한 것을 한다면 모를까.

리세는 잠시 망설이다가 조심스럽게 대답했다.

"변호사님, 죄송합니다. 전 가지 않겠어요. 어쩐지 그래야 할 것 같은 생각이 들어요."

최 변호사는 잠시 침묵을 지키다 다시 말을 이었다. 그는 평소답지 않게 꽤 머뭇거리는 기색이었다.

—아가씨, 죄송하지만 이것까지 일단은 말씀드려야 할 것 같습니다. 만약 아가씨가 면담에 응하지 않을 경우 이 이야기를 전달하라는 말이 있었습니다. 가족들과 아가씨 본인의 앞날, 그룹의 미래를 진심으로 걱정한다면 초대에 응하라는 전갈입니다. 응하지 않을 경우 창업주 가족에 대한 최소한의 예우는 고려하지 않겠다고 했습니다.

리세는 휴대폰을 귀에서 떼지 못하고 한참 동안 멍하니 있었다. 크고 맑은 눈이 어느 때보다 휘둥그레 커져 있었다. 리세는 가늘게 경련을 일으키는 입술을 진정시키려 애썼다.

"……알겠어요. 나가겠다고 전해 주세요."

그녀는 울 것 같은 표정으로 전화를 끊고 침대 위에 우두망찰 앉아 있었다. 가정부 아주머니가 식사하라며 부르러 올 때까지 그대로 앉은 채였다.

이모나 이모부에게는 통화에 대해 일절 알리지 않기로 했다. 오늘 저녁, 협박에 의해 반강제로 갖게 될 만남을 생각하니 가슴이 꽉 막혀서 제대로 식사를 할 수가 없었다. 무슨 옷을 입고 어떤 얼굴로 그 베일에 싸인 인물을 만나야 할지 막막한 기분이었다.

6시 경, 리세를 태운 검은색 벤틀리는 남산 중턱의 최고급 스파 클럽 VIP 주차장 안에 멈췄다. 운전기사가 그녀의 차 문을 열어 VIP 회원 전용 엘리베이터로 정중히 안내했다. 리세도 여러 번 온 적이 있는 클럽이라 낯설거나 생경하진 않았다. 서울 시내 웬만한 상류층은 모두 이 클럽의 회원이었고 자주 이용하진 않았지만 그녀 역시 회원으로 등록되어 있었다.

맨 꼭대기인 20층에서 내린 리세는 또 다른 직원의 안내를 받아서 프라이빗 룸 안으로 들어섰다. 벽 한쪽이 죄다 유리창인 룸 안은 럭셔리 그 자체였다. 리세도 처음 들어와 보는 방이었다. 그녀는 최고급 명품 꽃병과 플레이트로 세팅되어 있는 안쪽 창가 자리에 앉았다.

"회장님께서는 10분 뒤 도착하실 예정입니다."

리세를 안내했던 직원은 공손히 절해 보이고 문 밖으로 사라졌다. 먼저 와서 기다리고 있을 거라 생각했기에 조금은 뜻밖이었다. 그녀는 콤팩트 거울을 꺼내 화장이 번지거나 뭔가 묻지 않았는지 꼼꼼히 살폈다. 화장을 하지 않는 평소와는 달리 오늘은 꽤 신경을 쓴 편이었다. 화장이 무기라도 되는 양 마음이 놓이고 자신감이 조금이라도 더 붙을 것 같았다.

리세는 사람들과의 갈등이나 다툼에 면역이 없었다. 지금까지 살면서 누군가와 부딪칠 일 자체가 없기도 했다. 그녀는 본래 스트레스에 취약한 여리디여린 성품이었다. 타고난 체질이 허약한 편이기도 했다.

하지만 사람들의 흔한 편견처럼 온실 속 화초로 자란 재벌

집 여식이기 때문은 아니었다. 그녀는 길고양이가 눈에 띄면 그냥 지나치질 못했고 누군가 부탁하면 싫어도 거절하지 못하는 성미였다.

생전에 이 회장은 리세가 혹시라도 사기를 당하거나 나쁜 일을 겪지 않게 꼭 든든한 신랑감을 찾아 주겠노라 입버릇처럼 말하기도 했었다.

"……."

아버지 생각에 다시 눈물이 날 것 같아 리세는 자리에서 일어나 창 너머로 시선을 돌리려 애썼다. 남산 중턱 20층에서 내려다보는 서울 야경은 화려하기 그지없었다. 반짝이는 도심의 불빛들이 언제까지고 명멸하지 않을 것처럼 불야성을 이루었다. 하지만 저 많은 불빛들 속에서도 전적으로 의지할 곳 하나 없다 생각하니 가슴은 금세 외로움에 젖어 들었다.

그녀의 상념은 수 초 뒤 중단되었다. 리세는 흠칫 놀라 반사적으로 몸을 돌렸다. 누군가 기척도 없이 방 안에 들어와 있었다. 길고 큰 인영이 닫힌 문에 기대어 이쪽을 관찰하는 중이었다. 보기 좋게 딱 떨어지는 슈트 실루엣이 은은한 실내조명 아래 벽으로 긴 그림자를 드리웠다. 남자는 두 손을 바지 주머니에 찔러 넣고 거만하게 서서 리세를 바라보았다.

"누구……?"

바보 같은 질문이었다. 이 방에 들어올 사람은 단 한 명밖에 없었다. 그녀를 이 자리에 초대한 사람, 이산그룹의 새로운 최대 주주이자 미국 신생 기업의 창업 CEO가 틀림없었다. 리세는 몇 발짝 다가가 인사를 건네려다 멈칫했다.

처음에 예상했던 것과 달리 남자의 외모는 전형적인 미국인이 아니었다. 그렇다고 온전한 한국인도 아니었다. 즉 교포가 아니라는 뜻이었다. 그는 백인과 동양인, 혹은 남미 쪽 라틴계와 동양인 사이의 혼혈처럼 보였다. 리세가 지금까지 본 남자들 중 가장 완벽하고 잘생긴 용모를 지니고 있었다. 하지만 그녀가 충격에 빠진 것은 그 때문이 아니었다. 물론 생김새 때문이긴 했지만 그 외모에 찬탄해서가 아니었다.

그는 분명 리세가 만난 적이 있는 사람이었다. 오랜 세월이 흘렀으나 그녀는 분명히 남자를 알아보았다.

"제이?"

"오랜만이야, 리세. 11년 만인가?"

남자는 리세를 향해 천천히 다가왔다. 리세는 너무 놀라 두 손으로 입을 막았다. 하지만 크게 뜬 두 눈은 그에게서 단 한 번도 비껴 나지 않았다. 제이는 리세의 맞은편까지 걸어왔다. 팔을 뻗으면 충분히 닿을 만큼 가까운 거리였다. 그는 의자를 뒤로 당겨 앉아 다리를 꼬았다. 리세가 얼어붙어 서 있다는 사실은 전혀 아랑곳하지 않는 표정이었다.

제이는 팔짱을 끼고 표정 없는 눈으로 올려다보았다. 입가에 띤 엷은 웃음은 결코 호감의 표출이 아니었다. 하지만 리세는 경악에 휩싸인 나머지 그 사실을 인식하지 못했다. 제이는 천천히 입을 열어 그녀에게 말했다. 부드러웠지만 명령에 가까운 어조였다.

"앉아."

그는 시선을 잠시 내리깔고 리세에게 착석할 것을 손짓해 보였다. 내내 표정 없던 제이의 눈에 비로소 감정이 서렸다. 증오와 환멸, 적의가 한데 뒤섞인 냉랭한 눈이었다. 하지만 두 눈을 아래로 향하고 있었기에 리세는 그 악의적인 감정을 포착할 수 없었다. 제이는 서늘한 눈빛과는 다른 음성으로 말을 이었다.

"앉아, 리세."

앉으라고. 고개 들어 올려다봐야 할 사람은 내가 아니라 너니까.

리세의 눈이 혼란에 가득 차 흔들렸다. 울 것 같은 얼굴로 의자 위에 풀썩 주저앉았다. 교묘히 숨겨진 악의를 전혀 의식하지 못한 채 리세는 그가 무사히 살아 있다는 사실 자체에만 온통 집중했다. 그녀는 떨리는 입술을 열고 말했다. 감격, 그리고 감동에 북받치는 목소리였다.

"제이! 어떻게 지금 여기…… 무사해서 다행이야!"

제이는 시선을 내리깐 채 보일 듯 말 듯 희미하게 코웃음을 쳤다. 상대방의 호의를 부메랑처럼 잔혹하게 날려 버리는 눈빛이 가면 아래 도사렸다.

그 말, 조만간 후회하게 될 거야. 이렇게 무사해 앞으로 너에게 어떤 짓을 할지 알게 되면 방금 한 말 다시 주워 담고 싶어질걸?

4화

최대영 변호사는 손에 들린 서류철을 유심히 살펴보았다. 이산그룹의 새로운 최대 주주이자 베일에 싸인 미국 신생 기업 CEO에 대한 간략한 프로필이었다. 방금 그쪽 비서팀으로부터 건네받은 자료를 토대로 브리핑된 서류였다. 어차피 월요일이면 만천하에 알려질 테니 그동안 철저히 차단해 두었던 정보를 아낌없이 푼 것 같았다.

제이 한(Jay Hann) / 본명 제이든 한(Jayden Hann) 27세.

부:알려진 바 없음.

모:미아 벨리니(Mia Bellini).

18세~23세:미국 하버드 대학에서 학부 및 MBA과정 전액 장학생으로 수학.

24세:전 세계에 센세이션을 불러일으킨 메시지 어플이자 그룹의 시초인 '바이브챗(Vibe-Chat)'을 창업.

25세:그로부터 1년 뒤 여러 굴지의 SNS 서비스 업체로부터 최고 5조 원의 인수 제안을 받았지만 금액이 적다고 거절함.

27세:현재 기업의 가치는 50억 달러(한화 약 17조 원)에 육박. 최근 바이브챗 코리아 지사 설립이 막바지 단계에 이른 것으로 알려져 있다.

최 변호사는 신선한 충격에 휩싸여 있었다. 어쩌면 그의 새로운 상사이자 이산그룹 차기 회장이 될 수도 있는 인물이었다.

바이브챗은 전 세계 인구 중 스마트폰 이용자 대부분이 일상적으로 활용하는 프로그램이다. 아직 한국에서는 잘 알려져 있지 않았으나 국내에서 상용되는 메세지 어플의 단점들을 죄다 상쇄하고 있다는 점만 봐도 엄청난 시장성이 있었다. 얼마나 공격적인 마케팅을 펼칠지에 따라 시장의 판도가 바뀔 것은 불 보듯 뻔했다. 최 변호사는 서류를 건넸던 비서에게 다시 연락했다.

"자료 받았어. 그런데 18세 이전의 기록은 왜 없지? 생부에 대해서도 뭔가 더 나올 게 없는지 조사해 봐."

―알겠습니다. 하지만 보안이 워낙 철저해서 보내 드

린 대외용 프로필 외에는 얻기가 매우 힘이 듭니다. 외국의 IT쪽이나 억만장자들 신상 털기가 오히려 더 쉬울 지경이니…… 어쨌든 좀 더 파 보겠습니다.

최 변호사는 통화를 끊고 생각에 잠겼다. 고 이무현 회장의 무남독녀 리세가 뇌리에 스쳤다. 제이 한은 오늘 밤 왜 리세와의 단독 면담을 청한 것일까. 두 사람이 서로 아는 사이일 가능성은 전혀 없었다.

비록 열여덟 살 이전의 행적은 수수께끼라 해도 제이 한이 한국에서 태어나 자랐을 확률은 전무했다. 그랬다면 훨씬 더 조사하기가 수월했을 것이다. 그렇다고 리세가 15세 때부터 지냈던 영국에서 제이 한과의 접점이 있었을 리도 만무했다. 이 회장은 리세가 영국에 있는 동안 경호원 외에도 최소 열 명 정도의 인력을 늘 붙여 놓았다. 비슷한 급의 유학생이나 현지인 학생 외에 다른 누군가와 만날 기회는 전혀 없었을 것이다.

그는 의자에 깊이 몸을 파묻고 두통으로 지끈지끈 흔들리는 머리를 짚었다. 더 추리해 봤자 부질없는 일이었다. 어차피 내일 오전에는 제이 한의 진의가 드러날 터였다. 최대영 변호사는 단 한 번도 제이 한을 만난 적이 없었다. 하지만 들려오는 풍문에 의하면 누구라도 결코 적으로 삼고 싶지 않을 인물임은 분명했다. 방금 전 통화했던 국정원 출신의 비서가 오전에 넌지시 건넸던 말이 생각났다.

"뜬소문이지만 중동이나 제3국 내전 고아로 태어나 여기저기 구르다가 테러 조직에 가담했던 전력이 있다고 합니다. 그것도 열여덟이 되기도 전에 말입니다. 진실 여부는 누구도 모르지요. 하여간 엄청난 수완에 천재적 두뇌를 가진 냉혈한이란 평판입니다. 법망에 안 걸리는 한에서 수단 방법 안 가린다고 하네요."

그 말을 들어서 그런지 배우 뺨치게 생긴 사진 속 남자가 인두겁을 쓴 악마처럼 보였다. 최 변호사는 가만히 이쪽을 응시하고 있는 서늘한 눈빛에서 시선을 뗄 수 없었다. 어딘가 등골이 오싹했다. 두렵다는 생각이 들었다. 고작 아들 뻘에게 겁을 먹은 스스로가 바보 같다 혀를 찼다.

그럼에도 그는 자신이 느낀 섬뜩한 직감을 부인할 수 없었다. 사진 속일망정 제이 한은 마치 지옥에서 살아 돌아온 마왕의 현신 같았다.

크림색 정장 원피스를 입은 리세는 한 송이 꽃과도 같았다. 11년 전 머릿속으로 종종 상상했던 것과 다를 바 없었다. 그녀는 맑고 투명하며 연약한 한 송이 꽃, 혹은 한 마리 새처럼 고운 미색을 띠었다. 그를 알아본 리세는 놀라움에 입가에 두 손을 가져다 댔다가 울 것 같은 목소리로 탄성을 질렀다.

"제이! 어떻게 지금 여기…… 무사해서 다행이야!"

그 기쁨과 놀라움이 거짓으로 보이지는 않았다. 본래 연기를 펼쳐 보일 주변머리도 없는 여자다. 이리세는 그렇게 생겨 먹은 계집애였다. 하긴, 지금껏 살면서 연기 따윌 하거나 남의 눈치 보며 속내를 숨겨야 할 일이 뭐가 있었겠는가. 온실 속의 꽃처럼 곱게 자라 모두가 공주처럼 떠받들고 세상에 제 뜻대로 되지 않는 일이라곤 없었을 것이다.

하지만 금수저로 태어난 이들 특유의 몸에 배인 특권 의식은 없었다. 그나마 그게 일반적인 재벌집 여식들과는 다른 점이었다.

제이는 잘생긴 입가 한쪽을 일그러뜨리며 웃었다. 그 웃음에 온기라고는 단 한 점도 없었다.

"진심으로 하는 말이야?"

그 말, 조만간 후회하게 될 거야. 이렇게 무사해 앞으로 너에게 어떤 짓을 할지 알게 되면 방금 한 말 다시 주워 담고 싶어질걸?

"당연히 진심이지! 제이는 날 만나서 반갑지 않아?"

리세는 그의 기묘한 반응에 영문을 몰라 하는 표정이었다. 제이는 테이블에 올려놓은 한쪽 손을 가만히 주먹 쥐었다. 사슴처럼 맑은 눈 속에 담긴 반가움을 보니 화가 치밀어 올랐다. 정신이 번쩍 들게 뺨을 때려 주고 싶었다.

그는 조용히 눈을 내리깔고 가슴속 깊은 곳에서 파도치는 충동을 내몰려 애썼다. 지금은 잠시 칼날을 접어 두는 게 좋았다. 너무 속전속결 몰아치면 저 멍청한 계집애가 지레 겁먹고 혼비백산 도망가 버릴지도 모르니까.

제이는 벨을 눌러 디너를 준비하라 명했다. 그의 음성이 부드러워지자 조금 안심이 됐는지 리세가 입을 열었다.

"제이, 그런데 대체 어떻게 된 거야? 난 그룹의 최대 주주가 된 미국인 기업가가 저녁에 초대해서 여기 온 거야. 혹시 제이가 그 사람을 대신해서 여기 나온 거야? 아빠가 돌아가신 건…… 알고 있어?"

"알고 있어."

리세는 붉어지는 눈시울에 가까스로 평정을 지키려 애썼다. 그러느라 제이가 이 회장의 죽음 앞에 지나칠 정도로 냉담한 반응을 보이는 것을 미처 간파하지 못했다. 그녀는 다시 말을 이었다.

"그때…… 아빠가 좀 괜찮아지시고 몇 달 뒤 모라비아 측에 제이를 찾아보려고 여기저기 알아보셨어. 하지만 이미 모라비아 내에 반정부 시민혁명과 쿠데타로 도저히 제대로 조사가 가능한 상황이 아니었어. 아빠도 어떻게 손을 써 볼 도리가 없어서 중도 포기하셨고…… 나도 원래 계획대로 영국으로 유학 가게 된 거야. 이메일을 아무리 보내도 연락이 없어서 어디선가 잘 지내고 있을 거란 막연한 희망만 가지고 있었어. 하지만 영국에 가서도 제이가 생각났었어. 우리 서로 약속했잖아. 영국에서 다시 만나기로. 제이가 영국 정부 장학생으로 선발……."

리세는 더 말을 잇지 못했다. 노크 소리에 이어 제복을 입은 정갈한 몸가짐의 직원 둘이 음식이 담긴 카트를 밀고 들어와 테이블에 능숙하게 세팅했다. 그중 한 명은 문 옆에 가서 기계처럼 똑바로 섰다. 식사 내내 시중을 들으려는 것 같았다.

테이블과 다소 거리가 있었지만 제이는 와인 잔을 입가로 가져가며 조용히 말했다.

"옛날 얘기는 나중에 하자. 식사부터 해."

리세는 눈앞에 차려진 이탈리안 전채 요리를 보자 식욕이 불끈 일었다. 오늘 저녁 식사 때문에 내내 긴장하여 아침과 점심 모두 제대로 먹지 못했던 것이다. 그녀는 시칠리아산 새우를 맛보며 다시 말문을 열 기회를 엿보았다.

리세는 옛날 마르체바에서의 이야기와 그 뒤로 제이가 어떻게 지내왔는지 이야기를 나누고 싶었다. 하지만 왜인지 제이는 과거 이야기를 나누고 싶어 하지 않는 것 같았다.

"제이, 오늘 밤 어떻게 이 자리에 있는지 말해 줄 수 없는 거야? 궁금해서 미칠 것 같아. 최대 주주란 분은 왜 제이를 대신 보냈는지, 제이는 그 사람과 정확히 어떤 관계인지. 그리고 한국어는 그 뒤로도 쭉 공부한 거야? 그때도 잘했지만 이렇게까지 완벽하게 하다니 정말 대단해!"

"물론 한국어 공부는 쭉 했어. 그 사람은 바이브챗그룹 창업자이고 최근 바이브챗 코리아 지사를 설립해 서울에 와 있어."

계속해서 이어지는 제이의 말에 리세는 식사 내내 입을 다물지 못했다. 이산그룹의 새로운 최대 주주는 그녀가 예상했던 것보다 훨씬 젊고 대단한 사람인 것 같았다.

미국과 유럽, 중동 등 이미 전 세계적 메시지 어플로 쓰이고 있는 바이브챗에 대해서는 리세 역시 잘 알고 있었다. 얼마 전 TV 다큐에서 보았던 '세계의 20대 억만장자' 리스트에도 바이브챗의 창업자가 들어가 있었다. 중간에 나가야 하는 바람에 이름은 듣지 못했지만 미국 하버드 대학 MBA 과정 중에 이미 어플과 여러 소프트 프로그램을 개발한 천재라고 들은 기억이 났다.

"그럼 제이는 지금 그 사람 밑에서 일하고 있는 거야? 오늘 용건도 제이가 대신 말해 주러 나온 거고?"

제이는 대답 대신 냅킨으로 입가를 닦고 뒤에 선 남자 직원을 향해 고개를 까딱였다.

"네, 회장님."

직원은 90도로 정중히 몸을 굽히고 조용히 문을 나섰다. 리세는 순간 잘못 들었나 싶어 고개를 갸웃거렸다.

'회장님? 방금 회장님이라 한 것 같은데?'

리세는 자신의 청력에 대해 더 궁금해할 필요가 없었다.

올바로 들었음을 눈앞에 마주한 남자가 확인시켜 주었다. 제이는 와인 잔을 한 번 더 기울인 뒤 천천히 말했다.

"내가 바이브챗 창업자야. 너 정말 이쪽 업계에 대해서는 아무것도 모르는구나. 회장님이 너무 곱게 키우셨어."

리세는 놀란 나머지 은근히 가시 돋친 말미를 한 귀로 흘려듣고 말았다. 혹시 제이가 농담하는 건 아닌지 큰 눈을 더 크게 뜨고 한참 동안 그를 바라보았다. 하지만 장난기는 어디에도 없었다. 속을 알 수 없는 이국적인 눈매와 한일자로 다문 입술은 그의 말이 사실임을 무언의 메시지로 전달하고 있었다.

제이는 와인 잔을 테이블에 내려놓은 뒤 두 손을 깍지 껴 테이블 위에 올렸다.

"그래, 내가 바로 이산그룹의 새로운 최대 주주야. 널 오늘 밤 여기 부른 건 그룹의 미래에 대해 너와 의논하기 위해서고. 얼마 전 임시 주주총회가 있었던 건 알고 있겠지. 너와 가족들은 부르지 못해 유감이었지만. 어쨌든 이사들은 과반수 이상이 내가 그룹에 대한 전권을 발휘하는 것을 찬성했어. 물론 거기에 인수 합병도 포함되어 있고."

"이, 인수 합병? 이산그룹이 다른 그룹에 인수 합병된다는 거야? 바이브챗과?"

"그래. 당연한 일이지만 차기 회장 자리엔 내가 오르고 이산그룹은 바이브챗그룹에 인수 합병될 거야. 여기까진 이미 기정사실이야. 나머지는 너 하기에 달렸어."

"나…… 하기에 달렸다고?"

리세는 극심한 혼란 속에서 더듬거렸다. 벌써 몇 번째 기함할 만한 소식을 들었는지 셀 수도 없었다. 제이가 다음에 뱉은 말은 그야말로 결정타였다. 지금까지 그녀가 받았던 충격과 경악 모두를 합쳐도 그 한마디의 위력에 견줄 수가 없었다.

"네가 나와의 결혼에 동의하면 창업자이신 네 할아버지는 물론 이무현 회장을 예우하는 의미로 이산그룹을 계열사로 따로 분리해 최대한 독립적인 사업체로 운영되게 할 거야. 네 이모부들도 그룹 내에 자리를 만들어 줄 거고. 물론 능력에 따라 자리가 달라지겠지만."

"겨, 결혼?"

"동의하지 않으면……."

제이는 한쪽 눈썹을 일그러뜨리며 안타깝다는 표정을 지었다.

"이미 주주총회에서 문제된 부분이 공론화될 거야. 조관희 임시 회장이 지난 몇 달간 추진한 여러 투자 건들로 재정적 손실이 막대해. 당사자가 알고 있는 것보다 훨씬 클 거야. 그룹 차원에서 책임을 묻는다면 최악의 경우 경제사범으로 구속될 수도 있어. 평창동 본가 저택과 땅도 죄다 토해 내야 할 거고 네가 가진 주식들도 다 처분해야 할 거야."

"뭐라고? 말도 안 돼! 이모부님도 중견 기업을 오래 경영해 오신 분인데 그 정도로 큰 손실을 입히셨을 리 없어!"

"믿기 어렵겠지만 그게 사실이야. 하지만 내가 차기 회장직에 오르면 바이브챗그룹의 재력으로 그 손해를 조용히 메꿀 수 있어. 주주들도 더 문제 삼지 않을 거고."

"내가 제이와 결혼하면 할아버지가 세운 이산그룹 명맥이 계속 이어질 거고 모든 게 무사할 테지만, 만약 결혼하지 않으면 나와 이모네 모두 큰 곤경에 처하게 될 거란 말이야? 대체 왜?"

"그편이 공명정대하고 아름다워 보이니까. 외국 유망 기업 CEO이자 차기 회장과 창업주 외손녀와의 결혼, 세상 사람들 보기에 아주 자연스러운 혼사야."

어디서 굴러먹다 온지도 모르는 외국계 회장이 창업주 일가를 다 길거리로 내쫓고 그 자리를 꿰차면 이미지에 좋을 게 하나 없지. 결국 이것도 이미지 장사니까.

"언론을 통해 우리가 이미 영국에서부터 알고 지냈고 서로 좋은 마음이 있었다는 식으로 로맨틱한 스토리가 공식적으로 알려질 거야. 재벌가에선 흔한 일이니 너도 모르진 않겠지. 우리 경우엔 서로를 잘 아니 더 거리낄 게 없고. 자세한 건 나중에 말하겠지만 어릴 적 모라비아에서의 일은 정치적인 문제나 여러 다른 이유로 사회에 알려지지 않는 편이 좋아."

"모, 모르겠어, 난…… 갑자기 이게 무슨 말인지."

리세는 전혀 이해하지 못하는 얼굴이었다. 이 모든 게 장난 같았다. 어느 날 눈을 떠 보니 거대한 게임 속 세트 안에 들어와 주어진 역할을 연기하도록 강요받는 기분이었다.

몇 달 전 아버지가 뇌출혈로 돌아가신 슬픔이 아직 채 가시지도 않았다. 그런데 갑자기 그룹의 존폐가 풍전등화에 놓인 데다 11년 만에 나타난 제이는 본인이 리세와 가족들의 미래를 좌지우지할 수 있는 최대 주주라 정체를 밝히고 결혼을 주장한다. 싸구려 로맨스 소설에서나 나올 법한 이야기였다.

"나는 제이가 왜 이런 제안을 하는지 모르겠어. 이모부님 실수를 덮어 주고 이산그룹도 계열사로 명맥을 이어 가게 해 줄 수 있다면, 그냥 그렇게 해 주면 안 되는 거야? 이모들은 외할아버지 기업이 남의 손에 넘어가는 것만으로도 충분히 상심할 텐데……."

"난 너랑 결혼하고 싶어."

제이는 테이블 너머로 팔을 뻗어 리세의 한 손을 잡았다. 그녀는 갑작스런 스킨십에 깜짝 놀랐지만 손을 빼진 않았다. 그는 녹아내릴 듯 부드럽고 달콤한 눈빛으로 리세를 보았다. 처음에 느꼈던 서늘함이나 냉기는 어디에도 보이지 않았다.

"많이 놀랍고 당혹스러울 거야. 이렇게 갑자기 나타나 반강제로 청혼부터 한다는 게. 하지만 난 지난 11년간 하루도 널 잊은 적이 없었어. 우리 잠깐이었지만 모라비아에서 정말 특별한 시간을 보냈잖아. 나만의 착각은 아닐 거라 믿어. 난 그때부터 널 특별하게 생각해 왔고 언젠가 다시 만나게 되면 미래를 함께하고 싶다는 생각도 하고 있었어."

"제이……."

"넌 내가 싫어? 혹시 가끔 언론에서 비쳤던 것처럼 민우그룹 아들과 뭔가 있는 거야? 곧 약혼할 거란 소문도 있던데, 사실이 아니지?"

다정하던 제이의 눈에 언뜻 스산한 빛이 떠올랐다가 사라졌다. 민우그룹 아들이란 말을 입에 담는 순간부터 두 눈은 살기와 적의로 가득 차 있었다. 리세는 눈을 내리깔고 있어 그 시선에 대해 알지 못했다.

"아니야. 사실 청혼을 받기는 했지만 생각할 시간이 더 필요하다고 했어."

제이는 내내 잡고 있던 리세의 손에서 살짝 손가락을 거뒀다. 그대로 있다가는 가늘디가는 손가락을 부러뜨려 버릴 것 같았다.

"거절한 게 아니고? 설마 진지하게 응할 생각이 조금이라도 있던 건 아니겠지."

"우진 오빠는 그냥 친오빠 같은 사람이라 결혼 같은 건 한 번도 생각해 본 적 없어. 하지만 제이와의 결혼도 너무 갑작스러운 것 같아."

리세는 눈을 들어 제이를 보고 숨을 살짝 들이켰다. 제이의 눈에 떠오른 아련한 상실감이 심장을 망치로 두드리는 것 같았다. 그가 얼마나 완벽하고 근사한 남자로 성장했는지 리세는 새삼 깨달았다.

마지막으로 본 11년 전, 그가 열다섯 살이었을 당시에도 처음 봤을 때보다 키가 훌쩍 크고 덩치도 꽤 커져서 남성미가 물씬 났었다. 하지만 스물일곱인 지금 그는 비현실적이리만치 매력적으로 보였다. 그것도 아주 치명적인 페로몬을 내뿜었다.

리세는 단언할 수 있었다. 마음만 먹으면 그는 눈짓 한 번, 손짓 한 번만으로도 여자를 단숨에 홀릴 수 있을 것이다. 그녀 역시 예외는 아닐 터였다.

제이는 지독하게 관능적인 입술을 열어 리세에게 들릴 듯 말 듯 속삭였다.

"민우그룹이나 다른 집 남자와 정략결혼을 하느니 나와 결혼하는 게 훨씬 낫지 않아? 넌 내게 아무 마음도 없었어? 오래전 일이지만 모라비아에서 우린 분명 특별한 교감을 나눴어. 그때는 친구였지만…… 분명 그 이상의 교감이 생길 거야. 난 그렇게 믿어."

제이가 다시 손을 뻗어 그녀의 손을 잡았다. 큰 손바닥이 리세의 오른손을 덮었다. 그의 엄지손가락이 리세의 손 아래로 들어가자 그녀는 깜짝 놀라 입술을 물었다. 제이의 엄지손가락이 손바닥 오목한 부분을 애무하듯 쓸어 올리자 갑자기 등골이 쭈뼛 서는 기묘한 쾌감이 느껴졌던 것이다. 마치 감전된 듯한 전율에 리세는 몸을 떨었다. 그러면서도 주술에 걸린 양 그의 손을 뿌리치지 못했다.

뭐지, 이건? 이상해, 이런 느낌…….

리세는 아직 처녀였다. 사춘기가 지난 뒤로도 남자의 손길을 타기는커녕 또래 남자와 단둘이 있을 기회조차 가져 본 적 없었다. 본래 성정도 있겠지만 이 회장의 과잉보호와 어려서부터 어머니나 여자 자매의 부재가 적잖은 영향을 미쳤다. 남자란 존재에 경험과 면역이 둘 다 없었다. 물론 남녀관계에 대해 이론적으로는 알고 있지만 실제 경험과는 큰 차이가 있을 터였다.

"아, 저기……."

리세는 더 참지 못하고 손을 뺐다. 손바닥이 성감대가 될 수도 있나, 하는 생각에 얼굴을 확 붉혔다. 온몸에서 열이 오르는 기분이었다. 제이는 그런 리세를 물끄러미 보다가 다시 입을 열었다.

"생각할 시간이 필요해? 하지만 시간이 오늘 밤뿐이야. 내일 오전 중 언론에 공식 발표를 해야 돼. 주주들이 더는 기다릴 수 없다고 주장해서 나도 어쩔 수가 없어. 네가 결혼에 승낙해 준다면 내일 바이브챗그룹에서 이산그룹을 인수 합병시키고 이산은 독립적인 계열사로 계속 운영한다고 발표할 거야. 그리고 너와의 결혼 역시. 그럼 모든 게 해결돼. 너희 이모와 이모부 가족들은 지금까지처럼 변함없이 지낼 수 있어."

"하지만…… 내 인생은 지금까지와는 완전히 달라지게 되는 거잖아. 난 아직 결혼을 생각해 본 적 없어. 그리고 무엇보다 제이는 왜 나와 결혼하려는 거야? 아무리 창업주의 손녀와 결혼하는 게 대외적으로 좋아 보인다 해도 그것 때문에 인생을 걸려는 건 아닐 거잖아."

"당연한 걸 묻는구나."

제이는 몸을 일으켜 리세 옆으로 자리를 옮겼다. 갑작스레 다가온 그의 존재에 리세가 깜짝 놀라 몸을 뒤로 빼려 했지만 창가 바로 옆이라 더 도망갈 여지가 없었다. 제이는 다시 그녀의 한 손을 부드럽게 쥐었다. 그리고 품에서 뭔가를 꺼냈다. 조그만 상자가 열리고 화려하게 세팅된 다이아몬드 반지가 밖으로 모습을 드러냈다.

"널 좋아하니까 결혼하려는 거야. 다른 이유 전혀 상관없이. 말했잖아. 모라비아에서 우리에겐 분명 특별한 뭔가가 있었다고. 미국에서 미리 준비해 온 거야. 네게 청혼하기 위해서. 이 회장님을 미처 뵙지 못해 안타까웠지만 항상 꿈꾸던 대로 너에게 프로포즈할 수 있어서 얼마나 기쁜지 몰라. 부디 내 청혼을 받아 줘."

"제이……."

"나중에 자세히 말하겠지만 그때 마약에 연루됐다는 누명을 억울하게 쓰고 다른 곳으로 가게 됐을 때부터…… 많은 일들이 있었어, 정말로 많은 일들이. 그리고 매일매일 너를 생각하며 견뎠어. 언젠가 반드시 너를 만나서, 너와 결혼해서 행복하게 살겠다고 매일 꿈꿨어."

리세는 손길이 전해 주는 온기에 긴장감과 혼란이 조금씩 사라지는 걸 느꼈다. 그녀의 눈에는 감동 비슷한 빛마저 어려 있었다. 제이가 리세의 약지에 다이아몬드 반지를 끼워 주었다. 리세는 조금 멈칫했지만 그의 완강함에 저항하진 않았다.

그녀가 머뭇거리자 용기를 얻었는지 제이는 조금 더 밀어붙였다. 동서양의 아름다움이 공존하는 갸름한 얼굴, 아름다운 눈매가 반달 모양으로 살짝 이지러졌다. 숨이 멎을 만큼 매력적이었다.

"결혼하자. 11년간의 공백은 금세 메워질 거야."

그의 입술이 조금씩 가까이 다가왔다. 리세는 뒤로 몸을 빼려 했지만 더 물러날 구석이 없었다. 제이는 두 손으로 리세의 얼굴과 목을 받치고 제 입술로 그녀의 입술을 부드럽게 눌렀다. 리세의 심장이 미친 듯이 뛰었다. 너무 세게 뛰어서 그대로 기절해 버리는 건 아닐까 싶을 정도였다.

제이에게서는 아찔하도록 좋은 향기가 났다. 남자 특유의 체취와 이름 모를 값비싼 향수가 한데 어우러져 제이의 분위가와 알맞는 아주 좋은 향기가 났다. 그의 혀가 아랫입술을 슬슬 빨다가 입술 사이로 밀고 들어오자 그녀는 흠칫 놀라 몸을 굳혔다. 하지만 오래 버티지는 못했다. 농염한 혀의 놀림과 애무에 리세의 입안은 녹아내렸고 한 점 남은 이성마저 어딘가로 날아가 버리고 말았다.

뜨겁고 몰캉한 혀가 치열을 훑고 입안 점막을 구석구석 빨았다. 혀의 움직임은 거기서 멈추지 않았다. 제이의 것이 작은 혀를 옭아매고 휘감아 뿌리째 삼켜 버릴 기세로 빨아 당겼다. 리세는 숨이 차 목구멍 깊은 곳에서 신음을 뱉었다. 그녀는 제이의 목을 감고 있던 팔을 풀고 어깨를 밀어내려 했다.

리세의 의중을 알아챈 듯 그는 입안을 공략하는 강도를 한껏 낮췄다. 혀의 탐색은 한참 더 계속되었다. 수 분 뒤에야 제이는 리세를 놓아주었다. 단 그녀의 허리에 두른 팔은 여전히 그대로였다.

제이는 터질 듯이 달아오른 리세의 얼굴을 가만히 내려다보았다. 그녀는 숨이 가쁜 듯 호흡을 가다듬으려 안간힘을 썼다. 제이가 그녀의 귓불에 대고 나른하게 속삭였다. 쉰 목소리가 지독하게 섹시했다.

"……첫 키스야?"

"이, 이제 놔줘! 이건 너무 갑작스러워. 우린 11년 만에 다시 만났는데……."

"처음이구나, 기뻐. 내가 처음이라."

리세가 그에게서 떨어지려 했지만 제이는 오히려 더 몸을 밀착시켜 올 뿐이었다. 그녀의 정장 재킷은 어느새 구석에 밀쳐져 있었다. 크림색 정장 원피스는 그녀의 가녀린 팔을 그대로 노출시켰다. 그런데도 숨이 막힐 정도로 더워서 견딜 수가 없었다. 은은한 조명 아래 가늘고 긴 팔이 대리석처럼 창백하게 빛났다.

"키스가 처음이란 건…… 아직 온전한 처녀란 증거겠지?"

"아!"

제이의 뜨거운 입술이 리세의 왼쪽 목 아래 예민한 살결을 눌렀다. 그녀가 목을 뒤로 젖힌 사이 제이의 손은 원피스 지퍼를 빠르게 내렸다. 리세가 정신을 차렸을 때 이미 긴 소파식 의자 위에 비스듬히 누워 있었다.

가슴을 한데 모아 주던 브래지어 앞 고리가 순식간에 풀리고 봉긋하게 솟아오른 젖무덤이 눈앞에 고스란히 드러났다. 리세가 수치심에 저항했지만 제이는 두 손목을 한 손에 모아 잡았다.

"괜찮아. 너무 예뻐. 생각했던 것보다, 그동안 상상했던 것보다 훨씬 더 아름다워."

제이는 리세를 달래기 위해 다시금 깊은 키스를 퍼부었다. 저항의 몸짓이 누그러질 때쯤에야 단단히 결박하고 있던 두 손을 놓아주었다. 그리고 두 손바닥 가득 발그레한 복숭앗빛 젖가슴을 감싸 쥐었다. 마네킹처럼 길고 가는 팔과 다리, 당장 부러질 듯 위태로워 보이는 허리건만 가슴과 둔부는 꽤 풍만하게 여물어 있었다. 모든 남자들이 꿈꾸고 선망하는 육감적인 몸이었다.

제이는 손가락을 총동원해 리세의 부풀어 오른 가슴을 격렬히 애무했다. 도톰하게 튀어 오른 젖꼭지를 엄지로 천천히 쓸다가 살짝 잡아당기자 리세의 입에서 비명이 터져 나왔다. 꽤 귀여운 소리였다. 그는 성이 찰 때까지 가슴을 힘껏 주무르며 갖고 놀다 위로 밀어 올려 세게 움켜쥐었다.

"아아, 아! 아파…… 아흑!"

리세가 울부짖자 그제야 손에서 힘을 뺐다. 제이는 양손으로 겨드랑이 아래를 붙잡고 얼굴을 가슴에 깊이 묻었다. 붉게 부어오른 젖꼭지를 혀로 치료해 주듯 그의 입술이 한쪽 가슴 위를 덮었다. 혀가 정점을 물고 빨고 핥기를 한참, 방 안은 외설스런 소리와 리세의 앓는 듯한 신음으로 가득 찼다.

리세는 그대로 까무러칠 것만 같았다. 11년 만에 만난 제이에게 이런 부끄러운 짓을 당하고 있다니 믿어지지가 않았다. 뿌리쳐야 한다는 걸 머리로는 잘 알고 있었다. 하지만 머리가 시키는 대로 몸이 제대로 작동하지 않는다는 게 문제였다.

몸속 깊은 곳에서 뜨거운 뭔가가 솟구쳐 올랐다. 스스로도 모르고 있던 욕망의 화염이 일시에 활활 타오르는 것 같았다. 리세는 활처럼 몸을 휘었다. 그녀는 미처 깨닫기도 전에 제이의 애무에 강하게 호응했다. 지금껏 한 번도 남자의 손길을 타지 않은 순결한 몸이 한 남자의 능숙한 조종 아래 뜨겁게 반응했다.

제이는 재킷 주머니 속 휴대폰 벨이 울릴 때에야 리세의 가슴을 자유롭게 놓아주었다. 그는 한껏 흐트러진 호흡을 가다듬고 휴대폰을 귀에 가져다 댔다. 제이는 잠시간 리세가 알아듣지 못하는 언어로 빠르게 말한 뒤 통화를 종료했다. 그리고는 리세의 브래지어를 다시 채우고 제대로 옷을 입혀주었다. 외부와의 접촉이 평소의 냉철한 모습으로 돌려놓은 모양이었다.

"미안. 하지만 후회하진 않아."

리세는 잔뜩 헝클어진 머리를 매만지며 아무 말도 하지 않았다. 무슨 말을 해야 좋을지 알 수 없는 게 분명했다. 살짝 열린 입술은 붉은빛을 띠었고 얼굴은 물론 귀와 목까지 선명하게 붉은 물이 들어 있었다.

"미치겠어."

제이는 리세의 팔을 들어 재킷을 입혀 주며 낮게 으르렁거렸다. 해갈되지 않은 욕망으로 잔뜩 갈라진 음성이었다.

"결혼식 최대한 빨리하자. 한 달 안에. 그 이상은 안 될 것 같아. 네 안에 들어가고 싶어 미치겠어."

"……!"

리세는 황망한 눈으로 그를 노려보았다. 수치심도 없는지, 어떻게 그런 말을 면전에 대고 태연히 내뱉을 수가 있느냐며 나무라는 눈빛이었다.

"난 아직…… 어른들께 의논도 드려야……."

"이제 겨우 여덟 시야. 의논할 시간은 넉넉해. 그렇지? 자정 이전에 연락이 없으면 내 제안에 응하는 것으로 알고 언론에 공표할 거야. 그렇게 알아."

리세는 당혹감에 제이를 올려다보았다. 그는 처음의 냉정한 표정으로 돌아와 있었다. 조금 전까지 그녀를 뜨겁게 탐하고 갈구하던 모습은 전혀 찾아볼 수 없었다.

잠시 후 리세는 제이의 운전기사가 모는 고급 세단 뒷좌석에 홀로 앉아 복잡한 머릿속을 진정시켜야 했다. 그녀는 아직도 이 상황이 꿈인지 현실인지 모호한 기분 속에 젖어 있었다. 그녀는 휴대폰에 저장된 제이의 연락처를 다시금 확인해 보았다. 리세는 다시 궁금해졌다.

11년 동안 그는 과연 어떻게 살았을까. 그리고 그때 경찰서에서 풀려나 왜 도망치듯 어머니가 계시다는 케이프타운으로 가 버린 걸까. 왜 그녀의 이메일을 확인하지 않은 걸까. 어머니도 지금 함께 한국에 와 계신 걸까? 그리고 어떻게 억만장자 기업가로 성공할 발판을 마련하게 된 걸까.

의문은 꼬리에 꼬리를 물고 계속 이어졌다. 하지만 이내 고개를 푹 숙이고 말았다. 조금 전 그와 나눴던 뜨거운 키스와 그 이상의 행동들이 기억나 부끄러웠다. 떠올리는 것만으로도 민망한 순간들이 리세의 머릿속을 가득 채운 채 한참 동안 의식을 점령했다.

5화

다음 날 오전, 국내 수십 개 메이저 언론사들은 눈코 뜰 새 없이 바빴다. 이산그룹 새로운 차기 회장 겸 최대 주주와 고 이무현 회장의 무남독녀 외동딸의 결혼 발표를 앞다퉈 보도하느라 혈안이 되어 있었다.

대한민국 네티즌들은 오랜만에 전국을 떠들썩하게 들었다 놨다 할 특종에 이목을 집중했다. 비단 재계뿐 아니라 연예계나 가십에만 관심을 기울였던 10대들까지 죄다 눈에 불을 켜고 마우스를 클릭하느라 바빴다.

혜성처럼 나타난 바이브챗그룹의 젊은 창업주 CEO 제이 한, 이산그룹 고 이무현 회장의 외동딸 이리세 양과 전격 결혼 발표!

제이 한(본명 제이든 한)은 한국인 아버지와 미국인 어머니 사이의 혼혈로 그동안 철저히 베일에 싸여 공식 석상에도 일절 모습을 드러내지 않았던 인물이다. 그에 대해서는 많은 소문들이 떠돌았고 아직까지도 풀리지 않은 수수께끼들이 적지 않다.

하지만 분명한 점은 고 이무현 회장의 별세로 인해 큰 폭으로 하락했던 이산그룹의 주가가 다시 빠른 속도로 급부상하고 있다는 사실이다. 제이 한이 소유한 바이브챗그룹은 이산그룹을 인수합병하지만 고 이무현 회장 및 창업주를 기리는 의미에서 그룹을 계열사로 독립 운영해 이산이란 이름을 계속 유지할 계획이라 밝혔다.

두 사람의 결혼식 날짜는 아직 정해진 바가 없다고 알려졌으며 이산그룹 산하 S호텔에서 비공개로 열릴 예정이라고……(중략)…….

재벌가 딸이란 신분치고 눈에 띄지 않게 조용히 살아왔던 리세는 하루아침에 전국의 여자들이 선망하는 대상이 되었다. 상류층의 결합인 만큼 애당초 신데렐라 스토리의 주인공 같은 주목을 받을 이유는 없었다. 하지만 지금 그녀에게 쏟아지는 관심은 신데렐라 그 이상이었다. 그만큼 제이 한이라는 존재가 던진 충격이 가히 역대급이라 할 수 있었다.

그래도 제이가 받는 관심만큼은 아니었다. 그는 아무것도 하지 않고도 하루아침에 대한민국 여자들의 우상이 되어 있었다. 보름 뒤엔 다른 여자의 법적 남편이 된다는 사실조차 대중들의 관심을 수그러들게 만들 수는 없었다. 그만큼 그의 파파라치 사진과 영상이 웬만한 톱배우나 아이돌이 가진 효과 그 이상을 발휘하고 있었다.

물론 대중은 그의 프로필상 정보 외엔 아무것도 몰랐다. 그나마 그 대외적 정보도 절반만 알고 있었다.

제이 한이 한국인 기업가의 보좌관의 사생아라는 사실은 그 누구의 귀에도 들어가지 못했다.

또한 모친 미아 벨리니가 레바논 출신 모라비아 현지인 아버지와 백인 어머니 사이에서 태어난 빈민층 출신이며 10대 때부터 마약과 도박, 절도를 일삼고 빚쟁이에게 쫓겨 호텔 잡역부로 근근이 목숨만 부지하며 바닥 생활을 전전했다는 것 역시 전혀 공개되지 않았다.

제이 한이 어릴 때 모라비아 마르체바 빈민촌에서 수산 시장 잡역부 일을 하며 흙바닥에서 굴렀던 사실을 아는 이는 리세를 포함해도 극히 드물었다. 당시 마르체바 로우 빌리지 사람들은 대부분 알고 있었으나 그들 중 대다수가 모라비아에 몰아쳤던 혁명의 피바다 속에서 자취를 잃은 지 오래였다.

리세와 마지막으로 만났던 해, 마약 사범으로 억울하게 소년원에 끌려간 후부터 미국 하버드 대학에서 공부하기 전까지의 4년간에 대해서는 가장 가까운 측근들조차 몰랐다. 심지어 모친인 미아도 행적에 대해 대략적인 것만 알고 있었다.

바이브챗그룹이 가진 거대한 자본력과 엄청난 정보력은 앞으로도 영원히 제이 한의 과거를 결코 대중이 알지 못하게 할 터였다. 그에게는 충분히 그럴 힘이 있었으므로.

이산그룹 산하 S호텔 컨벤션 홀에서 진행된 상견례 자리에서 열흘 뒤로 결혼식 날짜가 확정되었다. 그야말로 번갯불에 콩 볶아 먹는 급전개였다. 하지만 제이는 직원들이 결혼식에 필요한 모든 준비에 이미 착수해 있으니 걱정할 것 없다고 어른들을 안심시켰다. 거추장스러운 예물 같은 것은 아무것도 필요치 않으며 단 한 가지 조건만 동의해 준다면 절대 서운케 하지 않으리란 공약도 덧붙였다.

"조만간 이산그룹은 바이브챗그룹 내에서 이산건설로 이름을 달리 하게 될 겁니다. 이모부님 두 분께는 이산건설 독립체의 사장, 부사장직을 맡아 주실 것을 부탁드려도 될까요? 자녀분들 역시 학업을 마치면 개인의 의향을 존중해 희망하는 부서에서 함께 일할 것을 권하고 싶습니다. 물론 강요는 아니니 부담 갖지 마시고 천천히 고려해 보시기 바랍니다."

"그, 그렇게 과분한 제안을…… 우리야 너무나 감사하지! 우리뿐만 아니라 아이들까지 생각해 주다니 이렇게 고마울

데가! 장인어른이 이산그룹을 만든 창업자이니 이 정도로 예우해 주는 거겠지만, 우린 고맙다는 말 외엔 뭐라고 할 말이 없네. 그런데 한 가지 조건이란 건 뭔가?"

리세의 큰 이모부가 운을 떼자 제이는 담담하게 말을 이었다.

"신혼여행에서 돌아오면 제가 평창동 본가 저택으로 들어갔으면 합니다. 신혼집을 따로 마련할 수도 있지만 그편이 리세에게 좋을 것 같아서요. 태어날 때부터 그 집에서 쭉 살았으니 추억도 많을 거고요. 다른 곳보다는 그 집에서 계속 사는 게 좋을 거라 생각됩니다."

"아, 그래! 확실히 그편이 리세에게도 더 좋겠지. 젊은 사람이 정말 배려가 깊군. 사실 우리는 리세 아버지 병환이 안 좋아지면서 작년부터 임시로 들어와 살게 된 거야. 각자 본가가 있으니 이제 슬슬 제집들로 돌아갈 생각이었다네. 다들 이의 없지?"

작은 이모부와 이모 역시 선선히 고개를 끄덕였다. 그룹 내에 사장과 부사장 자리에다 아이들의 미래까지 보장해 주겠다는 약속만으로도 천군만마를 얻은 것이나 다름없었다. 하지만 제이는 그들에게 더 반가운 제안을 던졌다.

"양재동 쪽에 사옥이 하나 있습니다. 대지 300평에 건평 230평 정도 됩니다. 불편하지 않으시면 그 집에서 두 가족이 함께 지내셔도 좋습니다. 어차피 딱히 쓸 데가 없어서 놀려

둔 집이니까요."

거절할 이유 따윈 공기 중에 떠도는 미세 먼지만큼도 없었다. 상상할 수 있는 가장 환상적이고 달콤한 제안이었다. 비굴한 빛을 띠고 있었던 두 이모 부부의 시선은 그야말로 복권이라도 당첨된 것처럼 환희의 빛으로 가득 차 있었다. 조카사위를 보는 게 아니라 세상에 재림한 신을 경배하는 얼굴들이었다.

그때 제이의 휴대폰 벨이 울렸다. 그는 업무상 중요한 전화니 잠깐만 결례를 범하겠노라 정중히 말하고 잠시 자리를 떴다. 고고하게 자리를 떠나며 입가에 일그러진 조소를 걸었다.

그의 제안은 화려한 포장 속 빛 좋은 개살구나 별반 다르지 않았다. 말이 사장과 부사장이지 종이호랑이, 속빈 강정꼴로 책상만 지키게 될 터였다. 아직 10대인 자녀들에 대한 약속 역시 그저 허울뿐이었다. 양재동의 사옥은 어디까지나 그룹의 명의인 데다 주인도 세입자도 아닌 장기 숙박객들이야 마음만 먹으면 언제든 쫓아낼 수 있다.

조카사위의 속내는 전혀 모른 채 이모들과 이모부들은 희희낙락 웃음꽃이 활짝 펴 도무지 입을 다물 줄 몰랐다. 그때 어려서부터 리세를 유난히 예뻐했던 큰 이모가 불쑥 말했다. 분위기에 어울리지 않게 다소 심각해 보이는 표정이었다.

"리세야, 너 정말 괜찮은 거지? 이 결혼…… 네가 원해서

하는 게 맞는 거지?"

"언니는 무슨 소리야. 세상 모든 여자가 부러워할 조건으로 시집을 가는데."

"아니, 나는…… 어쩐지 불안해. 혹시라도 우리나 그룹의 존속 때문에 리세가 제 의지랑 상관없이 끌려가는 건 아닌가 해서. 다른 일도 아니고 결혼이야. 리세가 정말 사랑하고 평생을 함께할 확신이 있는 남자를 선택해야 하는 거잖아."

"언니! 관 속에서 언니랑 형부가 기겁해서 벌떡 일어나겠어! 우리 리세는 대한민국 모든 처녀들이 부러워 죽을 만큼 최고의 신랑감과 결혼하는 거야! 그리고 조건 때문이 아니라고 한 서방이 처음부터 말했잖아. 리세와 예전에 영국에서 만나 잘 알던 사이였고 그때부터 지금까지 리세를 좋아해 왔다고. 형부랑 우리가 그렇게 단속했는데도 감쪽같이 밖에서 남자를 만나고 있었다니 좀 배신감이 들긴 하지만."

"그래, 나도 아는데…… 리세도 결혼 원한다고 했고. 그런데 어째 난 조금 불안한 감이 자꾸 든다. 보통 남자가 아니잖아. 한참 조카뻘인데도 어째…… 난 무섭다는 생각이 자꾸만 들어."

"당연히 보통 남자가 아니지! 세계 20대 억만장자 톱 10 안에 드는 인물이야. 게다가 톱 10 중 절반은 금수저 물고 태어났으니 자수성가한 쪽이 훨씬 더 대단한 거고! 우리 리세는 지금 100년에 하나 나올까 말까 한 엄청난 인물과 결혼하는 거야.”

둘째 이모의 침 튀기는 열변에 큰 이모는 입을 다물었다. 동생의 말대로 여자라면 누구나 꿈꿀 최고의 결혼이었다. 하지만 왜인지 리세를 화려한 악의 소굴 속으로 보내는 듯한 섬뜩한 예감이 좀처럼 떠나지를 않았다. 이성적으로는 도저히 설명되지 않는 본능적인 직감 같은 것이었다. 하지만 이미 정해진 결혼을 이제 와 반대할 수도 없었다. 추상적인 불안감 외에 반대할 명분 자체가 없었다.

리세는 제이가 운전하는 차 안에 있었다. 상견례가 끝난 뒤 제이가 손수 그녀를 평창동 집까지 데려다주겠노라 제안했기 때문이었다. 하지만 집 앞에 도착한 지 한참 지났는데도 롤스로이스는 여전히 그 자리에 서 있었다.

“제이, 그동안…… 11년 동안 어떻게 지냈는지 왜 아무 얘기도 하지 않아?”

“…….”

“제이…… 왜 그래?”

뭔가 심기가 불편한 것 같은 기색에 리세는 조심스레 재차 물었다. 긴장된 목소리였다. 그녀가 다시 한 번 기묘한 침묵을 깨려고 하는 찰나 제이의 양손이 재빨리 뻗어 왔다. 비명을 지를 새도 없었다. 그는 눈 깜짝할 새 리세의 블라우스 단추를 쥐어뜯듯 풀어 헤치고 브래지어를 아래로 내렸다.

"아…… 음! 하아……."

짝 펼친 손바닥이 유두 위에서 원을 그리자 리세는 눈물이 찔끔 나올 만큼 두 눈을 세게 감았다. 아랫입술을 꼭 물자 산호색 입술이 핏빛으로 번졌다. 입술 위에 고르게 펴 발랐던 립스틱은 조금 전의 격렬한 키스로 거의 지워진 상태였다. 창은 죄다 매직미러로 되어 있어 안이 전혀 들여다보이지 않았다. 차 안의 열기도 바깥에서는 전혀 감지되지 않을 터였다.

그는 그녀가 앉아 있던 조수석을 뒤로 끝까지 젖혔다. 맨 위까지 단정히 채워져 있던 크림색 블라우스의 단추는 아래 두어 개만 남겨 두고 죄다 풀렸다. 차 안은 온기 그 이상의 것으로 가득했다. 두 남녀의 더운 숨결이 자아내는 열기였다.

입안과 혀를 집요하게 탐하던 제이의 입술이 백조의 것처럼 가늘고 흰 리세의 목덜미를 지나 쇄골을 훑고 어깨의 맨살을 찍어 눌렀다. 그의 두 손이 리세의 가냘픈 어깨 아래 팔뚝을 단단히 움켜잡았다. 긴 손가락 관절에 힘이 잔뜩 들어가 있었다. 그대로 팔뚝이 뽑혀 나갈 것처럼 강한 힘이었다.

꼼짝달싹할 수 없이 움직임을 철저히 봉쇄한 채 제이는 입술과 혀, 치아로 젖가슴을 사정없이 유린했다. 지독하게 달콤한 고문이었다. 리세가 고개를 마구 저으며 눈물을 보이자 공격을 멈추었다. 그것은 공격 대상을 전환하기 직전의 틈일 뿐이었다.

제이의 두 손이 스커트 아래 들어가 레이스 팬티 속을 파고들었다. 잘록한 허리 아래 가슴만큼이나 풍만한 엉덩이가 손바닥 안에 잡혔다. 터질 듯 탄탄하면서도 실크처럼 보들보들한 감촉이 기가 막히게 좋았다. 한 손이 엉덩이를 떠나 팬티 앞부분 은밀한 곳을 파고들자 리세는 충격에 숨을 들이켰다.

"아, 안 돼! 거긴…… 아……읏, 아핫! 그, 그만……."

그녀의 끊어질 듯한 신음에도 제이는 움직임을 멈추지 않았다. 길고 강건한 손가락이 갈라진 틈새로 거침없이 쑥 밀고 들어갔다. 질겁한 리세가 그의 손을 밀어내려 애썼지만 제이는 물러서지 않았다. 그는 자유로운 한 손으로 리세의 두 팔목을 모아 머리 위로 힘껏 잡아 올렸다. 그 힘에 리세가 짧게 비명을 질렀다. 제이의 눈이 순간 선득하게 빛났다.

"아, 아파!"

"저항하지 마. 한 번만 더 팔 내리면 여기서 끝까지 가 버릴 거야."

"……."

"여기서 그대로 넣어 버릴 거라고. 그리고 차가 내려앉을 만큼 사정없이 할 거야. 기절할 때까지 안 놔줘."

리세의 울 것 같은 얼굴에 그는 아름답고도 잔인한 미소를 띠며 말을 이었다.

"결혼식 첫날밤까지 기다려 주길 원하지?"

"……응."

"그럼 팔 그대로 올리고 있어. 잠깐만 있다가 집에 들어가게 해 줄게."

리세는 울음을 삼키며 젖혀진 의자에 누운 채 두 팔을 머리 위로 쭉 뻗었다. 살짝 흔들리는 상아색 젖가슴 위 오뚝 선 젖꼭지가 그를 유혹하는 것 같았다.

"그래, 착하지…… 귀여운 리세."

그는 손가락 움직임을 재개하며 한쪽 젖꼭지에 쪽 입을 맞췄다. 그에 호응하듯 좁은 질 내벽이 손가락을 더 꽉 조여 왔다. 제이는 손가락 하나를 더 가세했다. 리세가 힘에 겨운 듯 허리를 들썩였지만 개의치 않았다. 좁디좁은 안쪽이 촉촉하게 젖어 들며 손가락을 꽉 무는 느낌이 너무도 좋았다.

손가락이 더 격렬하고 거칠게 안쪽을 탐하고 휘젓자 리세는 눈을 질끈 감은 채 신음을 토해 냈다. 숨길 수 없는 쾌감의 표출이었다. 머리에 전신의 피가 잔뜩 몰리는 기분이었다. 아찔한 현기증이 일었다. 가장 내밀한 곳에 누군가의 손가락이 들어와 마구 유린하고 자신은 그 느낌을 즐기고 있다니. 도저히 믿기지가 않았다.

제이는 손가락을 빼내고 고개 숙여 진득해진 음부 입구를 혀로 핥았다. 농염한 혀 놀림이 부풀어 오른 클리토리스로 옮겨 가 자리했다. 그는 고개를 치켜들고 제 손가락 끝을 할

짝할짝 핥았다. 은밀한 여성 속에 한참이나 머물러 있던 손가락은 촉촉하게 젖은 채였다. 손가락 끝이 저릿저릿할 지경이었다.

제이는 세상에서 가장 달고 향긋한 꿀이라도 묻은 양 제 손가락을 탐하다 만족스런 얼굴로 리세를 내려다보았다. 시선을 피해 눈을 내리깐 그녀의 붉은 얼굴은 수치심과 쾌감에 가득 젖어 있었다. 물론 성이 차진 않았다. 제대로 보상받지 못한 단단한 허벅지 사이에 부풀어 오른 하체는 쉽게 가라앉지 않을 것이다. 하지만 오늘은 여기까지였다. 그는 리세의 옷을 제대로 입혀 주고 품에 부드럽게 안았다.

"괜찮아?"

"……아파."

손가락이 마구 휘저었던 안쪽이 아직도 쑤시고 얼얼했다. 리세의 성마른 대꾸에 그는 풍성한 머리 한가운데인 정수리에 입을 맞췄다.

"긁히진 않았을 거야. 난 항상 손톱을 짧게 정돈하니까."

그의 말이 내포한 노골적인 의미에 리세는 숨을 짧게 뱉었다. 그동안 남자의 손길 자체에 면역이 전혀 없던 그녀였다. 세상의 남자들이 다 이렇게 저질인지, 제이만 유독 그런 건지, 눈앞의 남자가 제가 알던 제이와 정말 같은 사람인지 머릿속에 흐릿한 안개가 가득 낀 것 같았다.

"우린 침대 위에서 최고로 환상적일 거야. 지금 이 정도로도 미쳐 버리게 좋은데 본격적으로 네 안에 들어가면 어떨지 상상도 안 돼."

리세가 대꾸하기도 전에 제이는 우윳빛 도자기처럼 섬세한 얼굴을 내려다보며 빙긋 웃었다.

"널 빨리 갖고 싶어."

사실이었다. 기막히게 감도 좋은 몸은 뜻밖의 수확이었다. 품에 넣고 놀기 좋은 최상의 장난감 같았다. 리세와의 환상적인 케미즈트리는 모든 계획을 더 달콤하고 짜릿하게 만들어 줄 것이다. 제이는 그녀의 입술에 입을 쪽 맞추며 엷게 웃었다. 이국적인 선을 그린 아름다운 눈매에 탐욕과 욕망이 진하게 번들거렸다.

때 타지 않은 순결한 몸속을 파고들면 이 귀여운 온실 속 백합꽃은 과연 어떻게 반응할까. 어떤 얼굴과 울음소리를 내서 그를 즐겁게 해 줄까.

제이는 리세를 부드럽게 차 밖으로 이끌며 내면의 야수를 다스리려 애썼다. 하루라도 빨리 그녀 안을 뒤흔들고 싶어서 온몸이 욱신거릴 지경이었다.

⁜ ⁜ ⁜

일주일 뒤, 결혼식을 축복하듯 6월 마지막 주 토요일 하늘은 완벽한 옥색이었다. 사시사철 우중충한 회색으로 점철되어 있던 창공이 그날만은 유독 청록색으로 눈이 부시도록 맑았다. 순백색 드레스를 입은 리세는 세상에서 가장 아름다운 신부였다. 신부의 성정과 잘 어울리는 새하얀 레이스가 푸른 하늘과 몹시도 조화로웠다.

세기의 커플이라 떠들어 댄 두 사람은 남산 중턱에 위치한 S호텔 VIP용 공중 정원 한가운데 나란히 서 있었다. 기자들의 출입이 완벽히 통제된, 가족들과 아주 가까운 측근들 수십 명만 자리한 비공개 야외 결혼식이었다.

말이 테라스일 뿐 몇 백 명 넘게 수용하고도 남을 옥상 정원은 그야말로 판타지 영화 세트장 같았다. 신랑 신부 및 하객들은 신부의 드레스처럼 새하얀 천막 아래 준비된 각자의 만찬 테이블에 자리했다.

신랑 신부의 키스와 함께 식은 간소하면서도 화려하게 그 막을 내렸다. 리세는 제이와의 입맞춤에 미칠 듯이 뛰는 심장을 진정시켜야 했다. 아주 짧게 입술이 닿았을 뿐인데도 천 마리 나비가 뱃속에서 날갯짓하는 것 같았다.

그녀는 드디어 다가온 첫날밤에 벌써부터 잔뜩 긴장했다. 설레는 마음도 분명 있었지만 막연한 두려움이 그보다는 조금 더 앞섰다. 하지만 제이의 따뜻한 눈을 마주하고 있자니 그런 불안함도 시간이 지날수록 조금씩 옅어져 가는 것 같았다.

그 순간 사라져 가던 리세의 불안함이 다시 고개를 치켜들었다. 한 쌍의 푸른 눈이 심장을 찌르듯 그녀를 똑바로 주시하고 있었다.

「리세, 어머니셔. 한국어를 못 하시니 영어로만 대화해야 할 거야.」

「아, 안녕하세요! 처음 뵙겠습니다. 리세예요.」

신부가 결혼식이 끝나고서야 신랑 측 모친과 처음 인사를 나누다니 특수한 경우에서나 가능한 일이었다.

제이의 모친 미아 벨리니는 한눈에 보기에도 40대 초반으로밖에 보이지 않는 상류층 귀부인의 매무새를 하고 있었다. 생각보다 훨씬 더 젊고 아름다운 중년 여인이었다. 제이의 말에 의하면 그녀는 50대 중반이 되기까지 남아공과 모라비아에서 지독한 밑바닥 생활을 해 왔다.

하지만 아들의 엄청난 성공으로 최상류층의 윤택함을 누리다 보니 오랜 세월 찌들었던 고생도 어느새 흔적 없이 자취를 감추게 된 것 같았다. 그녀는 재작년 상처한 이탈리아계 기업인과 인연을 맺어 뒤늦게 행복한 가정을 이루고 있었다.

미아는 커다란 크림색 챙 넓은 모자 아래 거만한 푸른 눈을 빛내며 곱게 화장한 얼굴을 살짝 찡그렸다. 천막 아래 드문드문 모습을 드러낸 강렬한 햇살 때문일 수도 있었다. 하지만 리세는 그 표정이 어쩐지 저를 향해 찌푸린 것처럼 느껴졌다.

「그래, 네가 바로 그 리세구나. 이산그룹의 무남독녀 외동딸. 이무현이 금지옥엽 보물처럼 애지중지 키워 온 공주님.」

빈정거림 가득한 미아의 말에 리세가 당혹감을 감추지 못했다. 제이는 재빨리 리세의 어깨를 부드럽게 잡아끌며 모친을 향해 엷게 웃었다. 어쩐지 숨겨진 의미가 있는 듯한 웃음이었다.

「어머니, 나중에 정식으로 다시 얘기하시죠. 신혼여행 다녀온 뒤에. 저희 지금 전용기로 곧 출발할 겁니다. 리세, 어머니가 지금 사실 기분이 좋지 않으셔. 내가 이틀 전에야 미국으로 청첩장을 보냈거든. 제대로 준비해서 비행기 타고 날아오실 시간도 빡빡하셨을 거야. 이틀 전까지 내가 결혼한다는 사실조차 모르고 계셨던 터라 지금 나에게 꽤 화가 나 계셔.」

「내가 승마 중에 그 청첩장을 보고 얼마나 놀랐는지……하마터면 낙마할 뻔했어! 결혼은커녕 내 장례를 치렀을지도 모른다고!」

모친은 아들을 향해 분노의 화살을 돌렸다. 하지만 제이가 작별의 포옹을 하자 그녀는 언제 화를 냈냐는 듯 아들을 꼬옥 끌어안았다. 누가 봐도 아들을 세상 그 무엇보다 끔찍하게 아끼고 사랑하는 어머니의 모습이었다. 중동과 아프리카, 서구의 혈통이 조금씩 섞인 까무잡잡한 얼굴은 무한한 애정으로 가득 차 있었다.

그녀는 리세가 내민 손을 잠시 마주 잡았다. 리세를 쳐다보는 눈빛은 여전히 싸늘했다. 이유 모를 어떤 악의가 담겨 있다는 표현이 더 정확할 터였다. 리세는 가슴이 철렁 내려앉는 기분이었지만 시어머니의 마음을 이해하려 애쓰며 살짝 웃어 보였다. 제이의 말대로 갑작스런 결혼 소식에 언짢은 심정을 표현하는 것이려니 생각하려 애썼다.

"신경 쓰지 마."

제이는 리세의 속내를 읽은 듯 레이스 장갑을 낀 그녀의 한 손을 꼭 잡았다. 턱시도 차림에 맞게 머리를 뒤로 쓸어 넘긴 그는 정말로 눈이 부실 정도였다. 시원한 이마에 곧고 오뚝한 콧날, 수려한 아치형을 그리는 눈썹과 매혹적인 눈매, 갸름한 턱 선은 그야말로 조각상이 따로 없었다.

게다가 180cm가 훌쩍 넘는 장신의 몸은 운동선수와 모델처럼 완벽하기 이를 데 없었다. 무심히 서 있거나 살짝 팔을 들어 올려 손목시계를 들여다볼 뿐인데도 모든 동작에서 박력과 기품이 넘쳐흘렀다. 존재만으로도 압도적인 카리스마와 아찔한 페로몬 모두를 한꺼번에 지닌 남자, 제이는 바로 그런 존재였다.

"어머니는 원래 기분파셔. 지금은 언짢으시니 그렇지만 금세 풀릴 거야."

"하지만 그렇다기에는 날 보시는 눈이 조금 무서워. 내가 마음에 안 드시는 게 아닐까?"

전용기가 준비된 호텔 뒤 부지로 걷는 동안 리세가 의기소침해져 힘없이 고개를 떨어뜨렸다. 제이는 고개를 세차게 저었다.

"그렇지 않아. ……그래, 솔직히 어머니는 최근까지 내가 다른 여자와 결혼할 거라 생각하고 계셨어. 어머니도 잘 아시는 기업가의 딸이지. 하지만 그냥 아는 사이일 뿐이야. 난 한 번도 그런 생각한 적 없으니까 순전히 어머니 혼자만의 희망 사항일 뿐이었지. 하지만 우리가 식을 올린 이상 어머니도 인정하실 수밖에 없어. 시간문제일 뿐이야. 다 좋아질 테니까 신경 쓰지 마. 어차피 어머니와 자주 만날 일도 없어. 뉴욕에서 새아버지와 즐겁게 사시느라 1년에 한두 번 볼까 말까야. 그러니 마음에 담아 두지 마. 알았지?"

"……응, 알았어."

리세는 시어머니가 소망했던 다른 며느릿감이 있었다는 말을 듣고 한순간 심장이 철렁 내려앉았다. 하지만 제이의 다정한 다독임에 이내 마음을 고쳐먹었다. 앞으로 그녀가 하기에 따라 미아의 심경이 얼마든지 변할 수 있었다. 그녀는 시어머니와 잘 지내기 위해 최선을 다할 것이라 마음을 다잡으며 전용기 안으로 향했다.

그 순간 신부 드레스 룸에 놓고 온 결혼반지가 퍼뜩 떠올랐다. 전용기를 타기 전 옷을 갈아입으러 들렀다가 반지를 놓고 온 것이다. 손을 씻는 동안 서랍 안 상자에 소중히 올려

둔다는 게 그만 깜박한 모양이었다.

"제이, 잠깐만! 나 드레스 룸에 반지를 두고 왔어! 빨리 가서 가져올게."

"뭐? 그럼 사람을 보내서 가져오게……."

"아냐, 서랍이 많아서 어떤 건지 설명해도 모를 거야. 내가 가져올게."

"좋아, 같이 가자."

두 사람은 함께 움직였다. 제이는 신부 룸 밖 로비에서 막간을 이용해 업무상 통화에 열중하고 있었다. 신부 룸에서 반지를 발견한 리세는 안도의 한숨을 내쉬며 손에 끼웠다. 긴장했는지 화장실에 한 번 더 가고 싶었다.

그녀가 화장실 문을 열려는 순간 앙칼진 목소리가 여자 파우더 룸 쪽에서 카랑카랑 울려왔다. 화장실과 연결된 파우더 룸에 누군가 있었던 모양이었다. 40대 정도 여자가 말하는 유창한 영어였다. 리세는 그 목소리를 분명 기억하고 있었다. 20분도 채 지나지 않은, 그녀와 얼굴을 마주 대하고 들었던 음성이었다.

「걱정 말라니까, 린지. 제이는 진심이 아니야.」

리세는 발이 얼어붙은 것처럼 그 자리에 우뚝 섰다. 제이의 모친은 전신 거울을 보며 한 손에는 휴대폰을 다른 손으로는 눈가의 화장을 고치고 있었다. 각도상 리세의 모습은 비치지 않을 터였다.

「제이의 목적은 처음부터 오직 이산그룹 하나였어. 그게 그 애의 당연한 권리기도 하고. 지금은 대외적 이미지를 위해서 창업주 손녀와 보란 듯이 결혼한 거지만 두고 봐라, 앞으로 1년 안에 그 멍청한 계집애랑 갈라설 거니까. 글쎄, 내게도 전혀 말을 안 해서 나도 얼마나 놀랐는지 몰라! 결혼까지 감행할 정도로 철저히 계획할 줄은 나도 몰랐다고! 도대체 무슨 생각을 하고 있는지…… 그 애 속은 도무지 알 수가 없다니까.」

미아 벨리니가 말을 하면 할수록 리세는 더 크게 몸을 떨었다. 그녀는 바닥에 주저앉지 않기 위해 주먹 쥔 손에 힘을 꽉 주었다. 손바닥에 손톱이 파고들어 피가 날 지경이었다.

「아무튼 린지, 이 결혼은 어디까지나 허울뿐인 쇼이고 곧 파탄 날 거니까 걱정하지 마렴. 그냥 서류상일 뿐이야. 세상에, 제이가 그 계집애랑 결혼한다는 게 어디 가당키나 한 일이니? 내가 미국에서 청첩장을 받고 제이에게 전화해 당장 결혼식 취소하라고 난리 쳤더니 자기도 다 생각이 있으니 그냥 두고 보라 하더라. 그 애는 이 일을 오래전부터 계획해 왔던 모양이야. 그러니 너도 그렇게 알고 잠시만 참으렴. 알겠지?」

클러치 백을 탁 닫는 소리에 이어 미아 벨리니의 음성이 서서히 멀어져 갔다. 파우더 룸 반대편 문을 열고 사라진 그녀의 뒤로 힐 소리가 또각또각 경쾌한 울림을 남겼다. 리세는 다리에 힘이 풀려 화장실 대리석 바닥에 주저앉고 말았다. 그녀는 누가 봐도 상태가 심각해 보였다. 갓 결혼해 신혼여행을 앞둔 신부라기보다는 당장 병원으로 달려가 치료를 받아야 할 만큼 창백하기 이를 데 없었다.

얼마나 그러고 있었을까, 다급한 노크 소리가 나더니 경호원 복장의 여자 한 명이 화장실 안으로 들어섰다. 리세가 오랫동안 돌아오지 않자 제이가 사람을 들여보낸 것 같았다.

"리세 아가씨! 괜찮으십니까?"

여자가 바닥에 주저앉은 리세를 가볍게 들어 올려 부축했다. 화장실 밖으로 나오자 제이가 심각한 얼굴로 그녀를 맞이했다.

"리세, 왜 그래? 어디가 안 좋아?"

"……."

"얼굴이 안 좋아 보여. 일단 병원에 가자."

"아니, 아니! 병원 필요 없어! 아무렇지도 않아. 병원이 아니라…… 난 아무 데도 안 갈 거야. 지금 이런 상태로 신혼여행…… 갈 수 없어."

"……리세? 왜 그래?"

"이 결혼…… 취소……해야 해……."

리세는 그대로 정신을 놓아 버렸다. 아버지의 죽음 이후 내내 버텨 왔던 몸에 과부하가 걸렸다. 본래 예민하고 허약한 체질이 더 이상의 충격을 감당해 내지 못하고 극한까지 몰린 것이다.

급히 호출된 호텔 내 의료진은 리세가 잠시 정신을 잃었을 뿐이라고 진단했다. 결혼을 앞두고 이런저런 신경을 쓰다 보니 과도한 스트레스에 노출된 것 같다는 의견이었다. 의사는 어두운 낯빛의 신랑을 향해 격려하듯 말을 이었다.

"신혼여행지에서 마음 편히 푹 쉬고 휴양하는 게 더 좋을 수 있습니다. 너무 걱정하실 것 없습니다."

6화

리세가 눈을 뜬 것은 전용기 안에서였다. 몰디브에 도착하기까지 이제 한 시간 남짓밖에 남아 있지 않았다. 그들은 몰디브 최고급 워터 빌라에 머물며 닷새간 허니문을 보낼 예정이었다. 하지만 가까스로 눈을 뜬 리세는 환상적인 블루라군이나 청록색 바다색 따위는 안중에도 없었다. 제이의 모친이자 그녀의 시어머니가 린지란 이름의 여자와 통화하며 거침없이 토해 냈던 말들이 아직도 생생했다.

"리세, 괜찮아? 푹 잤어? 그동안 은근히 긴장을 많이 했던 모양이야."

제이의 음성에 리세는 상체를 벌떡 일으켜 주위를 살폈다. 호화롭고도 아늑한 기내 안에는 그들 둘밖에 없었다. 그녀는 침대처럼 길게 뻗은 좌석에 누워 폭신한 이불을 덮고 있었고 제이는 바로 옆 머리맡 좌석에 앉아 있었다. 수행비서 몇 명은 두터운 커튼이 드리워진 앞쪽 캐빈에 대기 중인 듯했다. 고용주 부부의 사생활을 보장하기 위해서였다.

"비, 비행기 돌려. 신혼여행 갈 수 없다고 했는데 왜 여기에 태운 거야!"

"리세, 왜 그래? 아까부터 도대체 무슨 소리야!"

리세는 패닉에 빠져 있었다. 파리하다 못해 하얗게 질린 안색, 울먹이는 목소리에 이어 눈썹마저 파르르 경련을 일으켰다.

"린지…… 린지가 누구야?"

"……린지?"

반문하는 어투였지만 제이는 분명 린지라는 여자를 알고 있었다. 눈빛이 여자의 이름이 낯설지 않음을 여실히 보여주었다.

"린지 홀든을 말하는 거라면 사업상 교류하는 사람의 딸이야. 네가 그 여자를 어떻게 알지? 누군가에게 뭔가 들었어?"

"혹시 그 린지란 여자가 제이의 어머니가 원래 며느릿감으로 생각했다던 그 여자야?"

"……."

"맞아? 대답해 줘!"

리세의 흥분한 어조에 제이는 미간을 좁히며 순순히 대꾸했다. 지금까지 본 리세의 모습 중 가장 격앙된 모습이었다. 이렇듯 강경한 취조 앞에서 얼렁뚱땅 넘어갈 순 없을 터였다.

"그래, 맞아. 하지만 말했듯이 그저 아는 사람일 뿐이야. 사업상의 관계 그 이상도 그 이하도 아니라고. 이제 말해 봐. 도대체 누가 너에게 린지에 대해 말했어? 응?"

"제이의 목적…… 처음부터 이산그룹이었어? 나와의 결혼은 순전히 계획적인 거고?"

리세는 울음을 터뜨리고 싶은 걸 간신히 참고 미아의 전화 통화를 낱낱이 털어놓았다. 온실 속 장미처럼 곱게만 자란 그녀는 세상 물정에 무지한 편이었다. 하지만 그렇다고 직감이 둔하거나 눈치가 없는 편은 아니었다.

제이의 모친이 흘린 한마디 한마디가 강력한 경고 메시지를 보내고 있었다. 말로 설명할 수 없는 엄청난 위험이 결혼이란 미명으로 덮쳐 올 것만 같았다. 그 판도라의 상자를 열 열쇠를 쥐고 있는 사람은 다름 아닌 눈앞의 남자였다. 불과 몇 시간 전 리세와 결혼 서약을 한 그녀의 남편이었다.

"설명해 봐, 도대체 어머니 말씀이 다 무슨 뜻인지! 해명해 보라고!"

"……신경 쓸 것 없어. 어머니가 뭔가 오해하신 거야. 이미 우린 식을 올렸고 어머니도 시간이 지나면서 조금씩 마음을 열……."

"얼버무리지 마! 내, 내가 바보인 줄 알아? 어머니는 우리가 1년 안에 파탄 날 거고 애당초 내가 제이랑 결혼하는 건 말도 안 된다고도 하셨어! 어머니는 분명히 이 결혼 뒤로 뭔가 흑막이 있다는 걸 알고 계셨어. 말해 줘, 대체 제이의 의도가 뭐야? 감쪽같이 날 속이고 결혼한 속셈이 뭐냔 말이야!"

리세는 제이의 멱살을 쥐다시피 하며 악을 썼다. 악을 썼다기보다는 흐느낌에 가까웠다. 그녀는 충격 속에 있으면서도 진심으로 사랑해서 결혼한 것이라는 말만은 거짓이 아니기를 바랐다. 정말로 이산그룹을 노렸든 어쨌든 적어도 제이의 사랑만큼은 진실이길 빌었다. 모친이 아들을 오해한 것이며 두 사람이 1년 안에 파탄 나리라는 것만은 완전한 오해이길 간절히 빌고 또 빌었다. 하지만 역시 이런 마음으로 허니문을 강행할 수는 없었다.

"리세."

"좋아, 말해 주지 않아도 좋아! 대신, 비행기가 착륙하는 즉시 난 다른 비행기로 한국에 돌아가겠어. 이렇게…… 이런 마음으로 제이와 신혼여행을 계속할 수는 없어."

제이의 눈빛이 서서히 가라앉기 시작했다. 짙은 갈색 동공이 조금씩 흔들렸다. 마치 침몰 중에 있는 한 척의 배와도 같았다. 그는 제 옷깃을 부여잡은 리세의 두 손목을 움켜쥐었다. 리세는 신음을 흘렸다. 마음만 먹으면 손목을 부러뜨릴 수도 있을 것 같았다. 그의 태도와 눈빛은 확실히 수 초 전과 달랐다.

"아니, 우린 예정대로 닷새간 여기 있을 거야."

"……!"

리세는 사시나무 떨 듯 몸을 떨었다. 충격에 이어 두려움이 전신을 엄습해 파도처럼 몰아쳤다. 그때 전용기 파일럿으로 짐작되는 목소리가 기내 스피커를 통해 울렸다. 앞으로 10분 뒤 몰디브 공항에 도착할 예정이며 두 사람은 대기 중인 수상 택시를 타고 리조트로 이동할 예정이라는 내용이었다. 안내가 끝나자 제이가 다시 말을 이었다. 한기 어린 냉혹한 음성이었다.

"아주 달콤한 허니문이 될 거야. 그러기 위해 이 먼 곳까지 온 거니까."

"싫어! 난 한국으로 돌아갈 거야!"

리세의 열띤 항의나 저항의 몸짓은 아무 소용도 없었다. 조종사나 수행비서, 심지어 현지인 스탭들은 죄다 제이의 편이었다. 제이가 리세를 전용기에서 강제로 끌어내 수상 택시로 질질 끌고 가는데도 묵묵히 그의 명령만을 기다렸다.

열 시간 가까이 비행해 온 몰디브는 한낮이었다. 시차를 거슬러 온 두 사람의 생체리듬은 한국 시간 기준으로 새벽 3

시 경일 터였다. 하지만 제이는 지치거나 피곤한 기색 하나 없이 리세를 어깨 위로 들쳐 업고 초특급 리조트 안으로 천천히 걸었다.

리세가 그의 등을 주먹으로 때리고 소리를 질러 대며 있는 힘을 다해 발버둥을 쳤지만 제이는 끄떡도 하지 않았다. 제이에 대한 두려움 때문인지 신혼부부 나름의 플레이라 생각했는지 현지인들은 괴상한 커플의 모습에 별다른 반응을 보이지 않았다. 그들은 제이를 왕처럼 극진히 받들며 몰디브 전체에서 가장 호화롭고 값비싼 워터 빌라 앞까지 공손히 안내했다. 마침내 문이 닫히고 철컥 키가 잠기는 소리가 궁궐처럼 꾸며진 방 안에 울렸다.

제이는 방 한가운데 놓인 커다란 침대로 걸어가 그 위에 리세를 내려놓았다. 사실 집어 던졌다는 표현이 더 정확할 만큼 거칠고 야만적인 몸짓이었다. 리세가 비명을 질렀다. 원피스가 허리 위로 둘둘 말려 올라가 얇은 실크 팬티가 고스란히 보였다. 제이의 눈에 이채가 돌았다.

그는 적나라하게 드러난 리세의 길고 하얀 다리를 눈으로 훑었다. 그러면서도 두 손은 바삐 움직였다. 재킷에 이어 드레스 셔츠까지 죄다 벗어 던진 그는 침대로 몸을 굽혀 리세의 두 발목을 제 쪽으로 끌어당겼다. 그의 저의를 확인한 리세는 고개를 세차게 저으며 몸을 빼내려고 애썼다.

"안 돼! 싫어, 내 몸에 손대지 마!"

그는 리세의 요청을 전혀 들어줄 생각이 없는 것 같았다. 그런데 원피스의 지퍼가 거칠게 내려지기 직전 제이가 동작을 멈췄다. 아까부터 계속해서 울리던 휴대폰 소리가 거슬렸다. 그는 리세를 풀어 준 뒤 아예 휴대폰 전원을 꺼 버리기 위해 테이블 위로 눈을 돌렸다. 화면에 뜬 발신 번호는 그냥 무시해 버리기에 너무 중요한 상대였다. 적어도 지금은 그랬다. 물론 사업상 원하는 것을 얻은 뒤엔 상종조차 안 할 인간들이었다.

"네, 미즈터 홀든. 괜찮습니다. 말씀하시죠."

그는 상대편의 말을 내내 듣기만 하다가 짧게 두어 마디 흘린 뒤 통화를 종료했다. 다시 리세를 향해 돌아선 제이의 얼굴은 무섭도록 싸늘해져 있었다. 그는 이마에 흘러내린 머리칼을 신경질적으로 쓸며 아무렇게나 벗어 던진 셔츠를 다시 집어 들었다.

"실리콘밸리 본사에 일이 생겨서 가 봐야 해. 모레 올 테니까 기다려. 놀 거리는 잔뜩 있고 비서들도 함께할 테니 심심하진 않을 거야."

"뭐, 뭐라고?"

제이는 재킷을 걸친 채 곧장 방 밖으로 나갔다. 리세도 뒤따라 나가려다 제 꼴을 내려다보고 엉망으로 흐트러진 옷매무새를 가다듬었다. 그녀가 호화로운 로비를 지나 워터 빌라 독채 바깥으로 나가자 바다 앞에 수상 택시가 눈에 들어왔다. 제이는 막 배 위에 올라타고 있었다. 그리고 금발의 백인 미녀가 그의 목에 팔을 두른 채였다.

그 순간 원피스 목 부분의 리본이 풀리며 허공에 휘날렸다. 한순간 시야를 가린 리본 때문에 리세는 제이가 금발 미인의 팔을 뿌리치는 걸 미처 보지 못했다. 그녀가 다시 눈을 똑바로 떴을 때 제이는 이미 사라지고 없었다. 수상 택시는 전용기가 대기 중인 공항 부지를 향해서 미련 없이 떠났다.

"리세 아가씨, 바닷바람이 차니 이만 들어가시는 게 좋겠습니다."

여자 경호원 중 하나가 정중히 이끌 때까지 리세는 빌라 정문 앞에 망연자실 서 있었다. 몰디브 특유의 아쿠아마린색 바다와 하늘의 절경도 리세의 눈 안에 들어오지 않았다.

방으로 올라간 그녀는 비서들에게 잠시 혼자 있게 해 달라고 힘없이 말했다. 룸 안에는 신혼부부를 위한 장미 생화 꽃잎이 예술품처럼 실내 곳곳에 놓여 있었다. 게다가 지상 최대 낙원 중 하나인 몰디브 해가 반짝반짝 눈부시게 빛나며 테라스 덱 바로 아래에서 넘실거렸다. 마치 몰디브 해가 집 앞마당에 흐르고 있는 것 같았다. 여자라면 누구나 꿈꾸는 완벽한 신혼여행지가 아닐 수 없었다.

그런데 이런 환상적인 신혼여행지에서 나는 대체 뭘 하고 있는 거지.

리세는 침대 위에 앉아 멍하니 파도를 바라보았다.

결혼식 직후 시어머니가 며느릿감으로 찍어 뒀던 다른 여자에게 전화해 아들의 결혼이 1년 안에 파탄날 것이고 애당초 이 결혼 자체가 말도 안 되는 쇼라는 말을 들었다. 그뿐인가, 신혼여행지에 도착하자마자 남편은 전화 한 통에 급한 일이 생겼으니 이틀 뒤 돌아오겠다고 통보하고 다른 여자와 나란히 사라졌다. 세상에 이런 신부가 어디 있을까. 기가 막히고 가슴이 먹먹했다.

사업상 정말 위급한 상황이었을 수는 있었다. 제이가 금발 미인과 함께 사라지는 모습을 보지만 않았어도, 아니 그 여자가 다짜고짜 제이를 끌어안는 장면만 보지 않았어도 이렇게까지 기가 막힐 것 같지는 않았다.

그 포옹은 단순한 미국식 인사가 아니었다. 누가 봐도 연인 이상의 몸짓이었다. 먼발치에서 보고 있던 현지인들 눈에는 제이와 그 여자가 진짜 신혼부부로 보였을 것이다.

한참 생각에 빠져 있던 리세는 침대에서 일어나 짐을 챙겼다. 더 이상 바보처럼 독수공방하고 싶지는 않았다. 미아 벨리니의 통화 내용은 물론이고 조금 전 제 눈으로 직접 목격했던 모습이 뇌리를 잠식했다. 스스로 인정하고 싶지는 않았으나 제이가 그 여자와 포옹하고 사라졌다는 사실 하나만으로도 가슴속에 무거운 납덩이가 들어앉은 것 같았다.

리세는 소지품이 든 핸드백을 열어 신용카드를 찾다가 사색이 되었다. 여권과 휴대폰, 신용카드 및 미국 달러 뭉치가

든 지갑이 어디론가 통째로 사라지고 없었다. 옷가지와 화장품이 들어 있는 캐리어를 탈탈 털고 방 안을 샅샅이 뒤져도 지갑은 나오지 않았다. 리세는 밖에서 대기 중인 비서들에게 다가가 혹시 누군가 지갑을 대신 갖고 있는지 물었다. 그러자 비서 한 명이 정중히 답했다.

"회장님 측 비서가 가지고 있습니다. 물론 회장님 분부였습니다."

"네? 뭐라고요? 내 여권과 카드, 휴대폰 모두 제이가 가져갔단 말이에요?"

"네. 이미 아가씨께도 말씀하셨겠지만 회장님께서 모레 돌아오실 때까지 아무 걱정 말고 여기서 푹 쉬시면 됩니다. 수영, 스노클링, 크루즈 등 말씀만 해 주시면 다 준비해 놓겠습니다. 급한 일만 처리하시고 늦어도 모레 오전에는 돌아오실 테니 그때까지만 저희와 함께 계시면 됩니다. 호텔 측에서 준비한 전용 메이드도 곧 대기시키도록 하겠습니다."

"말도 안 돼……."

리세는 아연실색해서 고개를 설레설레 저었다. 제이의 속셈이 무엇인지 굳이 물을 필요가 없었다. 그는 리세가 예정된 신혼여행 중 무단으로 혼자 귀국하길 원하지 않았다. 일을 시끄럽게 만들고 싶지 않은 것이다. 그렇다고 그녀의 여권과 휴대폰, 신용카드까지 죄다 압수하듯 가져가 발목을 묶다니. 파렴치한 행각을 도저히 믿을 수가 없었다.

"말도 안 돼요! 여기서 여왕 대접받으며 혼자 있는 게 대체 무슨 의미가 있어요! 이게 무슨 신혼여행이죠? 난 한국에 돌아갈 테니 제이에게 연락해서 여권만이라도 돌려 달라고 해 주세요! 아니, 제가 직접 통화하게 해 주세요."

"죄송합니다, 아가씨. 저희도 회장님의 지시에 따를 뿐이라…… 그 요청은 들어드릴 수 없습니다. 정말로 죄송합니다. 그 외에는 원하시는 것 모두 말씀만 하시면 다……."

"제가 원하는 건 지금 당장 한국에 돌아가는 것 그거 하나뿐이에요! 지금 당장이 아니라도 좋아요. 사람을 보내서 여권을 돌려줄 때까지 기다릴 테니까 연락이라도 좀 해 주세요! 제발!"

리세가 울먹거리며 강경히 말하자 비서들은 어쩔 줄을 몰랐다. 그들은 당장 석고대죄라도 할 것처럼 사죄만 거듭했다. 애당초 그들에겐 아무런 권한이 없었다. 리세는 포기하고 방으로 들어가 버렸다. 침대에 쓰러지듯 누운 그녀는 소리 내어 흐느꼈다. 스스로가 무능하고 한심한 어린애 같았지만 북받치는 울음을 어떻게 할 수가 없었다. 한국의 이모들에게 연락해 SOS를 치고 싶어도 제이의 충실한 비서들은 절대 허용하지 않을 터였다.

"아빠…… 아빠."

리세는 문득 돌아가신 아버지가 떠올라 더 크게 울었다. 11년 전, 맑고 순수하며 너무도 다정했던 제이가 정말 같은 사람일까 싶었다. 제이가 도대체 왜 그녀와 결혼한 것인지, 이 결혼 저변에 무슨 음모가 숨어 있는 것인지, 오랜 세월 뒤 그녀 앞에 나타난 것도 혹시 철저히 계획되어 있었던 것인지 혼란스런 의문이 꼬리에 꼬리를 물었다. 리세는 대체 무슨 일이 일어난 것인지 알 수가 없었다.

하루가 지났다. 울다 지쳐 깨어난 리세는 침대에 멍청히 누워만 있다가 또 잠에 빠졌다. 현실을 잊고픈 마음에 배도 고프지 않았고 그저 무의식의 세계로 도망치고 싶은 마음뿐이었다.

이틀 가까이 음식이라곤 한입도 대지 않았다. 비서와 경호원들은 물론 현지인 호텔 지배인과 관리인, 요리사들까지 걱정이 태산 같았다. 신혼부부가 아니라 마치 불치병 환자를 모시고 있는 것 같은 얼굴이었다.

비서는 수시로 방 안을 들락날락하며 상태를 살피다 그녀가 다시 눈을 뜨기가 무섭게 재빨리 보스에게 연락을 취했다.

"아가씨, 잠깐만 전화……받아 주세요. 회장님입니다."

리세는 침대에 누운 채 잠시 반응이 없다가 겨우 상체를 일으켜 앉았다. 하루 사이 뺨이 홀쭉하게 야위어 있었다. 제이의 익숙한 저음이 휴대폰 너머에서 들려왔다. 무미건조한 음성이었다.

—식사를 전혀 안 한다며.

"……."

—단식투쟁이라도 하고 있어?

"……한국에 갈 거야. 여권 보내 줘."

리세는 없는 기력을 죄다 짜내어 가까스로 말했다. 마치 기계적으로 책을 읽는 것 같은 억양이었다.

—안 먹어 봐야 너만 손해야. 왠지 알아?

"……."

리세는 대꾸하지 않았다. 하지만 제이는 그녀가 듣고 있다는 걸 알았다. 아주 희미한 숨소리가 기계 저편에서 감지되었다.

—내일이면 진작 잘 먹어 둘걸, 후회할 거란 소리야. 무슨 말인지 알겠어? 돌아가는 즉시 어제 멈춘 거 바로 이어서 할 거니까. 엄청 기운 빼게 될 거야.

리세는 기가 막혔다. 웃음기 어린 음성에 당장이라도 휴대폰 너머의 남자를 죽이고 싶었다. 항상 안온하게만 살아온 그녀가 난생처음 느낀 살의의 감정이었다.

—그러니까 잘 버텨 내려면 지금부터 잘 먹어 둬. 알았어?

"웃기지 마! 너 따위, 두 번 다시 상종할 생각 없어! 한국으로 갈 거니까 여권이랑 휴대폰 당장 보내 줘!"

리세가 누군가를 향해 악에 받쳐 퍼붓는 것은 24년 인생에 처음 있는 일이었다. 하지만 제이의 반응은 담담하기 이를 데 없었다. 오히려 재미있다는 기색이 음성 가득 묻어 났다.

—너라니. 한국어로는 '당신' 이라고 불러야 하지 않나? 말도 높이고.

"헛소리하지 마, 이 날강도 같은 자식! 당장 여권이랑 휴대폰, 카드 죄다 돌려 달라고! 어떻게 그걸 다 훔쳐 갈 수가 있어? 난 한국으로 갈 거야! 넌 그 금발 머리 여자랑 원하는 만큼 함께 있어. 날 보내 주기만 하면 전혀 상관 안 해! 흐흑……."

리세는 감정이 북받쳐 휴대폰을 침대 저편으로 던져 버리고 또다시 울음을 터뜨렸다. 더 이상 울 힘도 없다고 생각했건만 분한 마음에 눈물이 쉴 새 없이 치밀어 올랐다. 왜 이런 일이 생겼는지 한국에 돌아가면 앞으로 어떻게 해야 할지 막막해 리세는 한참을 흐느끼다 정신을 잃었다.

그날 밤, 다시 깨어난 리세는 비서의 전갈을 듣고 이틀 만에 식사를 받아 들었다. 제대로 식사를 하면 새벽에라도 소지품을 보내 주겠다는 제이의 전갈 때문이었다. 밤 9시가 넘은 시각 리세는 풍성한 만찬을 아주 조금 입에만 댄 후 비서가 권하는 대로 영양제 주사를 맞았다. 뜨거운 물에 거품 목욕을 하니 기력이 조금씩 돌아오는 것 같았다.

배스 가운을 걸치고 욕실에서 나왔을 때 그녀는 너무 놀라 비명을 지를 뻔했다. 손에 들려 있던 작은 타월은 고급 양

탄자 바닥 위로 스르르 떨어져 내렸다. 제이가 드레스 셔츠 단추를 하나씩 풀면서 방 한가운데 서 있었다. 은은한 조명 아래 우뚝 선 장신이 벽에 긴 그림자를 드리웠다. 그는 한 마리의 아름다운 맹수와도 같았다.

"타이밍 완벽한데. 내가 도착할 때 딱 맞춰서 목욕재계하고 기다리다니. 하루 일찍 온 보람이 있어."

제이는 엷은 웃음을 지으며 리세의 놀란 얼굴을 마주했다. 그는 주저 않고 다가가 손등으로 리세의 한쪽 뺨을 쓸었다. 뻔뻔하게도 어젯밤 하던 일을 정말로 계속할 작정인 것 같았다. 리세는 그의 손을 뿌리치며 뒤로 멀찍이 물러섰다.

"손대지 마. 넌 아직 내 질문에 한마디도 대답하지 않았어. 대답해. 왜 나랑 결혼한 거야? 이 결혼에 숨겨진 음모가 도대체 뭐야."

그리고 어제 함께 사라진 그 금발 머리 여자는 대체 누구야.

두 번째 질문은 입안으로 삼킨 채 리세는 사력을 다해서 쏘아보았다. 방문은 굳게 닫혀 있었다. 바깥에 대기 중일 경호원이나 비서들 모두 온전히 그의 편이었다. 그녀가 목이 찢어져라 비명을 질러도 절대 방 안에 들어오지 않을 터였다.

제이는 리세의 방어적인 태도에 손을 뒤로 물리고 천천히 대답했다. 한없이 맑고 여리기만 하다고 생각했지만 의외로

앙칼진 데가 있었다. 하지만 제이는 그 점이 더 마음에 들었다. 적당히 반항도 해 줘야 이쪽도 짓밟아 주는 재미가 있는 법이다. 그는 크게 한숨을 내쉬고 어쩔 수 없다는 듯 순순히 고백했다.

"그래, 이산그룹도 원했어. 하지만 그건 두 번째 목적이었을 뿐이고 이 결혼이 내가 최우선으로 갈구한 거야. 그것만은 한 점 거짓 없는 진실이야."

제이는 리세에게 한 발짝 더 가까이 다가갔다. 딱딱한 벽이 그녀의 등을 세게 눌러 왔다. 더는 도망갈 곳이 없었다.

"리세, 난 널 세상 무엇보다 더 원해. 그동안 얼마나 참았는지 상상도 못 할 거야. 지금껏 이렇게나 미치도록 무슨 수를 써서라도 갖고 싶은 여자는 없었어. 그 사실 하나만은 진실이라 맹세해. 몇 번이라도……."

사랑한다는 말이 아니었다. 리세가 진정으로 듣기를 원한 말이 아니었다.

"그럼 그 여자는 누구야. 어제 같이 사라진 그 여자. 혹시 그 여자가 어머니가 며느리로 생각하셨던, 린지야?"

제이의 입가에 쓴웃음이 흘렀다. 마냥 어리숙한 줄만 알았는데 의외로 감이 좋았다. 아무래도 이리세란 여자를 너무 과소평가한 것 같았다.

"린지 홀든, 홀든 엔지니어링 오너의 딸이야. 사업상 중요한, 적어도 지금은 비즈니스 파트너의 가족일 뿐이야. 신경 쓸 것 없어."

그의 손이 리세의 배스 가운 허리띠에 와 닿았다. 리세는 그의 손 위에 손을 올려 그 이상의 전개를 막았다. 힘으로 따진다면 턱도 없는 시도였다.

"제이, 날……."

리세는 말끝을 흐렸다. 바보 같은 질문일 수 있었다. 하지만 반드시 물어봐야 했다. 역시 여자들 특유의 쓸데없는 로맨티시즘일지도 모르나 이것은 일생이 걸린 문제였다. 그가 그녀에게 성적으로 강하게 이끌리고 있음은 잘 알았다. 그래도 그것만으로 그와의 결혼을 받아들일 수는 없었다. 리세는 그 이상의 것을 원했다.

"날 사랑해?"

제이의 눈썹이 반달 모양으로 휘었다. 긍정도 부정도 아닌 표정이었다. 도저히 속을 가늠할 수 없는 그 눈빛에 리세는 심장이 오그라드는 것 같았다. 차라리 거짓말로라도 자신을 사랑한다고 말해 줬으면 싶었다.

스스로도 아직 제이에 대한 감정이 사랑인지 아닌지 확신할 수 없었다. 스스로가 원해서 제이와의 결혼에 동의했다. 어차피 재벌가의 흔하디흔한 정략결혼을 해야 한다면 차라리 제이와 결혼하는 게 백배 천배는 더 나을 거라 생각했었다. 아직은 사랑이라 자신 있게 말할 수 없지만 적어도 좋아하는 감정만은 확신할 수 있었다.

다만 그 마음과는 별개로 제이가 그녀를 사랑한다 단언해 주길 간절히 바랐다. 그 말 한마디만 해 준다면 제이가 바라는 대로 미아 벨리니의 전화 통화와 린지 홀든에 대해 더는 신경 쓰지 않고 안심할 수 있을 것 같았다.

"나는……."

제이의 입 밖으로 흘러나온 한마디는 리세의 기대를 저버리는 것이었다.

"너를 원해. 미치도록."

그의 손이 리세의 가운 허리끈을 단번에 잡아당겼다. 그 말은 한 점 거짓도 없는 진실 그 자체였다. 제이는 리세를 격렬히 증오하면서도 열렬히 원했다. 지금 이 순간 세상이 멸망한다 해도 그는 그녀를 안고 싶었다. 원 없이 탐하고 잔혹하게 정복하고 싶어 견딜 수가 없었다. 몸 아래 깔려 그의 것을 온전히 받아들인 채 두 팔 속에 갇혀서 마구 몸부림치고 흐느끼는 모습을 보고 싶었다.

물론 고통 속에서 발버둥 치길 바라진 않았다. 처음은 괴롭더라도 결국 그가 가하는 쾌감과 희열에 길들여지고 정복당하는 환희에 울게 될 터였다.

"안……돼! 싫어! 하지 마!"

리세는 그를 밀어내려 애썼다. 제이는 아랑곳하지 않고 할 일을 계속 해 나갔다. 가운이 완전히 벗겨져 카펫 위로 흘러내렸다. 그 순간 리세의 몸이 공중에 떠오르는가 싶더니 폭신한 침대 위에 내려앉았다. 제이는 리세의 알몸에 벗은 몸을 겹쳤다. 이미 여러 번 확인한 바 있었지만 놀랄 만큼 보드랍고 매끄러운 살갗이었다. 창백할 정도로 하얀 우윳빛, 관능적인 상아빛과 연분홍빛이 모두 한데 녹아든 몸은 눈부시게 아름다웠다.

"하지 마, 제발!"

"우린 지금 신혼여행 온 거야. 첫날밤을 거부하겠다니 이혼이라도 하겠다는 거야?"

리세의 울음 섞인 저항에 제이는 그녀의 양 손목을 움켜쥐고 내뱉듯 말했다. 반항이 계속되자 슬슬 화가 나기 시작한 것 같았다.

"그래. 나 이 결혼 못 해. 취소할 거야. 아직 혼인신고 안 됐을 테니까 내일 한국에 돌……."

"혼인신고 이미 돼 있어."

"뭐……?"

"혼인신고, 식 올리기 전에 이미 해 놨다고. 이혼하고 싶으면 해. 난 합의 못 해 주니까 소송 질질 끌 각오 단단히 하고. 그리고 네 이모부님이 그룹에 끼친 재정적 손실도 다 책임져. 당장 길거리에 나앉게 될 수도 있어."

리세의 눈물 어린 두 눈이 격하게 흔들렸다. 지독한 협박이었다. 실오라기 하나 걸치지 않고 그의 알몸 아래 속수무책 눌린 채 당하기에는 너무도 심한 협박이었다. 뜨겁게 고

동치는 단단한 그의 것이 허벅지 한쪽에 밀착해 있었다. 리세는 눈을 감았다. 투명한 눈물이 빰을 타고 흘렀다.

"……그래, 해. 마음껏 해 버려."

남편과의 첫날밤, 자신의 입에서 이런 말이 나올 줄은 꿈에도 몰랐던 그녀였다. 주위에서 숱하게 보고 들은 재벌가 정략결혼들로 결혼 자체에 대한 달콤한 환상 같은 것은 없었다. 하지만 적어도 이렇게 위태로운 첫날밤이 될 거라고는 상상조차 하지 못했다.

"결국 정략결혼이랑 다를 바 없어…… 그룹을 합병하려고 사랑하지도 않는 여자와 결혼한 거잖아, 결국."

제이의 턱이 딱딱하게 굳었다. 속에서 서서히 올라오는 불길을 억누르려 애쓰는 얼굴이었다. 리세는 눈을 뜨고 경직된 얼굴을 올려다보았다. 그녀는 울먹이며 말을 이었다.

"마음대로 해, 네 마음대로…… 이모부님 감옥에 보낼 수도 없고 다들 길거리에 나앉게 할 수 없으니까."

"……너란 계집애, 하나도 안 변했어. 그때나 지금이나 사람 속 뒤집어 놓고 환장하게 만드는 그 재주 여전해. 실컷 기대하게, 희망 품게 만들고 막판에 헌신짝처럼 버렸었지."

"……?"

그의 이 악문 독설에 리세는 영문을 몰라 했다. 제이는 날선 목소리로 한마디 덧붙였다.

"정략결혼이든 계약 결혼이든 뭐든 너 원할 대로 생각해.

뭐가 됐든 난 내 권리를 누릴 거니까. 첫날밤을 즐길 권리."

제이는 그녀의 몸을 거칠게 돌려 눕히고 엉덩이를 뾰족하게 위로 세웠다. 리세가 몸을 빼려 했지만 그의 손이 양쪽 허리를 단단히 받치고 있어서 꼼짝달싹할 수가 없었다. 한 손이 등 뒤에서 엉덩이 골 사이로 들어와 비부 입구를 더듬자 리세는 신음을 흘렸다. 간신히 지탱하고 있던 두 무릎이 덜덜 떨려 왔다.

"여긴 벌써 이렇게 젖었네. 원하지 않는데 강제로 당하는 것처럼 말하더니."

제이의 야비한 조소가 등 뒤에서 리세의 귀로 흘러들었다. 그녀는 더 항변할 수가 없었다. 뭐라고 한마디 받아치기도 전에 뜨거운 귀두가 갈라진 틈으로 쑥 밀고 들어왔다.

"아악!"

리세가 비명을 질렀다. 끝부분만 들어왔을 뿐인데도 머릿속이 온통 하얗게 바랠 만큼 전율이 일었다. 몸 한가운데 타는 듯 뜨거운 불길이 일었다. 엎드린 자세로 팔꿈치를 세우고 있던 리세는 더 버티지 못했다.

하지만 제이는 그녀를 편하게 둘 생각이 없는 것 같았다. 그는 무너져 내린 리세의 상체를 다시 일으켜 세우고 양쪽 허리를 단단히 받쳤다. 그리고 조금씩 더 깊이 돌진해 들어왔다. 그의 몸은 결국 마지막 장애를 꿰뚫고 안쪽 막다른 곳까지 파고들었다. 더 나아갈 곳이 없자 움직임을 멈췄다. 허벅지 아래로 핏줄기가 소리 없이 흘러내렸다. 숨넘어갈 듯 질러 대던 비명도 잠시 소강되었다. 대신, 그녀는 창자가 끊어질 듯한 신음을 뱉으며 전신을 바르르 떨어 댔다.

"아아…… 아, 하…… 너무 아파. 제발…… 이제 그만 해……."

"안 돼."

제이는 리세의 등에 입술을 묻으며 으르렁거렸다. 이제 겨우 시작인데 그만하라니, 말도 안 되는 소리였다.

"견뎌. 결국은 너도 즐기게 될 테니까."

제이는 뒤로 허리를 당겨 남성을 빼냈다. 그리고 리세가 숨 돌릴 틈도 없이 곧바로 파고들었다. 리세의 입에서 비명이 터졌다. 머리끝이 쭈뼛 서고 몸이 두 쪽으로 갈라지는 것 같았다. 그녀는 숨 가쁘게 호흡을 뱉으며 소리 없이 흐느낌을 이어 갔다. 제이는 등 뒤에서 천천히 크게 부딪쳐 왔다. 그의 것은 좁디좁은 안에서 점점 더 뜨겁고 크게 팽창하며 달아올랐다. 제이가 앞으로 허리를 밀 때마다 리세의 입에서 격렬한 신음이 터져 나왔다. 시트를 꽉 거머쥔 두 손에 잔뜩 힘이 들어갔다. 그의 몸짓이 곧 리듬을 타며 조금씩 더 힘을 더해 갔다. 방 안은 이내 살갗이 마찰하는 관능적인 운율에 젖어 들었다.

"아! 흑! 으응…… 응!"

두 손이 등 뒤에서 다가와 리세의 가슴을 감싸 쥐었다. 위

아래로 흔들리던 젖가슴이 거친 애무에 뜨겁게 달아올랐다. 엄지로 양쪽 유두를 돌리며 희롱하자 안쪽 속살이 그의 것을 더 꽉 조여 왔다. 그 기세에 힘입어 제이의 분신은 더 거세게 움직였다. 그는 리세의 몸 안에 자신을 깊이 묻은 채 그대로 그녀의 몸을 앞으로 돌려 눕혔다. 리세의 우는 얼굴을 보고 싶었다.

눈물로 얼룩진 그녀의 얼굴은 예상보다 훨씬 더 사랑스러웠다. 지독하게 예뻤다. 하지만 역시 적당히 제어해야 할 필요성을 느꼈다. 제이는 사디스트라든가 마조히스트 같은 특이 취향과는 거리가 멀었다. 처음인 만큼 리세를 몰아붙이고 싶지 않았다. 이미 지금까지도 충분히 버거웠을 것이다. 조금 더 익숙해지면 그때 성에 찰 때까지 실컷 밀어붙여도 괜찮으리라.

그는 절정을 향해 가속도를 붙였다. 여린 속살이 더 거칠고 더 빨리 쓸려 그녀는 신음을 내지를 수밖에 없었다. 그의 것이 내벽을 밀어 올리고 막다른 끝에 와 박히는 순간 리세의 신음도 정점을 찍었다. 끝도 없이 이어지던 둔중한 충격이 여성 안을 짓이기길 한참, 제이는 마침내 쾌락의 절정을 몸 깊이 토해 냈다. 그는 피임 여부에 대해 전혀 신경 쓰지 않는 것 같았다.

제이는 리세의 몸을 힘껏 끌어안고 그녀 위에 허물어져 내렸다. 잠시 숨을 고른 그는 허리를 들어 몸속에서 제 것을 빼냈다. 처녀지를 온전히 점령한 뒤 증표로 한가운데 꽂아 뒀던 날카로운 창끝을 빼내는 듯했다. 창끝은 붉은 혈흔에 물들어 있었다. 욕망을 한껏 발산한 충만감과 정복의 쾌감, 환희가 밀려들었다. 하지만 리세는 정신을 잃고 열병에 걸린 환자처럼 축 늘어진 채였다.

제이는 새틴 시트를 널브러진 그녀 위에 덮어 주고 몸을 일으켰다. 그는 샤워를 마친 뒤 옷을 갈아입고 테이블 위 전화기 버튼을 눌렀다.

"메이드 불러서 아내를 살피게 해. 여왕처럼 극진히 잘 돌보도록 이르고."

아내.

명령을 마친 그는 기절한 것처럼 잠에 빠진 리세의 얼굴을 물끄러미 들여다보았다. 한없이 보호해 주고 싶으면서도 철저히 망가뜨려 버리고 싶은 강렬한 충동이 가슴에 교차했다. 예상했던 대로, 아니 그보다 훨씬 더 황홀하고 만족스러운 첫날밤이었다.

리세의 몸은 놀랄 만큼 탐스럽고 현기증이 일 만큼 아찔했다. 제 몸 아래 깔려 흔들리는 희고 아름다운 여체, 그의 것이 박혀 들 때마다 숨넘어가게 반응해 오는 울음소리. 모든 것이 너무도 좋았다. 기가 막힌 케미즈트리였다.

그녀는 손아귀 안에 있었다. 새를 잡아 새장 안에 잘 가둬 놨으니 최우선 과제는 끝난 셈이었다. 물론 앞으로 이 작은 새를 어떻게 해야 할 지 천천히 시간을 들여 고민해 봐야 할 터였다. 날개를 꺾고 갈기갈기 찢어 철저히 짓밟을 것인지, 적당한 시기에 적절히 망가뜨려 내보낼 것인지 지금은 무엇도 확실치가 않았다. 모든 것이 미지수였다.

7화

허니문의 남은 사흘 내내 제이는 리세를 격렬하게 탐하고 안았다. 그동안 두 사람이 한 것이라고는 격렬하게 사랑을 나누다 배가 고파지면 룸서비스로 식사를 하고, 잠에 빠졌다가 눈을 뜨면 또다시 몸을 합치는 것밖에 없었다.

정말로 그게 다였다. 다른 신혼부부나 여행객들처럼 스노클링과 수영 등 휴양지 전용 액티비티프로그램은 전혀 하지 않았다. 심지어 방 밖을 벗어난 적도 없었다. 그림처럼 아름다운 몰디브 해의 한낮, 강렬한 햇살에 눈부시게 빛나는 아쿠아마린빛 물살, 석양빛 아래 신비함을 가득 안은 절경은 단 한 번도 제대로 감상하지 못했다.

그나마 마지막 밤, 제이가 야광 해변을 구경시켜 주겠다고 리세를 억지로 끌고 나온 게 다였다. 바다 속 플랑크톤이 빛을 내서 파랗게, 혹은 초록색으로 반짝이는 해변의 파도가 너무도 아름다웠다. 리세는 태어나서 본 것 중 가장 아름다운 광경이라고 감탄을 연발하며 방으로 들어가려 하질 않았다. 신혼여행 중 그녀가 처음으로 즐거워했던 순간이었다. 제이는 바닷바람이 차니 감기에 걸릴 수 있다고 그녀를 빌라로 이끌었다.

방에 들어오자마자 그는 또다시 지칠 줄 모르는 욕망을 드러내었다. 제이는 능숙한 동작으로 리세를 알몸으로 만들어 침대 위에 쓰러뜨렸다. 리세는 신음을 내뱉으며 숨을 헐떡였다.

지난 사흘간 이미 수도 없이 그에게 안겼다. 그리고 그때마다 저항했다가 결국엔 굴복하고 쾌감에 치달아 그와 나란히 절정에 이르는 수순을 밟곤 했다.

하지만 허니문 마지막 밤이었다. 오늘 밤만은 그와 제대로 얘기해 보고 싶었다.

"잠깐만, 제발! 우린 얘기를 좀 해야 돼, 제이!"

제이는 공격을 멈췄다. 리세는 그 어느 때보다 완강하게 저항했다. 그녀는 시트를 둘러 알몸을 가리고 침대 한가운데 마주 앉았다.

"우린 얘기를 해야 해. 11년 전부터 지금까지 제이에게 무슨 일이 있었는지, 어떻게 지내왔는지 말해 줘. 그리고 그때…… 사흘 전에 내게 했던 말, 무슨 의미인지 알고 싶어. 아니 알아야 해."

"……너란 계집애, 하나도 안 변했어. 그때나 지금이나 사람 속 뒤집어 놓고 환장하게 만드는 그 재주 여전해. 실컷 기대하게, 희망 품게 만들고 막판에 헌신짝처럼 버렸었지."

제이가 사흘 전에 돌아와 그녀를 안기 전 내뱉은 말이었다. 그 후로 리세는 어째서 그런 말을 했는지, 그 비난이 시사하는 바가 무엇인지 내내 제이에게 묻고 싶었다. 하지만 제이는 눈만 뜨면 그녀를 가지려 했다. 대화다운 대화를 제대로 나눌 시간조차 허락되질 않았다.

"난 그때 일…… 말하고 싶지 않아."

제이는 얼음장처럼 차가운 목소리로 답했다. 동서양의 아름다움이 혼재된 두 눈에 소름 끼칠 만큼 선득한 한기가 돌았다.

"네가 이 회장과 한국에 귀국해 본래의 일상을 누리는 동안 난 억울하게 누명을 쓴 채 도와주는 이 하나 없이 소년원에 끌려가 지독한 나날을 보냈지. 말이 소년원이지 포로수용소나 다름없는 아비규환 지옥이었어. 그 뒤로 반정부를 향한 피의 혁명이 시작되면서…… 난 네가 상상할 수도 없는 끔찍한 터널을 지났어. 매일매일 생지옥의 바닥을 구르며 살아남기 위해 짐승처럼 버텨야만 했다고! 너와 네 아버지가 호의호식하며 살고 있을 동안!"

" 아니야, 제이!"

리세는 경악한 나머지 더듬더듬 말이 끊어지는 중에도 열심히 진실을 알리려 애썼다. 그는 리세와 아버지에 대해 엄청난 오해를 하고 있었다.

"아냐, 그때 난 우진 오빠에게 제이를 경찰서에서 나올 수 있게 해 달라고 부탁했어! 아빠가…… 아빠가 급성 심근경색증으로 위독하셔서 한국에 갑자기 들어갈 수밖에 없었고. 수술받고 조금 회복되신 뒤 우진 오빠…… 제이도 알잖아, 옆 저택에 머물고 있었던 민우그룹 아들…… 오빠에게 연락했더니 네가 경찰서에서 나왔고 갑자기 어머니와 말도 없이 이사 가 버렸다고 했어! 내가 엄마 유품인 펜던트랑 편지까지 전해 달라 했는데 못 받은 거야? 그 뒤로도 오려고 했지만 모라비아에 내전이 터져서 정말로 연락이 닿지 않았어. 그렇게 난 영국으로 가게 됐고……."

리세는 눈물이 그렁그렁한 눈으로 제이를 올려다보았다. 혹시나 믿어 주지 않으면 어떡하나 절박한 마음에 저도 모르게 두 손으로 그의 팔을 붙잡고 있었다.

"제이, 내 말을 믿어 줘! 난 그 뒤로 몇 달간 계속 이메일을 보냈어. 그러다 그 이메일 도메인 회사가 없어졌다는 걸 뒤늦게 알고 내내 걱정했어. 계정이 없어지기 전까지도 내 이메일을 정말 못 본 건가, 그래서 답장도 한 번 보내지 못했던 건가 싶어서…….”

“……이제 와서 그런 변명 늘어놓지 마. 소년원에서는 컴퓨터는커녕 전화도 없었어. 감옥보다 더한 곳이었지. 세상과 완전히 격리된 절망감, 공주님으로 살았던 네가 상상이나 할 수 있을까.”

제이의 신랄한 독설에 리세는 한참 동안 입술만 깨물다 다시 말을 이었다.

“난, 난 정말 모르겠어. 왜 내 말을 믿지 않는 건지. 혹시 제이의 어머니가 우리 결혼이 말도 안 된다고 생각하시고 날 못마땅히 여기시는 게 다…… 제이의 오해 때문인 거야?”

“너야말로 끝까지 오해라고 우겨야 마음이 편해질 것 같아? 그 민우진인지 뭔지 하는 자식은 경찰서에 코빼기도 비치지 않았어. 애당초 태어날 때부터 남들과는 다르다 특권의식에 젖어 있는 너희 족속들을 믿은 내가 잘못이야. 그따위 허튼 변명 따위 집어치워. 이제 와서…….”

“제이!”

그는 냉랭한 얼굴로 침대에서 단숨에 내려갔다. 조금 전까지 리세를 향해 불태우던 욕망은 흔적도 없이 사라지고 없었다. 리세도 침대에서 뒤듯이 내려와 그의 등 뒤에 대고 소리쳤다.

“내 말 믿어 줘! 내 말을 믿지 않는다면, 아예 들을 생각조차 안 하고 있다면 대체 왜 나랑 결혼했어? 정말…… 정말로 이산그룹과 대외적인 이미지 때문에 나랑 결혼한 거야? 그리고 적당한 때가 되면 이혼하려고? 설마, 11년 전 그 오해 때문에 복수라도 하려고 생각한 건 아니지? 그렇지?"

"결국 오해인지 진실인지 그건 신만이 알겠지. 네 말을 믿지 않는 건 맞아. 그리고…… 복수하려는 것도 어느 정도는 맞을 거야. 물론 11년 전 그 일 외에 다른 이유들도 있지만."

제이는 온기라곤 전혀 없는 눈으로 리세를 돌아보았다.

"그렇게 안달 낼 필요 없어. 이 결혼 뒤에 숨겨진 것들이 뭔지 알고 싶지 않아도 차차 알게 될 테니까. 지금 네가 알아야 할 건 이것뿐이야."

제이는 욕실로 향하던 걸음을 다시 돌려 리세에게 천천히 다가왔다. 차갑게 얼어붙어 있던 그의 눈에 다시 위험한 빛이 감돌았다.

"이혼은 내가 원할 때 해. 네가 어떻게 하는지에 따라 가족들이 다칠 수도 있으니 경거망동하지 말고 얌전히 굴어. 그리고 다신 민우진 그 새끼 이름 들먹이지 마. 한 번만 내 앞에서 우진 오빠라고 지껄이면 가만 안 둬."

"꺄악!"

리세는 비명을 질렀다. 제이가 그녀의 몸에 둘러진 시트를 거칠게 잡아당겼다. 그대로 갈기갈기 찢어 버릴 기세였다. 제이는 눈 깜짝할 새 리세를 침대에 쓰러뜨리고 그녀의 알몸 위에 올라탔다. 그는 발버둥 치는 리세를 거뜬히 제압하며 거친 숨결 사이로 으르렁거렸다.

"그러고 보니 하나 더 있어. 네가 알아야 할 게……."

양손이 리세의 젖가슴을 꽉 움켜쥐고 거세게 밀어 올렸다. 동시에 뜨겁게 달아오른 그의 것도 비부 안을 파고들며 속살을 세차게 헤집었다.

"아아! 아흑, 아! 하……."

봉긋한 젖가슴이 쇄골 아래까지 힘껏 밀려왔다. 리세의 안을 묵직하게 꽉 채운 제이의 몸 역시 마찬가지였다. 단단한 남성은 더 전진할 수 없는 막다른 곳까지 진입해 내벽 끝을 눌렀다.

"내 법적인 아내로 있는 이상 넌 내 거야. 네 몸도 죄다 내 소유란 소리야. 알겠어?"

"하……읏!"

리세는 애끓는 신음 끝에 결국 눈물을 보이고 말았다. 미칠 것 같았다. 묵직한 충격과 격렬한 아픔 뒤로 쾌감이 밀려오고 있었다. 감전된 것마냥 하얀 전율과 달콤한 격통이 온몸을 사로잡았다. 제이는 무게 중심을 죄다 리세의 몸 안에 싣고 허리를 크게 쳐올렸다. 그의 것을 꽉 조이는 쾌감에 저절로 이가 갈렸다.

"내가 원할 때마다…… 흣, 난 내 권리를 누릴 거야. 네게 거부권 따윈…… 없어."

그는 자신의 말을 강조라도 하듯 리세의 몸속으로 사정없이 부딪쳐 왔다. 몸 아래 겹쳐진 그녀의 몸이 격렬하게 리듬을 타며 거세게 흔들렸다. 죽을 것만 같았다. 이러다 정말 몸이 부서지는 건 아닐까 싶었다. 리세가 아무리 울음을 토하고 흐느껴도 절대 멈추지 않았다. 리세는 신음과 비명 사이를 오가며 점점 흐려지는 의식 속에서 스스로를 향해 물었다.

복수심과 욕정 외엔 아무것도 없는 걸까. 제이는 정말 그녀를 조금도 사랑하지 않는 걸까. 아까 본 해변가의 모래알만큼도…… 서로를 영혼으로 이해한다 믿었던 과거의 순간들은 아무런 의미도 없는 걸까. 그는 정말로 그녀가 나 몰라라 버려두고 떠났다 오해하고 있는 걸까.

점점 더 격렬하게 치닫는 몸 아래서 리세는 정신을 잃었다. 악마처럼 몰아치는 공격에 더는 버텨 낼 수가 없었다.

다음 날 평창동 집으로 돌아오기 무섭게 제이는 또다시 실리콘밸리 본사에 다녀오겠다고 말했다. 신혼여행 때문에 시급한 불만 간신히 끄고 온 상황이었다. 리세가 단식투쟁만 하지 않았어도 좀 더 느긋하게 일을 처리할 수 있었을 것이다.

"이모님들께는 전용기 안에서 안부 인사드릴 테니 그렇게 알아. 3일 뒤 돌아올 거니까 얌전히 있어."

"그럼 이모님 댁에 가 있을래. 큰 집에 혼자 있느니 그 편이 낫겠어."

"여기 있어. 어차피 혼자도 아니잖아."

그 말을 끝으로 제이는 뒤도 돌아보지 않고 전용기가 대기 중인 공항 부지로 다시 떠났다. 리세만 공항에 내려놓고 곧바로 갈 수도 있었으련만 그렇게 하지 않았다. 제 물건이 제대로 집 안에 얌전히 놓이는 걸 두 눈으로 똑똑히 확인하고서야 다시 발길을 돌렸다. 제이는 본래 업무상 사소한 것들까지 일일이 확인하고 살피는 타입이 아니었다. 수하에게 지시한 일에 대해서는 일단 죽이 되든 밥이 되든 아랫사람이 재량껏 하도록 맡기는 편이었다.

하지만 리세에 대해서만은 예외였다. 그는 처음부터 끝까지, A에서 Z까지 철저히 제 눈으로 확인하고 제 손으로 처리해야 했다. 그래야 직성이 풀렸다.

리세는 제이가 정원의 계단을 내려가 대문 밖으로 나서는 뒷모습을 심란한 눈으로 지켜보았다. 어차피 혼자도 아니라니, 무슨 말인지 알 수 없었다. 곧 충실한 개처럼 대문 앞을 지키고 선 두 경호원을 보자 그 말의 의미를 알 수 있었다.

리세는 그의 저의를 직감했다. 경호원들의, 정확히는 제이의 허락 없이는 집 밖으로 한 발짝도 나갈 수 없으리라. 휴대폰과 여권, 신용카드가 든 지갑은 전용기에서 돌려받았지만 자유로이 외출할 수 없다면 결국 무용지물인 물건들이었다.

리세는 설마 싶어 아래층 현관에 대기 중인 여비서에게 떠보듯 말했다.

"저 양재동 이모댁에 가고 싶어요. 혼자 알아서 외출할 테니 신경 쓰지 마세요."

"죄송합니다, 사모님. 차를 당장 대기시켜드려야 마땅하지만 3일간은 외출을 삼가시라고 회장님이 당부하셨습니다. 답답하시겠지만 사흘간만 참아 주세요. 뭔가 필요한 게 있으시면 바로 준비해 드리겠습니다."

"네? 3일 동안 절 여기 감금시키라고 하던가요? 도대체 왜죠?"

리세는 어처구니가 없었다. 너무 어이가 없어서 화도 낼 수가 없었다.

"신혼여행 먼 길 다녀오시느라 피곤하실 테니 집에서 푹 쉬라는 말씀이 있었습니다."

"저 일주일에 한두 번은 꼭 수영하러 다녀요. 그동안 제대로 못 해서 내일은 꼭 수영하러 가야 해요."

화려하고 사치스런 재벌가 딸들에 비해 리세는 검소한 편이었다. 이산그룹 산하 S호텔 피트니스 VIP 회원권으로 수영장을 종종 이용하는 게 그나마 그녀가 누리는 최고의 사치였다. 몰디브에서 단 한 번도 물속에 몸을 담글 수가 없었다. 눈만 뜨면 달려드는 제이 때문에 도저히 틈이 나질 않았다. 바다가 코앞인 휴양지에서 수영 한 번 못 했다니. 누가 들으면 웃을 일이었다.

“죄송합니다, 사모님. 그렇지 않아도 다음 주부터 회장님 지시하에 옥외 수영장 공사가 시작된다고 합니다. 집 뒤쪽 부지를 터서 사모님을 위한 개인 풀을 만드신다고 하니 일단 며칠만…… 수영을 못 하시더라도 양해해 주시길 부탁드립니다.”

저택 부지에 개인 풀을 만든다니 금시초문이었다. 리세는 그 자리에 멍하니 서 있다가 2층 방으로 올라갔다. 예전부터 별관에 살면서 본가를 쭉 관리해 오던 가정부 박 여사와 도우미가 그녀를 뒤따라왔다.

“아가씨, 아니 이제 사모님이라 불러야겠네요! 나름 신혼부부 방으로 꾸며 봤는데 마음에 드실지 모르겠어요. 전 아가씨가, 아니 사모님이 결혼하고 나서도 여기 쭉 사신다니 너무 기뻐요!”

“저도 이 집에서 계속 살게 되어 기뻐요. 박 여사님이랑 다들 계속 함께 있게 된 것도 너무 다행이고요…….”

그 점만이 이 기묘한 결혼에서 리세에게 큰 안도감을 던져 주었다. 낯선 환경, 낯선 사람들과 새로운 생활을 시작하지 않아도 되어서 정말로 다행이었다. 박 여사는 웬만한 방 대여섯 개 크기의 부부 침실과 문 하나로 이어진 드레스 룸, 욕실과 서재까지 호들갑을 떨며 새롭게 단장한 인테리어를 설명했다.

두 이모네 가족들과 함께 살았어도 서로의 행방을 금방 알기 어려울 만큼 큰 집이었다. 박 여사를 비롯한 운전수, 정원사, 잔심부름을 돕는 도우미 모두 저택에서 조금 떨어진 별관에서 지냈다. 따라서 이 큰 집에 사는 사람이라곤 제이와 리세 둘뿐이었다.

리세는 양재동의 두 이모 내외와 모두 통화를 마친 뒤 커다란 침대 위에 털썩 주저앉았다. 어쩐지 피로해져 그녀는 옷도 갈아입지 않고 침대 위에 모로 누웠다.

리세는 지그시 감고 있던 눈을 떴다. 몰디브에서의 마지막 밤, 제이가 으름장을 놓듯이 내뱉었던 말들이 선명히 뇌리에 재현되고 있었다.

"그렇게 안달 낼 필요 없어. 이 결혼 뒤에 숨겨진 것들이 뭔지 알고 싶지 않아도 차차 알게 될 테니까. 지금 네가 알아야 할 건 이것뿐이야."

"이혼은 내가 원할 때 해. 네가 어떻게 하는지에 따라 가족들이 다칠 수도 있으니 경거망동하지 말고 얌전히 굴어. 그리고 다신 민우진 그 새끼 이름 들먹이지 마. 한 번만 내 앞에서 우진 오빠라 지껄이면 가만 안 둬."

"내 법적인 아내로 있는 이상 넌 내 거야. 네 몸도 죄다 내 소유란 소리야. 알겠어?"

그녀는 침대 위에 웅크리고 누워 몸을 떨었다. 몸 구석구석을 격렬히 탐하고 애무하던 제이의 손길, 그녀 안을 부서질 듯 파고들던 거친 몸짓이 너무도 생생했다. 그리고 미아 벨리니의 전화 통화, 제이가 린지 홀든과 잠시나마 포옹했던 순간들도 뒤이어 떠올랐다.

그러고 보니 미국으로 돌아갔다던 제이의 모친에게 연락을 해야 하는 게 아닌가 싶었다. 제이는 별달리 말이 없었다. 리세에게 연락처도 주지 않았다. 모친에 대해서는 그가 돌아오면 다시 얘기해야 할 것 같았다.

무엇보다 린지 홀든이 있었다. 잠깐 멀리서 보기만 했을 뿐인데도 시선을 확 잡아끄는 미인이었다. 바람에 날리던 긴 금발 머리에 완벽한 하트형 얼굴, 정장이었음에도 알 수 있던 몸매의 곡선이 예사롭지 않았었다. 제이의 목을 두르던 길고 가냘픈 두 팔.

리세는 속이 울렁거렸다. 아무리 중요한 비즈니스 파트너의 딸이라 해도 불쾌감은 좀처럼 사라지질 않았다.

리세는 스스로가 질투에 활활 타고 있다는 걸 자각하지 못했다. 어젯밤 우진 오빠란 말을 몇 번이나 들었을 때 제이가 느낀 감정과 별반 다르지 않았다. 제이는 그 감정이 소유욕일 뿐이라 치부했다.

리세는 영문도 모르고 속을 끓이다 그대로 누워 잠이 들고 말았다. 앞으로 어떻게 결혼 생활을 이어 가게 될지, 이 결혼의 끝은 어디일지 꿈속에서도 번민에 번민을 거듭하고 있었다.

실리콘밸리 바이브챗 본사, 초고층 사무실에 자리 잡은 제이의 집무실은 일반적인 사무실과는 조금 달랐다. 딱딱하고 차가운 느낌을 주는 빌딩 내 다른 방들과는 달리 그의 개인 집무실에는 아늑하고 편안한 분위기가 흘렀다. 인테리어 설계 때부터 업무적인 효율성보다는 휴식의 기능에 더 초점을 맞췄던 까닭이다. 결국 방의 주인이 회사에서 24시간 살다시피 한다는 반증이기도 했다.

커다란 데스크와 안락한 소파 뒤 유리 벽으로 된 창 너머에는 테라스 라운지가 있었다. 가끔 머리를 식히거나 바람을 쐬고 싶을 때 제이가 이용하는 공간이었다. 그는 아늑한 라운지체어에 앉아 사이드 테이블 위에 놓인 휴대폰을 집어 들었다. 하루도 지나지 않았건만 이상하게 궁금해 자꾸만 휴대폰을 들었다 놨다 하는 그였다.

"나야. 별일 없지?"

그는 평창동 자택을 지키는 수석 여비서 김 실장에게 물었다. 무미건조한 음성이었다. 업무 중 열 번도 넘게 휴대폰을 집어 들었다 놓기를 반복했던 게 무색할 정도였다.

"네, 별일 없습니다. 조금 감기 기운이 있으시긴 합니다. 기침을 계속하셔서 오전에 의사를 불렀습니다. 영양 주사를 맞으시고 지금은 주무시고 계십니다."

제이의 미간이 살짝 일그러졌다. 강렬한 샌프란시스코의 햇살 때문인지, 방금 전화기 너머로 들은 말 때문인지는 알 수 없었다.

"그 정도로 몸이 약했나? 잘 보살펴."

그는 휴대폰을 내려놓고 자리에서 일어났다. 아무래도 잠은 한국으로 돌아가는 전용기 안에서 자고 오늘 밤은 꼬박 새워야 할 것 같았다. 제이는 예정보다 반나절 더 빨리 돌아가기 위해 데스크 앞으로 신속히 복귀했다.

그전에 할 일이 있었다. 제이는 그가 가장 신뢰하는 비서에게 2주에 한 번 꼴로 치르는 '의식'을 준비하라 일렀다. 손톱이 꽤 길어져 있었다.

20분 뒤 그는 전 세계에서 가장 성능 좋은 헤드폰으로 양쪽 귀를 덮고 눈가리개를 했다. 헤드폰에서는 평소 좋아하는 바흐의 오라토리오 선율이 흘러나왔다. 20대 초반의 비서는 약의 힘으로 가수면 상태에 빠진 보스 앞에 무릎 꿇고 앉아 그의 손톱을 조심스럽게 깎았다. 최대한 힘을 주지 않게 각별히 신경 써야 했다.

세상에 무서울 게 없는 바이브챗그룹의 수장이었지만 제 손톱이 깎이는 걸 보는 것도, 손톱이 튕겨져 나가는 탁탁 소리를 듣는 것도 제정신으로는 감당할 수 없었다. 심지어 손톱깎이란 도구를 보는 것조차 질색했다.

아프리카계 미국인인 젊은 비서는 묵묵히 그 의식을 정기적인 습관처럼 행했다. 그는 보스가 모라비아에서 무슨 일을 겪었는지 알고 있는 유일한 사람이었다. 제이의 수석비서는 11년 전 마르체바에서 그를 친형처럼 따랐던 샘페였다. 지금은 샘 에반스란 이름으로 개명을 한 상태였다.

제이는 예정보다 하루 더 일찍 돌아왔다. 시차를 고려해 분명 내일 돌아오는 것으로 모두가 알고 있었다. 리세 역시 마찬가지였다. 늦은 오후, 리세는 욕조에 들어가 몸을 씻고 있었다. 예전부터 작업실처럼 써 왔던 3층 서재를 새로 청소하고 단장하느라 먼지 범벅인 몸을 씻기 위해서였다. 감기 기운이 좀 있긴 했지만 마냥 누워만 있을 정도는 아니었다.

욕조에서 나와 물기를 적당히 닦으려던 리세는 욕실 문이 벌컥 열리자 비명부터 질렀다. 박 여사님과 도우미 언니, 비서와 경호원들까지 집 안에 있었지만 누구도 불쑥 들어올 리 없는지라 목욕 중에 문을 잠가 놓진 않았다.

"제이! 왜 이렇게 일찍……."

"왜, 일찍 오면 안 돼? 물론 여기가 네 집이긴 하지만."

이산그룹이 그의 그룹에 합병된 뒤로도 주식과 집은 여전히 리세의 명의였다. 물론 제이가 마음먹기에 따라 조관희 전 차기 회장이 야기시킨 막대한 손실을 빌미로 리세의 재산을 언제고 몰수해 갈 수 있었다. 굳이 그런 사실까지는 말하지 않았지만 사실이 그랬다. 리세는 타월로 최대한 몸을 가린 채 욕조 앞에 웅크리고 앉아 소리를 질렀다.

"나가. 지금 옷 벗고 있잖아! 나가 줘!"

"그럴 거라 생각했으니까 들어온 거야."

제이는 뻔뻔하게 대꾸하며 리세를 신부 안는 자세로 한 번에 안아 들었다. 타월이 욕실 바닥에 떨어져 그녀의 알몸이 고스란히 드러났다. 리세의 젖은 머리칼과 몸에 남은 물기가 값비싼 재킷을 흠뻑 적셨지만 제이는 개의치 않았다.

리세는 제이의 몸에 꼭 눌린 채 그대로 침대 위에 쓰러졌다. 새된 소리를 지르며 밀어내려 했지만 제이의 존재는 바윗돌 같았다. 그는 상체만 일으켜 리세의 허리를 무릎 사이에 꼼짝달싹 못 하게 가두었다.

눈 깜짝할 새 재킷을 벗어 던지고 바지의 지퍼를 열었다. 그야말로 폭발 직전이었다. 폭주하거나 실신하거나 둘 중 하나였다. 제이는 제대로 탈의도 하지 않고 우뚝 솟은 남성을 한 손으로 잡았다. 그의 것은 핏줄이 도드라질 정도로 잔뜩 부풀어 있었다.

제이는 굵고 단단한 제 것을 쥐고 리세의 동굴 입구에 가까이 댔다. 갈라진 틈에 귀두 끝을 대고 비벼 대자 리세는 허리를 들썩이며 상체를 일으키려 했다. 제이의 한 손이 어림없다는 듯 한쪽 허리를 움켜잡았다. 그의 두 손바닥이 탄력 있게 솟아오른 젖가슴 위를 덮어 왔다. 가슴을 감싸 쥐고 애무하는 동안에도 제이의 분신은 비부 입구를 꾹꾹 눌러 댔다. 위아래로 가하는 강렬한 고문에 리세는 고양이 울음 같은 소리를 연신 내뱉었다.

잠시 후 그는 아쉬운 듯 가슴에서 손을 떼고 본격적으로 자세를 바로 잡았다. 손가락으로 동굴 안쪽을 살짝 휘젓자 흠뻑 젖은 속살이 찰싹 감겨 왔다. 잠깐의 전희로도 충분히 흥분한 것 같았다. 제이는 주저 않고 리세의 몸 안으로 힘껏 파고들었다.

"아! 아흑! ……아!"

촉촉하게 젖은 동굴 입구가 움찔거리며 그의 것을 받아들였다. 좁디좁은 내벽이 그의 살 기둥에 자석처럼 들러붙었다. 미칠 듯한 쾌감에 제이는 이를 악물며 거친 숨을 내쉬었다. 환희에 몸을 떨긴 리세 역시 마찬가지였다.

묵직한 아픔이 가시자 머릿속이 녹아 버릴 듯 짜릿한 전율이 일기 시작했다. 제이의 몸짓은 달콤한 격통, 쾌감 가득한 고문과도 같았다. 뜨겁게 달아오른 단단한 인두가 몸속 깊은 곳을 계속해서 찔러 왔다.

제이는 숨 고를 틈도 주지 않고 리세를 격렬하게 몰아붙였다. 그의 것이 안쪽 여린 속살을 가르며 방망이질하고 짓이기길 한참 두 사람은 나란히 절정에 달했다. 리세는 비명처럼 길게 신음을 끌면서 경련하듯 온몸을 떨었다.

제이는 만족스런 얼굴로 흐트러진 숨을 골랐다. 그녀가 전보다 더 큰 절정을 맛봤음을 알 수 있었다. 그 역시 마찬가지였다. 리세와의 섹스는 그 어떤 엑스터시보다 중독성 강한 마약 같았다. 본인만 모를 뿐 타고난 요부일지도 몰랐다. 제이는 돌아누운 리세의 허리에 팔을 둘렀다. 이틀간의 금단증상이 일시에 해소되어 몸이 날아갈 듯 가벼웠다.

"감기 기운 있다며. 괜찮아?"

리세는 기력을 다 소진한 상태에서도 헛웃음을 흘렸다. 고양이가 쥐 생각해 주는 건가 싶었다. 매번 뼈가 으스러질 것처럼 사납게 몰아붙이면서 몸 상태를 걱정한다니. 아이러니 그 자체였다. 리세는 대답 대신 완전히 다른 화제로 되물었다.

"저건 다 뭐야."

그녀는 손 하나 까딱도 못 한 채 침대 옆에 늘어선 크고 작은 쇼핑백 행렬에 눈길을 주었다. 제이는 아쉬운 듯 그녀의 몸에서 손을 떼고 침대 아래로 발을 디뎠다.

"이것저것. 나중에 메이드 불러서 정리해."

제이가 욕실로 사라지자 리세는 상체에 힘을 주고 몸을 일으키려 애썼다. 허벅지에서부터 무릎 아래까지 제이가 발산한 흔적과 애액이 들러붙어 있었다. 다리 사이가 지끈지끈 아팠다. 리세는 저도 모르게 욕설을 중얼거리다 흠칫 놀라 입을 다물었다. 이전에는 단 한 번도 그런 말을 생각조차 해 보지 않았던 그녀였다.

간신히 침대 아래 내려선 리세는 줄줄이 늘어선 쇼핑백들 중 맨 앞에 놓인 것을 끌어당겨 안을 들여다보았다.

알록달록 꽃무늬 프린트가 화사한 블라우스였다. 한 벌 값이 일반 샐러리맨 월급에 맞먹는 이탈리아 맞춤복 브랜드였다. 다른 쇼핑백들에 새겨진 로고도 별반 다르지 않았다. 일반 대중의 눈에는 다소 생소할 수 있는 이름들이었다. 주로 유럽의 상류층이 개인 취향에 맞게 주문 제작해 입는 브랜드라 기성복 명품과는 차원이 달랐다. 나머지 쇼핑백들도 최고급 옷과 각종 쥬얼리, 모자, 구두 등으로 가득 차 있었다. 웬만한 직장인 연봉을 호가하는 물건들이 열 개 남짓한 쇼핑백에 고스란히 담긴 채였다.

리세는 무심한 손길로 쇼핑백을 밀어 넣고 다시 침대 위로 기어 올라가 몸을 눕혔다. 제이가 도대체 뭘 생각하고 있는지 알 수 없었다.

옷이라면 이 회장이나 이모들이 챙겨 준 비싼 옷들이 드레스 룸 안에 넘쳐 났다. 어른들이 매번 계절별로 과분할 만큼 챙겨 줬기에 단 한 번도 제 손으로 뭔가 골라 사 본 적이 없었다. 그래서인지 리세는 초호화 명품이나 제 몸 치장하는 데에도 별반 관심이 없었다. 무슨 생각으로 저런 걸 무더기로 사 왔는지는 몰라도 그다지 큰 감흥을 안겨 주지 못했다.

리세는 고가의 선물들보다 제이의 따스한 말 한마디가 더 아쉬웠다. 제 소유니 마땅한 권리를 누리겠다느니, 이혼은 자기가 원할 때 하겠다느니. 그런 독설보다 좀 더 다정한 말을 해 주기를 바랐다. 오직 쾌락만이 목적인 것처럼 거칠게 탐하고 밀어붙이기보다 좀 더 부드럽고 섬세하게 다가와 줬으면 싶었다.

열다섯의 제이는 그랬다. 너무도 부드럽고 다정하며 섬세한 사람이었다. 하지만 지금의 제이는 너무도 낯설었다. 지친 몸은 금세 잠에 빠져들기 시작했다. 점점 멀어져 가는 무의식은 조용히, 그러나 확실히 속삭이고 있었다.

제이가 진심으로 날 좋아해 줬으면 좋겠어. 다른 목적이 있어서가 아닌 정말 나를 원해서 이 결혼을 한 것이었으면…….

리세는 죽은 것처럼 잠에 빠져들었다. 그에게서 진심으로 사랑받고 싶다는 소망은 그녀가 미처 자각하기도 전에 수면 너머로 자취도 없이 사라지고 말았다.

8화

리세는 두어 시간을 더 자고 제이와 조금 늦은 저녁을 들었다. 오랜만에 함께하는 저녁 식사였다. 기분 좋은 한여름 밤 미풍이 리세의 긴 머리를 살살 간질였다. 두 사람은 1층 테라스와 이어진 정원 야외 테이블에 앉아 있었다. 리세는 음식을 반쯤 남겨 놓고 디저트를 기다렸다. 그 모습을 보던 제이가 혀를 찼다.

"그렇게 먹으니 툭하면 픽픽 쓰러지지. 입도 짧고 몸도 약하고. 병약한 공주님이 따로 없어."

"……예전엔 이 정도는 아니었어. 몰디브에서부터 더 약해진 것 같아."

리세는 홍차 잔을 입가로 가져가며 그를 쏘아보았다. 제이는 피식 실소를 흘렸다. 함축된 의미를 이해한 표정이었다. 툭하면 쓰러뜨리고 달려드는 제이 때문에 더 기력이 약해진 것 같다는 소리였다. 리세는 잠시 뜸을 들이다 조심스럽게 운을 뗐다.

"제이, 나이마 아주머니는 어떻게 되셨어? 아주머니 아들은? 지금 모라비아에서 잘 지내고 계신 거야? ……가끔씩 생각나."

제이는 포크를 내려놓고 입가를 냅킨으로 닦았다. 잠시 후 들린 그의 목소리는 어딘가 딱딱해져 있었다.

"샌프란시스코에서 잘 살고 있어. 나이마 아주머니의 모친은 노환으로 돌아가셨지만. 샘페는 샘으로 이름을 바꿨어. 지금 내 밑에서 일하고 있고."

"정말이야? 잘 됐다."

리세는 눈을 크게 뜨며 활짝 웃었다. 그날 밤, 아니 요 근래 들어 처음 보여 주는 행복한 얼굴이었다. 새삼스레 깨닫자 제이는 왜인지 그 표정이 거슬려 와인 잔을 소리 내어 내려놓았다. 디저트가 식탁에 놓이자 리세는 초콜릿 퍼지 아이스크림을 몇 수저 삼키더니 제이에게 물었다.

"제이, 11년 전…… 무슨 일이 있었는지 언제 말해 줄 거야?"

"왜, 네가 한 짓에 대해 새삼 죄책감이라도 들었어?"

제이의 날카로운 어조에 리세는 또 울 것 같은 표정이 되어 버렸다. 대체 왜 그녀의 말을 믿어 주지 않는지 이해할 수가 없었다.

"제이, 몇 번이나 말했지만 그때 널 버리고 간 게 아니야! 정말로 아버지가 위독하셔서 급히 떠난 거였고 계속 이메일을 보냈어. 몇 달 뒤, 네 행방을 찾으려 했지만 모라비아 전국 각지에 혁명이 일어나서 어쩔 방법이 없었어……."

우진의 편으로 전달한 엄마의 유품인 은색 펜던트와 쪽지는 어떻게 되었는지 물으려다 리세는 잠시 머뭇거렸다. 다시는 민우진을 언급하지 말라고 서슬 퍼렇게 으름장을 놓던 그의 말이 떠올랐다. 제이는 와인을 한 모금 삼킨 뒤 잔을 탁자 위에 세게 내려놓았다.

"변명은 그만 늘어놔. 더 듣고 싶지 않아. 지금 와서 구구절절 거짓말을 해 봐야 무슨 소용 있어? 어쨌든 난 살아남아 여기 이렇게 멀쩡히 앉아 있어. 어릴 때 꿈꿨던 대로 손수 창업한 회사를 경영하고 전세기로 세계 각지를 누비면서."

"물론 과거는 되돌릴 수 없어. 제이에게 무슨 일이 있었는지도 전혀 모르고. 하지만 내가 그때 제이를 나 몰라라 버리고 떠났다고 아직도 오해하고 있잖아! 난 그 오해를 풀고 싶어. 내가 그때 얼마나 제이를 걱정했는지…… 나라가 온통 쿠데타로 어수선해서 아빠도 정권이 안정되기 전에는 방법이 없다고 하셨단 말이야."

"……."

제이는 그녀의 얼굴을 바라보지 않았다. 깜짝 놀랄 만큼 잘생긴 얼굴에 냉소적인 미소만 잔잔히 띠우고 있을 뿐이었다. 리세는 왈칵 눈물이 쏟아지려는 걸 꾹 참고 다시 말했다. 용기란 용기는 죄다 쥐어짠 음성이었다.

"그럼 이거 하나만은 확실히 말해 줘. 왜…… 나와 결혼했어? 몰디브에서 이산그룹은 둘째 이유고 내가 첫 번째 목적이라고 했잖아. 무슨 의미인지 정확히 말해 줘."

날 좋아해서라고, 사랑해서라고 말해 줘. 그때의 소중한 추억과 더불어 사랑을 느끼게 된 거라고 말해 줘, 제발.

제이는 리세의 속마음은 전혀 알지 못한 채 테이블에 올려 둔 두 손을 깍지 껴서 맞잡았다. 언제 봐도 피아니스트의 그것처럼 길고 아름다운 손가락이었다.

"너와 결혼해서 세상 제일로 불행한 여자로 만들어 주려고 했어. 이산그룹 이무현 회장의 무남독녀 외동딸 이리세를 말야."

"……!"

"네가 불행한 걸 보는 게 내 삶의 목표야."

리세는 정말로 큰 충격을 받은 표정이었다. 테이블 아래 꼭 마주잡은 손이 바들바들 떨렸다. 안색이 백짓장처럼 창백하다 못해 시체처럼 바래 갔다. 그녀가 그러거나 말거나 아랑곳 않고 제이는 차분히 말을 이었다. 너무도 단정한 음색이었다.

"어떻게든 네가 불행의 바닥까지 추락해서 몸부림치는 걸 보고 난 다음, 그런 다음 널 놓아줄 거야."

제이든은 리세의 귀에 대고 달콤하게 속삭였다. 멀리서 보면 식사 중 달콤한 사랑의 밀어를 속삭이고 있다고 생각할 터였다.

리세는 저주스런 선언에 입을 다물 수가 없었다. 눈물이 뺨을 타고 흘렀다. 다른 쪽 눈에서 떨어진 눈물방울이 테이블 위 새하얀 천 위로 떨어져 내렸다. 제이는 신경질적으로 냅킨을 던지고 그녀 옆에 다가와 앉았다.

"왜 울어."

그는 리세 옆에 바짝 붙어 앉아 폭포처럼 쏟아져 내린 긴 머리칼을 뒤로 넘겼다. 턱을 잡아 올려 자신을 억지로 보게 만들었다. 두 눈은 서늘했다. 그리고 뜨거웠다. 마치 얼음과 불이 공존해 있는 듯한 눈동자였다.

"말 다 안 끝났는데 왜 울기부터 해. 바보처럼."

그의 커다란 손이 뻗어 와 리세의 뺨에 남은 눈물 자국을 닦아 냈다. 평소의 그와는 달랐다. 같은 손길이라 믿을 수 없을 만큼 다정하고 상냥한 손길이었다.

"처음엔 그렇게 생각했었어. 널 다시 만났을 때는. 지금은 아냐."

리세는 눈물 젖은 얼굴로 그를 바짝 올려다보았다. 반짝이는 눈망울은 덫에 걸려 울다 주인을 보고 희망에 가득 찬 눈빛을 보내는 애완동물 같았다.

“지금은 어떤데? 말해 줘.”

“지금은…….”

제이는 부드럽게 리세의 한쪽 뺨을 쓸었다. 귓가에 달라붙은 머리칼을 떼어 내는 손가락이 너무도 부드러웠다.

“처음에 생각했던 생각은 절대 아냐. 네가 다치길 바라지 않아. 아프길 바라지도 않고 불행하길 바라지도 않아.”

“……그럼 왜 처음엔 그런 끔찍한 생각까지 한 거야. 내가 널 버려두고 떠났다고 오해했기 때문이야?”

제이는 대답하지 않았다. 그는 리세의 뺨을 쓸던 손을 내려 한 손을 꼭 잡았다. 리세는 여전히 울음기 섞인 목소리로 말했다.

“제이 말을 믿을 수가 없어. 뭐가 진실인지…… 어디까지가 진심인지 모르겠어. 그냥 날 갖고 노는 것 같아. 앞으로 어떻게 해야 할지 모르겠어. 이 결혼 계속 유지하는 게 옳은 건지도. 정상적인 결혼은 아니잖아.”

“정상적인 결혼?”

리세의 손을 잡은 그의 손에 힘이 들어갔다.

“정상적인 결혼이란 게 뭔데? 어차피 대한민국 재벌가에선 이런 결혼이 정상적인 거 아냐? 계산기 두드리며 어떻게든 손해 안 보려고 발버둥 치는 정략결혼뿐이잖아. 파워 불리기, 세력 굳히기, 권력 지키기. 아니 다 똑같은 말인가.”

그는 입가 한쪽을 일그러뜨리며 웃었다. 리세를 내려다보는 눈에 조금 전까지 머물러 있던 다정함은 어디론가 사라지고 없었다.

"뭐 특별할 거 없잖아. 이 동네 사람들처럼 그냥 그렇게 살면 돼. 무제한 VIP 카드로 사고 싶은 것 다 사고 하고 싶은 것 다 하고. 스캔들 없이 모범적인 쇼윈도 부부로 살면 되는 거야."

"그럼 침실만이라도 따로 쓰게 해 줘."

"말도 안 되는 소리 하지 마. 부부 강간과 별개로 부부 관계 불이행은 규칙 위반이야."

"부부 관계를 안 하겠다는 말은 아냐. 방은 기본적으로 따로 써서 내 공간이 있었……."

"웃기지 마. 집에 방이 열 개도 넘는데 무슨 개인 공간이 따로 필요해? 내가 원할 때마다 할 거니까 넌 항상 대기하고 있어야 돼. 난 항상 원해. 그러니 넌 늘 내 공간 안에 있어야 해. 알겠어?"

"……."

리세가 제이를 노려보며 잡힌 손을 빼내려 애썼다. 그럴수록 그의 악력은 더 거세어질 뿐이었다. 제이도 눈을 가늘게 뜨고 그녀를 찬찬히 노려보았다. 리세의 태도가 마음에 들지 않는 것 같았다. 그는 악문 잇새로 뱉듯이 말했다.

"너란 여자, 가끔씩 정말 사람 돌아 버리게 할 때가 있어.

벽에 대고 말하는 것처럼."

제이는 그에게서 멀어지려는 리세를 강제로 붙잡아 제 무릎 위에 앉혔다. 그녀가 강아지처럼 발버둥 치며 빠져나가려 했지만 아무 소용없었다. 제이는 반항하는 리세를 품 안에 가두고 강제로 입술을 겹쳐 왔다.

초콜릿 퍼지 아이스크림의 달큼한 맛이 강하게 입안에 퍼졌다. 뜨거운 혀가 넘실대며 리세의 입안을 탐닉해 갔다. 강하게 쓸고 비벼 대는 혓바닥 아래 서로의 타액이 거침없이 넘나들었다.

제이는 리세의 머리칼을 움켜쥐어 고개를 뒤로 젖히고 홈웨어 드레스 앞부분의 끈을 당겼다. 성급한 손길이 브래지어 천을 아래로 잡아당기자 상아빛 젖가슴이 훤히 드러났다. 제이는 혀로 부드럽고 말랑한 살결을 즐기다 단단하게 솟은 정점을 입술로 장난치듯 비볐다.

"아, 안……돼! 사람들이 있는데……."

눈물 어린 항변에 제이는 젖꼭지에 이를 박고 잘근잘근 씹다가 마지못해 입을 뗐다. 그는 잔뜩 흥분해 있었다. 금방이라도 옷감을 뚫고 나올 듯 단단하게 부풀어 오른 허벅지 사이가 리세의 골반에 전율을 일으켰다. 불과 몇 시간 전, 출장에서 돌아오자마자 사납게 몰아붙여 한바탕 사랑을 나눴던 게 거짓말 같았다.

제이는 홈드레스 안쪽으로 한 손을 넣어 탄력 있는 엉덩이를 감싸 쥐었다. 그는 들릴락 말락 낮은 소리로 속삭였다. 주체할 길 없는 욕망으로 목이 잔뜩 잠겨 있었다.

"원하는 건 뭐든 다 해도 돼. 상류층 최고의 커플로 비치도록 최선을 다하는 한."

리세는 그의 품속에서 가늘게 떨었다. 제이는 그녀의 새하얀 목덜미를 입술로 쓸며 말을 이었다.

"뭐든 다 줄게. 사랑 외엔."

리세의 몸이 딱딱하게 굳었다. 제이는 그 기색을 알아채지 못한 채 계속해서 말을 이었다.

"사랑 놀음 따윈 평범한 부부에게나 허락된 유치한 소꿉장난일 뿐이야. 우린 평범하지 않으니까."

리세는 대꾸 없이 울음을 삼켰다. 입술을 앙다문 인형 같은 얼굴이 달빛 아래 처연하게 빛났다. 제이는 제 팔 안에 가둔 리세를 잠시 물끄러미 들여다보았다. 그는 그녀가 얼마나 아름답고 완벽하게 성장했는지 새삼 절감하고 있었다. 깨지기 쉬운 연약하고 투명한 세공품 같아서 한없이 지켜 주고 싶은 동시에 한편으로는 마구 망가뜨리고 짓밟아 그의 곁에만 있도록 잡아 두고 싶었다.

그는 리세를 무릎 위에 앉힌 자세 그대로 의자에서 일어났다. 혀끝에 남아 있는 아이스크림 맛이 달았다. 리세를 그대로 안고 침실로 향했다. 가슴의 정점을 맛봤던 치아 끝이 저릿했다. 목덜미와 유두에만 이를 박고 끝내자니 도저히 잠을 이룰 수 없을 것 같았다. 그녀의 몸속 더 깊은 곳까지 제대로 욕망을 박고 새겨 넣어야 성이 찰 게 분명했다.

일주일이 흘렀다. 리세는 제이가 아침 일찍 서울 지사로 출근하고 난 뒤로도 몇 시간을 침대에서 나오지 못했다. 간신히 욕실로 기어간 그녀는 몸을 씻고 한 여사가 준비해 준 전복죽을 먹었다. 속이 좋지 않았다. 본래도 강철같이 튼튼한 몸은 아니었지만 제이와의 결혼 생활이 시작된 이래 기운이 더 허해지고 속병도 잦아졌다. 이 결혼이 과연 옳았던 것인가 새삼 회의감이 느껴지는 그녀였다.

식사를 마친 리세는 새로 단장한 3층 서재 안에 들어가 오랜만에 작업용 컴퓨터를 켰다. 그녀는 영국 런던 왕립 예술대학교에서 미술(Fine Arts)를 전공했고 최근까지 이산그룹 교육 재단에서 진행 중인 영어 동화 콘텐츠 사이트의 동화 삽화를 제작하고 있었다. 물론 교육 재단 프로젝트인 만큼 자원봉사적 취지로 시작한 일이었지만 더 미루면 안 될 것 같았다.

바이브챗그룹 산하 이산건설로 이름이 바뀌었지만 교육 재단은 그대로 운영하기로 결정되었다. 제이가 그녀의 의견을 수렴해 준 덕이 컸다. 제이는 철저히 자본주의 경영 방침에 충실한 이념의 소유자였다. 모라비아에서 어려운 고학생 시절을 겪었는데도 사회 환원과 어려운 미취학 아동을 돕는 자선 단체 활동에 대해서는 그다지 큰 관심이 없어 보였다.

리세는 포토샵 프로그램을 열다가 문득 제이의 신랄한 독설이 생각나 시무룩한 표정이 되었다. 그는 어젯밤 리세의 일에 대해 듣다가 조롱 비슷한 말을 던졌다.

"하긴 그런 재주라도 있어야지. 머리도 딱히 좋은 것 같지 않고. 그룹이 그대로 있었어도 회장직 물려받는 건 고사하고 경영에 참여하는 것도 불가능했겠어. 어쨌든 나랑 결혼한 이상 직장을 다닐 수는 없으니까 집에서만 일하는 게 최선일 거야."

"재단 쪽 사무실에 나가는 것도 생각 중인데…… 안 돼?"

"당연히 안 되지. 출근 시간 못 지킬 게 뻔한데."

"출근 시간을 왜? 학교 다닐 때 지각 한 번 한 적 없어."

"나랑 결혼해 사는 동안 아침마다 제 시간에 일어날 수 있을 것 같아? 그냥 집에서 취미 삼아 해. 어차피 오너 부인은 그늘 뒤에서 조용히 내조하는 게 최선이야."

리세는 무슨 의미인지 금세 알아채고 얼굴을 붉혔다. 밤마다 그에게 시달려 제대로 숙면도 못 취하는데 아침 일찍 일어날 수 있겠냐는 뜻이었다. 정말이지 수치심이라곤 찾아볼 수 없는 뻔뻔한 남자였다.

리세는 제이가 방문을 노크하고 열기 전까지 시간이 가는 것도 모르고 삽화 작업에 열중해 있었다. 한번 작업에 빠지면 먹고 마시는 것도 잊고 집중했다. 리세는 문가에 선 제이의 모습을 보자마자 시계로 시선을 돌렸다. 아직 6시도 안 된 초저녁이었다.

"왜, 왜 이렇게 빨리 왔어? 아, 안 돼! 나 배고파! 진짜 기운 없어. 당 떨어졌어……."

제이는 갑자기 방어 태세를 취하는 리세의 모습에 어리둥절해하다가 입가에 실소를 머금었다. 그가 습관처럼 그녀를 번쩍 안아다 침대에 냅다 던질 거라 생각했던 모양이었다. 집에 돌아오기가 무섭게 매번 그랬으니 무리도 아니었다.

"나가자. M호텔 새로 오픈한 스페인 바에 예약해 뒀어. 거기 현지인이 만드는 빠에야랑 하몽 먹고 싶다고 했잖아."

"내가? 제이에게 그런 말한 적 없는데."

"그저께 박 여사에게 말했잖아."

"아……."

제이는 옷만 갈아입고 바로 나오라고 이른 뒤 서재를 나섰다. 리세는 혼란스런 얼굴이 되어 잠시 멍하니 앉아 있었다. 제이가 없을 동안 가정부 박 여사에게 무심히 그런 말을 한 적이 있긴 했다. 리세가 거실에서 신문을 넘겨 보다 M호텔 스페인 레스토랑이 오픈했다는 기사를 보고 지나가듯 말한 게 다였다. 제이와는 어울리지 않는 세심함에 기뻐해야 할지 의심스러워해야 할지 갈피가 잡히지 않았다.

훌륭한 스페인 가정식 만찬을 즐긴 뒤 두 사람은 기사가 운전하는 롤스로이스 세단 뒷좌석에 나란히 앉아 있었다. 잠시 창밖만 보던 제이는 불쑥 말을 꺼냈다.

"원래 소비 패턴이 그래? 일부러 현금만 쓰는 거야?"

"현금? 안 가지고 다니는데."

갑작스런 제이의 말에 리세는 고개를 갸웃했다. 주식 배당금이 들어오는 계좌는 그룹 내 재무 담당자가 관리 중이었고 그 외 기타 생활비와 용돈은 예전부터 써 오던 카드에서만으로도 충분했다. 신혼여행에서 돌아와 제이가 주었던 카드는 화장대 서랍 속 어딘가에 넣어 둔 채 한 번도 꺼낸 적이 없었다.

"뭐? 그럼 소비 자체를 거의 안 했다는 말이네. 최근 집에만 있어서 돈 쓸 일이 없었어?"

"필요한 건 박 여사님이 주문해 주셔서 딱히 돈 쓸 일이 없어. 재벌가 사람들이 모두 돈을 물 쓰듯 낭비할 거라 생각하지 마. 편견이니까."

"내가 사 온 옷들은 왜 안 입지? 일주일 전 미국에서 올 때 가져온 물건들."

"……입을 일이 없잖아. 집에서 천만 원짜리 옷이나 구두를 신을 일이 뭐가 있어. 집에 내내 갇혀 있다시피 하는데."

리세의 담담한 대꾸에 제이는 낮게 한숨을 쉬었다. 숨결 가득 답답함이 서려 있었다.

"……널 정말 모르겠다."

뭘 좋아하는지, 널 만족시키는 게 뭔지. 대체 뭘 해 줘야 웃는 낯을 좀 보여 줄지.

밤마다 품속에서 흐느끼는 것만으로는 성에 차질 않았다. 안으려고 할 때마다 매번 보이는 거부의 몸짓도 마음에 들지 않았다. 결국은 저도 흥분하고 느끼다 절정에 이르고 마는 주제에 한 번도 기꺼이 착 감겨 오는 법이 없었다.

리세는 그에게 절대 곁을 내어 주지 않았다. 툭하면 눈물을 보이고 비실비실 기죽은 모습이었지만 한 번도 진심으로 굴복하고 항복한 적은 없었다. 몸이 부서지고 뼈가 부러질 기세로 덤벼드는 그에게 안길 때를 제외하곤 절대 호락호락 뜻대로 휘둘려 주지 않았다. 어쩌면 그래서 눈만 뜨면 그녀를 침대에서 함락시키고 제 것임을 확인하고 싶어 안달이 났는지도 모른다.

시간이 흐를수록 리세의 존재는 일종의 과제가 되어 가고 있었다. 회사에 있을 때도 제이는 몇 번이나 그녀에게 전화를 걸려다 그만두곤 했다. 그 횟수가 점점 잦아지고 있었다. 눈에 보이지 않을 때는 유독 더 신경이 쓰여 심기가 불편할 정도였다.

"제이, 나 동의를 구할 게 하나 있어."

리세의 말에 제이는 상념에서 빠져나와 그녀 쪽을 돌아보았다.

"나 개 키우고 싶어. 예전부터 쭉 원했는데 아빠가 동물 털 알레르기가 있으셔서 그동안 그럴 기회가 없었어. 혹시 제이도 알레르기가 있어? 그렇지 않다면 키우고 싶어. 한 마리는 외로우니까 두 마리."

제이는 갑작스런 그녀의 말에 잠시 고민하는 눈치였다. 알레르기는 없지만 개를 그다지 좋아하지 않는다는 사실이 여실히 보였다. 하지만 순순히 동의했다.

"좋아. 단, 조건이 있어. 집 안에는 절대 들이지 마. 별관에서 키우고 어떤 경우든 여기 본관 건물 안에는 들어오게 하지 마. 내가 집에 없을 때만 정원에 풀어 놓고. 난 개를 사람마냥 물고 빨고 잠자리까지 끌어 들이는 부류 이해 못 해."

"알았어. 고마워!"

리세는 기쁜 나머지 그를 향해 활짝 웃어 보였다. 제이는 심장이 철렁 내려앉는 느낌에 고개를 돌려 버렸다. 이유 모를 불쾌감이 일었다. 아무리 값비싼 옷들과 보석을 안겨도, 먹고 싶다던 스페인 만찬에 데려가도 웃음 한 번 보여 준 적 없는 계집애였다. 그런데 그깟 개새끼 때문에 저렇게 환하게 웃다니.

리세는 그에게 더는 말을 걸지 않았다. 왜인지 또다시 저조해진 제이의 감정 변화를 알아챈 탓이었다. 그럴 때는 건드리지 않는 게 상책이었다.

여름도 어느덧 끝 무렵에 도달해 있었다. 두 사람은 달콤하고도 아슬아슬한, 한편으로는 안개처럼 불투명한 나날을 보냈다. 조금씩 서로의 존재에 익숙해져 가는 한편 여전히 눈에 보이지 않는 거리는 존재했다.

그들의 관계는 확실히 평범하진 않았다. 매우 가깝고도 먼 부부라 할 수 있었다. 육체적인 이끌림과 충만감이 나날이 그 강도를 더해 가는 중에도 서로의 속내를 알 수 없어 항시 적정선을 넘지 못하는 두 사람이었다.

제이는 한 달 중 3분의 1은 늘 해외에 있었다. 타국에 있을 동안 그는 수시로 리세의 동향을 체크했다. 리세에게 직접 연락해 통화를 한다거나 하는 일은 없었다. 충실한 심복들에게서 최대한 상세하고 꼼꼼히 보고를 들을 뿐이었다. 물론 리세는 몰랐다.

제이가 없을 때가 그녀에겐 유일한 자기만의 시간이자 휴식 시간이었다. 리세는 집에서 틈틈이 삽화 작업을 하고 두 마리의 예쁜 사모예드를 보살피면서 대부분의 시간을 보내곤 했다. 제이의 당부대로 창고로 쓰던 작은 별관을 고쳐 개들의 보금자리를 마련해 주었다. 그곳에는 리세를 위한 작은 주방과 사이드 테이블, 의자까지 갖춰져 있었다. 개들을 손수 돌보는 안주인을 위해 사용인들이 배려한 탓이었다.

가끔씩 이모네 가족과 만나 식사를 하기도 했다. 하지만 꼭 나가야 할 재벌가의 모임이나 클럽, 주로 자선 바자회 활동을 제외하고는 교류가 거의 없었다. 본래 친구나 지인이 별로 없는 데다 재벌가는 가십과 소문이 워낙 무성하다 보니 차라리 없는 편이 더 낫다는 생각을 예전부터 가지고 있었다. 어릴 때는 활발한 편이었으나 자라면서 점차 내성적으로 변해 간 성격도 한몫했다.

"리세."

리세는 현관에서 그녀를 부르는 소리에 반사적으로 고개를 돌렸다. 낯익은 목소리였다. 제이는 사흘간의 중국 출장에서 막 돌아온 참이었다. 값비싼 이탈리아 슈트가 크고 건장한 몸에 딱 맞게 떨어지며 완벽한 선을 그리고 있었다. 떡 벌어진 넓은 어깨에 얼굴이 한결 더 갸름해 보였다.

"제이."

리세는 가슴이 뛰는 스스로에게 당황했다. 그녀의 심장은 부정할 나위 없이 반가움으로 동요했다. 분명 남편의 귀가에 기뻐하고 있었다. 제이는 성큼성큼 리세의 손에 예쁘게 포장된 뭔가를 안겨 주었다.

"운남성 보이차."

"……고마워."

제이는 더 이상 값비싼 명품 옷이나 보석을 사 오지 않았다. 대신 그 나라나 지역의 대표적인 차, 커피, 초콜릿 등 인기 많은 먹거리 특산품을 가져와 리세에게 안겨 주었다. 그녀는 먹성도 별로 없고 입도 짧았지만 이국적 간식을 즐겼다. 특히 다양한 종류의 차와 커피를 좋아했다.

리세의 입가에 떠오른 잔잔한 미소를 보는 순간 제이는 누적된 피로가 한순간 씻은 듯이 녹아내리는 느낌이었다. 중국에서의 살인적인 업무 일정을 최대한 빨리 소화하고 단숨에 날아온 보람이 있었다. 병신이 따로 없다 싶었다. 여주인을 기쁘게 해 주기 위해 혈안이 된 시종처럼 비굴한 느낌이었다. 스스로가 머저리 같았지만 달리 방법이 없었다. 리세가 제게 보이는 웃음은 그 무엇을 포기하고서라도 감수할 만한 가치가 있었다.

제이는 리세를 제 품으로 끌어당겨 안았다. 그녀는 저항하지 않고 순순히 안겼다. 석 달 만에 적잖은 발전이었다. 제이는 그녀를 신부처럼 들쳐 안고 침실로 향했다.

침대 한가운데 눕혀진 리세의 얼굴은 이미 새빨갛게 달아올라 있었다. 제이는 목을 조인 넥타이를 힘주어 당겼다. 리세도 상체를 일으켜 제 손으로 윗옷 단추를 하나씩 끌렀다. 그 모습을 보고 있노라니 하체에 피가 확 쏠려 왔다. 제이는 아찔한 감각에 숨을 크게 들이켰다. 그의 것은 이미 잔뜩 팽창한 채였다. 속옷을 벗어 던지자 그 안에 갇혀 있다 해방된 남성이 모습을 드러냈다. 혈관이 팽팽히 불거진 검붉은 욕망이 허공을 향해 우뚝 솟아 있었다.

리세는 두 눈을 감아 버렸다. 이미 수없이 본 것인데도 새삼스레 부끄러웠다. 도저히 들어가지 않을 만큼 크고 굵은 그의 것이 곧 제 몸속으로 밀려와 꽉 채울 거란 기대감과 설렘에 수치심이 마구 밀려왔다.

그녀의 본능은 그 감각을 죄다 기억하고 있었다. 그의 것이 어떻게 몸 안을 관통해 들어와 존재감 뚜렷이 안착하는지, 숨 쉴 틈 없이 잔혹하고 때로는 달콤하게 민감한 부분을 공략해 부딪쳐 오는지 몸과 머리에 선명했다.

기다렸던 대로 제이는 그의 것을 리세 안에 깊이 묻었다. 그 뒤로 오랫동안 두 사람은 뜨겁고 격정적인 교감을 나누며 서로의 체온 속에 녹아들었다.

9화

제이는 수면 속에 잠겨 꽃 한 송이를 보고 있었다.

상하이 마지막 밤, 비즈니스 만찬회에 나갔던 제이는 인도네시아 재무장관이 들려주는 시체꽃 이야기에 귀 기울이는 척했다. 인도네시아 수마트라 섬에서 자라는 아모르포팔루스 티타눔이란 이름의 꽃은 번식하기 위한 목적으로 강한 악취를 좋아하는 벌레와 파리 등을 불러 모으려 시체 썩는 냄새를 풍긴다고 설명했다. 개화 시 가까이에 있으면 기절할 정도의 악취가 나 시체꽃, 죽음의 꽃 등으로 불린다고도 덧붙였다.

어쩌다 그 꽃이 화제에 올랐는지는 기억나지 않았다. 하지만 시체가 썩는 악취란 말이, 그리고 장관이 잠시 보여 줬던

꽃의 사진이 무의식 중 뇌리에 들러붙어 있었던 모양이다.

제이는 꽃잎이 점점 11년 전 길거리에 쌓여 있던 시체 옆 풀포기로 변하는 광경을 지켜보았다. 그의 입에서 비명이 흘러나왔다. 비명을 지르느라 크게 벌린 입에서는 수천, 수만 마리의 파리 떼가 윙윙거리며 튀어나오고 있었다.

“제이, 제이…… 왜 그래! 일어나 봐!”

리세는 가위에 눌린 양 몸을 뒤틀고 신음을 흘리는 제이를 마구 흔들었다. 악몽에 시달릴 때는 깨워야 한다고 어디선가 들은 것 같았다. 그는 전신에 식은땀을 흘리고 있었다. 무슨 꿈인지는 몰라도 뭔가에 지독하게 시달리는 게 분명했다.

“제이! 괜찮아? 무슨 꿈인데 이렇게…….”

「…….」

제이는 가까스로 눈을 떴다. 흐릿하던 검은 눈에 리세의 얼굴이 보이자 조금씩 안정을 찾았다. 리세는 타월에 물을 적셔 와 땀이 흥건한 몸을 닦아 주었다. 그는 바늘 하나 들어갈 틈 없이 늘 반듯하고 완벽하며 냉정한 모습을 유지했었다. 헌데 이렇게 무방비 상태의 제이는 처음 보았다.

제이의 입술이 바짝 말라 있어 리세는 물이 든 유리잔을 가져왔다. 물을 들이켠 그는 잠시 숨을 고르고 상체를 일으켜 앉았다. 달빛 아래 구릿빛 가슴이 한층 더 단단해 보였다.

「괜찮아. 가끔 이러니까.」

"가끔? 이렇게 심한 악몽을 종종 꾼다는 말이야? 무슨 꿈인데."

리세의 걱정 어린 시선에 그는 잠시 침묵을 지키다 운을 뗐다.

「지난 11년간 내가 어떻게 지냈는지 궁금하다고 했었지. 그때…… 마약 사범 혐의를 받고 소년원에 있는 동안 우연히 반정부 세력에 휩쓸리게 됐어. 반군 수뇌부의 핵심 인물 눈에 들어 보좌로 2년간 활동했지. 그는 지금 모라비아 민주 정부 내각을 이룬 사람 중 한 명이야. 비밀 활동을 하는 동안 반대편 세력이나 독재 정부 경찰에게 붙잡혀 죽을 뻔한 적도 있었어. 고문도 여러 번 당했고.」

제이는 내내 숨겨 왔던 이야기를 리세에게 털어놓았다. 물론 곁가지에 불과한 일부분이었다. 하지만 지난 세월 얻게 된 일종의 트라우마와 후유증 중 하나를 제 입으로 밝힌다는 것 자체에 중대한 의미가 있었다. 가슴 저 밑바닥 영원히 지워 버리고 싶은 끔찍한 기억을 조금씩 보여 주며 공유하는 것이었다.

리세는 제이가 말을 더 잇기까지 아무 말도 하지 못했다. 그녀가 놀랄까 봐 최대한 표현을 순화해서 말하였대도 충격적이긴 마찬가지였다. 제이는 영어로 계속 말을 이어 나갔다. 주로 한국어로 대화하는 편이었지만 감정이 격앙되면 자연스레 영어가 입 밖으로 튀어나오는 버릇이 있었다.

피비린내 진동하는 쿠데타 시민혁명 때, 40도가 넘는 무더위 속 마르체바 길거리에서는 하루가 멀다 하고 시체 썩는 냄새가 진동을 했었다. 10년이 지난 지금까지도 제이에겐 그 기억이 선명했다. 지금도 이상한 악취를 맡게 되면 하루 종일 음식을 먹지 못하고 구토를 해야 했다. 고문의 후유증도 결코 적지 않았다. 뭐가 됐든 당시의 기억을 떠올리게 하는 계기가 있으면 그날 밤 어김없이 악몽에 시달리곤 했다.

"그럼…… 반정부 조직이 쿠데타에 성공하고 민주화 노선으로 가게 됐을 때 제이는 어떻게 미국으로 가게 된 거야?"

「새로운 내각에서 그동안의 공을 치하해 의원 보좌관 자리를 마련해 줬지. 모든 면에서 파격적인 조건이었고 계속 정계에 몸담고 있으면 서른 전에 고위직 자리를 받을 미래도 보장되어 있었어. 하지만 난 모라비아를 떠나서 새롭게 시작하고 싶었어. 제대로 대학에 가서 공부하며 머릿속에만 담아 뒀던 소프트웨어나 엔지니어링 프로그램들을 하나씩 펼쳐서 내 사업을 만들 계획이었지. 그래서 정권 교체 직후 도움을 받아 미국으로 망명해 어머니와 워싱턴으로 떠났어. 그때부터는 모든 게 일사천리로 순조롭게 진행되었지. 미국 정부 산하 교육 사업 장학생으로 선발되어 하버드에서 전액 장학생으로 공부하게 됐고, MBA 과정 중 바이브챗 어플을 개발해 남부럽지 않은 여유를 누리게 된 거야. 어머니도 새로운 가정을 꾸려서 부족함 없이 행복하게 살고 계시고.」

리세는 제이의 이야기를 내내 경청하다 그의 한 팔을 어루만졌다. 어릴 때 그녀 대신 벽돌에 찢겨 생긴 상처가 아직 희미하게 남아 있었다. 그와 몸을 합칠 때마다 가끔씩 생각했다. 어릴 때 봤던 자잘한 자국들 외 제이의 몸에 새겨진 새로운 흉터들은 어디서 비롯된 것인지 궁금할 때가 많았다. 그때마다 물어보고 싶었지만 옛 이야기가 화제에 오르는 걸 극도로 싫어하기에 그럴 수도 없었다. 하지만 이제는 굳이 과거의 고통스런 기억들을 되새기게 하고 싶진 않았다.

리세는 아무 말 없이 그의 몸 여기저기 박힌 흉터 자국들을 쓰다듬었다. 측은한 마음이 울컥 솟아올랐다. 입을 열어 다시금 해명하고 싶었지만 리세는 그러지 않았다. 조금 더 시간이 지나고 둘 사이에 좀 더 신뢰가 형성되었다 여겨질 때, 그때 다시 마음을 터놓고 대화하는 게 좋을 것 같았다.

제이는 그녀의 손길에 잠시 몸을 맡기고 있다가 시트를 젖혔다.

「넌 더 자. 난 서재에 가서 업무를 좀 봐야겠어.」

"지금? 하지만 새벽 2시야."

「어차피 더 잘 수 없어. 한번 이런 꿈을 꾸면…… 죽어도 잠이 안 와.」

리세는 침대에서 내려서려는 제이의 한 팔을 잡았다.

"자도록 해 봐. 내가…… 내가 도와줄게. 사촌동생들이 어릴 때 내가 재워 주곤 했었어. 가정교사 선생님에게 배운 자장가도 불러 주고 양도 세라고 하면서 잘 재웠었어.”

리세의 더듬거리는 말에 제이는 실소를 흘렸다.

「그래서 지금, 날 눕히고 자장가라도 불러 주겠단 소리야?」

“그냥 옆에 있어 줄게. 팔베개도 해 주고…… 동생들, 팔베개해 주면 금방 잠들곤 했었어.”

리세는 부끄러운 듯 말했다. 제이는 그녀가 너무도 사랑스러워 다시 침대로 들어가 옆에 누웠다.

「좋아. 팔 이리 줘.」

그는 리세의 가늘디가는 한 팔을 억지로 가져가 베개 대신 머리 아래 놓았다. 조금 지나면 피가 안 통해서 저릿저릿하겠지만 본인이 먼저 제안한 만큼 한 번 해 보고 싶었다.

리세는 순순히 팔을 내맡기고 그 옆에 몸을 눕혔다. 팔의 위치 때문에 몸을 그에게로 조금 돌릴 수밖에 없었다. 리세는 제이의 한쪽 가슴에 얼굴을 묻고 다른 쪽 팔을 그의 허리에 비스듬히 둘렀다. 눈을 감자 심장 맥박 소리가 선명히 들리는 것 같았다.

리세의 긴 머리칼이 그의 벗은 가슴 위를 살짝 쓸었다. 기막히게 좋은 향기가 제이의 코끝을 간질였다.

두 사람은 잠시 말이 없었다. 이제 슬슬 팔이 저릴 만도 한데 리세는 묵묵히 눈을 감고 누워 있었다. 숨소리로 보아 아직 잠들지 않은 건 확실했다. 제이는 뭐라고 욕설을 중얼거리더니 그녀의 팔을 거칠게 빼냈다. 리세는 뭔가 잘못되었나 싶어서 화들짝 눈을 떴다.

"……?"

「이게 고문하는 거지, 사람을 재우는 거야?」

제이는 거칠어진 숨결 아래 으르렁거리며 리세의 목덜미에 이를 박아 넣었다. 이미 자정 전에 두 번이나 그녀를 안았는데도 강렬한 본능이 마구 용솟음치며 전신을 옥죄어 왔다. 리세가 보인 뜻밖의 다정함과 귀여운 행동이 잠시 수면 아래 있던 욕망을 다시 일깨우고 있었다.

"아! 이제 그만, 그만해! 거기 물지 마, 내일 저녁에 약속이…… 음악회가…… 보인단 말야! 하, 아앙!"

하지만 제이는 통제 불능 상태가 되어 있었다. 초저녁처럼 달려드는 기세에 리세는 내일 오후에나 기상할 것을 예감했다.

「너 때문이야. 네가 시작했잖아.」

초반의 맹렬한 공격은 잠깐일 뿐 제이는 어느 때보다 부드러웠다. 내일이 다시 오지 않을 것처럼 격하게 박차만 가하던 평소와는 어딘가 달랐다. 매번 자신의 것임을 확인하려 소유욕과 정복욕에 불타오르던 몸짓과는 확실히 달라져 있었다. 중간중간 멈추고 리세의 상태를 다정하게 살필 뿐 아니라 그녀가 얼마나 사랑스럽고 예쁜지 간간이 밀어까지 속삭이기도 했다.

리세는 숨이 멎을 것 같은 쾌락의 절정에 오른 뒤 제이의 품에 안겨 잠에 빠졌다. 그가 제대로 잠들 수 있게 해 주겠다 했지만 오히려 자신을 내맡기고 의지한 모습이었다. 하지만 정말로 온전히 의존하게 되어 버린 쪽은 제이였다. 제이는 리세의 정수리에 턱을 대고 호흡을 고르며 생각했다.

초반의 계획이 틀어져 버린 지는 이미 오래였다. 리세와 다시 해후한 순간부터 다짐은 물거품처럼 부질없이 증발했다. 제이는 새삼 깨달았다. 그는 이제 리세 없이는 살 수 없을 터였다. 한없이 투명하고 가녀린 여자, 작은 새처럼 힘없고 연약한 존재는 어느새 제이의 모든 것이 되어 있었다.

"리세! 아니, 이제 이리세 씨라고 불러야겠네."

"오빠…… 오랜만이야."

민우진과 리세는 늦은 오후 공연이 끝난 후 예술회관 리사이틀 홀 VIP 좌석 로비에서 우연히 맞닥뜨렸다. 두 사람은 서로를 향해 어색한 표정을 나누었다. 리세는 그녀보다 몇 살 더 많은 젊은 여자와 함께 있었다. 경호원 복장은 아니었다. 영국에서 공부할 당시 유일하게 가깝게 지냈던 주 영국 한국 대사의 딸, 황연지였다. 그녀는 갑작스럽게 결혼한 리세도 만나고 동생의 바이올린 리사이틀에 응원군이 되어 주려 잠시 한국에 들어와 있었다.

"리세, 난 동생 대기실에 가 있을게. 이따 후문에서 보자."

황연지가 사라진 뒤 리세는 인파를 피해 우진과 로비 구석에 잠시 서서 이야기를 나눴다. 갑작스러운 결혼 이후 두 사람의 교류는 완전히 끊어졌다. 리세는 미안한 표정으로 근사한 정장 차림의 그를 바라보았다.

"잘 지냈어? 그동안 연락하지 못해서 미안해."

많은 의미가 포함된 말이었다. 확실히 답변 주기도 전 다른 남자와 곧바로 결혼해 버린 것에 대한 미안함이었다. 하지만 제이가 아니었더라도 그와 결혼할 일은 없었을 것이다. 민우진은 집안끼리 알고 지내는 지인 중 한 명, 그냥 오빠 동생으로 허물없이 지내는 사람일 뿐이었다.

상대편은 결코 단순한 감정이 아니었지만 적어도 리세의 입장은 그랬다. 우진은 몇 달 새 더욱 아름다워진 리세를 처연한 눈길로 보았다. 창백한 대리석처럼 하얗기만 하던 얼굴에 발그레한 화색이 도는 것이 막 개화한 장미꽃 같았다.

"그래. 너도…… 좋아 보이네. 결혼 생활이 행복한가 보다."

"……응. 행복……한 것 같아."

진심이었다. 아직은 의문투성이에 사랑한다는 말도 들은 적 없지만 그럭저럭 행복했다. 언젠가부터 제이는 다정한 면도 적잖게 보여 주며 서로에게 열렬히 빠져 있는 부부나 다름없이 굴었다. 직접적으로 사랑한다는 말을 들려준 적은 없었지만 리세는 사랑받고 있다는 막연한 충만감 속에서 하루

하루 지내고 있었다.

여비서가 리세 등 뒤로 다가와 이제 가야 할 시간임을 정중히 알렸다. 그 순간 불현듯 11년 전 제이에 대한 일이 뇌리를 스쳤다.

"자, 잠깐! 우진 오빠, 물어볼 게 있어! 잠시만 사람들 없는 곳으로…… 저기서 잠깐만 얘기해."

리세는 경호원과 비서의 만류에도 잠시만 기다려 달라고 말한 뒤 우진을 비상구 계단참으로 이끌었다. 무슨 일이 있어도 제이에 대한 당시 진실을 들어야만 했다.

"11년 전, 급히 귀국해야 했을 때 제이를 도와준 게 아니었어? 그리고 내 쪽지랑 엄마의 은색 펜던트 목걸이…… 그거 제이에게 전해 주지 않았었어?"

"어? 사실 난…… 잘 몰라. 아버지에게 부탁한 일이라서. 나, 난 아버지에게 그렇게 들었을 뿐이야. 편지랑 목걸이도 사람을 시켜서 경찰서에 전달했었어. 분명히 그렇게 들었어."

갑작스런 리세의 물음에 우진은 가슴이 철렁했지만 거짓말로 얼버무렸다. 11년 만에 갑자기 미국의 젊은 억만장자 기업가로 나타난 제이. 게다가 리세와의 갑작스런 결혼으로 우진은 아직도 충격에서 채 벗어나지 못한 상태였다.

모라비아 흙바닥 위에서 물고기나 팔던 하찮은 인간이 어떻게 그런 모습으로 탈바꿈해 리세와 이산그룹을 낚아챘는지 기가 찰 노릇이었다.

하지만 제이를 섣불리 건드릴 수도 없었다. 떠도는 풍문에 의하면 제이든 한은 단순히 수완 좋은 천재 개발자 겸 CEO가 아니었다. 최근 몇 년간 탈세나 부정, 횡령, 성적 추문 등으로 언론에서 큰 철퇴를 맞은 크고 작은 기업들과 기업인들 뒤에는 언제나 바이브챗그룹의 입김이 도사리고 있다는 무시무시한 소문이 돌았다. 유명 인사에게 따라붙는 근거 없는 소문이라 치부할 문제만은 아니었다.

제이가 리세와의 결혼을 발표하기 직전 이산그룹의 인수합병을 노렸던 D식품 회장이 운전기사 및 수행비서들에게 비인격적인 폭행을 일삼고 있었다는 갑질 논란이 터진 바 있었다. 타이밍이 너무도 절묘했다. 잇따라 폭로되는 그의 언행에 급기야 전국적으로 D식품 불매운동까지 확산되기도 했다. 결국 회장이 아들에게 자리를 물려주고 전격 사퇴와 대국민적인 사과를 한 뒤 두문불출한 지가 벌써 두 달이 지났다.

그때 리세가 등으로 막고 있는 비상구 출입문이 계속 쾅, 쾅 울렸다. 문 건너편에서 비서와 경호원이 리세를 계속 부르고 있었다. 그녀는 마지못해 문을 열고 우진에게 짧게 작별 인사를 건넸다. 뭔가 석연치 않았지만 제대로 대화를 나눌 상황이 아니었다.

"나중에 다시 얘기하자. 지금은 가야겠어."

리세는 경호원과 비서들에게 둘러싸여 VIP 전용 주차장으로 향했다. 리사이틀 홀 VIP 로비에 있던 외신 기자들 중 한 명이 주시하고 있다는 것은 전혀 몰랐다. 남자는 곧 휴대폰을 꺼내 바이브챗그룹 홍보팀 측에 전화를 걸었다. 그의 일은 정재계 가십을 쫓아다니며 기사화시키는 것이었다. 하지만 바이브챗그룹의 일만은 달랐다. 그쪽 일에 대해서만은 기사가 터지기 전에 미리 알려 구설수를 미연에 방지해 주는 게 그의 업무였다.

"강 팀장님, 접니다. 바이브챗 코리아의 충실한 심복. 하하, 지금 예술회관 VIP 로비 앞입니다. 음, 저희끼리 하는 이야기니 말입니다만 사모님 단속 좀 시키셔야겠습니다. 별일은 아니지만 잔챙이 놈들 눈엔 몇십 배 뻥튀기해 팔아먹을 수 있는 소재라서요. 예전에 이리세 씨와 혼담 오간다고 소문이 떠돌았던 민우그룹 장남 있잖습니까. 무슨 할 말이 있는지는 몰라도 사모님이 민우진 손을 잡아끌고 비상구 계단으로 슬쩍 들어가던데요. 좀 아슬아슬합디다. 아직도 우진 오빠, 우진 오빠 부르는 것도 그렇고. 하여간 이런 것도 나중에 충분히 문제시될 수 있으니 미리 알려드립니다. 근데 사모님 진짜 예쁘시더군요. 바람 불면 훅 날아갈 듯 나긋나긋 요정 같은 게…… 얼굴은 청순하니 인형 같은데 어딘가 색기가 흘러 보면 볼수록 묘해요. 제가 남편이면 불안해서 집 밖에 못 내보내지 싫어요. 큭큭."

남자는 두 시간 뒤 소속되어 있던 언론사에서 불명확한 사유로 징계처분 및 대기 발령을 받게 되었다. 대외적인 이유는 내부 규정 위반이었지만 감히 제이든 한 회장의 사모님에 대해 함부로 혀를 놀린 괘씸죄였다.

그날 밤, 바이브챗그룹 회장의 저녁 일정은 죄다 취소되었다. 어차피 사교적인 모임이었지만 이렇게 한 시간 전에 갑자기 취소되는 일은 극히 드물었다.

회장의 측근 비서는 집에 갑자기 중요한 일이 생겼다고 스케줄 담당팀에 알린 뒤 평창동 자택까지 상사를 모셨다. 저택에 미리 연락해서 회장의 귀가를 알렸다. 동시에 심기가 매우 불편하니 리세의 비서인 김 실장과 박 여사를 제외하곤 사용인들 모두 별관 거처로 가 있으란 당부도 잊지 않았다.

제이는 집 안에 들어서기가 무섭게 리세를 찾았다. 바지 주머니에 양손을 찔러 넣고 선 그는 한눈에 보기에도 심상치 않아 보였다. 키 크고 건장한 체격 자체만으로도 충분히 위압적이었건만 조각 같은 얼굴에 떠오른 험악한 살기가 집 안을 통째로 얼려 버릴 듯 섬뜩하기 짝이 없었다.

"어디 있지? 콘서트 끝나고 바로 들어온 게 아니었나?"

"네, 회장님. 지금 별관에서 개들을 목욕시키고 있으시다고…… 금방 끝난다고 하셨습니다. 사모님은 오늘 밤 회장님께서 좀 늦으실 줄 알고 계셨다고……."

웬만한 일에는 꿈쩍도 안 하는 베테랑 경호원이 말까지 더듬으며 식은땀을 흘렸다. 그보다 몇 살이나 어린 회장이었다. 하지만 경호원은 산전수전 다 겪었던 10년 남짓 세월 중 지금 이 순간만큼 오금이 저리고 두려웠던 적은 없었다. 숨쉬기가 버거울 정도였다.

제이가 내뿜는 위압감은 그만큼 지독하게 강렬했다. 굳이 언성 높여 소리 지르고 호통칠 필요도 없었다. 그 자리에 서서 상대방을 조용히 노려보는 것만으로도 공포감을 조성하기에 충분했다. 악명 높은 아프리카 대륙의 독재 군부 치하 경찰 부대에 끌려가 모진 고문을 당하고도 살아남은 자의 카리스마였다. 제이는 이를 갈며 나직하게 내뱉었다.

"지금 당장 달려오지 않으면 그 개새끼들 두 마리 다 눈앞에서 갈기갈기 찢어 죽여 버리겠다고 해."

경호원은 안색이 새파랗게 질려 부리나케 별관으로 뛰었다. 박 여사는 기사가 시킨 대로 조용히 물러나 거처 건물로 향했다. 대체 무슨 일인지 새 주인이 리세를 쥐 잡듯 잡을 것 같아서 온몸이 달달 떨려 왔지만 명령을 어길 수는 없었다. 대한민국 최고 경호원도 저렇게 오금을 못 펼 정도니 여리디 여린 아가씨가 어찌 저 화를 견딜 수 있을지. 혹시 실신해서 병원에 실려 가는 게 아닌지 조마조마해서 숨을 쉴 수가 없었다.

하지만 그럼에도 마음속 깊이 자리한 믿음 때문에 별일

은 없을 거라 생각하려 애썼다. 젊은 회장은 누가 봐도 아내에게 흠뻑 빠져 있었다. 리세가 대체 뭘 잘못해 저렇게 살기등등한지는 몰라도 눈에 넣어도 안 아플 만큼 아내 바라기인 그가 큰 일을 낼 리 없었다.

"다른 남자랑 눈이나 맞았으면 모를까. 아가씨는 죽었다 깨어나도 그럴 위인은 못 되지, 암."

"……."

리세는 숨 막힐 듯 긴장감이 흐르는 거실 한가운데 서서 제이를 마주했다. 물론 경호원은 그녀에게 회장의 말을 고스란히 전하지는 않았다. 단지 그의 심기가 매우 불편해 보이니 지금 당장 오시는 편이 좋겠다고 통사정했을 뿐이었다. 그녀 역시 두려움에 떨려 오는 손을 맞잡으며 그가 묻는 말에 더듬더듬 대답했다. 경찰에게 취조를 당해도 이보다는 덜 긴장될 것 같았다.

"우진 오, 아니 민우진 씨…… 우연히 로비에서 만났어. 그래서 잠깐 인사만 했어. 그게 다야."

"비상구 계단으로 끌고 가 단둘이 밀담한 건 왜 생략해? 응?"

제이가 한 발짝 가까이 다가오자 리세는 움찔 놀라며 저도 모르게 뒷걸음질 쳤다. 무서웠다. 지금까지 본 제이의 눈빛 중 가장 두렵고 섬뜩한 것이었다. 오늘 오전 침대에서 일어나지 못하는 그녀에게 다정하게 입을 맞추고 출근길에 나서던 모습과는 백팔십도 달랐다. 외모만 같을 뿐 완전히 다른 인격체 같았다.

「그 자식이 끌고 간 것도 아니고, 네가 손수 잡아끌고 비상구 문까지 막고 서서 5분간 나오지를 않았다며.」

제이의 언어는 어느새 영어로 바뀌어 있었다. 좋지 않은 징조였다. 제이는 리세를 벽으로 밀치고 코앞에서 그녀를 내려다보았다. 맹수가 먹잇감을 물어 죽이기 전에 탐색하는 듯한 눈빛이었다. 리세는 등 뒤에 와 닿은 둔탁한 벽을 느끼며 눈을 내리깔았다.

"물어볼 말이 있어서 그랬어. 다른 사람이 들으면 안 될 것 같아서……."

「그러니까 무슨 말! 띄엄띄엄 토막 내지 말고 한 번에 쭉 말하란 말이야!」

제이가 더는 못 참겠다는 듯 벽에 주먹을 내리치며 고함을 질렀다. 리세는 파들파들 떨다가 쥐어짜는 목소리로 말을 이었다. 가까스로 눈물을 억누르는 기색이었다.

"11년 전, 내가 제이를 경찰서에서 나오게 도와 달라고 했는데 왜 네가 소년원으로 끌려간 거냐고…… 그거 물어보려고 했어. 그리고 내 편지랑……."

리세는 잠시 말을 멈췄다. 엄마의 유품인 펜던트에 대해 이어 말하려 했으나 두려움에 목이 메어 목소리가 나오질 않았다. 제이는 크게 숨을 들이쉬었다가 천천히 내뱉었다.

「앞으로는 이유 막론하고 다시는 그 자식과 대면하지 마. 한 번만 더 그런 일이 있으면…… 내 귀에 들려오기만 해. 가만 안 둬.」

그는 벽을 짚고 있던 손을 내려 리세의 목을 살며시 움켜잡았다. 입에서 술술 나오는 협박과 더할 나위 없이 잘 어울리는 몸짓이었다.

「그냥 협박하는 거 아니야. 전에 내가 얘기했지? 혁명군으로 활동하다 이런저런 고문당했었다고. 그중 하나를 해 줄 수도 있어. 물론 너 말고.」

제이는 리세의 움켜잡은 목덜미, 가장 연약하고 부드러운 살결을 손가락으로 쓸었다.

「네 몸은 소중하니까 함부로 하지 않아. 날 최고로 즐겁게 해 주는 도구니까. 대신 네 가족이나 네가 그렇게 아끼는 개새끼 중 하나가 피를 보게 될 거야. 두 놈 다 볼 수도 있고.」

"……."

「……알아듣겠어?」

그는 질투와 분노에 이성을 잃은 나머지 마음에도 없는 잔혹한 단어를 무심결에 골라 내뱉었다. 그리고 그 표현이 리세에게 얼마나 큰 충격을 주었는지 미처 자각하지 못했다.

리세는 순간 제가 잘못 들은 게 아닌가 경악해 눈을 내리깐 채 입술만 달싹였다. 그를 최고로 즐겁게 해 주는 도구라니. 그녀는 단순히 성적 유희만을 제공해 주는 도구일 뿐이었나.

그녀의 혈연이나 개들에게서 피를 보겠다는 무시무시한 협박도 끔찍하기 이를 데 없었다. 리세가 지금까지 태어나 살면서 들어 본 가장 잔인한 말이었다. 그럼에도 그녀를 단순한 성적 도구로 전락시킨 그의 말이 무엇보다 큰 충격으로 다가왔다. 말이 때로는 칼날이, 총알이 되어 누군가의 심장을 갈가리 찢어 놓는다는 비유적 표현이 지금처럼 실감된 적이 없었다.

제이는 그녀의 패닉은 알아채지 못한 채 계속해서 말을 이었다.

「민우진 그 개자식과 네가 다정하게 있는 모습, 가끔씩 인터넷으로 봤었어. 내가 한국에 오기 전 너에게서 돌아가신 어머니 유품도 받고 서로 결혼 약속도 했다고 들었어. 여기나 미국이나 낮밤 안 가리고 온갖 잡다한 소문 부지런히 실어 나르는 추잡한 것들은 늘 있으니까. 원래 지저분한 바닥이니까 앞으로는 사람들 입에 오르내리지 않게, 내 귀에 그따위 헛소리들 들려오지 않게 잘 처신해. 알겠어?」

우진에게 어머니 유품을 준 적도 없고 결혼 약속을 한 적도 없었다. 죄다 헛소문이었다. 오히려 어머니의 유품이자 소중한 물건을 전한 대상은 제이였다. 펜던트가 중간에 가로채여 그의 손에 들어가지 않았다는 사실을 그녀도 짐작할 수 있었다. 하지만 제이의 오해를 바로 잡고자 하는 의지조차 들지 않았다. 그가 방금 내뱉은 말이 너무도 아파 다른 생각이 비집고 들어갈 겨를이 없었다.

「네 몸은 소중하니까 함부로 하지 않아. 날 최고로 즐겁게 해주는 도구니까.」

리세의 눈에서 투명한 눈물이 흘러내려 뺨을 적셨다. 제이의 발치만 내내 내려다보고 있던 시야가 눈물로 완전히 흐려져 아무것도 보이지 않았다. 그래서 요즘 다정하게 대해 준 건가 싶었다. 그녀의 몸에서 얻는 쾌락이 지극히 만족스러워서, 소중한 성적 유희의 도구라서 그렇게 부드럽고 친절했던 것인가. 참담했다. 비참하기 이를 데 없었다.

「대답 안 해?」

리세가 소리 죽여 울기만 하자 제이는 목소리를 한층 낮췄다. 조금 전까지 폭발 직전까지 솟구쳐 있었던 분노가 거짓말처럼 사그라들었다. 그녀가 우는 게 끔찍하게 싫었다. 처음엔 툭하면 질질 짠다 생각했지만 언젠가부터 리세의 눈물을 보는 것만큼 거슬리는 건 없었다. 그의 품에 안겨 흐느낄 때의 눈물과는 완전히 별개의 것이었다.

「리세.」

제이는 리세를 달래며 지나쳤음을 사과하려고 손을 뻗었

다. 질투심에 이성을 잃어서 그랬다고, 진심이 아니었다고 말하려 그녀를 품으로 끌어당겼다. 하지만 리세는 그의 두 손을 있는 힘껏 뿌리쳤다.

"손대지 마! 내버려 둬……."

리세는 눈물 젖은 눈으로 서재로 달려 올라갔다. 하지만 금세 제이의 손에 붙잡히고 말았다. 리세는 그에게서 벗어나려 격렬히 몸싸움을 벌이다 바닥으로 스르르 주저앉고 말았다. 현기증이 일어서 몸을 가눌 수가 없었다.

제이는 혀를 차고 축 늘어진 리세를 안아 올려 방 침대에 조심스럽게 내려놓았다. 그의 명령 한 번에 담당 여의사가 호출되어 그녀의 상태를 살폈다. 극심한 스트레스에 의한 탈진이었다. 의사는 링거를 투입한 뒤 적어도 하루는 푹 쉬게 하라는 당부를 전했다.

제이는 밤새 시체처럼 잠든 리세의 창백한 낯빛을 지켜보았다. 생각해 보니 어리석기 짝이 없는 짓을 했다. 이제 리세는 그의 것이었다. 법적인 아내였고 앞으로도 영원히 그의 곁에 있을 터였다. 민우진이 무슨 수작을 부려도 그의 손에 닿을 수 없는 존재건만 순간적인 질투심에 휩싸여 필요 이상으로 심하게 몰아붙이고 말았다. 얼마든지 이성적으로 해명을 들어 볼 수도 있었는데. 기어이 울리고 혼절까지 시킨 스스로에게 진저리가 날 지경이었다.

날이 밝자 제이는 밤을 꼬박 새운 채 박 여사에게 리세를 극진히 보살피라 당부하며 출근길에 나섰다. 그는 하루 종일 업무에 시달리면서도 물밖에 삼킬 수가 없었다. 눈을 뜬 리세가 죽도 제대로 못 넘기고 있다는 말을 보고받은 뒤 그 자신도 아무것도 먹을 수가 없었다.

10화

그날 밤, 제이는 일거리를 가지고 평창 자택으로 부랴부랴 달려왔다. 리세는 침실에 없었다. 박 여사를 부르니 3층 서재 옆 손님용 침실에 있다고 전했다. 3층이 좀 더 조용하고 정원이 잘 보여 거기서 책을 읽는 걸 좋아한다고 변명처럼 덧붙였다. 박 여사의 말이 채 끝나기도 전에 제이는 3층 계단참을 걷고 있었다. 서재 옆 방문을 열려고 했지만 문은 굳게 잠겨 있었다.

"리세."

한마디 대꾸도 없었지만 클래식 선율이 한층 낮아진 걸로 보아 깨어 있는 게 분명했다.

"리세, 문 열어."

"혼자 있을래. 그냥 내버려 둬."

"리세."

"……."

"열어."

제이의 목소리에 점점 분노가 실렸다. 그는 영어로 다시 한 번 말했다.

「부수고 들어가기 전에 열어. 셋 세기 전에. 하나.」

'둘' 까지 말했을 때 문이 열렸다. 하루 만에 더 홀쭉해진 리세는 눈물이 그렁그렁했다. 어젯밤 그가 그렇게도 무섭게 몰아쳤나 싶어 한숨이 나왔다. 리세는 그녀를 향해 뻗어 온 손을 매몰차게 뿌리쳤다.

"제발 좀 내버려 둬! 나 좀 혼자 있게 해 달라고! 집 밖에 맘대로 나가지도 못하게 하면서, 집에서도 마음 편히 있을 수 없어! 정말 지긋지긋해! 진절머리 나."

리세는 침대에 엎드려 이불을 머리끝까지 뒤집어쓰고 소리 내어 울었다. 제이는 침대에 걸터앉아 이불을 젖히고 리세의 얼굴을 강제로 잡아 돌렸다. 아무래도 이상했다. 아무리 어젯밤 공포스런 분위기를 조성했어도 왜 이렇게까지 그를 거부하고 신경쇠약증 환자마냥 구는지 이해할 수 없었다.

"도대체 왜 이래? 일단 식사부터 하자. 하루 종일 아무것도 안 먹었잖아!"

"상관 마!"

리세는 공복으로 힘 하나 들어가지 않는 상태에서도 그의 손에서 벗어나려 마구 발버둥 쳤다. 평소의 맥없는 그녀가 아니었다. 앙칼지게 노려보는 눈물 젖은 시선에 명백한 증오심이 어려 있었다.

"고양이 쥐 생각해? 왜? 힘 빠지면 침대에서 제대로 못 갖고 놀까 봐? 장난감에 이상이라도 생길까 봐 걱정돼?"

널 최고로 즐겁게 해 주는 도구에 문제가 생길까 봐? 원하는 건 내 몸일 뿐인데 그 몸에 혹시 문제라도 생길까 봐 걱정돼?

"뭐?"

제이의 눈에 불꽃이 튀었다. 리세는 스스로를 상처 입히고 분노를 야기시킬 말을 거침없이 이었다. 그가 무심결에 내뱉은 말, 기억도 못 하는 말에 너무도 상심한 나머지 그녀는 마음에도 없는 말을 계속 내던졌다.

"그럼 다른 여자 데리고 놀면 되잖아! 즐겁게 해 줄 여자, 만족시켜 줄 만한 여자들 얼마든지 있을 거 아니야. 내가 밖에서 다른 남자 누굴 만나든 상관 말고 다른 여자랑 실컷 즐기라고!"

몸만 원한다는 사실이, 즐겁게 하는 도구로만 존재 가치가 있다는 게 그녀를 너무도 아프게 했다. 상처가 역으로 가시가 되어 삐딱하게 나오는 말들이었지만 제이는 저변에 깔린 그녀의 본심을 간파하지 못했다. 아직 그 정도로 리세를 온전히 꿰뚫고 이해하기엔 일렀다.

「……정말 장난감처럼 한 번 다뤄 줘? 그게 네가 원하는 거야?」

제이는 리세의 양손을 모아 쥐고 그녀를 시트 위로 거칠게 쓰러뜨렸다. 그 역시 하루 종일 공복 상태였지만 리세 정도는 눈 깜짝할 새 제압할 수 있었다. 광폭한 손길이 홈드레스를 찢을 기세로 벗겨 새하얀 알몸을 구석구석 정복해 갔다. 맨살에 이를 박고 생살을 잡아 뜯을 듯 난폭하게 애무를 가하는 손길에 리세는 몸부림을 치면서 울었다. 아무리 아파하고 애원해도 제이는 들은 척도 하지 않았다.

그는 머리끝까지 화가 나 있었다. 일도 손에 안 잡혀서 이렇게 득달같이 달려왔는데, 평소처럼 안기 위해서도 아니고 몸 상태가 어떤지 살피려고 왔는데 침대에서 못 갖고 놀까 봐 걱정되느냐니. 다른 여자랑 즐기라니!

피가 거꾸로 솟는 것 같았다.

불에 달군 몽둥이처럼 뜨겁고 단단한 그의 것이 리세의 몸 한가운데를 단번에 꿰뚫었다. 싫다고 저항하면서도 안쪽은 이미 미끈미끈하게 젖어 있었다. 리세의 몸 위로 온 체중을 싣고 허리를 격렬하게 쳐올렸다. 인정사정 봐주지 않을 작정이었다.

양쪽으로 활짝 벌려진 두 다리가 허공에서 맥없이 흔들렸다. 가늘고 긴 다리가 금방이라도 부러질 것 같았다. 제이의 몸은 매순간 난폭하게 리세의 몸속으로 돌진해 왔다. 남성이 속살을 가르고 막다른 안쪽에 세차게 부딪혀 올 때마다 그녀의 입에서는 단음절의 비명이 터져 나왔다.

제이는 그의 것을 빼내고 리세의 몸을 뒤집어 엎드리게 했다. 엉덩이를 뾰족 세워 비부 끝 작은 구멍을 혀로 핥자 그녀의 허리가 발작하듯 경련을 일으켰다. 거친 손길이 리세의 무너지려는 양 무릎을 다시 잡아 세웠다. 조금도 수그러들지 않은 욕망 덩어리가 다시 엉덩이 골 비부 사이를 힘차게 파고들었다.

“아흑! 이제…… 그만…… 흐흑, 제발…….”

“이렇게 장난감처럼 다뤄 주는 게……흣! 네가 원한 게…… 하아, 아니었어? 후…….”

리세가 엎드린 채 울면서 애원했지만 제이는 악문 잇새로 내뱉듯 대꾸했다. 말하는 동안에도 허릿짓을 결코 멈추지 않았다. 묵직한 남성이 몸 안쪽을 더 세게 깊이 찔러 왔다. 방 안에는 살과 살이 치대는 에로틱한 소리와 리세의 높아지는 신음만이 가득했다. 사정없이 박아 오길 한참, 리세는 제 의지와 상관없이 제이와 나란히 절정에 올랐다. 뜨거운 욕망의 잔재가 몸 깊은 곳으로 거침없이 퍼져 갔다. 숨넘어갈 듯 마지막 비명을 내지른 뒤 리세는 시트 위에 무너져 내렸다. 손가락 하나에도 힘이 들어가질 않았다. 간신히 정신을 놓지 않고 있는 게 용할 지경이었다.

"하아…… 읏."

제이는 미칠 듯한 쾌감과 해방감에 몸을 떨며 호흡을 골랐다. 안에서 천천히 빠져나온 남성은 여전히 단단했다. 역시 한 번으로는 만족하지 못했다. 이내 처음처럼 단단하게 부풀어 오를 것이 뻔했다. 제이는 리세의 몸을 똑바로 돌려 눕혀 허벅지를 옆으로 벌리고 그 사이에 다시 자리 잡았다.

붉게 물든 여체가 희미하게 떨렸다. 몸 곳곳에 이빨 자국이 선명히 새겨지고 열꽃이 점점이 피어 있었다. 그의 한 손이 아직도 벌겋게 부어 있는 비부 입구를 살며시 쓸었다. 그의 흔적과 애액으로 끈적끈적했다. 리세의 입 밖으로 신음이 흘렀다. 그녀는 아직도 첫 번째의 격렬한 여운에서 벗어나지 못하고 기진맥진했다. 저항하려고 해도 힘이 쭉 빠져 저항할 수도 없었다.

제이는 그녀의 엉덩이를 한 손으로 받쳐 든 채 다른 한 손으로는 제 것을 쥐고 갈라진 틈새로 천천히 밀어 넣었다. 처음에 너무 난폭하게 했던 것 같아 이번에는 최대한 부드럽게 하려 나름 애쓰고 있었다.

"으응…… 응!"

커다란 분홍빛 살 기둥이 반쯤 파고들자 리세의 입에서 귀여운 흐느낌이 터져 나왔다. 두 손이 뻗어 와 둥글게 솟은 젖가슴을 어루만졌다. 속살이 사슬처럼 페니스를 더욱 꽉 조여 들었다. 미칠 것 같은 쾌감에 제이는 저도 모르게 허리에 힘을 주고 말았다. 그의 것이 끝까지 들어가 비부 안에서 자취를 감췄다.

내벽을 터질 듯이 꽉 채우는 전율에 리세는 단말마의 신음을 흘렸다. 그가 좀 더 힘을 주어 안쪽을 꾹 누르자 리세의 입에서 자지러지는 비명이 새어 나왔다. 그녀의 두 손은 오갈 데 없이 허공을 휘젓다가 시트를 꽉 말아 쥐고 침대 머리판을 꽉 움켜잡으며 정처 없이 방황했다.

제이는 어금니를 꽉 악물고 천천히 허리를 뒤로 뺐다. 그의 것이 다시 안쪽을 파고들어 천천히 리듬을 타기 시작했다. 폭주하고 싶은 충동을 억누르면서 적절한 속도로 리듬감 있게 허리를 움직였다. 제이는 제 것이 리세의 몸속에 파고들며 허리 짓을 반복하는 광경을 흐릿한 눈으로 지켜보았다.

허리를 앞으로 밀고 튕길 때에 맞춰 리세는 규칙적인 신음을 흘렸다. 제이는 그 소리에 흥분되어 한껏 더 박차를 가했다. 황홀했다. 짜릿한 쾌감이 뇌까지 태워 버릴 것 같았다. 그가 움직일 때마다 완벽한 곡선을 그리는 아름다운 여체도 위아래로 진동했다.

리세는 두 손을 항복 자세로 머리 옆에 올리고 연신 흐느꼈다. 머리가 한쪽으로 기울어져 길고 아름다운 머리칼이 시트 한쪽에 한데 엉킨 비단실처럼 흐트러져 있었다. 제이는 허리를 굽혀 위아래로 흔들리는 젖가슴을 혀로 핥았다. 단단해진 유두를 하나씩 입안에 넣고 굴리자 그녀의 두 손이 그의 머리칼을 마구 쥐어뜯었다. 제이는 멈추지 않았다. 발칙하고도 자제력 없는 혀는 리세가 아픔을 호소하며 울 때까지 공략을 계속했다.

리듬을 타고 움직이던 그의 것은 결국 주인의 통제를 벗어나 제멋대로 날뛰기 시작했다. 리세의 두 다리가 허공으로 들리고 엉덩이가 위를 향했다.

"하앗! 아! 앗! 응……응!"

그의 것이 뒤로 빠지다가 위에서 거세게 관통해 왔다. 수직으로 내리꽂히는 아찔한 충격에 리세는 그만 눈을 감아 버렸다. 거칠게 흔들리는 격랑 속에서 그녀는 알았다. 절정에 이르기도 전에 정신을 놓아 버릴 게 분명했다. 그녀의 예감은 빗나가지 않았다.

제이는 이미 혼절해 버린 리세의 몸을 꽉 끌어안고 욕망의 흔적을 세차게 토해 냈다. 말로 표현할 수 없는 황홀한 충만감이 그의 전신을 뜨겁게 감싸 왔다.

다음 날, 제이는 비서가 운전하는 차를 타고 공항 부지에 대기 중인 전용기로 향했다. 모레 귀국 예정인 3일간의 홍콩 출장이었다. 웬만하면 직접 가지 않으려고 했지만 중차대한 투자 결정을 내려야 할 사안이라 아랫사람을 보낼 수 없었다.

올해 안에는 동아시아 쪽 투자와 확장이 안정될 터였다.

내년 1월부터는 샌프란시스코, 실리콘밸리 쪽 그의 저택에 리세를 데려가 미국에서 지낼 계획이었다. 출장을 좀 더 줄이고 서울과는 다른 환경에서 그녀와 좀 더 자주 시간을 보내고 싶었다. 아이도 최대한 빨리 가지는 게 리세가 안정을 찾는 데 좋을 것 같았다.

그러고 보니 피임을 하지 않고 있었다. 아이가 생기는 건 시간문제일 터였다. 그 전에 리세가 기력을 강화시킬 수 있게 그녀의 건강에 만전을 기하고 최대한 신경을 쓸 생각이었다. 그때 휴대폰이 울렸다. 미아 벨리니, 어머니였다.

「어머니.」

미아는 아들의 안부를 물으며 빠르게 말했다. 제이는 그녀의 말에 귀 기울이다 짧게 한마디 뱉었다. 최대한 언짢은 감정을 드러내지 않으려 애를 썼다.

「어머니, 제가 알아서 할게요. 스탠과는 잘 지내죠?」

스탠 벨리니, 이탈리아 이민 가정 출신의 건실한 사업가로 어머니가 재작년 재혼한 남자였다. 좋은 사람이었다. 그의 장성한 자녀들도 미아를 돌아가신 친어머니처럼 생각하고 잘 지내는 눈치였다.

모친도 나쁜 사람은 아니었다. 비록 환경 때문에 20대에 이르기까지 마약과 빚에 빠져 허우적댄 암흑기가 있긴 했지만 그 누구보다 제이를 사랑하고 지키려 했던 어머니였다. 빚을 갚기 위해 케이프타운 호텔에서 잡역부로 뼈 빠지게 일하면서도, 호텔 식당 남은 음식으로 배를 채우면서도 제이의 미래를 위해 저축을 게을리하지 않았던 사람이었다.

괜찮을 것이다. 지금은 리세에 대해 누구보다 적의의 날을 세우고 있었지만 결국은 이 결혼을 진심으로 축복하고 인정해 줄 터였다.

제이는 가죽 시트에 몸을 묻고 두 눈을 감았다. 지난밤 리세를 강제로 안고 집을 나와 가슴이 쓰렸다. 홍콩에서도 내내 그녀 생각에 제대로 집중하지 못할 것 같았다.

출장이 끝난 뒤 돌아가면 미안하다고, 잘못했다고 사과할 작정이었다. 필요하다면 빌 수도 있다고 생각했다. 다른 건 다 참아도 리세에게 미움받고 거부당하는 건 죽어도 참을 수 없었다. 그것은 가슴이 에이고 마구 할퀴어지는 고통 그 자체였다.

리세는 침대 위에 맥 놓고 누워 있다 개들이 생각나 저도 모르게 벌떡 몸을 일으켰다. 정원사 아저씨와 박 여사님이 잘 돌봐 주고 계실 테지만 일주일 전 사모예드 두 마리 중 암컷이 새끼를 낳았다는 사실이 문득 뇌리를 스쳤다. 아직 눈도 못 떴을 강아지들이 잘 있는지 궁금했다.

"아……!"

리세는 미간을 좁히며 나지막이 신음을 흘렸다. 온몸이 쓰라렸다. 특히 침대에서 내려올 때 시트에 스친 가슴 한가운

데가 얼얼하게 아팠다. 욕실 거울 앞에 서서 보니 제이의 잇자국이 희미하게 남아 있었다. 잔뜩 부어오른 젖꼭지를 살피던 그녀는 작은 반창고를 찾아 각각 한쪽씩 붙였다. 브래지어 천에 쓸릴 때마다 따끔할 것 같았다.

어젯밤 몇 번이나 부서질 듯 격렬히 안았던 제이가 생각났다. 그가 지독히도 미웠다. '그의 몸을 즐겁게 해 주는 도구'란 표현을 평생 잊을 수 없으리라. 제이가 오늘부터 3일간 홍콩에 가 있을 거란 사실은 이미 알고 있었다. 돌아와도 절대 용서해 주지 않을 작정이었다. 혀를 깨물고 죽는 한이 있더라도 다시는 그에게 순순히 몸을 내맡기지 않으리라 결심했다. 쾌락의 도구, 침대 위에서 즐겁게 해 주는 창부. 그런 존재 의미밖에 없는 아내로는 절대 살지 않을 터였다. 그녀에게서 그런 가치밖에 찾지 않는 남자와는 결코 부부로 살 수 없었다.

다섯 마리 새하얀 강아지들이 털 뭉치처럼 어미 개 옆에 나란히 누워서 단잠에 빠져 있었다. 너무도 사랑스러웠다. 세상에서 가장 아름다운 광경이 아닐까. 별관을 관리하는 도우미 중 한 명이 리세 옆에서 연신 탄성을 질렀다.

"천사 같네요, 정말! 너무너무 예뻐요. 몇 마리나 입양 보내실 거예요, 아가씨?"

"모르겠어요. 그냥 여기 다 함께 살게 할까 봐요. 정원도

넓고 공간도 넉넉한데 그냥…… 가족끼리 헤어지지 않고 다 모여 사는 게 좋지 않을까 해요."

"그래요, 그게 낫겠어요! 굳이 이산가족 만들 필요 없죠. 보내 놓고 나면 눈에도 밟힐 거고. 그런데 아가씨, 3시쯤 친구분이 오신다 하지 않으셨어요? 이제 2시 반이니 슬슬 저도 티 세트 준비할게요."

"아, 맞아요."

리세는 손목의 시계를 확인했다. 슬슬 몸을 씻고 옷을 갈아입어야 할 시간이다. 리세의 유일한 친구인 황연지가 방문하기로 되어 있었다. 다음 주까지는 너무 바빠 오늘은 결혼 선물도 전해 줄 겸 차 한잔하러 잠깐 들릴 예정이었다.

리세는 온몸이 욱신거리는 통증을 견디며 대강 머리를 빗고 옷을 갈아입었다. 화장기 하나 없는 피부가 거울 너머에서 창백하고 투명하게 빛이 났다. 거울을 잠시 들여다보던 그녀는 혀를 차며 옷장으로 걸어가 다른 홈드레스를 꺼냈다. 목 여기저기 제이의 잇자국이 드문드문 새겨져 붉은 반점을 이루고 있었다. 아직 초가을인데도 목을 최대한 가린 터틀넥으로 갈아입을 수밖에 없었다.

"리세야!"

가든 테라스 테이블 의자에 앉은 황연지가 저만치서 걸어오는 리세에게 손을 흔들어 보였다. 그녀는 혼자가 아니었다. 긴 금발 머리를 바람결에 휘날리며 팔짱을 낀 백인 미녀가 함께 서 있었다. 리세는 가슴이 철렁 내려앉는 충격에 잠깐 걸음을 멈췄다.

낯이 익었다. 몰디브 신혼여행 중 제이의 목에 팔을 두르며 포옹해 오던 바로 그 여자였다. 린지 홀든, 홀든그룹의 외동딸이자 중요한 비즈니스 파트너의 딸일 뿐이라고 제이가 말했던 사람이었다. 황연지는 유창한 영어로 리세에게 금발 미인을 소개했다.

「리세야, 여기 린지 씨 소개할게. 홀든엔지니어링그룹 딸이고 네 남편 제이든과도 잘 아는 사이야. 아버지 따라 잠깐 한국에 들렀대. 아까 여기 오는 길에 W호텔에 들렀는데 거기서 우연히 만났어. 내가 여기 온다고 하니까 자기도 같이 가면 안 되냐고 해서…… 너한테 물어보지도 않고 그냥 같이 왔어. 잠깐만 있다가 갈 거니까, 괜찮지?」

「……괜찮아. 만나서 반가워요, 미즈 홀든.」

리세는 애써 아무렇지 않은 척 고개를 끄덕였다. 전혀 괜찮지 않았지만 연지 얼굴을 봐서라도 손님에게 언짢은 기색을 보일 수는 없었다.

「만나서 반가워요, 미즈 리세 한!」

린지는 싹싹하고 호감 어린 미소를 지어 보이며 리세에게 인사를 건넸다. 둘 중 누구도 악수를 청하지는 않았다. 호의적인 태도였지만 리세는 린지의 웃음에서 불안감을 느꼈다.

하지만 전혀 그런 기색을 내비치지는 않았다.

셋이 이런저런 근황을 얘기하는 동안 연지의 휴대폰 벨이 울렸다. 통화 후 그녀는 집에 급한 일이 생겨 이만 가 봐야겠다고 양해를 구했다. 연지의 작은 아버지가 곧 다가올 선거에 출마할 예정이라 그녀의 집에는 항상 사람들로 들끓었고 가족 인터뷰 등 갑작스런 일들도 자주 생겼다.

「린지는 내 차를 타고 와서…… 호텔까지는 다시 데려다줄게, 같이 가자.」

「아냐, 난 아버지 운전기사를 부를 테니까 연지는 먼저 가. 난 미즈 한이랑 잠깐만 더 얘기하다 바로 갈게. 미즈 한, 괜찮죠? 10분 정도면 올 테니까 그리 오래 있진 않을 거예요.」

「……네, 그렇게 하세요.」

리세는 당연히 싫었다. 아무리 제이와 별 사이 아니고 싹싹한 태도를 보인다 해도 본능적인 거부감이 일었다. 하지만 손님으로 온 이였기에 10분 동안 더 견디는 것 외에 다른 수가 없었다.

리세의 불안은 곧 현실로 드러났다. 황연지가 떠나고 사용인들도 잠시 자리를 떴을 때 린지 홀든은 숨기고 있던 송곳니를 드러내었다. 가든 테이블 너머에 앉은 린지는 긴 금발을 한쪽 어깨로 도도하게 넘기고 낮게 속삭이듯 물었다.

「돌려서 말하지 않을게요. 이리세 씨, 제이와 언제 이혼할 거예요?」

리세의 직감은 맞았다. 린지 홀든은 제이를 남자로 보고 있었다. 이미 결혼한 남자라는 사실조차 개의치 않는 것 같았다. 린지의 탐욕스런 푸른 눈은 제이를 얼마나 원하는지 여실히 드러내었다.

리세는 단지 지인일 뿐이라는 제이의 말을 믿었다. 제이 입장에서는 그것이 진실일 것이다. 하지만 그의 입장에서 견지한 진실이 언제나 모든 상황과 모든 이의 입장에서 진실이라는 법은 없었다. 리세는 수 초 뒤 입을 열었다. 스스로의 귀에도 낯설게 들릴 만큼 차분한 목소리였다.

「난 이혼할 계획 없어요. 그리고 내가 아는 한 제이도 마찬가지예요. 설령 우리가 그렇다고 해도 미즈 홀든과는 아무 상관없는 일이지요.」

조금만 문제가 생겨도 금세 울음을 터뜨리고 무너져 버리는 리세였다. 하지만 예상치 못한 위기 앞에서 그녀는 본인이 생각하는 것보다 훨씬 강했다. 스스로는 잘 자각하지 못해도 지금 이런 때야말로 리세의 숨겨진 진면목과 근성이 드러나는 순간이었다.

그녀는 생전에 아버지 이무현 회장이 했던 말을 떠올렸다. 누군가 부당한 모욕을 가하거나 깎아내리려 할 때 절대 감정에 휩쓸리지 말라고. 그게 바로 상대방의 의도인 만큼 본인의 페이스를 지키며 차분히 응대하라는 것이 아버지의 당부였다. 되받아치며 응대할 때도 절대 이성을 잃지 않고, 품위를 지키며 차분히 대응하는 태도가 상대의 비열함과 추함을 오히려 더 드러낸다고 누차 강조하셨었다. 리세는 저도 모르게 아버지의 충고대로 대응하고 있었다.

「남의 신혼집에 와서 이혼 계획을 물어보다니, 용기를 넘어선 파렴치한 발언이네요. 홀든그룹의 가풍인가요? 부친은 그런 분이 아닌 것 같던데.」

리세는 단 한순간도 눈을 돌리지 않고 린지의 시선을 찬찬히 마주했다. 마치 철없는 어린애를 조용히 나무라는 눈길이었다. 린지 홀든은 완벽하게 그려진 한쪽 눈썹을 치켜 올리고 헛웃음을 흘렸다. 리세의 반격에 꽤 놀란 눈치였다.

「와우, 내가 듣던 거랑은 다르네요. 제이 말로는 깨지기 쉬운 유리 같은 여자랬는데. 어린애처럼.」

또 다른 모욕에도 리세는 흔들림 없는 태도를 견지했다.

「그럴지도. 그리고 제이는 그렇게 깨지기 쉬운 유리 같고 어린애 같은 날 좋아해요.」

흔들리는 사람은 린지 쪽이었다. 그녀는 애써 동요를 숨기며 비열한 웃음을 지어 보였다.

「이건 모르죠? 제이가 결혼 전 얼마나 방탕하게 놀아났는지. 전부 아시아 여자였어요. 매일 밤 동양 여자들을 품에 끼고 정말 더티하게 즐겼죠. 그에게 물어봐요. 어림잡아 500명쯤 될걸?」

「……그렇군요. 미즈 홀든은 그 500명 안에 들지 못해 많이 아쉽겠어요.」

린지의 아름다운 얼굴이 흉하게 일그러졌다. 그 순간 김 실장이 다가와 린지의 운전기사가 도착했음을 알렸다. 린지 홀든은 핸드백을 낚아채 한 팔에 끼고 자리에서 거칠게 일어났다. 우아함이나 품위는 어디론가 멀리 사라져 있었다. 그녀는 역력한 패배감을 지우지 못하고 마주 일어선 리세에게 마지막으로 한마디 던졌다.

「다시 한 번 강조하는데 제이는 정말 걸레처럼 놀았어. 결혼한 지금은 안 그럴 거란 보장이 있을까? 한 달에 절반은 여기저기 출장인데 얼마나 다양한 현지 여자를 데리고 즐길지 눈에 안 봐도 뻔해. 어차피 이리세 씨랑 결혼한 건 이산그룹 합병과 대외적인 이미지 때문이었으니까. 그런 걸레 같은 남편이라도 좋다면 부디 행복하게 잘 살길 바라!」

「……안녕히 가세요, 미즈 홀든. 배웅은 여기까지로 하죠.」

린지는 코웃음 치면서 구두 굽이 부러져라 코뿔소 같은 기세로 정원을 벗어났다. 리세는 철옹성 같은 벽 너머 차 엔진 소리가 멀어질 때까지 그 자리에 조용히 서 있었다. 그녀는 의자에 힘없이 주저앉았다. 린지의 무례하기 짝이 없는 태도 앞에서 보인 모습과는 사뭇 달랐다. 냉정함과 침착함은 씻은 듯이 사라지고 없었다.

리세는 두 손으로 얼굴을 묻고 잠시 그대로 있었다. 심장이 미친 듯이 뛰고 숨쉬기가 힘들었다. 너무도 화가 나고 분해서 현기증이 일었다. 김 실장이 다가와 괜찮은지 묻고 방까지 부축해 침대에 눕힐 때까지 리세는 제대로 눈을 뜰 수가 없었다.

"괜찮아요. 피곤해서 그래요. 잠깐만 누워 있을 테니 혼자 있게 해 주세요……."

혼자 되기가 무섭게 리세는 울음을 터뜨렸다. 차분함을 유지하던 모습은 온데간데없었다. 린지가 사납게 쏘아붙이던 마지막 말이 뇌리에 새겨져 떨쳐지지 않았다.

「제이는 정말 걸레처럼 놀았어. 결혼한 지금은 안 그럴 거란 보장이 있을까? 한 달에 절반은 여기저기 출장인데 얼마나 다양한 현지 여자를 데리고 즐길지 눈에 안 봐도 뻔해. 어차피 이리세 씨랑 결혼한 건 이산그룹 합병과 대외적인 이미지 때문이었으니까.」

그 말은 제이가 그녀에게 내뱉었던, 그녀의 몸은 그를 즐겁게 해 주기 위한 도구일 뿐이란 말과 하나로 겹쳐져 가슴 속을 칼날처럼 마구 파고들었다.

리세는 그 뒤로도 한참을 더 울었다. 진이 빠지고 더는 울 힘이 없을 때까지 눈물을 쏟아 낸 그녀는 손등으로 얼굴을 훔쳐 냈다. 간신히 상체를 일으켜 세우자 침실 벽 한쪽에 걸린 결혼사진이 눈에 들어왔다. 사진 속 제이를 보니 가슴속에 묵직한 통증이 밀려왔다. 그녀는 다시 두 손에 얼굴을 묻었다.

"아빠⋯⋯ 나 힘들어요. 죽을 것 같아. 흑, 흐흑⋯⋯."

리세는 왜 이렇게 가슴이 찢어지게 아프고 고통스러운지 생각해 보았다. 이제는 부정할 수 없었다. 제이를 향한 마음을 더는 부인할 수가 없었다. 그녀는 제이를 사랑했다. 갑작스럽게 이루어진 결혼. 아직 풀리지 않은 의문들 속에서도, 심지어 소름끼치도록 무서운 면모를 보기까지 했는데도 어느새 그를 사랑하게 되어 버린 것이다.

11화

홍콩 마천루 야경을 바라보며 제이는 와인을 한 모금 들이켰다. 홍콩 내에서 가장 크고 비싼 호텔의 제일 호화로운 방 안에서 그는 지독한 외로움을 곱씹고 있었다. 이전에는 단 한 번도 느껴 본 적 없는 고독감과 허탈함이었다. 홍콩 거대 기업과의 거래가 유리하게 귀결된 지금 그런 감정을 맛볼 이유는 더더욱 없었다.

축하 연회에서 조용히 빠져나온 그는 머릿속에 오직 한 사람만이 가득했다. 제이는 휴대폰을 들어 어딘가로 전화를 걸었다.

"나야. 별일 없나? 리세는? 오늘 어떻게 지냈지? 내일 일정은?"

—네, 별일 없습니다. 내일 오후, 동물 병원에 잠깐 다녀오실 예정입니다. 강아지들 중 한 마리의 상태가 좋지 않아 병원으로 데려가 검사받게 하실 거라 하셨습니다.

"알았어. 무슨 일 있으면 바로 연락해. 아, 잠깐. 지금 통화할 수 있나? 바꿔 봐."

잠시 후 수화기를 내려놓은 제이의 얼굴은 더 허탈해져 있었다. 빨리 일을 마무리하고 내일이라도 당장 돌아가고 싶었지만 이미 일정이 짜여 있어 그럴 수도 없었다. 사흘이란 시간이 이렇게 길게 느껴진 적은 처음이었다. 잠시 목소리라도 듣고 싶어 다시 전화를 할까 생각했지만 결국 그러지 않기로 했다.

제이는 스스로의 모습이 낯설기 그지없었다. 그녀에게 속수무책으로 빠져드는 게 무섭기까지 했다. 그는 더 부정할 수 없음을 알았다. 제이는 그녀에게 빠져 있었다. 그것도 아주 깊이. 스스로 통제할 수 있는 선을 넘어설 만큼 리세에 대한 마음이 걷잡을 수 없이 커졌다.

11년간 꿈꿔 왔던 복수, 어머니의 원한이 위로받아야 함을 십분 이해하면서도 계획이 완전히 틀어져 버렸음을 인정해야만 했다. 그녀를 미치도록 사랑하게 되어 버린 지금 오랜 계획 따윈 아무 의미가 없었다.

김 실장이 제이와의 통화 중 리세 쪽을 돌아봤을 때였다. 그녀는 거실 테이블에 앉아 이메일을 쓰던 중이었다.

"네, 리세 아가씨는 지금……."

그녀는 본능적으로 상황을 알아채고 김 실장을 향해 고개를 세차게 저었다. 김 실장은 리세의 절박한 눈빛에 잠깐 머뭇거리다가 주무시는 것 같다고 전했다. 김 실장의 휴대폰이 울릴 때부터 그녀의 몸이 좋지 않다는 말은 일절 하지 말아 달라 당부하기도 했었다. 통화가 끝난 뒤 리세는 제이가 신경 쓸까 봐 그랬다고 둘러대었다. 김 실장은 이해한다는 얼굴로 레몬차를 준비하러 주방으로 향했다.

하도 울어서 목이 가뜩이나 잠기고 몸살 기운이 있는 건 사실이었다. 아프다고 하면 혹시나 예정보다 더 빨리 올까 싶어 제이가 그녀의 몸 상태를 알게 되는 걸 원하지 않았다. 오늘 온 손님에 대해서도 황연지의 존재만 언급해서 다행이라 생각했다. 제이가 린지 홀든의 방문까지 알게 되면 이것저것 캐묻고 다그칠 수도 있었다.

그날 밤, 리세는 다시 한 번 가방을 챙겼다. 어깨에 메는 가방 안에 노트북과 예전에 미리 찾아 놓았던 소정의 현금을 넣은 게 다였다. 리세는 좀 쉬고 싶었다. 오래 떠나 있을 생각은 없었다. 그랬다가 제이가 또 어떤 식으로 폭발할지 상상만 해도 가슴이 떨렸다. 단 일주일 정도만이라도 혼자만의 시간을 갖고 싶을 뿐이었다.

황연지는 커다란 벤을 끌고 와 개들을 그 안에 다 싣고 리세에게도 타라고 손짓했다. 동물 병원에 가장 어린 강아지를 검진받게 한 뒤 잠시 근교의 별장에 가서 개들과 바람 쐬고 오겠다는 게 그들의 계획이었다. 번잡한 건 싫으니 김 실장 한 명만 동행해 달라는 부탁도 잊지 않았다.

"죄송합니다. 리세 아가씨는 저희 차에 타시는 게 좋을 듯 합니다."

"그래요? 알겠어요. 전 그럼 따로 갈 테니 동물 병원 앞에서 만나요!"

리세는 김 실장이 운전하는 세단 안에 함께 올랐다. 그녀의 한 손에는 강아지가 들어 있는 조그만 반려동물용 캐리어가 들려 있었다.

동물 병원 앞에 두 대의 차가 나란히 섰을 때 리세가 김 실장에게 요청했다.

"김 실장님, 전 연지랑 여기서 기다리고 있을 테니 죄송하지만 건너편 약국에서 여성용품 좀 사다 주세요. 집에서 가져온다는 걸 깜빡했어요."

김 실장은 황연지가 벤에서 내려 리세에게 오는 걸 확인하고 선선히 약국을 향해 길을 건넜다. 그녀가 다시 차로 왔을 때 리세는 그 자리에 없었다. 황연지와 그녀의 벤도 어디론가 사라지고 없었다. 운전석에 메모지 한 장이 남겨져 있을 뿐이었다.

김 실장님, 저 일주일만 혼자 여행 다녀올게요. 잠깐 바람 쐬고 오는 거니까 걱정 말라고 전해 주세요. 죄송합니다.

혹시 제이에게 불벼락이 떨어져 해고라도 되면 연지 집에서 모셔 갈 거니까 염려하지 말라는 당부도 덧붙여 있었다.

해질 무렵 별장에 도착한 리세는 케이지를 들고 차에서 내렸다. 운전수에게 감사의 인사를 한 뒤 독일식 예쁜 집 안으로 조심스럽게 들어섰다.

연지의 형부가 최근 구입한 가족 별장은 아주 크지는 않았지만 위치만큼은 가히 최고였다. 2층 침실 테라스 창으로 남해 바다가 한눈에 내려다보였다.

리세는 케이지 문을 열고 희미하게 몸을 떠는 강아지를 품에 꼬옥 안았다. 다른 개들은 연지가 맡아 주기로 해 안심이었지만 가장 작은 새끼만은 리세가 직접 데리고 있어야 안심이 될 것 같았다. 딱히 문제는 없어 보였지만 제일 작고 가냘파서 늘 신경이 쓰이는 아이였다.

그녀는 휴대폰 전원을 꺼 버리고 인터넷 선도 연결되어 있지 않음을 확인했다. 서재에는 책들이 가득했고 냉장고와 팬트리에는 신선한 야채와 과일, 데우기만 하면 먹을 수 있는 음식들이 가득했다. 집 안은 먼지 한 점 없이 깨끗했고 보일러도 적당히 따뜻했다. 연지의 배려로 별장 관리인이 사전에 준비해 놓은 덕택이었다.

주방 식탁 위에는 가까운 약국이나 편의점, 가게 약도가 세심히 그려져 있었으며 긴급 상황에 대비해 관리인 부부의 연락처와 집 위치도 상세히 안내되어 있었다.

제이에게 연락이 닿은 것은 거래를 성사시킨 홍콩의 미디어 그룹 CEO와 막 악수를 나눌 때였다. 리세가 사라지고 하루가 지난 다음 날 오전 10시경이었다. 김 실장은 그들 선에서 최대한 수색해 보고 최후의 수단으로 보스에게 연락할 요량이었다. 하지만 리세의 행방은 내내 오리무중이었다.

황연지 측에서는 그냥 개들만 맡아 달라 했다며 아는 사람에게 보냈다는 말만 할 뿐 시치미를 뚝 떼고 있어서 아무 정보도 알아낼 수가 없었다. 그녀의 주장은 자신에게도 다른 심부름을 시켜서 잠깐 눈길을 돌린 사이 감쪽같이 사라졌다는 게 다였다. 당연히 경찰의 힘을 빌릴 수도 없는지라 김 실장은 결국 제이의 측근에게 연락을 취하고 말았다. 그룹 측 인력을 요청하면 어차피 제이에게 알려지게 되어 있었다.

제이는 나머지 다른 일정은 중역들에게 맡기고 곧바로 전용기로 돌아오리란 뜻을 전했다. 김 실장은 벌써부터 숨통이 조일 듯 가슴이 답답했다. 리세의 안전, 제이의 불벼락 같은 분노. 둘 다 걱정되어 물 한 모금 제대로 삼킬 수가 없었다.

그다음 날 오후, 황연지는 1분도 못 되어 사실을 죄다 실토하고 말았다.

황연지가 잠시 머무르고 있는 그녀의 큰아버지 저택은 비상이 걸렸다. 제2의 구글이라 불리는 바이브챗그룹의 창업주이자 젊은 CEO가 수행비서와 경호원 한 부대를 거느리고 거실에 포진했기 때문이다.

연지의 큰 아버지 역시 결코 만만한 인물은 아니었다. 전 문화부장관인 그는 은퇴한 상태였지만 여전히 영향력이 큰 데다 다른 집안 어른들은 아직 국회에 몸담고 있는 현역 의원이었다. 그럼에도 불구하고 환갑의 어른은 새파랗게 젊은 20대 후반 남자 앞에서 당혹감을 갖추지 못하였다. 그의 깍듯한 인사에 어쩔 줄 몰라 허둥지둥하는 기색이 역력했다.

제이는 전 세계에서 가장 값비싼 골프용품을 선물로 들고 와 그에게 안기며 조카분인 연지가 아내에게 좋은 친구가 되어 주어 감사하기 이를 데 없다는 말로 전 장관을 기쁘게 만들었다.

잠시 후 제이는 연지와 단둘이 응접실 안에 앉아 그녀를 마주했다. 연지는 동시에 날아든 두 가지 충격에 우물쭈물 어쩔 줄 몰라 했다. 명문가 귀한 딸로 태어나 단 한 번도 주눅이 들어 본 적도, 사람을 상대로 무섭다는 감정도 느껴 본 적 없던 그녀였다. 하지만 지금 눈앞에서 엷게 미소 짓고 있는 남자는 시선만으로도 천하의 황연지를 벌벌 떨게 만들고 있었다. 분명 웃고 있는 얼굴인데도 등골이 오싹하고 간담이 서늘해지는 게 한겨울처럼 전신이 오슬오슬 떨렸다.

"부친을 작년에 뵌 적이 있습니다. 현재 영국 내 한국 대사로 계시지요? 따님을 이렇게 뵙는 것은 처음이군요. 아내가 가장 믿고 의지하는 좋은 친구분인 건 미처 몰랐습니다."

"네, 뭐…… 리세가 워낙 착해서요. 겨, 결혼 소식을 영국에서 듣고 얼마나 놀랐는지. 어쨌든 리세는 정말 착하고 맑고 순수한 아이예요. 누구든 그 앨 다치게 하면 제가 가만 있지 않을……."

거기까지 한달음에 말한 연지는 헉, 하고 숨을 들이켰다. 제이의 잔잔한 눈빛을 보는 순간 또다시 머리끝이 쭈뼛 서고 말았다. 그에게는 상대방을 이유 없이 죄인처럼 느껴지게 만드는 탁월한 재주가 있었다. 연지는 더는 버틸 수 없었다. 그녀는 크게 한숨을 내쉬고 천천히 실토했다. 제이는 단 한 번도 직접적으로 그녀를 심문한 적이 없었다. 하지만 그가 내뿜는 위압감만으로도 이미 수백 번 취조당한 것이나 같았다.

"리세, 지금 남해 별장에 있어요. 주소는…… 여기예요."

리세야, 미안하다! 하지만 날 이해해 줄 거라 믿어. 불쌍한 것. 일주일만 혼자 쉬고 싶다 했건만 겨우 하룻밤밖에 못 있게 되었네. 미안하다.

황연지는 별장의 위치를 기어들어 가는 목소리로 제이에게 보고했다. 그는 저만치 뒤에 서 있던 수행비서에게 고개를 끄덕여 보인 뒤 자리에서 천천히 일어나 그녀에게 좀 더 가까이 다가앉았다.

"알려 줘서 고맙습니다. 남해라, 아내가 원래 바닷가를 좋아해서 바다 쪽으로 갔을 거란 짐작은 하고 있었습니다. 황연지 씨 도움이 없어도 결국 시간문제였을 겁니다. 그럼에도 제가 연지 씨를 찾아온 이유는……."

연지는 제이의 갑작스런 접근에 눈알이 튀어나올 만큼 놀랐다. 엄청난 긴장감에도 불구하고 코앞에서 보니 정말 기막히게 잘생긴 얼굴이라 생뚱맞게 감탄을 토해 냈다. 제이는 눈 하나 깜짝 않고 말을 이었다.

"제가 리세 없이는 하루도 못 살거든요. 출장 가 있을 때도 최소한 연락은 항상 닿는 상황이 되어야 안심이 되어서…… 일분일초라도 빨리 찾아야 제가 숨을 쉴 수 있을 것 같아서입니다. 이해해 주시리라 믿습니다."

"네, 뭐…… 이, 이해하고 말고요. 부부 일을 제삼자가 나서서 이해한다 만다 하는 것 자체가 어불성설이죠. 리세가 행복하기만 하면 저는 더 바랄 게 없어요."

"염려해 주셔서 감사합니다. 이것 한 가지만은 약속드리지요."

제이는 재킷을 앞으로 단정히 여미며 자리에서 천천히 일어났다.

"저는 불행해도……."

다음 순간 조용히 마무리된 그의 목소리와 그에 대조되는 강렬한 눈빛에 황연지는 잠깐이지만 넋을 잃었다.

"리세만은 꼭 행복하게 해 주겠습니다. 제 목숨보다 더 사랑하는, 제 아내니까요."

갑자기 연락도 없이 찾아와 결례를 범해 미안하다는 정중한 사과와 함께 제이는 처음에 왔던 것처럼 수행비서 한 부대를 몰고 조용히 사라졌다.

연지는 꿈을 꾼 것처럼 아득하니 멍했다. 어젯밤 리세가 울면서 일주일만 혼자 있고 싶다고 도움을 요청해 왔을 때 그녀는 일부러 꼬치꼬치 캐묻지 않았다. 단지 결혼 생활에 뭔가 버겁고 힘든 점이 있구나 막연히 짐작하고 제이의 과거를 떠올리며 이를 갈았을 뿐이었다.

린지 말로는 결혼 전 걸레처럼 놀았다던데 혹시 지금도 개 같은 버릇을 못 버리고 오입질하다 들킨 게 아닌가, 출장 갈 동안에도 그렇게 아내 단속을 한다던데 혹시 의처증이 중증이라 리세를 지지고 볶는 게 아닌가 걱정됐을 따름이었다.

하지만 방금 제이의 말과 눈빛을 보는 순간 황연지는 본능적으로 직감했다. 그리고 남자 친구와 헤어진 지 얼마 안 된 싱글로서 리세가 지극히 부러울 따름이었다. 리세가 정확히 뭣 때문에 힘들어하는지는 몰라도 제이든 한이 아내에게 미쳐 있음은 해가 뜨고 달이 지는 사실만큼 확실한 것이었다.

황연지는 잠시 고민하다가 결국은 전화기를 들었다. 그래도 친구에게 미리 알려 주는 게 도리일 것 같았다. 하지만 전화는 꺼져 있었다. 당연히 문자나 다른 메시지를 보내도 확인이 안 되거나 아주 늦게 될 게 뻔했다. 연지는 별장 관리인에게 연락해 별장 전화번호를 알아내려다 갑자기 울린 휴대폰 소리에 화들짝 놀랐다. 전혀 모르는 번호였지만 일단 받아 보았다. 방금 전 방문했던 제이든 한이었다.

—황연지 씨, 혹시나 싶어 요청드립니다만 두 분의 우정에 흠이 생기지 않게 제가 리세에게 잘 말할 테니 연락하지 말고 조용히 계셔 주시길 부탁드립니다.

연지는 더듬더듬 그러겠다 말하고 전화를 끊었다.

늦은 오후, 9월 중순 따사로운 햇살이 창 너머 비쳐 드는 거실에 전화벨이 울렸다. 리세는 협탁 위에 놓인 가정집 전화기에 손을 뻗었다. 수신 번호가 뜨는 창을 들여다보니 관리인의 앞자리 번호였다. 그녀는 별생각 없이 수화기를 집어 들었다.

"여보세요."

—예예, 관리인입니다. 연지 아가씨 친구분 맞으시죠?

"네, 맞아요. 안녕하세요?"

—하이고, 여기 선글라스에 양복 입은 남자들이 와서 대뜸 아가씨에게 전화해서 바꿔 달라고 하네요. 방금 연지 아가씨에게 전화해서 확인해 보니 그냥 원하는 대로 해 주면

된다고 해서요.

"네? 누가……."

하지만 리세는 이미 누군지 알고 있었다. 전혀 예상하지 못한 일은 아니었지만 생각보다 너무 빨랐다. 그녀는 당혹감 속에서 제 심장이 빠르게 뛰는 소리를 들었다.

—자, 잠시만요! 그냥 두 분이 직접 통화하십시오들.

초로의 남자가 무어라 중얼거리더니 리세의 귀에 낯익은 음성이 들려왔다. 그녀가 너무도 잘 아는 목소리였다. 죽이고 싶을 만큼 미운 남자. 그리고 그 미움조차 어떻게 할 수 없을 만큼 사랑하는 그의 음성이었다.

—리세.

"……."

—10분 줄 테니 준비하고 있어.

약도상에서 본 관리인의 집은 도보로 불과 10분 정도 거리로 차를 이용한다면 2, 3분도 안 될 터였다. 짐 정리할 시간을 줄 테니 꼼짝 말고 기다리고 있으라는 의미였다.

—집에 가자.

대답이 없자 수화기 너머의 저음이 다시 끈질기게 그녀의 귀 안으로 파고들었다.

"나 며칠만 혼자 있게 해 줘. 일주일만 있다가 돌아갈 거라고 김 실장님 통해서 전했잖아. 그냥 좀 내버려 둬…… 조용히, 혼자 평화롭게 있고 싶어. 제발."

리세의 울먹이는 소리에 제이의 거칠어진 숨이 수화기 너머로도 명백히 울려왔다. 하지만 음성만은 차분하고 담담하기 그지없었다.

—순순히 안 가겠다면…… 글쎄, 어떻게 해 줄까? 네가 애지중지하는 그 개새끼들 죄다 죽여 버릴까?

리세는 숨이 멎는 공포감에 몸을 떨었다. 또였다. 제 마음대로 안 되면 눈 하나 깜짝 않고 끔찍한 협박을 해 댔다. 그를 사랑하는 건 부정할 수 없었지만 이러는 건 정말 싫었다. 대체 왜 이렇게 변해 버린 걸까. 물론 끔찍한 감옥 생활에 고문까지 당하고 시체 더미에 파묻혀 견뎠던 시간은 대략 알고 있었다. 그에게 연민을 느끼고 이해할 수 있을 것 같았다.

하지만 막상 이럴 때마다 두렵고 소름이 끼쳤다. 왜 좀 더 이성적으로, 좋은 말로 설득하려 하지 않는 걸까. 리세의 침묵에 제이는 온화한 음성으로 계속해서 말을 이었다.

—그 개새끼들 어디 맡겼는지 알고 있어. 연락해서 죄다 목을 따 버리라고 할 수 있어. 지금 당장.

“제이, 하지 마…… 그러지 않을 거잖아…….”

아무리 서슬 퍼런 협박이라도 그가 실제로 그럴 거라 믿지 않았다. 하지만 잔인한 독설은 제발 멈춰 줬으면 싶었다. 제이는 리세의 애원에도 아랑곳하지 않았다.

—왜 내가 못 할 거라고 생각해? 난 동물 따위 좋아하지 않아. 특히 털 달린 것들은 딱 질색이야. 아무 양심의 거리낌

도 없이 눈 하나 깜짝 않고 단숨에 도살할 수 있어.

리세의 흐느낌이 들리자 제이는 마지막으로 경고를 던지고 전화를 끊었다.

—앞으로 5분. 초인종 울리면 바로 문 열고 나와.

리세는 뒷좌석에 앉아 새끼 강아지가 든 케이지를 품에 꼭 안고 놓지 않았다. 리세도 잘 아는 측근 비서 중 하나가 그녀를 달래었다.

“제가 무릎에 올려놓고 잘 데리고 가겠습니다. 걱정 마시고 이리 주세요.”

그녀는 마지못해 케이지 손잡이에서 손을 떼고 눈을 감았다. 옆자리의 제이를 보기가 싫었다. 앞좌석과 뒷좌석을 분리하는 창이 스르륵 닫히는 소리가 귓가에 와 박혔다. 제이와 단둘이 되었음을 알리는 신호음이었다. 두 사람은 완벽한 밀실 안에 있었다. 그가 명하지 않는 한 차가 서울 평창동에 도착할 때까지 그들만의 공간을 침범할 이는 아무도 없을 터였다.

“리세.”

제이의 음성은 수화기 너머에서보다 한결 온화했다. 통화할 때의 폭발 직전 가식적인 온화함과는 달랐다. 그는 정말로 그녀를 달래려고 애쓰고 있었다.

“리세, 미안해. 홍콩 가기 전날 네게 너무 심하게 했어. 네 얘기는 들어 보지도 않고 그만 민우진 자식 때문에 너무 화가 나서…….”

리세는 아무 말도 않고 뒷좌석에 머리를 기댄 채 눈을 감았다. 무단가출한 것에 대해 쥐 잡듯 잡을 거라 예상하고 있었기에 조금 의외이긴 했지만 당분간 상종하고 싶지 않은 마음은 변함없었다. 제이는 그녀에게 바짝 다가가 한 손을 잡았다. 리세는 눈을 뜨고 힘껏 뿌리치려 했지만 그의 힘을 이길 수는 없었다. 그녀의 눈에 금방이라도 폭포를 이룰 것처럼 다시 눈물이 차오르기 시작했다.

“리세, 내가 어떻게 해야 용서해 줄 거야? 네가 없어졌단 말을 듣고 내가 얼마나 놀라고, 충격받고 걱정됐는지 넌 상상도 못 할 거야. 왜 그랬어? 혼자 있을 시간이 필요하다는 건 그만큼 내게 화가 났기 때문이야?”

“…….”

“미안해. 잘못했어. 다시는 그렇게 의심하고 함부로 거칠게 대하지 않을게. 약속해.”

“…….”

“내가 어떻게 해야 화를 풀 거야? 어떻게 하면 마음을 풀어 줄래. 응?”

“…….”

“무릎이라도 꿇고 빌어야 마음이 풀리겠어?”

리세는 내내 침묵만 지키고 있다가 간신히 말문을 열었다.

계속 벙어리 노릇을 하고 있어도 제이는 지치지 않고 집요하게 그녀를 닦달해 댈 것이다.

"아무것도 몰라, 제이는…… 내가 왜 이렇게 괴롭고 힘든지 그 이유도 제대로 모르고 있어."

리세의 눈에서 눈물이 방울방울 떨어져 내렸다. 제이는 답답함에 차를 부셔 버리고픈 분노마저 일었다. 리세를 향한 분노가 아니라 그 자신을 향한 것이었다. 그는 피가 날 정도로 주먹을 쥐고 긴 머리칼에 가려진 그녀의 얼굴을 똑바로 보려 애썼다.

"그럼 말해 줘. 널 이렇게 괴롭고 힘들게 하는지 뭔지…… 그게 뭐든 바로 잡도록 해 볼 테니까, 아니 반드시 바로 잡을 테니까."

"뜻대로 안 될 때마다 아무 죄 없는 동물들을 죽이겠다 말하는 거, 이모부 감옥에 집어넣고 가족들 다 길거리에 나앉게 만들 거란 협박…… 정말 싫어. 끔찍하고 무서워. 최저야."

눈물 한 방울이 그녀의 손등 위로 떨어졌다. 제이는 이 악물고 스스로를 향한 격노를 억누르려 애썼다.

"앞으로는 절대 그런 말하지 않을게. 네 말이 맞아. 최저야. 다시는 그러지 않을 거야. 용서해 줘."

"앞으로 내 몸에 손대지도 마. 난 침대 위에서 제이를 즐겁게 해 주는 도구가 아니야. 그게 내 유일한 존재 가치라면

난…… 난 이 결혼에서 벗어날 거야. 무슨 일이 있어도, 어떤 대가를 치르더라도…… 난 그렇게 사랑 없는 도구로만 살지 않을 거야. 절대로.”

무엇보다 그 이유 때문에 리세는 잠시 며칠간 혼자 있을 시간이 절실히 필요했다. 이미 그를 사랑한다 깨달아 버린 지금 이 결혼을 어떻게 유지해야 할 것인지, 제이에게 있어 그녀의 존재란 정말로 성적인 만족감을 주는 도구일 뿐인지, 만약 그렇다면 사랑 없는 결혼을 버텨 낼 자신이나 제이를 떠나보낼 자신도 없는데 어떻게 해야 할지 깊이 생각해 보아야 했다. 다른 것도 아닌 자신의 인생이 걸린 것이다.

“뭐라고? 지금 도대체 무슨 소리를 하는 거야?”

제이의 어이없다는 반문에 리세는 사흘 전 그녀와 민우진의 만남에 대해 추궁하면서 잔혹하게 내뱉었던 말을 상기시켜 주었다.

제이는 두 손으로 머리를 감싸 쥐고 신음을 흘렸다. 그제야 생각이 났다. 질투심에 불타서 화가 머리끝까지 난 나머지 마음에도 없는 말을 함부로 내뱉었던 순간이 비로소 뇌리에 떠올랐다.

“리세, 잘못했어. 정말로 마음에도 없는 말을 했어. 신에게 맹세코 단 한순간도 그런 생각을 한 적도 없고 진실도 아니야. 그 말은 제발 그냥 잊어 줘.”

“……”

리세의 침묵에 제이는 잔뜩 조바심이 난 얼굴로 그녀의 한 손을 애원하듯 꼭 잡았다.

"내가 널 볼 때마다 안고 싶어 환장하는 건 사실이야. 미치도록 좋으니까. 당연하잖아. 사랑하니까, 너무 좋으니까. 볼 때마다, 아니 네가 없을 때도 수시로 생각나서 미칠 것 같으니까 안고 싶은 거잖아. 아무리 남자가 본능에 충실한 동물이라 해도 사랑하지 않으면 이 정도로 한 여자만 갈구하지 않아. 단순히 즐기기 위함이나 욕망을 해소하기 위해서라면 그저 예쁜 여자 아무나 안으면 돼."

리세는 처음으로 눈을 들어 제이를 바라보았다. 눈물 젖은 두 눈에 놀란 빛이 가득했다. 그녀는 저도 모르게 그가 줄줄이 읊어 댄 말 중 한 부분을 그대로 재생했다.

"사랑하니까? 누구를? 나를?"

제이는 그가 은연중에 고백해 버렸다는 사실을 뒤늦게 깨달았다. 하지만 상관없었다. 말로 들려주지 않아 리세가 그 마음을 모른다면 수백 번, 아니 수천 번 수만 번이라도 말로 똑똑히 들려줄 생각이었다.

"그래, 널 사랑해."

조금 갈라진 목소리일망정 의심할 여지없는 진실함이 묻어난 선언이었다. 그는 리세의 다른 손에도 팔을 뻗어 두 손을 꼭 잡았다. 제이의 아름다운 눈동자는 그 어느 때보다 더 진지해 보였다.

"11년 전부터 사랑해 왔어. 그때 네가 그렇게 떠나 버린 뒤 배신감과 미움으로, 처음엔 널 불행하게 만들려 했던 건 사실이야. 이건 전에도 말했잖아. 하지만 시간이 지날수록 깨달았어. 난 널 진심으로 미워할 수가 없다는걸. 그동안 내내 품고 있던 미움과 증오도 결국은 사랑의 다른 형태였다는 걸."

제이는 한 손을 뻗어 눈물로 얼룩진 리세의 뺨을 부드럽게 쓸었다.

"널 얼마나 사랑하는지 확실히 깨달은 건 네가 민우진과 만나고 온 날, 내가 폭주해서 널 괴롭혔던 다음 날이었어. 돌아오면 네 앞에 무릎이라도 꿇고 엎드려 빌어서 마음을 풀어 주겠다 다짐했어. 너 없이는 이제 살 수 없다는 걸…… 널 세상의 그 무엇보다, 그 누구보다 사랑한다는 것을 실감했어."

리세는 멍하니 제이를 바라보았다. 그녀의 눈에 또다시 눈물이 맺혔다. 하지만 이번에는 기쁨과 안도의 눈물이었다. 제이도 그녀를 사랑한다니 믿을 수가 없었다.

"……."

리세는 감정에 북받쳐 아무 말도 할 수가 없었다. 제이도 그녀가 그의 고백을 어떻게 받아들이고 있는지 느끼는 것 같았다. 제이는 리세의 다른 쪽 뺨의 눈물 자국을 쓰다듬으며 계속해서 말을 이었다. 녹아내릴 듯 달콤하기 그지없는 목소리였다.

"걔들 없애 버리니 뭐니 협박한 것도 미안해. 지금 고백하지만 난 개를 끔찍하게 싫어해. 싫다기보다 두렵다는 게 더 정확할 거야. 반군 시절 경찰에 잡혔을 때 개에게 물리는 고문을 당한 적이 있어. 트라우마가 생긴 거지."

"뭐? 그럼 왜, 왜 반대하지 않았어. 내가 개를 키우고 싶다고 했을 때……."

"네가 원하니까. 네가 그렇게 좋아하는데 어떻게 안 된다고 할 수 있겠어. 그래도 네가 집 안에서 같이 살겠다고 하지는 않아서 내심 안도했어."

"난…… 몰랐어. 아니 몰랐다고 말하는 건 아무 의미 없는 말이겠지만."

"멀리서 보는 건 괜찮아. 가까이 다가오지만 않으면."

리세는 가슴이 너무도 아파 눈을 꼭 감았다. 11년 전, 마르체바에서 제이는 개를 무척 좋아했었다. 개뿐만 아니라 고양이 등 털 달린 동물은 다 좋아해서 길고양이들도 잘 챙겼었다.

그랬던 제이가 끔찍한 고문 때문에 지금은 개를 만지지도, 가까이 할 수도 없게 되어 버렸다니 마음이 너무도 안타깝고 아팠다. 출퇴근 때 왜 개들이 그의 곁에 가까이 올 수 없게 엄중히 단속하는지 이해가 되었다.

"물론 아직 네게 말하지 못한 것들이 많아. 11년간의 공백 외에도…… 이런저런 이야기들. 하지만 이제부터 조금씩 알려 줄 테니까 앞으로는 절대 이러지 마. 한 번만 더 이렇게 소리 없이 사라지면 그때는 나 정말 심장 발작으로 죽을지도 몰라."

제이는 한 손으로 가슴을 쥐어뜯으며 힘겹게 말을 이었다.

"날 때리고 욕하고, 다른 건 다 해도 좋아. 다 감내할게. 어디론가 도망치는 것만 아니면 뭐든 다 해도 돼. 뭐든 다 해 줄게."

리세는 양손을 장악한 제이의 손을 내려다보다가 들릴락 말락 한 소리로 속삭였다.

"그저께…… 집에 린지 홀든이 왔었어."

"뭐? 그 여자가 왜?"

깜짝 놀란 얼굴이었다. 아버지를 따라 잠시 한국에 왔다고 연락을 해 오긴 했지만 그는 바쁘다는 핑계로 만나 주지 않았다. 정말로 귀찮게 치근덕대는 여자라 최대한 피하려 애써 왔던 터였다. 그런데 집까지 기어들어 와 리세를 만났다니 불쾌하기 짝이 없었다. 제이는 리세의 얼굴을 들어 올려 눈을 똑바로 보게 만들었다. 그녀를 향한 손길은 부드러웠지만 린지란 이름을 발음할 때의 음성은 그리 곱지 않았다.

"말해 봐. 린지 홀든이 와서 무슨 얘길 했어? 왜 집까지 온 거야?"

리세는 잠시 입을 다물고 있다가 제이에게 그날 린지와 오갔던 대화를 죄다 털어놓았다. 제이의 눈빛이 무섭도록 빠르게 변해 갔다. 섬뜩함 그 자체였다. 지금 차 안에 린지가 있었다면 당장에 목을 꺾어 놓거나 반쯤 죽여 놓았을 게 분명한 눈이었다. 미처 표출되지 못한 그의 분노를 감지했음에도 리세는 차분한 얼굴로 말을 이었다. 냉랭할 정도로 억양 없는 목소리였다.

"그 말이 사실이야? 결혼 전에 그렇게 많은 여자랑…… 그런 말이 공공연히 돌 정도로 방탕하게 지냈어?"

리세의 음색은 차분하기 그지없었다. 그녀의 목소리는 단지 사실 여부만 확인하면 된다는 듯 건조하기 이를 데 없었다. 하지만 제이는 잔뜩 오그라드는 기분에 몸을 움츠렸다. 그녀보다 훨씬 큰 체구였건만 비행 청소년을 나무라는 여교사 같은 시선 앞에 한없이 작아지는 느낌이었다.

제이는 고개를 떨구고 어금니를 꽉 물었다. 리세에게 거짓말은 통하지 않았다. 그녀의 올곧은 윤리 관념에 통하지 않겠지만 어쨌든 사실을 털어놓아야 했다.

"널 닮은 아시아 여자들과 즐겼던 건 사실이야. 린지 홀든, 그 여자가 수십 배로 부풀려 떠벌렸다 해명하고 싶지만 너처럼 혼전 순결했던 건 아니니까 다 구차한 변명일 뿐이겠지."

리세는 그에게 잡힌 손을 천천히 빼냈다. 물론 과거일 뿐이었다. 결혼하기 전의 일일 뿐이다. 결혼 전의 과거로 그가 더럽고 천박하게 느껴진 것은 아니었다. 그럼에도 불구하고 가슴에 묵직한 아픔이 일었다.

그녀에겐 제이가 첫 남자였건만 그는 여러 여자들과 즐기며 문란한 생활을 한 적이 있다니 납득하기 어려운 기분이었다. 제이는 벗어난 리세의 손을 다시 잡았다. 절박함이 그 손길에 여실히 드러났다.

"널 내 것으로 만들 수 있을 거라 생각하지 못했어. 갑자기 이 회장님이 돌아가시기 전까지는. 언론에서 네가 민우진과 약혼할 거란 보도가 날 때 처음으로 조바심이 났지. 널 다른 놈에게 절대 뺏길 수 없다고 생각했어. 그래서 이산그룹 주식을 최대한 빨리 모았던 거야."

물론 그녀와 민우진도 가만두지 않을 생각이었다. 두 사람이 결혼했다면 두 집안 모두 수단 방법 안 가리고 철저히 파멸시킬 작정이었다. 다행히 리세 쪽에서는 민우진과 이어질 생각이 없었기에 그녀를 재빨리 손에 넣을 수 있었다.

"변명이라 생각하겠지만 정말이야! 너와 재회하기 전에는 널 닮은 여자들을 몇 달 간격으로 만났다 헤어지길 반복했어. 더럽다고 생각해도 어쩔 수 없어. 이미 되돌릴 수 없는 일이니까. 네 마음이 풀릴 때까지 뭐든 하겠어. 용서해 줄 때까지 시키는 건 다 할게. 떨어져 있는 것만 빼고……."

그는 리세가 세상의 종말 아래 구세주라도 되는 것처럼 애처로울 정도로 그녀의 손을 꽉 움켜쥐고 몇 번이고 말했다. 아까 별장에서 전화해 순순히 끌려오라 협박하던 때와는 완전히 달라진 얼굴이었다. 리세는 입술을 달싹이며 속삭이듯 말했다.

"앞으로는 모든 얘기를 다 해 줘. 하나도 숨기지 말고. 그럼 과거는 나도 잊으려고 노력해 볼게."

"그럴게. 앞으로는 하나도 숨김없이 다 말해 줄게. 나에 대해서…… 그리고 지난 11년간의 일들에 대해서도 틈틈이."

"앞으로는 내 말도 끝까지 듣고 믿어 줘. 화는 그 뒤에 내도 늦지 않아. 그리고 이젠 내가 원할 때마다 자유롭게 외출할 거야. 수행원이나 기사님이 같이 가는 건 어쩔 수 없다 해도 일일이 제이 허락 안 받을 거야."

"……알았어. 대신 연락은 꼭 닿게 해 줘. 말했잖아, 이렇게 하루라도 너랑 연락 두절되는 상황을 견딜 수가 없다고."

리세는 보일 듯 말 듯 고개를 끄덕였다. 크게 안도의 한숨을 내쉬며 제이가 그녀를 꼭 끌어안았다. 마치 시한부 인생인 줄 알았던 불치병 환자가 기적적으로 병이 나았음을 알게 된 모습이었다. 그는 리세의 머리 위에 턱을 올리고 부드럽게 말을 이었다.

"서울 지사 쪽을 최대한 빨리 안정시켜 놓을 테니까 한 달 뒤 미국에 가자. 실리콘밸리에 있는 본사도 둘러보고 샌프란시스코의 내 집, 아니 이젠 우리 집이지. 거기서 당분간 머물자. 적어도 크리스마스 때까지는. 그때는 출장 없이 좀 더 둘만의 시간을 보낼 수 있을 거야. 나에 대해 자연스럽게 더 잘 알게 될 거고. 샘페와 나이마도 만날 수 있어."

"정말? 샘페랑 나이마 아주머니를? 두 사람 꼭 만나고 싶어."

"그래. 그러니까 10월 중순에 미국으로 갈 준비하고 있어. 최소 몇 달, 길면 반년은 있을 생각으로."

"……."

"왜 대답을 안 해. 설마 가기 싫은 건 아니지? 혹시 너무 멀고 낯선 곳이라서 그래?"

"아니, 싫은 건 아니야. 하지만 어쩐지 조금 두려워. 샌프란시스코엔 가 본 적 있어. 하지만 환경이 달라지면 제이가 또 변하는 건 아닐지, 정말 지금 내 눈 앞에 있는 모습으로 변함없이 있을지 조금 불안해."

"무슨 바보 같은 소리야. 어디에 있든 널 사랑하는 내 모습은 똑같아. 물론 내 지나친 구속과 집착이 너에게 힘들 수 있다는 건 알지만 나도 어쩔 수가 없어. 네가 길에서 다른 남자랑 우연히 눈만 마주쳐도 돌아 버릴 것 같아. 화가 나서 견딜 수가 없어."

그는 리세의 머리에 입술을 묻었다. 싱그러운 박하 향이 몸속으로 스며들었다.

"개들에게까지 질투해서 오밤중에 싹 다 갖다 버릴까 생각한 적도 있어."

"뭐?"

리세가 놀라서 그를 밀어내자 제이는 서둘러 덧붙였다.

"네가 너무 개들만 예뻐하고 노상 끌어안고 있으니 그런 생각을 했다는 얘기야. 물론 이젠 절대 그런 생각하지 않아. 널 슬프게 하는 건 절대, 절대로 하지 않을 거야. 죽어도 안 해."

제이는 리세의 한쪽 뺨을 부드럽게 어루만지다 손을 입술로 미끄러뜨렸다. 손가락이 야릇한 동작으로 리세의 붉은 아랫입술을 매만졌다.

"너도 날 사랑한다 말해 주면…… 조금은 안심될 것 같아."

"……."

"너도 날 사랑하는 게 맞아. 그렇지? 좋아하는 정도로는 안 돼. 나만큼은 아니겠지만 너도 날 사랑하는 게 분명히 맞을 거야."

반드시 그래야만 했다. 그가 느끼기에 리세도 그에게 마음이 있었다. 그의 직감이 맞다면 어중간한 감정 그 이상의 것이 확실했다.

리세는 눈을 내리깔고 얼굴을 붉혔다. 남자든 여자든 직접 귀로 듣고 싶은 것은 매한가지였다. 이젠 그녀도 감정을 상대에게 들려줄 차례였다. 리세는 고개를 살짝 내리깔고 희미한 목소리로 말했다.

"사랑해……."

"안 들려. 좀 더 크게."

"사랑해, 제이."

수줍은 고백에 제이는 그녀를 다시 품으로 끌어당겨 힘주어 안았다. 그녀가 어디 날아갈세라 으스러지게 꽉 안는 바람에 리세의 입에서는 항의 섞인 신음이 새어 나왔다. 그녀가 아프다고 등을 몇 번 때린 뒤에야 제이는 팔의 힘을 풀었다. 그리고 제 입술을 보드라운 입술 위에 겹쳤다.

리세가 숨을 들이쉬려고 살짝 입술을 떼자 제이의 혀는 그 틈을 놓치지 않고 입안으로 밀고 들어가 혀를 공략하기 시작했다. 두 사람의 혀가 얽히며 살갗이 휘감기는 마찰음이 차 안에 야릇하게 울렸다. 혀를 쭉쭉 거세게 빨아들이는 에로틱한 소리가 두 사람의 귓가에 크게 메아리쳤다.

제이는 초인적인 자제력을 발휘해 리세의 입에서 입술을 뗐다. 온몸이 욱신거릴 정도로 당장 안고 싶은 마음이 간절했다. 하지만 이 불편한 공간에서 그녀를 무리시키고 싶지 않았다. 그는 앞으로 약 한 시간, 집에 도착할 때까지만 참기로 하고 리세의 등을 다정하게 쓸었다.

"졸리지 않아? 한 시간만 더 가면 되니까 좀 더 자."

리세는 고개를 저었지만 그것도 잠시 어느새 제이의 무릎에 머리를 댄 채 잠에 빠져들었다. 잠든 리세의 얼굴을 응시하는 제이의 눈은 세상에 무엇과도 바꿀 수 없는 보석을 내려다보듯 바닥 모를 애정으로 가득 차 있었다. 그러나 서울로 가까워지는 표지판이 차창 너머 보인 순간 그의 얼굴은 한순간 변했다. 섬뜩하도록 싸늘하게 변한 그의 눈빛은 곧바로 휴대폰을 향했다.

「나야. 린지 홀든, 지금 어디 있지? 좋아, 내부 TF(태스크포스)팀을 호출해 린지 홀든을 타깃으로 잡아. 손을 좀 봐 줘야겠어.」

계속해서 말을 잇는 제이의 얼굴은 대리석처럼 차갑게 굳어 있었다.

「조직원을 이용해 갈기갈기 사지를 찢어 놓고 싶은데……그건 무리일까. 아, 이렇게 하지. 그 계집 취향에 맞는 놈으로 남자를 하나 붙여. 죄질 나쁜 전과 있는 놈으로. 그다음 시나리오는 잘 알겠지?」

그는 통화를 종료한 뒤 혹시나 리세가 깰까 싶어 휴대폰을 무음으로 돌려놓았다. 마음만 먹으면 린지 홀든 같은 여자 하나 정도는 대서양 바다에 시체로 떠오르게 만들 수도 있었다. 하지만 홀든그룹 회장에게 그동안 진 신세를 생각해 그 정도로 멀리 가진 않기로 했다. 대신 남자를 하나 붙여서 다시는 얼굴 들고 다니지 못하게 세기의 추문을 안겨 줄 생각이었다. 헤프디헤픈 여자니 수십 다리 건너 이어 준 미끼를 덥석 물 것은 눈에 훤했다.

다른 건 몰라도 리세에게 상처를 주다니, 절대 그래서는 안 되었다. 차라리 그에게 걸레 같은 놈이라 욕하고 창부의 아들이라 멸시할지언정 리세만은 건드리면 안 되었다. 그의 모든 것인 리세, 하나뿐인 아내를 모욕하는 건 결코 용서받을 수 없는 역린인 것이다. 리세를 쭉 날개 없는 천사로 살게 하기 위해 제이는 기꺼이 악마가 될 생각이었다. 얼마든지 바닥 모를 순수 악이 될 수 있었다.

제이는 다른 저장 번호로 다시 전화를 걸었다. 샘 에반스, 11년 전에는 샘페란 이름으로 불렸던 남자였다.

「그 일은 알아봤어, 샘페? 그래, 역시 생각대로군. 자세한 건 파일로 전송해. 나이마 아주머니는 잘 계시지? 다음 달에 아내와 그쪽으로 들어갈 거니까 그때 다 같이 만나자.」

샘페가 조사한 내용은 민우그룹의 탈세 및 비리, 회장 가족들의 비공식적 횡령 등 다양한 죄목을 뒷받침해 줄 증거자료들이었다. 언제고 터뜨려 주리라 벼르고 있던 사안이었다. 민우진과 리세가 지난번 예술 회관에서 단둘이 있었기 때문만은 아니었다.

얼마 전 민우진의 본가 자택에 까다로운 심사 과정을 통해 새로 상주 도우미로 들어간 여자가 있었다. 여자가 그곳에서 리세가 어릴 적 항상 목에 걸고 다녔던 은색 별모양 펜던트를 발견하기까지는 그리 오랜 시간이 걸리지 않았다.

리세는 어째서 11년 전 그녀가 제이를 나 몰라라 버려두고 한국으로 귀국했다고 오해하는지 모르겠다며 여러 번 항변한 적이 있었다. 리세의 눈에는 한 점 거짓이 없었다. 모친의 유품인 목걸이와 쪽지를 분명 남기고 갔었는데 전달받지 못

했는지 묻던 리세의 표정은 진실 그 자체였다.

더 조사를 할 필요도, 가치도 없었다. 여러 겹의 배후를 통해 사주된 여자가 민우진의 방에서 은색 목걸이를 발견했다는 사실만으로도 제이는 전반적인 진실을 파악해 낼 수 있었다. 당시 경찰서에 그를 마약 소지 혐의자로 최초 신고한 제보자 역시 민우그룹 측 사람이었다는 사실 또한 제이의 확신을 뒷받침해 줄 근거로 작용했다.

제이는 리세의 감긴 눈꺼풀에 입을 맞추려다 혹시 깨울까 싶어 참았다. 대신 내내 그녀의 한쪽 어깨를 보듬고 있던 손에 조금 더 힘을 주었다. 민우그룹을 그대로 손에 들어 공중분해 시킬지, 조각조각 내서 남의 손에 매각해 버릴지 내심 즐겁게 고민하는 그였다.

제이는 어두운 차창 위로 비친 자신의 악마 같은 조소를 찬찬히 바라보았다.

12화

미국으로 가기 전 일주일 남은 토요일 저녁이었다. 리세는 평창동 자택 여기저기를 헤매며 제이를 찾아다니고 있었다. 저녁 준비가 거의 다 되었는데도 제이가 보이지 않았다. 아까까지 분명 서재에 있었는데. 혹시나 싶어 리세가 지하 홈시어터 룸의 문손잡이에 한 손을 갖다 댔을 때였다. 문이 잠겨 있었다. 역시 여기 있구나 판단한 리세는 여러 번 문을 두드려 보았다. 하지만 아무런 응답도 없었다.

"이상하다. 왜 문을 잠갔지."

리세는 잠시 망설이다가 그녀만 알고 있는 비상문 쪽으로 다가갔다. 호기심과 걱정이 반반 섞인 마음으로 출입문과 다소 떨어진 한쪽 벽을 살며시 밀었다. 책장이 90도로 소리 없이 돌아가며 방 안 풍경을 살짝 비추었다. 리세는 벽과 책장 사이로 들어가려다 저도 모르게 발을 멈췄다.

방 안은 제이가 평소 좋아하는 브람스의 실내 악곡, '비극적 서곡(Tragic Overture)'의 선율이 가득 차 있었다. 영화와 음악 감상 모두를 위해 만들어진 홈시어터 룸인 만큼 그 자체는 아무것도 이상할 게 없었다. 하지만 제이의 상태가 매우 이상해 보였다. 리세는 멀찍이서 그의 기묘한 모습을 숨죽이고 지켜보았다. 단순히 기묘하다 표현하기에는 부족할 만큼 충격적인 광경이었다.

제이는 천으로 눈을 가리고 1인용 안락의자에 앉아 있었다. 방 안에 이미 게반트하우스 오케스트라의 연주가 크게 울려 퍼지고 있었는데도 커다란 헤드폰이 양쪽 귀를 막고 있었다. 마치 음악 소리 외 무언가 다른 소음을 철저히 차단하려 의도한 것처럼 보였다. 그의 두 손은 탁자 위에 올려져 있었다. 그리고 그와 가장 가까운 측근인 김 비서가 그의 앞에 무릎 꿇고 앉아 손톱을 깎는 중이었다.

보면 볼수록 기괴한 장면이었다. 리세는 벽을 조용히 원래 상태로 돌려놓고 지하실 한가운데 서 있었다. 방금 제 눈으로 직접 목격한 게 무엇인지 도저히 이해되지 않았다. 제이는 아랫사람 부리는 데 능숙했지만 제 손톱 손질까지 내맡길 유형은 아니었다. 적어도 리세가 아는 제이는 그랬다.

리세는 긴장감에 떨려 오는 두 손을 꽉 모아 쥐고 천천히 계단으로 향했다. 그녀는 아무것도 모르는 척 주방의 박 여사를 향해 저녁 식사를 조금만 더 미루자고 말했다.

저녁 식사가 끝난 뒤 한참이나 시간이 흘렀을 때였다. 제이는 나이트가운 차림으로 화장대에 앉아 있는 리세에게 다가왔다. 그는 머리카락을 귀 뒤로 부드럽게 넘겨 주다 한순간 동작을 멈췄다. 시종일관 다정하던 그의 얼굴이 조금씩 굳어 갔다.

"리세, 아까부터 내내 이상한 거 알아? 무슨 일 있어?"

"아니……."

"안 그런 척하려면 확실히 티를 내지 말아야지. 말해 봐, 분명히 뭔가 있어. 무슨 일이든 혼자 담지 말고 말을 해 줘. 우리 이제부터 그러기로 했잖아."

"제이."

리세는 화장대에 앉은 채 그녀에게 바짝 몸을 굽힌 제이의 얼굴을 올려다보았다. 그는 짐짓 심각한 눈빛으로 리세의 한쪽 뺨을 부드럽게 쓸었다. 그는 어서 말해 보라는 무언의 재촉을 보냈다.

"전에 약속했었잖아. 지난번, 같이 집으로 돌아오는 차 안에서…… 앞으로는 모든 얘기를 하나도 숨김없이 다 말하겠다고. 지난 11년간의 일에 대해서도 틈틈이. 그럼 나도 제이의 과거가 어땠든 절대로 문제 삼지 않겠다고."

"당연히 기억하지. 내 과거와 관련된 무슨 일이 있어?"

제이는 한쪽 무릎을 세우고 그녀 앞에 다가앉았다. 리세의 한 손을 꼭 잡은 그는 얼굴에 숨길 수 없는 걱정과 불안이 선명히 드러나 있었다. 리세는 저녁 내내 고심했던 말을 꺼내기로 결심을 굳혔다.

"11년 전 모라비아 반정부군에서 활동할 때 개에게 물리는 등…… 여러 가지 고문을 당했었다고 했잖아. 그중 손 부분도 있었던 거지."

제이의 눈빛이 순식간에 싸늘해졌다. 그는 리세의 손을 천천히 놓고 자리에서 몸을 일으켰다. 리세는 도화선을 건드렸음을 알았지만 거기서 멈출 수는 없었다.

"이런 걸 물어서 정말 미안해. 일부러 고통스런 기억을 끄집어 내는 걸 용서해 줘. 하지만 아까…… 제이를 찾으러 지하 감상실에 내려갔다가 우연히 봤어!"

리세는 제이의 허리를 끌어안고 그가 자리를 뜨지 못하게 붙잡고 버텼다. 제이가 혹시 자신의 의도를 오해할까 싶어 속사포처럼 재빨리 털어놓았다.

"제이, 괜찮아! 아무 말도 안 해도 돼! 이제부터는, 이제부터는 내가 할게! 다른 사람 손에 맡기지 마…… 내가 직접 해줄게."

"……."

리세는 그의 허리에 팔을 두른 채 두 눈을 꼭 감고 가만히 있었다. 그만의 체취, 얇은 옷감 너머 전해지는 단단한 근육에 얼굴을 묻은 지 한참. 제이는 제 몸에 달라붙은 팔을 떼어냈다. 거부하는 몸짓과는 거리가 멀었다.

그는 리세를 안아 들고 침대 가장자리에 저와 마주 보게 앉혔다. 제이의 손이 리세의 눈가에 맺힌 눈물을 깃털처럼 부드럽게 훑어 내렸다. 속내가 읽히지 않는 표정으로 리세를 내려다보는 그의 눈에 아련함이 묻어났다. 제이는 리세의 머리를 안고 제 품으로 끌어당겼다.

"괜찮아. 너한테 그런 모습 보이고 싶지 않아. 김 비서가 잘하니까 염려하지 마."

제이는 리세가 조금 전 심각한 얼굴로 뭔가를 검색하고 있던 모습을 떠올렸다. 그녀가 뭘 생각하고 있는지 굳이 거론할 필요도 없었다. 아무리 두렵고 싫어도 손톱은 길기 마련이었고 깎지 않을 방법은 없었다. 그래서 그는 손톱 정리하는 날을 최대한 미루기 위해 최대한 바짝 깎으라고 김 비서나 샘페에게 당부한 바 있었다.

다 큰 어른이 손톱 깎는 게 무서워 일부러 눈과 귀를 가리고 그나마 가장 믿을 수 있는 타인에게 손을 맡기다니. 지나가던 개가 웃을 일이었다. 아무것도 모르는 사람들은 무슨 괴벽이냐고 조롱할 게 뻔했다. 하지만 제이에게는 단순히 괴팍한 행동이 아니었다. 그것은 생과 사를 넘나들던 끔찍한 과거에서 비롯되어 그의 의지와 상관없이 이어진 트라우마였다.

"경찰 간부 중에 전쟁 포로 대상으로 행해진 역사 속 고문들을 직접 시연해 보고 싶어 했던 악질이 있었어. 손톱을 깎다가 서서히 그 아래를 파고들어 통째로 뽑아 버리는 건 독일 나치스가 즐겨 했던 취조용 고문이었어. 비교적 작은 고문에 해당하는 거였지. 그 뒤로는 손톱 깎는 것을 볼 수도 없고 깎일 때 나는 튕기는 소리도 들을 수가 없어."

그래서 두 손을 맡긴 10분간은 눈을 가리고 청각도 최대한 차단시켜야 했다. 일반적인 경우라면 2, 3분 이내에 끝낼 수 있겠지만 살갗에 최대한 손톱깎이를 닿지 않게 하면서 마무리 짓기 위해서는 비교적 긴 시간이 소요될 수밖에 없었다.

제이는 이 모든 이야기를 리세에게 구구절절 늘어놓을 필요가 없었다. 그녀는 이미 상황을 모두 파악하고 있었다. 제이는 리세를 더 바짝 품으로 끌어당겨 안으며 한 손으로 긴 머리칼을 부드럽게 쓸었다.

"걱정하지 마. 고작 10분, 한 달에 서너 번일 뿐이야."

"……."

리세는 대답하지 않았다. 10대 시절에 웬만한 성인 남자들도 견디기 힘들 잔인한 일을 겪은 제이가 안타까웠다. 그가 그런 끔찍한 일을 당하고 있을 때 본인은 영국에서 유유자적 평화로운 나날을 보내고 있었다니. 죄책감마저 들었다. 제이의 울림 깊은 목소리가 그녀의 정수리 위에서 나지막하게 들렸다.

“정말 손 많이 가는 남편이지? 개도 무서워하고 손톱 깎는 것도…… 발등엔 벌레가 몸속을 뚫고 나온 흔적도 있고. 아직 너에게 보인 적 없지만 40도 넘는 고열에 시체 무더기 썩는 냄새를 너무 많이 맡아서 지금도 이상한 냄새를 맡으면 토하고 하루 종일 아무것도 못 먹어. 밀폐된 공간에 너무 오래 있으면 죽을 것처럼 숨도 잘 못 쉬겠고.”

“다 고문 때문이잖아! 보통 사람 같았으면 절대 견뎌 내지 못하고 죽거나 지금 정상적으로 살고 있을 수도 없어.”

리세는 가슴이 미어져 결국 울음을 터뜨렸다. 그가 얼마나 힘들었을지 생각하니 가엾어서 견딜 수가 없었다. 제이가 울지 말라고 다독여 주는 동안 그녀는 그의 품속에서 다짐하고 또 다짐했다. 아무리 시간이 오래 걸려도 제이가 과거의 흔적들을 조금씩 극복할 수 있도록 그녀가 할 수 있는 것은 다 할 작정이었다.

물론 지금의 제이로도 아무 상관없었다. 그 어떤 트라우마를 가지고 있든 있는 그대로의 제이를 사랑할 수 있었다. 하지만 만약 극복하게 된다면 제이가 훨씬 더 행복해질 것은 물론, 과거의 악몽으로부터 진정한 자유를 얻게 될 것 같았다.

리세는 제이의 키스를 받아들이며 그 옛날 모라비아의 빛나는 햇살 아래 그가 동네 개들과 얼마나 사이좋게 뛰어다니고 뒹굴었는지 떠올렸다. 바로 어제 일처럼 선명하게 각인된 모습이었다.

제이가 예전처럼 스스럼없이 개에게 다가가 교류할 수 있게 된다면, 그 모든 과거의 어두운 터널에서 온전히 벗어날 수 있다면. 리세는 간절히 바랐다. 그때 갑자기 다가온 뜨거운 손길이 상념을 비집고 들어왔다.

"아…… 읏! 아, 안 돼. 오늘은……."

리세는 가슴이 그의 손에 거세게 잡히자 고개를 저으며 몸을 빼려 애썼다. 그녀의 가운은 어느새 침대 아래로 깃털처럼 날려 있었다.

"제이, 오늘은 안 돼! 나…… 지금 첫날이야."

그녀는 생리 중임을 알리며 그에게서 벗어나려 했다. 하지만 그는 놓아주지 않았다. 양 손목이 억센 한 손에 붙잡혀 등 뒤로 돌려졌다. 그의 입술이 흰 목덜미를 훑다가 귓불을 할짝 혀로 핥자 리세는 더 저항하지 못하고 힘없이 고개만 도리도리 저었다.

"안 돼. 며칠……만…… 지저분하잖아, 피가……."

"지저분하다니 말도 안 돼."

제이는 리세의 몸을 단번에 뒤로 밀어 침대에 똑바로 눕혔다. 커다란 두 손이 둥글게 솟은 젖가슴을 모아 잡고 위아래로 천천히 주무르기 시작했다. 강한 애무를 가하는 손가락들 아래 분홍빛 정점은 이내 오뚝하게 일어서 단단한 형태를 이루었다.

“네 몸의 한 부분이야. 더러울 리가 없잖아.”

“……!”

그의 손이 얇은 팬티를 단번에 벗겨 냈다. 커다란 손바닥이 비부를 쓸어내리자 리세는 터져 나오려는 비명을 삼키고 숨을 헐떡였다. 도저히 거역할 수 없는 미지의 힘이 제이의 손끝에서 발산되는 것만 같았다.

“생리 중일 때 더 민감하게 느낀다던데. 정말인지 한번 시험해 보자.”

“아, 안 돼…… 하지 마!”

제이의 손이 아무렇지도 않게 탐폰을 끄집어 내려 하자 리세는 저지하려 안간힘을 썼다.

“그럼…… 여기서 말고 욕실에서 해. 제발…….”

제이의 눈이 순간 빛을 냈다. 리세를 한 번에 안아 올려 욕실로 직행했다. 그를 독수공방시키지만 않으면 그 정도는 얼마든지 양보해 줄 수 있었다. 제이가 그녀를 욕조에 눕히려 했지만 리세는 도망치듯 샤워 부스로 들어가 샤워기 탭을 돌렸다. 아무리 허물없는 부부가 되었다 해도 보여 주고 싶지 않았다. 생리 첫날은 으레 양이 많았다.

가느다란 물줄기가 쏟아지며 그 아래 선 두 남녀의 알몸은 곧 하나로 얽혀 들었다. 리세가 샤워 부스 벽 한쪽에 두 손을 교차해서 짚고 서자 제이는 등 뒤에서 그녀의 몸을 꼭 껴안았다. 크고 단단한 몸이 꼭 밀착해 왔다. 위로 꼿꼿이 선 남성이 엉덩이 골 바로 위에 맞붙자 리세의 목구멍 깊은 곳에서 신음이 흘렀다. 뜨겁게 달아오른 욕망의 상징이 비부 뒤쪽을 은근히 압박해 오고 있었다. 마치 스스로의 의지로 움직이고 있는 것처럼 끝부분이 움찔 흔들렸다.

그녀의 한 손을 등 뒤로 살짝 잡아당겨 그의 것을 쥐도록 유도했다. 뜨겁고 물컹한 살덩어리가 손바닥 안에 감겨 오자 리세는 몸을 떨었다. 이렇게 크고 단단한 제이의 몸이 매번 자신의 좁은 몸속으로 들어온다는 게 믿겨지지 않았다. 그녀 안에서 전율과 쾌락, 이루 말할 수 없는 아찔한 환희를 일으킨다는 사실이 새삼 신기하게 느껴졌다.

리세는 저도 모르게 몸을 돌려 제이를 마주 보고 섰다. 그의 것은 여전히 손 안에 쥔 채였다. 그녀는 바닥에 조심스럽게 무릎을 꿇고 움찔 떨리는 귀두에 살짝 입을 맞췄다. 제이는 목 깊은 곳에서 으르렁거리는 신음을 뱉었다. 물론 쾌감의 신음이었다.

“읏! 리세, 하아…….”

평소의 리세로서는 상상도 하지 못했을 대담한 행위였다. 놀라기는 제이도 마찬가지였다. 하지만 그 놀라움도 잠시 제이는 이어지는 리세의 행위에 두 눈을 꼭 감고 말았다. 쾌감이 너무도 강렬해서 미칠 것만 같았다. 리세는 방망이처럼 더욱 단단해진 연분홍색 페니스를 양손으로 받치고 좀 더 깊이 물었다. 팽팽하게 불거진 혈관이 여린 혓바닥에 쓸리며 물줄기 소리 속에서도 에로틱한 마찰음의 잔향을 울렸다.

"리……세."

제이는 그녀의 젖은 머리칼을 움켜쥐다 너무 힘이 들어가면 아플까 봐 타일 벽을 짚었다. 악문 잇새로 거친 숨결, 끊어질 듯한 신음이 동시에 흘러나왔다. 너무 좋아서 당장이라도 사정해 버릴 것 같았다.

제이는 흐릿해진 눈을 가늘게 뜨고 리세를 내려다보았다. 제 것을 물고서 머리를 앞뒤로 조금씩 움직이고 있는 모습이 미치도록 사랑스러웠다. 내리깐 눈과 붉디붉은 입술이 청순한 동시에 너무도 요염했다. 그녀는 그저 본능적인 이끌림에 손과 혀를 움직이고 있을 뿐이었다. 그럼에도 불구하고 셀 수 없이 행위를 해 본 요부 못지않게 엄청난 환희를 안겨 주었다.

"그만, 그만……."

당장이라도 그녀의 입속에 토해 낼 것 같은 위기감이 들어 제이는 리세의 머리를 부드럽게 잡고 허리를 뒤로 뺐다. 그는 제 것이 들어가 있던 입에 제 혀를 밀어 넣고 안쪽을 샅샅이 탐색했다. 제이는 리세가 그의 것에 행했던 것처럼, 아니 그 이상으로 그녀의 입안과 온몸 구석구석을 빨고 애무했다.

그는 리세의 가벼운 몸을 안아 들고 두 다리를 제 허리에 둘렀다. 그 상태로 벽에 살짝 기대어진 리세의 입에서 이내 비명이 터져 나왔다. 고양이 울음처럼 높고 새소리보다 더 듣기 좋은 귀여운 신음이었다.

"아아…… 흣! 앗! 응! 아앙……."

한결 더 단단해진 제이의 것이 리세의 몸 안을 강하게 파고들었다. 그의 허리가 빠르고 격렬히 리듬을 타기 시작하자 리세의 두서없던 신음과 거친 호흡도 규칙적인 울림을 그렸다. 샤워 부스의 벽이 부서질 것처럼 쾅쾅 울려 댔다.

리세가 허리를 더 바짝 조이자 제이는 이 악물고 신음을 뱉었다. 리세의 속살도 그의 것을 끊어질 듯 더욱 세게 조여 들어 눈앞이 아찔할 지경이었다. 아무래도 오늘 밤 그녀를 제대로 재우긴 힘들 것 같았다. 그렇게 생각하는 것은 리세도 마찬가지였다.

적중했다. 그 뒤로도 샤워 부스와 욕조, 욕실 바닥을 헤저으며 둘은 몇 번이나 더 격렬하게 사랑을 나눴다. 끝없이 이어질 것 같던 격정의 파도는 새벽녘이 되어서야 잠잠해졌다. 제이가 정신을 놓아 버린 리세를 씻기고 잠옷으로 갈아입혀 준 뒤에야 둘은 현실로 되돌아올 수 있었다.

두 사람은 침대에서도 서로를 놓지 않았다. 정확히는 제이가 리세를 놓아주지 않았다. 잠을 자는 동안에도 리세를 꼬옥 끌어안고 있어야 안심이 되었다. 둘은 서너 시간 잠에 빠졌다가 새소리에 몽롱한 의식을 되찾았다.

제이는 시계를 확인했다. 일요일이었지만 더 게으름을 피울 수는 없었다. 슬슬 일어나 중동 거대 기업의 바이어들과 함께하는 조찬에 나가 봐야 했다. 이대로 쭉 리세를 안고 싶었지만 시간상 그럴 수가 없었다. 제이는 혀를 차며 휴대폰을 귓가에 가져다 댔다. 그의 음성은 상대방을 물어뜯을 것처럼 잔뜩 날이 서 있었다.

「오늘 바이어들, 막판 협상에도 응하지 않으면 판을 아예 깨 버려. 어디까지 기어오르나 두고 봤지만 그것도 오늘로 끝이야.」

그는 휴대폰을 던지듯 내려놓고 곁에 누운 여자에게 고개를 돌렸다. 방금 전까지 냉혹함이 뚝뚝 묻어나던 음색, 눈빛과 완전히 다른 사람 같았다. 앞머리를 쓸어 넘기는 부드러운 손길에 리세도 부스스 눈을 떴다.

"안 깨우려 했는데 오늘 밤 늦을지도 몰라서."

그녀와 단 1분이라도 눈을 맞추고 대화를 나눈 뒤 출근하고 싶었다. 제이는 상체를 일으키려는 리세를 저지하고 그녀의 입에 제 입술을 쪽 맞췄다.

"오늘 뭐 해? 모임에서 D그룹 돌잔치 간다고 했었나?"

"응, 장남 부부가 2년 만에 득녀했대. 몇 번이나 초대를 받아서 잠깐 가 보려고."

제이는 리세의 살짝 벌어진 입술 사이를 손가락으로 매만지다 불쑥 말을 꺼냈다.

"우리도 빨리 아기가 생겼으면 좋겠다."

"우리 아기?"

"딸이면 얼마나 예쁠까. 널 닮아서."

"아들이라도 예쁠 거야. 제이 닮아서."

제이는 낮게 웃다가 한순간 표정이 심각하게 변했다. 그는 리세의 뽀얀 우윳빛 뺨을 양손으로 받쳐 들고 진지한 눈으로 말했다.

"혹시 오해는 하지 마. 재촉하는 거 절대 아니니까."

확실히 다짐을 받으려는 듯 그는 재차 말했다.

"조금 늦어져도 괜찮으니까 부담 갖지 말라는 얘기야. 알았지?"

"응."

"솔직히 난 반반이야. 빨리 아기를 보고 싶은 마음 반, 이대로 우리 둘만의 시간을 좀 더 가졌으면 하는 마음 반. 아기가 생기면 널 지금처럼 독차지할 수 없으니까."

"바보……."

제이가 뺨을 살짝 꼬집자 리세는 간지러운 듯 소리 내어 웃었다.

"아기가 생기면 당연히 아이가 1순위일 수밖에 없잖아. 제이, 이제 빨리 준비하고 나가야지. 오늘 아침에 중요한 미팅 있다고 하지 않았어?"

"그래야지. 내일은 죽어도 일정 안 잡을 거니까 하루 종일 같이 있자."

제이는 리세의 입술에 다시 한 번 가볍게 키스했다. 뺨을 간질이는 머리카락에도 입을 맞추었다.

"리세, 사랑해. 내 목숨보다 더."

"나도 사랑해, 제이."

제이는 마지못해 침대에서 천천히 몸을 일으키며 말을 이었다.

"세상을 다 줘도 아깝지 않을 만큼. 아니, 내 전부를 바쳐도 좋을 만큼 사랑해."

"알았어. 나도 그래. 이제 빨리 욕실로 가."

"아이가 태어나도 난 네가 1순위야. 아이에겐 미안하지만 어쩔 수 없어. 넌 내 인생 그 자체니까."

제이는 리세의 손등에 마지막으로 입을 맞추고서야 그녀를 놓아주고 돌아섰다. 리세는 침대에 누운 채 욕실로 걸어가는 건장한 뒷모습을 바라보며 나직하게 한숨을 쉬었다. 물론 행복함이 가득한 한숨이었다.

저렇게 하루 종일 일에만 매진할 것처럼 거창한 모닝 인사를 했지만 앞으로 세 시간에 한 번 꼴로 꼬박꼬박 전화를 해올 것은 불 보듯 뻔했다. 그리고 제때 전화를 받지 않으면 어김없이 목소리에 언짢은 기색이 서릴 터였다. 못 말린다 싶었지만 어쩔 수 없었다. 리세도 제이를 사랑하기에 감수할 수밖에 없는 그의 한 부분인 것이다.

❈ ❈ ❈

「그래, 또 연락하마.」

미아 벨리니는 휴대폰을 내려놓았다. 침실에 딸린 드레스룸에서 남편의 옷을 정리하던 중 제이가 미국에 도착했다는 전화를 받았다. 당장이라도 샌프란시스코로 날아가 오랜만에 아들을 보고 싶었지만 남편의 일이 바빠 그러기도 여의치 않았다. 이탈리아계 남편은 나이답지 않게 아내에게 지나치게 의존하는 편이라 그녀가 없으면 양말 한 짝도 제대로 찾아 신지 못했다.

침실을 가로질러 창가로 걸어간 그녀는 화장대 위에 놓인 사진 중 한곳에 시선을 고정했다. 뒤늦게 인연을 맺은 남편 스탠, 그의 장성한 자녀들과 제이의 사진이 대부분이었다. 하지만 미아의 시선이 향한 곳은 맨 안쪽에 올려 둔 액자였다. 가장 의미 없는 사진이라 구석에 둔 게 아니었다. 혹시나 바닥으로 떨어질까 봐 일부러 안쪽에 세워 둔 지극히 소중한 사람의 흔적이기 때문이었다.

「스밀라…….」

살짝 주름진 미아의 눈가에 눈물이 맺혔다. 그녀는 액자를 받쳐 들고 한 손으로 흑백사진 속 아름다운 여자의 미소 띤 얼굴을 쓸어내렸다. 한눈에 보기에도 미아와 꽤 닮아 있는 여성이었다. 레바논과 아프리카, 미국의 핏줄이 한데 섞인 까무잡잡한 피부색에 전형적인 서양인의 이목구비가 이국적인 여배우 같았다.

「스밀라, 이제 그날이 머지않았어. 제이가 온 세상에 제 출신을 떳떳이 밝힐 날이, 근본 모르는 천한 사생아라 멸시당한 지난 세월들을 보상받을 날이 곧…….」

미아는 뺨의 눈물을 닦아 내렸다. 그녀의 어깨 너머로 가을빛을 품은 뉴욕의 하늘이 점점 석양에 물들어 갔다. 불과 스물일곱의 나이에 제이는 세계를 발밑에 두고 있었다. 이제 당당히 핏줄을 밝히고 아버지가 없다는 오명에서 벗어나게 되면 그의 미래는 더욱 승승장구 탄탄대로를 달릴 터였다.

캘리포니아주 샌프란시스코, 실리콘밸리의 10월 말을 한 단어로 표현하자면 컬러풀 그 자체였다. 구름 한 점 없이 청아한 하늘, 드넓은 샌프란시스코 만의 바다 외에도 곳곳에 산적해 있는 야트막한 산 전체를 알록달록하게 물들인 단풍이 자리했다. 조금 성질 급한 단풍들은 이미 낙엽이 되어 늦가을 정취를 물씬 풍겼다.

가장 높은 언덕과 깎아지른 절벽 위에는 구글 외 내로라하는 각종 반도체와 IT 첨단 기술 산업 연구 단지 본사들 및 임원들의 현대식 저택들이 다양하게 분포되어 있었다. 최근 실리콘밸리의 저택들은 전통적 디자인 일색에서 탈피해 현대적인 디자인으로 개조하는 재건축 열풍이 한창이었다. 바이브챗그룹의 창업자, 제이 한 소유의 저택 역시 예외는 아니었다.

마운틴 뷰(Mountain View)에 위치한 제이의 저택은 꽤 모던한 스타일이었다. 뉴욕에 위치한 앤티크풍 저택과 고풍스런 펜트하우스 아파트와는 또 다른 느낌이었다. 외관의 대부분이 유리와 돌로 되어 있어서 현대적인 느낌이 물씬 흘렀으나 작은 숲을 방불케 할 만큼 잘 조경된 정원 덕에 차가운 분위기는 아니었다.

외관 못지않게 화려한 집 안 역시 사치스런 느낌보다는 아늑하고 따사로운 온기가 곳곳에 서려 있었다. 보름 전, 안주인이 들어온 뒤로 그 온기는 한층 더 깊이를 더하는 중이었다.

—리세, 뭐 했어? 지금은 뭐 해? 점심은?

"미즈 맥케니와 같이 2층 인테리어 의논하고 벨라 아주머니랑 컵케이크 만들어서 먹었어. 지금은 자선 바자회에 보낼 일러스트 제작 중이야."

—컵케이크? 그걸로 점심이 돼? 제대로 먹어야지. 김 실장 바꿔.

"컵케이크 4개나 먹었어! 종류별로 하나씩 다 먹었단 말이야…… 제이는 뭐해?"

리세는 한숨을 내쉬다 재빨리 화제를 바꿨다. 그녀 때문에 공연히 다른 사람 들볶이게 하긴 싫었다. 제이는 계열사 현장 답사 다녀왔고 이제 월례 회의 들어갈 거라 짧게 답한 뒤 다시 리세에게로 초점을 맞췄다.

—계속 집에 있을 거지? 내가 올 때까지 어디 나가지 말고 기다려, 꼭.

"외출은 안 할 건데 10분 정도 있다가 미즈 도허티랑 미치랑 공원에 산책하러 갈 거야. 30분 안에 돌아올 거고. 공원엔 사람들 많으니까 걱정하지 마."

미즈 도허티는 그들과 높은 담벼락을 사이에 둔 이웃집의 노파였다. 60대 후반의 미즈 도허티는 미국의 재계 톱 10위권 안에 드는 도허티그룹 창업주의 미망인이었다. 다섯 자녀를 죄다 출가시키고 사용인들 몇 명과 대저택에 사는 그녀는는 성격이 까칠하고 괴팍해 타인을 곁에 두지 않았다. 그저 개를 키우고 실내 수목원을 가꾸는 데 열심일 뿐이었다. 하지만 리세에게만은 예외였다.

두 사람은 가끔 여사의 반려견인 골든 리트리버 미치를 데리고 언덕 위 공원에 함께 산책을 나가곤 했다. 활달한 미치는 서울 평창동 자택에 두고 온 두 마리의 사모예드, 애플과 망고를 향한 그리움을 달래 주는 존재였다. 그녀는 넷째 며느리도 중국계 동양인이라 리세가 낯설지 않다고 친근함을 표했다.

—도허티 부인? 알았어. 그래도 너무 오래 있진 마. 부인

의 비서도 같이 가는 거지?

"응, 김 실장은 안 돼. 부인이 낯선 사람 동행하는 걸 싫어하셔서."

—휴대폰 꼭 가져가고 30분 안에 들어와, 꼭. 그리고 다녀와서 전화해. 알았지?

제이는 그다지 내키지 않았지만 도허티 부인의 비서가 같이 간다 하니 더는 뭐라고 할 수 없었다. 리세는 알았다고 순순히 대답했다. 하루 이틀 일이 아닌 만큼 그의 끝없는 걱정과 잔소리에 적응될 대로 적응되어 있었다. 그들이 사는 지역이 얼마나 안전한지 보여 주는 통계적 자료는 제이에게 아무런 의미가 없었다. 두 사람은 조금 더 이야기를 나눈 뒤 통화를 종료했다.

타이밍도 절묘하게 거실 벽에 걸린 인터폰에서 벨 소리가 울렸다. 저택의 정문 게이트 관리실에서 걸려 온 전화였다. 보안 화면 너머로 도허티 여사와 미치의 모습이 비쳤다.

리세가 스니커즈를 신고 대문 밖으로 나왔다. 도허티 부인은 산책을 취소하기 위해 일부러 집 앞에 나와 있었다. 비서가 장염으로 병원에 간 데다 자신도 오늘따라 관절이 쑤셔 산책 가기가 어렵겠다고 말했다.

「아…… 그럼 저 혼자 미치랑 다녀올게요, 부인.」

「오, 나야 그래 주면 고맙지. 이 녀석 하루 일과 중 제일 행복한 낙이라서. 그럼 다시 집에 들어가 미즈 킴인가? 그

수행비서 불러요. 남편이 절대 혼자 못 나가게 하잖우.」

리세는 잠시 망설이다가 고작 20분 정도니 괜찮다고 미치의 목줄을 넘겨받았다. 이틀에 한 번 꼴로 다니던 길이고 인적도 가끔 있으니 걱정할 건 없었다.

리세는 가을 향기가 물씬 나는 공원길을 걷던 중 운동화 끈이 풀려서 잠깐 미치를 멈춰 세웠다. 끈을 묶을 동안 목줄을 다른 발아래 놓았지만 대형견 미치는 힘이 꽤 셌다. 덩치는 커도 이제 겨우 두 살이라 아직 철부지였다. 녀석은 다람쥐를 발견하자 금빛 털을 휘날리며 공원 반대쪽으로 달려가기 시작했다.

「앗, 미치! 미치, 이리 와! 거기 서!」

❈ ❈ ❈

「잠깐, 아까 그 주소로 가지 말고 저기 저 여자가 보이지? 저 위 산 쪽으로 가.」

「알겠습니다, 아가씨.」

린지는 선글라스를 높은 콧대 아래 걸치고 동양인 여자가 개를 쫓아 달려가는 쪽을 바라보았다. 그녀는 기사가 모는 차 뒷좌석에 앉아 제이의 본가 저택으로 향하던 참이었다. 한국인 계집애가 여기 와 있다는 풍문을 듣고 충동적으로 들이닥친 것이었다.

아무리 언론에서 원앙 부부니 뭐니 떠들어도 그녀는 제이가 이혼할 것이라 철석같이 믿고 있었다. 그런데 미국, 그의 집까지 데려오다니 뭔가 이상하다 싶었다. 어차피 이혼하고 걷어찰 여자를 굳이 왜 여기까지 데려와 앉혀 놓는지 이해할 수가 없었다.

차가 언덕길 아래 멈춰 서자 린지는 차 문을 벌컥 열고 땅에 내려섰다. 하이힐이라 제대로 걸을 수가 없었다. 그녀가 손가락을 까딱하자 뒤에서 대기하던 기사는 냉큼 달려와 시종처럼 조심스럽게 부축했다.

「분명히 이 길로 갔었지. 내가 얘기할 동안 개 잘 붙잡아. 이상해. 제이는 개를 싫어하는데…… 언제 개를 들였지?」

린지는 짜증이 나 혀를 차며 한 발짝씩 조심스레 산을 올랐다. 최근 제이와 단 한 번도 통화를 하거나 만난 적이 없었다. 완벽한 결혼 생활을 연기하느라 그럴 거라 다독여 보아도 아무래도 너무하다고 느끼던 참이었다.

게다가 최근 근사한 젊은 스페인계 기업가가 공격적으로 접근하는 바람에 골치가 조금 아프기도 했다. 스페인 대부호의 아들이라는 남자가 린지에게 온갖 감언이설과 애정 공세를 퍼부어 몇 번 뜨거운 밤을 보냈었다. 외모와 배경, 심지어 잠자리 기술까지 어디 하나 나무랄 데 없는 남자였다.

비록 키스 한 번 못 해 본 그였지만 린지는 제이를 잊을 수가 없었다. 아무리 다른 멋진 남자들과 근사한 밤을 보내고 여왕 대접을 받아도 가슴 깊이 자리 잡은 제이의 존재를 떨쳐 낼 수 없었다. 세상의 그 어떤 완벽한 남자들도 모두 제이만은 못했다.

카리스마 넘치는 동시에 미치도록 섹시하고 모성애를 자극하는 외모, 사업 수완이나 문제를 해결하는 탁월한 두뇌와 판단력 등 모든 면에 있어서 제이를 능가할 남자는 없었다. 물론 침대 위에서의 능력만은 그녀가 경험한 바 없어 비교할 수 없었다. 하지만 분명 그 방면에서도 최고일 거라 막연히 상상했다.

린지는 다음 주 안으로 스페인 남자에게 작별을 고할 생각이었다. 몇 번 즐기긴 했지만 더 끌었다가는 덜미를 잡힐 것 같았다. 하지만 그녀는 꿈에도 몰랐다. 그 스페인 남자와 몇 번 잠자리를 같이한 순간부터 이미 덫에 걸려든 셈이란 사실을. 그 외에도 린지가 모르는 것들이 더 있었다.

남자는 스페인 대부호 출신이 아니라 스페인 마약 조직에서 활동하다 수감됐었다는 것, 최근 석방되어 재벌 2세 행세를 하고 있는 난봉꾼이라는 것, 그리고 제이 측 특수 홍보팀에서 일부러 여러 줄을 걸쳐 남자를 특별히 선정했다는 사실을. 또 그 남자가 조만간 린지와의 섹스 장면 및 그녀의 뒤가 구린 과거 행적들을 동영상으로 전 세계에 유포할 것이란 계획에 대해서도 아무것도 아는 바가 없었다.

「저기 있네.」

린지는 긴 금발을 신경질적으로 쓸어 올렸다. 그리고 언덕 위에 앉아 있는 리세를 가리키며 기사에게 명령했다. 표독스럽고 독기 어린 음성이 그녀의 성정을 그대로 반영했다.

「날뛰지 못하게 개를 붙잡아. 내가 오늘은 반드시 저 계집애를 손봐 줄 거니까.」

13화

「앗, 미치! 미치, 이리 와! 거기 서!」

리세는 숨이 턱에 차도록 달려가 미치를 붙잡아 세웠다. 녀석은 뭐가 그리 좋은지 덩실덩실 몸을 흔들어 대다 이름 모를 꽃잎에 코를 가져가 킁킁 냄새를 맡았다. 간신히 숨을 돌린 리세는 다시 익숙한 산책로로 향하려 몸을 일으켰다. 그리고 문득 발걸음을 멈췄다.

산 위로 올라가는 길가 양쪽으로 예쁜 들꽃들이 흐드러지게 피어 있었다. 낯선 길을 잠시 걸어 보는 것도 괜찮을 것 같았다. 리세는 살짝 경사진 꽃길을 천천히 걸었다. 미치는 연신 코를 벌름거리며 얌전히 따랐다. 꽃길 위를 올라가 평지에 발을 디디니 마운틴 뷰 빌리지가 한눈에 내려다보이는 절경이 그녀를 기다리고 있었다.

「와…… 미치! 너무 예쁘다! 이쪽으로 올라와 보길 잘했어. 그렇지?」

미치는 그 말을 알아듣고 화답하듯 크게 짖었다. 리세는 개의 머리를 한 번 쓰다듬어 주고 잠시 풀밭에 앉아 경치를 감상했다. 저 멀리 샌프란시스코 만의 바닷물이 늦은 오후 햇살을 받아 반짝반짝 빛났다.

기분 좋은 상념을 방해한 것은 귀에 익은 표독스런 소프라노 톤의 음성이었다.

「한가해 보이네요, 이리세 씨.」

「당신은…….」

리세는 깜짝 놀라 몸을 일으켰다. 아무것도 모르고 꼬리를 크게 흔들던 개는 갑자기 달려든 기사에게 목줄을 잡혀 낑낑거렸다.

「잠깐! 개에게 함부로 하지 말아요! 도허티 부인이 아끼는 반려견이에요!」

「아하, 그 옆집 도허티 할머니? 이봐, 개는 얌전히 살살 다뤄. 그 할망구 성깔 더럽기로 유명하니 자칫하다간 애완견 학대로 고소당할 수 있어.」

린지는 기사에게 앙칼지게 소리쳐 명령하고는 다시 타깃에게 고개를 돌렸다.

「티타임 시간이고 해서 마침 집에 찾아가려던 중이었어요.

미리 약속을 했어야 했는데 그러지는 못했네요. 그 정도 예의를 갖춰야 할 상대란 생각은 안 들어서.」

리세는 상대방의 노골적인 무례함에도 눈썹 하나 까딱하지 않았다.

「그럼 지금이라도 집으로 가시죠. 저는 어려서부터 예의없는 손님에게도 최소한의 대접은 하고 보내라는 가정교육을 받았습니다.」

「하! 전에도 느꼈지만 보통내기가 아니야. 깨질 것처럼 비실비실 유리인형 행세를 하는 건 제이 눈앞에서 뿐인가? 엄청난 연기력인데?」

리세는 그 말에는 대꾸도 않고 미치의 목줄을 붙들고 있는 기사에게 담담히 말했다.

「개는 저에게 넘겨주시고 댁의 아가씨를 모시고 집으로 와 주세요. 먼저 내려가겠습니다.」

「아니! 거기 꼼짝 말고 그대로 있어. 여기서 혼자서 상대해 봐! 왜, 겁나?」

「……그럼 여기서 말해요. 용건이 뭐죠?」

리세는 더 상대할 기력도 없었지만 잔디 한가운데 서서 조용히 물었다. 다행인지 불행인지 근처에는 인적 하나도 없었다. 오직 그녀와 린지 홀든, 그리고 기사와 미치뿐이었다.

「미국에 왔단 말을 듣고 대체 무슨 생각인가 싶어서 한 번 와 봤지. 정말 한심하네. 가엾기도 하고. 그렇게 걸레처럼 놀아난 데다 자신을 진심으로 사랑하지도 않는 남자를 기어이 붙잡고 늘어져야겠어?」

「……미즈 홀든.」

리세는 한숨을 가늘게 내쉬고 또박또박 맞받아쳤다. 상대의 말에 반박하고 자신의 의견을 강조하기 위해서 굳이 언성을 높일 필요는 없었다.

「이제 그만 현실을 직시하세요. 당신 자신을 위해서라도. 사랑하지도 않는 남자를 기어이 붙잡으려고 안간힘을 쓰는 사람은 바로 미즈 홀든이에요. 이제 그만해요. 당신을 위해서 하는 말이에요.」

「뭐…… 뭐라고?」

「제이는 나와 이혼하지 않아요. 그리고 제이 역시 스스로 인정했어요. 처음 계획은 이산그룹을 노린 게 맞고 어린 시절 내게 배신당했다는 오해로 나와 잠시간만 결혼 생활을 유지하려 했었다고. 지금은 날 진심으로 사랑한다고 말했어요. 나도 제이를 사랑해요. 그러니 이제 그만 포기하고 제이를 더 이상…… 꺄악!」

리세는 더 말을 이을 수가 없었다. 린지가 달려들어 뺨을 갈기고 머리를 마구 쥐어뜯다가 목을 졸라 댔다. 등 뒤에서 그녀를 만류하는 기사의 목소리와 개 짖는 소리가 울려 퍼졌다. 리세는 안간힘을 다해 린지의 손에서 떨어지려 애썼다. 하지만 원체 체력 자체가 약해 빠져나올 수가 없었다.

린지의 사납고 난폭한 손길에 리세는 그만 정신을 놓아 버리고 말았다. 축 늘어진 그녀의 몸이 린지의 손안에서 풀줄기처럼 마구 흔들리며 바닥으로 쓰러졌다. 린지의 손톱에 긁혔는지 이마 한쪽이 찢어져 피가 흘러내렸다. 마귀 같은 손이 할퀴고 지나간 뺨에는 큰 멍이 들고 입술 한쪽은 찢겨 있었다. 졸린 목에는 손자국이 선명했다.

「아가씨! 대체…… 구급차를 불러야 할 것 같습니다!」

「아, 안 돼! 그냥 둬.」

린지는 리세에게서 급히 손을 떼고 겁먹은 눈으로 주변을 둘러보았다. 다행히 인적은 없었다. 그녀는 개의 목줄에 주소와 연락처용 목걸이가 달려 있는 걸 보고 기사에게 손사래를 쳐 댔다.

「저 아래 산책로에서 개를 풀어 줘, 빨리! 누군가 발견해서 제집으로 데려가 줄 거야. 빨리!」

기사는 잠시 머뭇거리다가 결국 그녀의 명령에 따랐다. 그에겐 서슬 퍼런 아가씨의 명을 어길 배짱이 없었다. 린지는 기절해 쓰러진 리세를 어찌할 바 모르고 바라보았다.

죽었나? 아니 그럴 리는 없어, 하지만…….

린지의 뇌리에 10대 시절 저질렀던 사고가 다시 재현되었다. 사립 여학교 시절, 시비가 붙은 여학생과 몸싸움을 벌이다 그녀를 바닥에 거꾸러뜨려 식물인간으로 만든 적이 있었다. 여학생의 머리가 돌바닥에 부딪힌 탓이었다.

물론 실수였지만 그녀는 엄연히 처벌받아야 할 가해자였다. 하지만 린지의 엄청난 집안 배경은 그 일을 가해자 없는 우연적 사고로 조작시키기 충분했고 진실은 철저히 은폐된 바 있었다. 린지는 만에 하나라도 또다시 같은 일이 벌어지지 않을까 공포감에 몸을 떨었다.

갑자기 소나기가 후둑후둑 쏟아져 내린 것은 그때였다. 수 초 전만 해도 해가 기세등등 떠 있었건만 갑자기 무슨 일인가 싶었다. 예기치 않은 빗줄기가 린지의 불안감을 더욱 증폭시켰다. 그녀는 기사가 돌아오기 전에 리세를 재빨리 커다란 나무 등걸 뒤로 옮겨 버렸다. 우거진 풀숲에 가려져 사람들 눈에 쉽게 띄지 않는 공간이었다.

린지는 멀리서 달려오는 기사보다 더 빨리 차에 도착해 뒷좌석에 몸을 던졌다.

「빠, 빨리 출발해! 주, 죽진 않을 테니까 괜찮겠지?」

린지는 혼잣말처럼 중얼거리며 기사에게 빨리 차를 출발시키라고 닦달해 댔다. 남자는 후환이 두려워 리세를 어떻게 했는지 물어볼 엄두도 못 내고 부리나케 시동을 걸었다. 그의 경험상 홀든그룹에서 일하는 동안에는 그저 죽은 척 시키는 대로만 하는 게 최선이었다.

빗방울이 차창 위에 소리 없이 떨어져 내리다 점점 더 둔탁하게 부딪혀 왔다.

공원 관리인이 흠뻑 젖은 미치를 이끌고 도허티 저택 벨을 누른 것은 그로부터 30분이 지난 뒤였다. 도허티 부인은 통증이 심해져 운전기사와 병원에 가고 없었다. 문을 연 도우미는 반려견이 산책에서 돌아올 거란 말만 전달받았기에 별 생각 없이 관리인으로부터 개를 넘겨받고 다시 집안일에 주의를 돌렸다.

김 실장이 리세의 휴대폰에 전화를 건 것은 그로부터 30분이 지난 뒤였다. 전에도 한 번 비가 오니 중간에 산책을 중단하고 도허티 부인 집에서 티타임을 가졌던 적이 있었다. 이번에도 마찬가지라 여겼다. 그래도 한 시간이 넘어가니 일단 연락은 해 보는 게 좋을 것 같았다. 하지만 뭔가 이상했다. 신호만 갈 뿐 휴대폰은 아무런 응답이 없었다.

김 실장은 뭔가가 잘못되었음을 직감하고 재빨리 옆집으로 달려갔다. 하지만 부인은 병원에 가느라 집에 없었고 일꾼들 중 리세의 행방에 대해서 아는 사람 또한 아무도 없었다. 김 실장은 스스로를 책망하는 탄식을 질렀다.

"리세 아가씨, 어디 계신 거예요……."

그녀는 정원사와 운전기사 등 남자 사용인들 모두를 불러 재빨리 언덕길을 샅샅이 찾아보게 했다. 김 실장 본인도 우산 쓸 겨를조차 없이 여기저기 뛰어다니느라 바빴다. 예기치 않은 비에 어느덧 하늘은 평소보다 더 빨리 어둑어둑해지고 있었다.

그로부터 10분도 지나지 않았을 때였다. 일정이 예정보다 빨리 끝났는지 제이의 세단이 저택을 향해 미끄러지듯 다가왔다. 격노한 제이가 직접 산책로로 향하기까지는 5분도 채 걸리지 않았다. 그때 수행비서들 중 한 명이 관리인에게서 자초지종을 듣고 도허티 부인의 저택으로 가 미치를 잠깐만 동행시켜 줄 것을 정중히 요청했다.

「경찰견 정도는 아니겠지만 산책로에서 혼자 헤매기 전에는 분명 미즈 한과 같이 있었을 테니 뭔가 단서를 잡아낼지도 모릅니다. 그사이에 비가 와서 냄새가 다 지워졌을 수도 있으나 그래도 행방을 추적하는데 도움이 될 수도 있습니다.」

때마침 병원에서 돌아온 도허티 부인 역시 미치를 활용하는 것에 적극 동조했다. 비는 이미 그쳐 있었다. 제이는 창백한 안색으로 경찰을 부르고 헬기를 띄울 것을 명령했다.

「그까짓 개가 어떻게 리세를 찾아낼 수 있겠어. 당장 헬기 띄우라고 해! 지금 당장!」

제이는 천지가 들썩이도록 소리를 질러 댔다. 지옥의 사자 같은 소름 끼치는 포효에 모두가 숨소리 하나 못 내고 휴대폰을 들었다. 특히 김 실장은 거역할 생각도 못 한 채 부들부들 떨리는 소리로 지역 경찰서로 전화를 걸었다.

그때 리세의 손수건을 킁킁 냄새 맡던 미치가 갑자기 멍, 짖더니 어딘가로 쏜살같이 내달리기 시작했다. 비서들은 부대처럼 나란히 개를 쫓았다. 미치는 잠시간 여기저기 헤매고 뛰어다니다 리세가 쓰러졌던 곳 근처에서 달리기를 멈추었다. 그 뒤로 상황은 일사천리로 진행되었다.

땅거미가 내려앉는 먹빛 하늘 아래 나무 등걸 뒤에 쓰러져 있던 리세는 한 경호원에 의해서 발견되었다. 제이가 달려와 그녀의 상태를 살폈다. 그는 거친 숨을 몰아쉬며 리세를 품에 꼭 안았다. 꽉 악문 잇새 사이로 안도의 한숨이 흘러나왔다. 심장이 바짝바짝 타들어 가 죽기 직전 마침내 구원의 손길을 마주한 것 같은 모습이었다.

「회장님, 구급차를 부르겠습니다.」

「아니, 집으로 의료진을 불러! 지금 당장!」

제이는 리세의 축 늘어진 몸을 양팔로 안아 들고 저택 안으로 향했다. 두 팔이 떨려 왔다. 피가 거꾸로 솟는 격렬한 분노 때문이었다. 리세는 사고로 거기 쓰러져 있었던 게 아니었다. 누군가 일부러 숨긴 것이 분명했다. 게다가 이마 한 쪽과 입술이 찢어진 자국, 희미한 어둠 속에서도 선명히 보였던 뺨의 피멍. 목에는 붉은 손자국까지 나 있었다. 누군가 리세를 의도적으로 폭행한 게 틀림없었다.

제이는 이를 갈고 어금니를 악물었다. 아랫입술을 너무 세게 깨물어 피가 나고 있었다. 숨이 턱턱 막히고 심장이 미친 듯이 뛰기 시작해 호흡조차 힘들었다. 그는 침대에 리세를 조심스레 눕힌 뒤에야 넥타이를 단번에 풀어 냈다.

그의 서슬 퍼런 명령에 득달같이 출발한 듯 의사와 간호사 한 부대가 장비들을 갖추고 집 안으로 뛰어 들어왔다. 그룹 전담 의료진들답게 빠른 조치가 취해졌고 리세는 곧 안정을 되찾았다. 여의사가 제이 쪽을 향해 리세의 상태를 브리핑했다.

「쇼크로 기절하신 것이니 며칠 안정을 취하시면 괜찮아지실 겁니다. 다행히 다른 곳엔 이상이 없습니다만 얼굴과 목의 상처는…… 누군가에게 공격을 받으신 것 같습니다. 제가 경찰은 아닙니다만 가해자는 여자로 추정됩니다. 이마의 상처는 긴 손톱에 의한 것이고 네일 제품의 흔적이 희미하게 남아 있었습니다. 목도 마찬가지고요.」

여의사의 보고에 뒤이어 지역 치안 담당 수사팀이 제이에게 다가왔다. 경찰들 중 한 명의 손에는 CCTV 화면 재생 핸드 카메라가 들려 있었다. 일반적인 경우라면 경찰서 내에서 화면을 조회해 봐야겠지만 제이의 인맥은 경찰서장까지 닿아 있었다.

제이의 자택에는 정밀한 최첨단 보안 카메라들이 몇 대 더 설치되어 있었다. 카메라가 포착하는 범위와 각도는 이웃집, 즉 도허티 부인의 현관과 담벼락까지도 커버했다.

세 시간 전, 그녀의 집을 지나간 차들을 일일이 살피던 제이의 눈에 낯익은 차가 한 대 들어왔다. 그의 기억이 맞다면 린지 홀든의 차였다. 그는 관리인이 가져온 공원 입구 산책로가 찍힌 화면을 요청했다. 린지의 전용 운전기사가 도허티 부인의 개를 끌고 버려둔 채 줄행랑을 치고 있었다. 거기까지만 봐도 모든 각본이 추분하게 성립되었다. 제이는 그룹 내 법무팀에 연락해 짧게 명했다.

「경찰서 측과 협력해서 증거 정리하고 린지 홀든을 구속시키게 해. 1초라도 빨리. 살인 미수죄로.」

단순 폭행이었다. 일반적인 죄목으로는 그랬다. 하지만 제이가 살인 미수죄라고 하면 100% 살인 미수죄였다. 그가 그렇게 만들기로 작정하면 상대방은 반드시 살인 미수죄로 구속될 터였다.

경찰들이 돌아간 뒤로도 몇 군데 측근에게 더 전화하고 나서야 제이는 휴대폰을 내려놓았다. 모두 린지 홀든, 한 여자의 영원한 파멸에 관련된 전달 사항이었다.

교도소에 처넣은 뒤로도 절대 편안한 감옥 생활을 보내게 하지 않으리라. 그쪽에서도 좋은 변호사를 쓰면 적은 형량을 받을 수도 있었다. 하지만 린지 홀든은 복역 동안 죽든가, 출소한 뒤로는 차라리 복역 중에 죽는 게 나았다 생각될 만큼 혹독한 지옥을 경험하게 될 예정이었다. 린지와 그 가족들의 것까지 먼지 하나 남기지 않고 탈탈 털어 낼 것이다. 단순한 일조차 그동안 꽁꽁 숨겨졌던 악한 일로 각색해서 철저히 짓밟고 망가뜨려 줄 계획이었다.

제이는 뭔가 더 생각난 듯 마지막으로 한 군데 더 전화를 걸었다. 건너편 상대를 향해 낮게 읊조리는 음성이 섬뜩했다.

「린지 홀든과 전 스페인 마약 조직원의 섹스 영상 죄다 풀리게 해. 내일 당장. 전 세계 사람들이 감상할 수 있도록.」

제이는 잠든 리세 머리맡에 앉아 한시도 눈을 떼지 않았다. 그는 자신이 한숨도 자지 못할 것을 잘 알았다. 리세를 찾는 20여 분의 시간 동안 제이는 심장이 통째로 타들어 가는 참혹한 공포와 고통을 맛봐야 했다. 만에 하나 리세에게 무슨 일이 생겼다면. 상상하는 것만으로도 숨이 턱턱 막혀왔다.

제이는 팔을 뻗어 리세의 한 손을 꼭 잡았다. 보드랍고 여린 손가락이 손바닥에 감겨 왔다. 한 달 뒤면 어머니의 생신임을 떠올렸다. 그때 리세를 뉴욕의 벨리니 본가로 데려가 가족을 정식으로 소개시키고 어머니와도 이야기를 나눌 생각이었다.

어머니의 원한은 충분히 이해하고 있었다. 하지만 이제는 그녀도 묵은 한을 떨쳐 버리고 현재의 행복을 만끽하며 살아야 했다. 엄밀히 따지면 리세가 모친에게 미움을 받을 이유는 없었다. 리세 본인이 저지르지도 않았을 뿐더러 그녀가 모든 원한의 대상이 되는 것은 부당한 일이었다.

완전히 다른 방향으로 틀어진 아들의 결심을 처음에는 납득하기 어려울 수 있었다. 하지만 결국 어머니는 아들의 행복을 위해 용인할 수밖에 없을 것이다. 오랜 세월 가슴에 안고 살았던 복수심과 원한이 가장 사랑하고 아끼는 사람의 행복보다 우선시될 수 없는 법이니.

어머니, 이해해 주세요. 이 여자에게 무슨 일이 있으면 전 살지 못해요. 이 여자가 행복하지 못하면 저도 행복할 수 없어요. 사실, 놀랄 일도 아니죠. 제가 미처 자각하지 못했을 뿐 11년 전부터 쭉 그랬으니까.

제이는 꼭 잡고 있는 리세의 손을 들어 입술로 가져갔다. 희고 고운 손가락 마디마다 입술을 맞추었다. 그의 눈빛에 바닥 모를 애잔함이 감돌았다. 누군가를 미치도록 사랑하는 자, 좀 더 사랑하고 집착하는 쪽이 갖기 마련인 애달픔이었다.

이틀이 지나자 리세는 어느 정도 회복했다. 왼쪽 이마에는 아직도 반창고가 붙어 있었고 안색이 파리했지만 꽤 안정된 모습이었다. 리세는 미간을 살짝 찡그리고 옆에 바짝 붙어 앉은 제이를 살짝 밀어냈다.

"이제 그만해. 내가 먹을 수 있어. 수십 번 얘기하지만 손을 다친 게 아니잖아."

리세가 제이의 손에 잡힌 스푼을 기어이 빼앗자 그는 시무룩한 얼굴로 턱을 괴었다. 마치 제 할 일을 뺏겨 안절부절 못

하는 충실한 종 같은 얼굴이었다.

스프를 다 먹은 리세는 침대에서 내려와 욕실로 향했다.

"이제 혼자 목욕할 수 있어. 슬슬 회사 나가 봐야 하지 않아? 벌써 이틀째 집에만 있었잖아."

"안 돼! 아직 떼지 마. 하루만 더 붙여."

그녀의 물음에는 대꾸하지 않고 반창고를 떼려는 손을 재빨리 붙잡았다.

"흉터는 남지 않는다지만 그래도 혹시 모르니까. 흉터가 있어도 상관은 없지만."

흉터가 있어도 여전히 아름답고 사랑스러울 것이다. 리세는 제발 목욕 좀 하자며 그의 등을 밀어내고 욕실 문을 닫아버렸다. 제이는 그녀가 욕실 밖으로 나올 때까지 문 앞에서 대기했다. 사흘 동안 리세를 안지 못해 심각한 욕구불만 상태였지만 지금 건드려선 안 된다는 사실을 인지하고 애써 자제하려 노력 중이었다. 평소처럼 그의 힘을 견뎌 내려면 적어도 이틀은 더 쉬어야 원기를 회복할 수 있을 터였다.

잠시 햇빛을 쬐고 싶다는 리세의 바람에 두 사람은 1층 정원과 연결된 야외 테라스에 나와 앉아 있었다. 리세는 테라스까지 안아 들고 가려는 제이의 손길을 막아 내려다 결국 포기하고 몸을 맡겼다. 그가 그녀를 제 무릎 위에 앉히자 리세는 한숨을 폭 내쉬며 목에 둘렀던 팔을 풀어 냈다.

"나 아기 아니야. 옆자리 여기, 내려 줘."

"그래, 넌 아기 아니야. 내 아내, 내 여자지. 아기만 이렇게 안으란 법 없잖아."

"……."

"왜? 불편해? 오히려 편하지 않아?"

제이는 한 손으로 리세의 등을 받치고 다른 한 손으로는 그녀의 허리까지 무릎 담요를 꼼꼼히 덮고 있었다.

"편하긴 한데…… 불안해서."

"불안해? 뭐가?"

"……제이가 불안해. 흥분할까 봐. 나 지금 그럴 기운 없거든."

"아하."

그는 실소를 머금고 리세를 품으로 더 바짝 끌어당겼다. 유쾌하게 미소 짓는 얼굴이 지독하게 매력적이었다. 리세는 새삼 심장이 두근두근 뛰어 얼굴을 붉혔다.

"그런데 어쩌지."

그는 리세의 한쪽 귓가에 입술을 가져다 대고 닿을 듯 말 듯한 거리에서 속삭였다.

"사실 아까부터 흥분해 있었어. 그냥 참고 있는 거야. 모레까지만 이 악물고 참을게. 너 푹 쉬고 회복할 수 있도록."

"……정말 못 말려. 원래 남자들은 다 그런 거야? 제이만 유별난 거지, 그렇지?"

"당연히 유별나지."

"앗!"

리세의 귓불을 살짝 깨물자 꼭 다문 입술 새로 딸꾹질 같은 신음이 흘렀다.

"너 자체가 평범하지 않은데 어떻게 내가 유별나지 않을 수가 있겠어. 네가 이렇게나 특별한데. 세상에서 가장 특별한 존재. 가장 사랑스럽고 소중한 리세."

"제이, 그만해!"

귓불이 잘근잘근 씹히자 리세는 더 참지 못하고 짧은 신음을 토해 냈다. 귓불에 가해지는 고문과 그가 술술 쏟아 내는 말들 중 어느 쪽이 더 간지럽고 민망한지 알 수가 없었다. 그때 김 실장이 둘을 향해 걸어왔다. 테라스는 차양에 가려져 있어 두 사람의 모습은 드러나지 않았다.

"회장님, 사모님. 아까 전화드린 대로 도허티 부인이 잠시 방문했습니다. 안으로 안내하겠습니다."

"아니, 여기로 모셔도 돼. 리세가 햇빛을 좀 더 쐬고 싶을 테니까."

제이의 말에 김 실장은 조금 머뭇거리는 기색이었다.

"하지만…… 부인이 개를 데리고 왔습니다. 안에서 말씀을 나누시는 편이……."

리세는 자연스럽게 안으로 들어가려고 자리에서 일어섰다. 그녀 또한 김 실장처럼 제이가 개를 싫어한다는 걸 잘 알고 있던 까닭이었다. 제이는 리세의 손목을 잡아끌고 다시 제자리에 앉혔다.

"그냥 여기로 모셔 와. 내 옆에만 데려오지 않으면 상관없어."

"……네, 알겠습니다."

김 실장은 의아한 표정을 지으면서도 보스의 지시에 군말없이 따랐다. 그녀가 멀어지자마자 리세는 제이의 무릎에 한 손을 올리고 낮게 말했다.

"제이, 그냥 들어가자. 무리하지 않아도 돼."

"아니, 정말로 상관없어. 사흘 전, 그 개가 널 제일 먼저 발견했어. 바로 옆에 오거나 만지는 건 아직 힘들지만 함께 있는 것 정도는 괜찮아."

리세는 제이의 표정을 찬찬히 살폈다. 아무리 봐도 억지로 참거나 불편한 기색은 눈에 띄지 않았다. 도허티 부인이 미치를 데리고 와 리세의 안부를 묻는 둥 떠들썩하게 수다를 늘어놓고 있는 동안에도 제이에겐 불안하거나 언짢은 기미가 일절 보이지 않았다. 부인의 비서가 목줄을 잘 단속한 덕이었다. 미치는 숨을 헥헥거리며 제이 쪽을 가끔 돌아보긴 했지만 그에게 가까이 다가가진 못했다.

오히려 불안한 쪽은 리세였다. 혹시라도 부인의 비서가 실수로 목줄을 놓쳐 활발한 미치가 제이에게 달려들기라도 한다면…… 리세는 생각도 하기 싫었다. 제이도 걱정되었지만 더 걱정되는 쪽은 미치의 안전이었다. 제이가 욱할 때를 미루어 보면 미치는 죽을 수도 있었다.

도허티 부인과 미치 일행이 대문 밖을 향하고 나서야 리세는 안도감과 기쁨으로 길게 한숨을 내쉬었다. 기쁨의 감정은 말하나마나 제이의 상태에 대한 것이었다.

"제이, 좀 괜찮아진 거야? 트라우마가 조금씩 극복되어 가는 걸까? 그런 거야?"

"모르겠어. 저 개가 제일 먼저 널 찾아냈을 때 나도 모르게 개를 얼싸안을 뻔하긴 했어. 아무튼 이제는 개를 가까이에서 봐도 아무런 거부감이 일지 않아."

"그것만으로도 엄청난 발전이야! 조금 더 시간이 흐르면…… 예전처럼, 11년 전 그랬던 것처럼 다시 개를 만지고 온전히 편안하게 대할 수 있게 될지도 몰라! 난 정말 너무 기뻐."

리세의 눈가에 눈물이 맺혔다. 물론 동물을 멀리한다고 인생이 덜 행복한 건 아닐 터였다. 천성적으로 개를 싫어하고 무서워하는 사람들도 얼마든지 있었다. 하지만 이것은 단지 개를 좋아하거나 싫어하는 문제, 그 이상의 것이었다. 제이가 과거의 끔찍한 악몽을 극복하고 영혼의 평화를 찾을 수 있을지도 모른다. 앞으로 한 걸음 나아가는 상징적인 사건이었다.

"왜 울어. 넌 하여간 눈물이 너무 많아."

제이는 엄지손가락으로 리세의 눈물을 부드럽게 훔친 뒤

그녀를 제 품에 끌어당겨 안았다. 그 눈물의 의미를 알기에 언짢은 기색은 아니었다. 그리고 리세의 정수리 위에 턱을 얹었다.

"한 달 뒤가 어머니 생신이셔. 12월 1일. 그때 뉴욕의 어머니 집에 가서 정식으로 인사하자. 12월 한 달간은 뉴욕 집에 머물면서 너와 좀 더 많은 시간을 보내려고 해. 그리고 아직 못다 한 이야기들, 11년 전부터 지금까지 어떤 일들이 있었는지 틈틈이 들려줄게. 물론 네가 알 필요 없는 부분은 생략하겠지만. 그건 양해해 주길 바라."

"……알았어."

"어머니가 불편하겠지. 알아. 하지만 어머니도 널 진심으로 받아들이실 거야. 시간이 흐르면 자연히 널 좋아하게 되실 거고."

"아냐, 불편하지 않아. 물론 그전에는 이 결혼이 옳은 건지, 제이가 날 사랑하지 않는다는 생각 때문에 솔직히 어머니도 무섭고 불편했었어. 하지만 지금은 아니야."

리세는 제이의 심장 소리를 들으며 차분하게 말을 이었다.

"설령 어머니가 날 계속 받아들이지 않으신다 해도 내가 계속 노력할 거야. 가까이 살지 않으니까 시간이 아주 많이 필요할 수도 있지만. 그러니까 걱정하지 마."

"……걱정 안 해. 어머니도 결국은 네게 마음을 여실 테니까. 반드시."

제이는 리세의 머리칼에 코를 묻고 정원 아래 멀리 보이는 호수의 잔물결을 바라보았다. 그의 눈은 잠겨 있었다. 아직 그녀에게 밝히지 않은 사실, 어쩌면 큰 충격이 될 수도 있을 그 비밀이 새삼 무거운 납덩이처럼 가슴속을 눌러 왔다.

리세는 어떻게 반응할까. 그 사실을 어떻게 받아들일까. 리세를 향한 사랑을 깨닫게 된 순간부터 그는 홀로 번민해 왔다. 이대로 그녀가 아무것도 모른 채 지낼 수는 없을까 고심한 적도 많았다. 하지만 그건 불가능한 일이었다.

어머니의 원한이 아니더라도, 어차피 언젠가는 그 엄청난 사실을 리세도 알게 될 것이다. 그럴 바에는 차라리 미리 알리고 최대한 묻어 버리는 편이 나았다. 세상 사람들은 영원히 모르게 될 터였다. 제이가 반드시 그렇게 만들 작정이었다. 그에게는 그럴 힘이 있었다.

제이가 염려하는 것은 단 한 가지였다. 리세가 잘 받아들일 수 있을지, 단지 그것뿐이었다.

14화

늦은 오후, 제이든 한의 마운틴 뷰 저택 안은 유쾌한 활기로 가득 차 있었다. 며칠 뒤엔 나이마와 샘페를 집으로 초대해 저녁 식사를 함께할 예정이었다. 리세는 벌써부터 들떠 벨라 부인과 미리 메뉴를 의논하고 식탁을 어떻게 꾸밀 것인지 즐거운 고민을 했다.

샘 에반스란 이름으로 제이의 비서 일을 하고 있는 샘페는 이미 두어 번 만난 적이 있었다. 하지만 나이마와는 한 번 영상통화만 했을 뿐 직접 만나지는 못했다. 나이마는 제이와 리세가 부부가 되었다는 사실을 들었을 때 당장이라도 하와이 사촌의 집에서 한국으로 날아오고 싶었지만 임종을 앞둔 친지 때문에 그럴 수도 없었다고 아쉬워했다. 그녀는 대화

중간중간 코를 훌쩍이며 모두가 고난을 이겨 내고 행복을 찾았다며 감격에 겨워했었다.

모라비아에서 리세와 제이를 엄마처럼 살뜰히 돌봐 주던 마음씨 고운 이의 얼굴에는 주름이 져 있었다. 그녀는 제이와 샘페 덕분에 남부럽지 않은 생활을 하면서도 지역 빈민층 돕기 자원 봉사 활동에 누구보다 열심히 참여했다.

리세는 말린 꽃과 나뭇가지로 다이닝 룸을 손수 장식하다 김 실장의 부름에 손을 멈췄다. 그녀는 다소 난감한 표정이었다.

"리세 아가씨, 손님이 오셨습니다. 사전 약속을 하지는 않았지만 일단 안으로 모실 수밖에 없는 분이라 거실로 안내했어요."

"네? 누구신데요?"

"회장님의 어머님이십니다."

뜻밖의 대답에 리세는 놀라 눈을 크게 떴다. 제이의 어머니? 미아 벨리니 여사가 여기까지 갑자기 웬일일까. 리세는 긴장으로 몸이 굳어졌지만 이내 마음을 편하게 먹고 거실로 향했다. 40대 중반으로 보이는 아리따운 중년 여인은 거실에 그림처럼 앉아 리세를 기다리고 있었다. 도우미가 발 빠르게 준비한 듯 고급스러운 티 세트가 테이블 위에 놓여 있었다.

「어머니, 안녕하세요? 그동안 잘 지내셨어요? 연락도 없이 어쩐 일로…….」

「……그래, 너도 좋아 보이는구나. 한국에서 봤을 때보다 더 좋아졌어.」

두 사람은 차를 들며 근황을 나누었다. 아직까지 조금 불편한 건 부정할 수 없었지만 리세는 결혼식에서보다 훨씬 더 부드러워진 미아의 눈빛에 크게 안심했다. 그녀의 마음속에서는 희망이 조금씩 부풀어 올랐다. 어쩌면 그녀가 생각했던 것보다 고부간의 사이가 더 빨리 가까워지고 허물없게 될 수도 있을지 모른다.

「2층에 침실도 새로 단장했겠구나. 실례가 되지 않는다면 한 번 구경해 봐도 되겠니?」

「그럼요! 당연하죠. 같이 올라가세요, 어머니.」

뜻밖의 요청에 리세는 선선히 대답하며 구김살 없이 웃었다. 실례가 되기는커녕 비로소 제이와 그녀가 부부임을 인정해 주는 것 같아서 기쁘기 그지없었다. 그녀는 미아를 이끌고 긴 나선계단을 올라 2층으로 향했다.

미아는 따스한 파스텔 톤으로 재단장된 부부 침실을 둘러보고 널찍한 2층 테라스로 나왔다. 가을 낙엽과 눈부시게 푸른 잔디가 어우러진 정원이 한눈에 내려다보였다. 저 멀리로 샌프란시스코 만의 잔잔한 물결이 반짝반짝 빛났다.

두 사람이 테라스 내 테이블에 마주 보고 앉았을 때 미아는 다소 싸늘하게 굳어 있었다. 뭔가 중대한 결심을 한 듯 단호한 기운이 입매에 서려 있었다.

「내일 모레, 시애틀에서 친구 딸 결혼식이 있어 겸사겸사 들른 거란다. 제이도 내가 오늘 여기 온다는 걸 몰라. 오늘은 리세, 너에게 중요한 할 말이 있어서 온 거니까.」

「저에게요?」

리세의 입가에 살짝 담겨 있던 미소가 천천히 걷혔다. 그녀에게 어떤 중요한 할 말이 있다는 것인지 짐작도 되지 않았다.

제이는 홀로 자리한 집무실 책상에서 내부 기밀 TF팀 전담 변호사 맷 브룩스의 보고를 받았다. 맷의 목소리는 아주 신이 나 있었다. 한동안 손봐 줄 사람이 없어 한가하던 차에 일거리가 생겨서 아주 들뜬 것 같았다.

—린지 홀든이 기소되었습니다. 미즈 한에 대한 공갈 협박, 특수 폭행, 살인 미수죄 및 마약 소지, 불법 총기 소지, 음주 운전 등 죄목이 아주 화려합니다! 스페인 전 조직원과의 화끈한 동영상은 이미 풀릴 대로 풀린 상태입니다. 나머지는 저희가 다 알아서 할 테니 맡겨 주십시오.

제이가 만족스런 얼굴로 휴대폰을 내려놓기 무섭게 다시 벨이 울렸다. 스탠 벨리니, 수 년 전 그의 모친과 재혼한 뉴욕의 개인 사업가였다.

「스탠, 오랜만이네요. 잘 지내고 계시죠?」

—그럼, 그럼. 나야 항상 똑같지. 그런데 미아가 내 선물을 깜박하고 가 버렸지 뭐야! 어렵게 구해서 엄청 아끼던 톰 폴록의 추상화 그림인데 그걸 침실 벽에 그대로 세워 놓고 비행기를 탄 것 같아.

「비행기요? 어머니가 이쪽으로 오고 계십니까?」

—엇, 자네에게 연락 안 했나? 오늘 오전 비행기로 갔으니 지금쯤 도착했을 텐데…… 며칠 뒤 시애틀에 사는 친구 딸의 결혼식이 있어서 하루 정도 자네에게 들린다고 했었는데.

「그렇군요. 선물은 12월에 그쪽으로 가서 직접 수령하겠습니다. 잘 보관해 주세요.」

제이는 전화를 끊고 인터폰으로 기사에게 차를 대기시키라고 전했다. 김 실장에게서 연락이 없는 걸 보니 모친은 아직 마운틴 뷰 자택에 도착하지 않은 것 같았다. 문득, 집에서 인테리어 작업을 하고 있을 리세의 모습이 떠올랐다. 어쩐지 좋지 않은 예감이 들었다.

같은 시간, 최대영 변호사는 몇 명의 입회인이 지켜보는 가운데 은행 내 비밀금고에서 꺼내진 유언장을 확인하고 경악을 금치 못했다.

비밀리에 작성된 고 이무현 회장의 유언장 봉투 안에는 두 장의 서류만이 들어 있었다. 한 장은 오래전 법원이 공인한 유전자 검사 사설 기관에서 보내 온 증명서였고 다른 하나는 스위스 은행에 예치된 고 이무현 회장의 개인 자금을 리세와 다른 누군가에게 반반씩 양도한다는 확인서였다. 해당 유언장은 리세가 결혼한 뒤 3개월 후에 최대영 변호사와 그녀에게만 공개되도록 법원 측의 승인을 받았음이 확인되었다.

확인서 안에는 손으로 직접 쓴 이무현의 자필 편지도 동봉되어 있었다. 이무현이 직접 썼음에는 의심할 나위가 없었다. 이 회장 특유의 글씨체와 문장 스타일이 고스란히 담긴 서신이었다. 편지를 빠르게 훑은 최 변호사의 두 손이 충격으로 떨렸다.

「무슨 말씀이신지 편히 말씀해 주세요, 어머니.」

리세는 긴장으로 속이 울렁거렸지만 두 손을 모아 쥐고 차분하게 말했다. 제이의 모친은 뜸을 들이다 차로 목을 축이고 입을 열었다. 그녀의 첫 마디는 리세를 조금 놀라게 했다.

「리세, 난 네가 싫지 않아. 물론 처음에는 홀든그룹 막내딸을 제이의 짝으로 생각한 게 사실이지만 지금 세상에 떠도는 그 애의 추문이란…… 널 해치려다 기소되었다는 소식도 들었다. 정말로 끔찍한 일이야. 한때나마 그런 여자를 제이의 상대로 생각했다는 게 부끄러울 지경이다.」

「어머니…….」

리세의 눈에 어려 있던 팽팽한 긴장감이 조금씩 사라져 갔다. 가슴속에서 희망이 샘솟듯 솟아나는 반가움을 느꼈다.

정말 제이의 말대로 그의 어머니가 자신을 받아들이고자 마음을 달리 먹은 걸까 싶었다. 하지만 이어지는 미아의 말은 리세의 소박한 희망을 산산이 부서뜨릴 정도로 충격적이었다.

「넌 정말 좋은 아이야. 그것만은 확신할 수 있어. 그리고 제이도 널 깊이 사랑하고 있다는 걸 아주 잘 알고 있어. 하지만…… 하지만, 너희 둘은 함께해서는 안 돼.」

「네……?」

「그 애와 헤어져다오. 제이, 내 아들은 절대 널 놓지 못할 거야. 그러니 네 쪽에서 독하게 마음 먹고 그 애를 놓아줘.」

「어, 어머니! 대체 무슨 말씀을……!」

리세는 경악을 숨기지 못하고 두 눈을 크게 떴다. 미아는 손수건을 꺼내 한쪽 눈가를 닦으며 말을 이었다.

「그래, 이대로 아무것도 모른 척 모든 걸 덮을 수도 있겠지. 하지만 안 돼. 제이는 세상에 제 뿌리를 알리고 떳떳이 정상에 설 권리가 있어. 지금까지 지옥 같은 나날을 견디고 살아남은 아이야. 그 애에겐 마땅히 그럴 권리가 있어.」

「어머……니, 무슨 말씀을 하시는지 모르겠어요. 제가 알아듣게 설명을 좀 해 주세요, 제발…….」

가을바람이 휙 나부꼈다. 리세의 목에 둘러져 있던 스카프가 떨어져 나갈 듯 휘날렸다. 바람이 얼굴 반쪽을 스치고 지나가 머리카락이 헝클어졌지만 리세는 전혀 아랑곳 않는 모습이었다. 미아는 핸드백을 열어 누군가의 흑백사진을 꺼내 테이블 위에 올려놓았다.

「두 살 위인 내 언니, 스밀라 한이야. 제이의 생모지.」

「네? 그럼 어머니께서 제이의 생모가 아니라…….」

이모라는 소리였다. 미아 벨리니가 제이를 낳은 사람이 아니라니. 믿을 수가 없었다. 리세는 너무 놀라 두 손으로 입을 가렸다.

「그래, 난 법적인 어머니일 뿐 사실 그 애의 이모야. 어릴 적부터 제이도 알고 있었어. 엄밀히는 조카지만 아들이나 다름없어. 그 애도 날 생모처럼 대하고 있고.」

「그, 그럼 제이의 친어머니는 지금 어디에…….」

「……죽었어. 제이를 낳고 1년도 안 되어 죽었지. 탄자니아 뭄바사에서 은행 강도 총에 맞아 죽었어. 스밀라는 정말 아름다운 데다 총명하고 똑똑한 여자였어. 언니는 부모님이 산더미처럼 남긴 빚더미에도 불구하고 케이프타운에서 가장 좋은 대학에 진학했어. 심지어 전액 장학생으로 공부하고 정부 청사 통역관이 되어 각국 VIP 인사들을 안내하며 아프리카 대륙 여기저기를 다녔지. 난 고등학교 때부터 정신 못 차리고 살다가 시설에 들어가 있었지만…….」

미아는 떨리는 음성으로 계속해서 말을 이었다. 그녀가 말을 하면 할수록 리세의 충격은 더 커졌다.

그녀의 아버지와 할아버지가 제이의 모친과 어떤 연결 고

리로 얽혀 있는지 듣는 순간 두 귀를 의심할 수밖에 없었다.

「이무현 회장이 네 모친 신혜경과 결혼하기 전, 마다가스카르 안타나나리보로 이산그룹의 창업주 신용준 회장을 보좌하기 위해 왔었어. 그리고 제 일행을 2주 내내 가이드 하던 스밀라와 사랑에 빠졌지. 물론 스밀라는 서로 사랑했다고 믿고 있었어. 이 회장도 그랬을 거야. 그 점은 의심하지 않아. 당시 언니는 수많은 서양 해외 순방단 기업인들로부터 열렬히 구애를 받을 만큼 매력적인 여자였으니까. 그때 네 아버지는 신 회장의 최측근 비서이자 오른팔이었지. 그는 싱글임에도 불구하고 사실상 자유롭지 않았어. 신 회장이 제 큰딸 신혜경의 짝으로 이무현을 점찍고 철저히 단속하고 있었으니까.」

「뭐……라고요? 제이의 어머니와 아빠에게 그런, 어떻게 그런 사연이? 미, 믿을 수가 없어요!」

「믿기 힘들겠지만 사실이야.」

당시 보좌관이었던 이무현은 2주 뒤 회장과 함께 귀국했고 스밀라와 재회하는 일은 두 번 다시없었다. 차후 여러 정황으로 볼 때 이무현은 스밀라를 찾으려고 백방으로 알아본 것 같았다.

「하지만 신 회장, 너희 할아버지가 두 사람을 절대로 만나지 못하게 했지. 27년 전, 남아프리카 대륙은 그야말로 아비규환이었어. 너희 외할아버지처럼 돈과 권력이 있는 사람이 못 할 일은 없었어. 그야말로 신적인 힘이 있었다고나 할까. 신 회장의 압박으로 스밀라는 부당하게 직급이 강등되고 당시 가장 위험한 도시였던 탄자니아 뭄바사의 남아공 대사관에 보내졌어. 그리고 거기서 여러 경로를 거쳐 끔찍한 협박을 받았지. 절대 세상에 나오지 말고 뭄바사 촌락에 갇혀서 조용히 살라고…… 이무현은 회장의 큰딸 신혜경과 약혼했고 조만간 식을 올리게 될 거라고, 만약 주제넘게 허튼수작을 부리면 갱생시설에 있던 나까지 무사하지 못할 거라고 지독한 협박을 받았던 모양이야.」

「네? 어, 어떻게 할아버지가 그, 그런…….」

리세는 경악으로 말을 잇지 못했다. 살아생전 항상 자애롭고 인자한 모습만 보여 줬던 외할아버지였다. 그런 분이 정말로 공작을 꾸미고 소름 끼치는 협박까지 했다니, 믿을 수가 없었다. 하지만 미아 벨리니의 눈을 내내 마주 보며 리세는 본능적으로 깨달았다. 그녀의 눈빛은 본인이 인식하고 있는 것들이 진실임을 정확하게 직시하고 있었다. 결코 근거 없는 억측이 아니었다.

「사람에게는 누구나 여러 가지 면들이 있어. 가장 악한 사람들도 제 핏줄, 제 새끼들에겐 끔찍한 법이지. 신용준 회장 역시 아끼는 큰딸이 좋아하는 남자이자 장차 그룹을 짊어지고 갈 그릇이기도 한 이무현을 결코 놓치고 싶지 않았을 거야. 전혀 이해 못 할 바는 아니야. 하지만 그 상대가 우리 언니였다는 게 문제겠지. 네 외할아버지는 우리 언니를 죽게 만든 살인자나 다름없어!」

미아의 눈에서 눈물이 소리 없이 흘렀다. 그녀는 젖은 뺨을 닦을 생각도 않고 쉰 목소리로 말을 이었다.

「언니가…… 언니가 치안이 제일 불안정했던 뭄바사로 강제 전출되지만 않았더라도 은행 강도 총을 맞아 그렇게 허무하고 비참하게 죽지는 않았을 거야. 몇 달 안 된 갓난아기만 그렇게 남겨 두고…….」

갓난아기?

리세는 머리를 세게 얻어맞은 듯한 충격을 느꼈다. 미아는 그 엄청난 충격이 어디서 연유한 것인지에 대해 다시금 재확인해 주었다.

「그래, 바로 제이야.」

「제이……라고요? 그럼…… 아니! 말도 안 돼요, 이건!」

리세는 고개를 세차게 저었다. 이게 무슨 드라마에서나 볼 수 있는 비현실적인 상황이란 말인가.

「언니에게 남자는 오직 한 명뿐이었어. 일생에 단 한 명…… 은행 강도에게서 죽임을 당하기 전까지 그 한 사람 외에는 아무도 없었어.」

「…….」

리세는 말을 할 수가 없었다. 말을 하려고 노력했지만 목소리가 나오지 않았다. 그녀는 입을 살짝 벌린 채 저도 모르게 테라스 의자에서 일어났다. 뭔가 잘못된 게 분명했다. 제이와 그녀가 배다른 남매간일 리가 없었다.

만약 그렇다면 처음부터 모든 사실을 알고 있던 제이의 모친이 두 사람의 결혼을 그대로 지켜보았을 리 없었다. 아무리 이 결혼 자체가 1년을 넘기지 않을 것이라 장담했다고는 해도 결혼식까지 온 마당에 식을 가만히 지켜보고만 있을 리 만무했다.

리세는 충격으로 달싹거리던 입술을 간신히 떼어 미아에게 물었다. 그렇게 하면 현실에서 도피할 수 있을 것처럼 그녀는 점점 뒤로 한 발짝씩 옮겼다.

「제이…… 제이도 이 모든 사실을 알고 있나요?」

어리석은 질문이었다. 제이가 모를 리가 없었다. 그럼 그는 도대체 무슨 생각으로 리세와의 결혼을 결행한 걸까. 두 사람이 정말로 배다른 남매라면 절대 이 결혼을 감행하지 않았을 것이다. 게다가 아빠의 숨겨진 아들이었다니, 그럼 아빠는 갑자기 돌아가시기 전까지 제이의 존재에 대해 전혀 몰랐던 걸까.

부친의 행동을 되짚어 봐도 알 수가 없었다. 이무현 회장은 본래 말수가 적고 속내를 쉬이 드러내지 않는 성품이었다. 제이가 아버지의 아들이었다는 사실, 그리고 두 사람이 배다른 남매일지도 모르며 결혼까지 해 버린 것인지에 대한 쇼크가 리세를 한꺼번에 강타했다. 꿈이라면 차라리 깨고 싶은 악몽 그 자체였다.

「물론 제이도 알고 있어. 유전자 검사로 오래전에 확인됐고. 잠깐, 리세 잠시만…… 아직 네가 모르는 사실 한 가지가 더…… 리세! 리세!」

미아 벨리니의 입에서 찢어질 듯한 비명이 흘러나왔다. 그녀는 자리에서 벌떡 일어나 테라스 난간으로 두 팔을 뻗었다. 하지만 한발 늦었다.

뒤로 끝없이 물러서던 리세의 발이 미끄러지며 난간 너머로 순식간에 넘어갔다. 2층 높이였지만 그 자세 그대로 추락하면 머리와 등부터 닿아 크게 다칠 것이다. 최악의 경우, 목이 부러져 죽을 수도 있었다.

난간에 두 손을 짚고 아래를 내려다본 미아는 고막이 찢어질 기세로 비명을 질렀다. 그 소리에 정원 저만치에서 놀고 있던 개들도 일제히 큰 소리로 짖어 댔다.

미아는 숨 쉬는 것도 잊은 채 정원을 내려다보았다. 난간을 꽉 잡은 두 손이 하얗게 질려 있었다. 비명은 멈췄지만 다리가 후들거려 몸이 움직이질 않았다. 미아는 난간을 잡은 채 그 자리에 스르르 주저앉아 버렸다. 어디선가 구급차 사이렌 소리가 울려왔다.

평화롭던 정원이 한순간 아비규환으로 바뀌고 사이렌 소리는 그 뒤로도 수 분간 계속되었다. 개들의 짖는 소리, 사람들의 아우성, 구급차 사이렌 소리 중에서도 리세의 울음소리가 가장 컸다. 리세가 아주 어릴 때부터 본가 저택에서 일해 온 사용인들조차 단 한 번도 들어 본 적 없는 울부짖음이었다.

미국에 온 지 한 달도 되지 않아 병원만 두 번째였다. 몸이 허약해 검진은 여러 번 받았어도 담당의가 항상 집으로 왔기 때문에 병원에 갈 일이 없었다. 지난 2월 이무현 회장이 유명을 달리 했을 때 이후로 누군가의 상태를 파악하려 대기실 복도에 맥없이 앉아 있는 건 두 번째였다.

"리세 아가씨, 차로 모셔다 드릴 테니 그만 들어가서 쉬세요. 뇌진탕이니 몇 시간 안에 의식을 차리실 겁니다. 이 정도로 끝나서 정말 다행이에요."

물론 목숨에 지장은 없을 것이다. 잠시 의식을 잃은 상태로 지금은 오른팔 뼈가 부러져 골절 수술 중이었다. 수술 이후에는 최소 한 달간 깁스를 해야 할 터였다. 세상이 떠나갈 듯 리세가 울고불고했던 것에 비해 큰일은 아니었다. 그럼에도 불구하고 꼭 맞잡은 두 손이 사시나무 흔들리듯 떨렸다.

한 시간 전의 상황이 아직도 뇌리에 선했다. 발을 잘못 헛디뎌 난간 너머로 몸이 넘어갔을 때 리세의 머릿속은 완전히 텅 빈 진공, 그 자체였다. 머릿속이 하얘지는 동시에 난간 너머로 두 팔을 뻗고 그녀를 목청 높여 부르던 미아의 얼굴만 보였다.

점점 멀어지던 그녀의 모습이 시야에서 완전히 사라진 순간 리세는 등에 와 닿은 따스한 온기와 폭신한 감촉을 느꼈다. 그녀는 누군가의 품에 안겨 있었다. 그다음 리세는 중력의 지배를 받아 그대로 뒤로 쓰러져 버렸다.

리세의 몸에는 단 하나의 생채기도 나지 않았다. 그녀 아래서 전신을 단단히 받치고 있는 강인한 팔과 몸 덕분이었다. 리세는 소스라치게 놀라 정원 바닥에서 엉거주춤 몸을 일으켰다. 정원의 잔디는 잘 정돈되어 있었지만 표면이 야트막해 결코 푹신푹신하지는 않았다.

만약 리세가 제이라는 지지대 없이 머리부터 그대로 떨어졌다면 목이 꺾여 심각한 부상을 입거나 최악의 경우 죽을 수도 있었다.

무슨 이유인지 일찍 귀가한 제이가 달려와 곧바로 받아 주지 않았더라면 의식 잃고 수술실에 누워 있는 사람은 리세일게 틀림없었다.

그때 곁에 앉아 있던 미아가 리세에게 더 가까이 다가와 말했다. 아직도 눈이 벌겋게 부어 있는 그녀는 예전에는 없었던 부드러움과 온기가 밴 목소리로 말했다. 제이에 대한 염려와 함께 리세에 대한 미안함과 죄책감도 서려 있었다.

「미안하다. 내가 너무 큰 충격을 줘서 네가 그만…… 제이는 괜찮을 거야. 그만하길 천만다행이다. 네가 다치지 않아서 얼마나 감사한지…….」

「아니에요. 전 제이, 제이만 무사하면 괜찮아요. 다 좋아요.」

수술실 문이 열리고 의료진이 한 명씩 나왔다. 담당의는 수술이 별 무리 없이 끝났으며 앞으로 휴식을 취하면 된다고 리세와 미아에게 알렸다. 지금은 의식이 없으니 하룻밤 푹 쉬게 하고 내일 정신을 차리면 면회하라는 당부도 잊지 않았다. 정말로 괜찮은지 얼굴만 잠깐 보겠다고 했으나 의사가 고개를 저었다.

리세는 끝까지 고집을 꺾지 않았다. 그녀의 간절한 애원을 이기지 못한 의사는 결국 잠시간의 면회 시간을 허용했다.

VIP 병실에 누운 제이는 얼굴이 창백했다. 평소에도 흠 하나 없는 대리석처럼 매끄럽고 흰 얼굴이었다. 하지만 지금은 병색까지 가미해 한결 더 창백했다. 리세는 시체처럼 죽은 듯이 자고 있는 제이에게 소리 없이 다가가 머리맡에 앉았다. 미아 역시 그녀와 조금 떨어진 의자에 조심스럽게 앉았다.

리세는 이불 밖으로 떨어져 나온 제이의 한 손을 두 손으로 꼭 잡으며 미아를 향해서 물었다. 속삭임에 가까운 소리였다.

「어머니, 제가…… 제가 짐작하는 게 맞다면…….」

리세는 차마 말을 잇기가 힘든지 잠시 틈을 두었다가 크게 숨을 내쉬고 다시 말했다.

「제가 아빠, 그러니까 고 이무현 회장님의 친딸이 아닌 거네요. ……그렇죠?」

제이가 수술을 받는 동안 바깥 대기석에 앉아 기다리며 내린 결론이었다. 제이가 정말로 이무현의 친아들이며 그녀와의 결혼이 부적절한 것이 아니라면 답은 하나밖에 없었다. 리세 쪽이 이 회장의 친딸이 아닌 것이다.

리세는 달달 떨리는 입술에 힘을 주며 미아를 향해 다시 물었다. 그러는 동안에도 그녀의 시선은 제이의 잠든 얼굴을 떠나지 않았다.

「그럼 저는 제 어머니의 딸도 아닌 건가요? 만약 아니라면…….」

저는 대체 누구죠. 전 어디서 온 아이인 거죠.

리세는 두 눈을 질끈 감았다. 굳건하다 믿었던 발아래 세상이 무너지는 느낌에 앉은 자리에서도 휘청 몸이 흔들렸다. 평소의 리세였다면 충격으로 이미 정신을 잃었을지도 몰랐다. 하지만 그녀는 어떻게든 현실을 받아들이고 진실을 똑바로 마주하기 위해 애쓰고 있었다.

「넌 네 어머니의 딸이 맞아. 신혜경의 무남독녀 외동딸. 하지만…… 아버지는 네 말대로 이무현이 아니야.」

미아의 말이 끝날 때까지 리세는 묵묵히 경청했다.

「제이가 나중에 조사한 바에 의하면 네 친부는 네 어머니가 영국 유학 시절 만난 한유진이란 남자였어. 가난한 집안 출신이었지만 국가 장학생으로 옥스퍼드에서 유학 중이었지. 그는 당시 런던 지하철역 폭파 사고에서 네 어머니를 감싸고 대신 죽었어. 그때 네 모친은 이미 널 임신하고 있었다고 해. 신 회장은 제 큰딸이 이무현에게 마음이 있는 걸 눈치채고 그를 사위로 만들려고 애쓴 모양이야. 이무현은 스밀라의 행방을 찾다 지쳐서 결혼에 응했어. 신 회장의 계략으로 스밀라가 이미 오래전에 테러 현장에서 죽었다는 풍문도 무시할 수 없었겠지. 아무튼 신 회장은 네가 이무현과의 사이에서 생긴 것처럼 해 달라 간곡히 요청했고 그는 응했어. 두 사람은 마침내 결혼에 이르렀다. 넌 처음부터 두 사람의 아이였던 것처럼 세상의 모든 축복을 다 받으며 태어났지. 제이가 조사한 바에 의하면 신 회장은 매우 철저한 사람이라 다른 두 딸이나 사위에게도 네 출생에 대한 사실을 완벽히 함구한 것 같아.」

미아는 잠시 머뭇거리다가 리세에게 다가가 그녀의 한쪽 어깨에 손을 올렸다.

「넌, 네 어머니 딸이 맞으니 그 점은 의심하지 마라. 또 하나, 이무현 회장은 널 친딸이나 다름없이…… 아니 친자식보다 더 진심으로 사랑하고 아꼈어. 그가 왜 네 어머니와 결혼했는지 정확한 이유는 몰라. 이산그룹 회장의 사위라는 자리에 혹해서였는지, 언니와 연락이 끊긴 뒤 결국 포기하고 신혜경을 받아들이기로 했는지. 하지만 그는 널 딸로서 정말로 소중히 여겼어. 그 증거로…….」

미아의 다음 말에 리세는 처음으로 제이의 잠든 얼굴에서 시선을 돌렸다. 놀라움을 넘어선 감정이 그녀의 동공에 오롯이 자리했다.

「그 증거로 그는 11년 전 제이의 유전자 검사를 하고도 지난 2월 세상을 떠날 때까지 그 사실을 누구에게도 알리지 않았어. 하지만 제이가 마약사범으로 수감된 후 행방을 사방팔방으로 수소문했고 모든 힘을 동원해 정권이 바뀐 직후 찾아냈던 모양이야. 그리고 미국으로 이주할 수 있도록 뒤에서 손을 써 주기도 했다는구나. 미국으로 몇 번이나 제이를 만나러 오기도 했지만 만날 수는 없었지. 제이는 하버드에 입학한 뒤로도 고문 후유증 때문에 집과 학교만 오가며 은둔하다시피 살았어. 게다가 이 회장과 리세, 네가 그때 도와주지 않았기에 그 모든 지옥 같은 시간을 겪었다는 원망과 피해의식도 분명 있었어. 나 역시 그를 만나 주지 않았어. 지금은 후회되지만…… 당시 제이가 후유증으로 얼마나 힘들게 하루하루 버티는지 직접 눈으로 보고 있었기 때문에 이 회장에 대한 증오감을 떨쳐 낼 수가 없었단다.」

「아빠가 그 사실을 지금까지 쭉 숨기고 혼자서만 간직하고 계셨다니…… 믿을 수가 없어요. 왜 그러셨을까요? 제가 아는 아빠는 비록 냉정하고 차가운 사람이란 평판을 가지고 있었어도 가족들에게만은 한없이 다정했어요. 집에서 일하시는 분들이나 수행원, 비서들도 살뜰히 챙기셨던 분이에요.」

「리세, 널 걱정해서였을 거야. 네가 상처 받을까 봐. 누구보다 너 자신이 잘 알고 있겠지만 그는 널 친자식 이상으로 아끼고 사랑했어. 그가 신혜경을 사랑했는지는 알 수 없어. 하지만 피 한 방울 섞이지 않은 널 진심으로 사랑했다는 건 확실해.」

미아는 가방 속에서 편지 한 뭉치를 꺼내 리세에게 건넸다. 미국으로 보내는 국제 우표가 봉투마다 찍혀 있었다. 미아는 가장 위쪽에 놓인 봉투를 집어 들어 그 안의 편지지를 보여 주었다. 이 회장이 제이에게 쓴 친필 편지였다. 영어와 한국어가 섞여 있었다. 영어에 능통한 그였지만 마음에 사무치는 감정은 모국어인 한국어로 전달하고 싶었던 것 같았다. 리세는 잠시 제이의 손을 놓고 편지지를 들어 눈으로 읽었다.

제이든에게.

제이든, 잘 지내는지 모르겠구나. 바이브챗그룹 동아시아 지사가 중국과 일본에 이어 한국에도 설립된다는 이야기를 들었다. 그때 너와 서울에서 만날 수 있기를 바란다면 그건 여전히 내 욕심일까? 다음 달에 런던에서 리세의 졸업식이 있을 예정이다. 리세도 널 다시 보게 되면 매우 기뻐할 거야. 그 애는 아직 너에 대해 아무것도 모르지만…… 그리고 엄밀히 피 한 방울 섞이지 않은 남이라도 그 애도 분명 내 딸이다. 너는 내 아들이고. 너희 둘이 남매로 서로 의지하며 남은 평생 사이좋게 잘 지낼 수 있다면 난 더 바랄 것이 없을 것 같구나. 11년 전, 모라비아에서 그랬듯이 말이야.

제이든. 네가 나와 리세를 만나 주기만 한다면 너의 존재에 대해 세상에 공표하고 지금이라도 내 호적에 올릴 생각이다. 물론 리세가 받을 충격은 매우 크겠지. 게다가 내가 제 친부가 아니라는 사실까지 알게 되면 그 충격은 배가 되리란 걸 잘 안다. 그 애가 아파하고 상처 받을 거란 생각만 해도 난 심장이 미어지는구나. 그 애가 슬퍼하지 않을 수만 있다면 무슨 수를 써서라도 그 방법을 찾을 거야. 하지만 제이든, 너의 존재를 이대로 영영 묻고 살 수는 없다. 너와 리세, 둘 다 내게는 똑같이 소중한 내 자식들이니까. 내 목숨을 줘도 아깝지 않은 내 아이들이야.

지난 달 네 어머니 생일, 묘지에 다녀왔다. 스밀라가 지금도 살아있다면 현재 네 모습을 보고 얼마나 기뻐할지 상상도 안 돼.……(중략)……제이든. 언제든 날 용서하고 만나 줄 마음이 생긴다면 연락해 주기 바란다. 부디, 내가 너무 오래 기다리지 않았으면 하는 마음뿐이다. 그럼 감기 조심하고 또 연락하마.

—아버지가.

리세는 눈물이 앞을 가려 얼굴을 두 손에 묻었다. 편지 뭉치는 벽돌 서너 개를 합친 것 정도의 두께였다. 지난 8년간, 이무현이 얼마나 수없이 편지를 쓰고 보내길 반복했을지 생각하니 가슴이 먹먹해졌다. 한참 뒤, 리세는 점점 메어 오는 목을 억누르고 울음을 그쳤다. 그녀의 한 손은 다시 그의 한 손을 부드럽게 잡은 채였다.

「아빠는…… 결국 제이를 한 번도 제대로 만나지 못하고 돌아가셨군요.」

「그래. 이 회장의 부음을 듣고 제이는 며칠간 집무실 밖으로 한 발짝도 나오지 않았어. 애써 숨기려 했겠지만 얼마나 비통하고 후회하며 가슴 아파했을지 피붙이인 나는 알아. 나 역시 왜 진작 중간에서 힘쓰지 않았는지 후회가 막심했었으니까.」

「그럼 어머니가 저에게 부탁하신 것은 아빠 생전의 의지 때문이군요. 아빠의 호적에 뒤늦게 반드시 제이를 올리고 전 세계에 그의 아들임을 공표하겠다는…….」

미아 벨리니는 고개를 끄덕였다.

「물론 이 회장은 너희가 이렇게 되리라곤 꿈에도 몰랐을 테니까. 이미 이 세상 사람이 아니지만 제이의 자리를 찾아 주려면 너희 둘이 법적인 부부로 있을 수는 없지 않겠니.」

리세는 그녀가 무슨 말을 하는지 충분히 알고도 남았다. 리세는 호적상 이무현 회장의 딸이었다. 제이가 정식으로 호적상의 아들이 되기 위해서는 리세가 회장의 호적에서 사라지거나 두 사람이 이혼할 수밖에 없는 것이다. 리세가 이미 이무현과 신혜경 사이의 딸로 살아온 이상 전자는 사실상 불가능했다. 따라서 지금이라도 이혼하고 그 파문이 잠잠해질 때까지 기다리면서 호적을 정리할 정식 수순을 밟아야 한다는 게 미아의 생각이었다.

리세는 눈물로 얼룩진 뺨을 닦고 그녀를 향해 나직하게 말했다. 한 손은 여전히 제이의 손과 맞잡은 채였다.

「무슨 말씀이신지 알겠어요. 시간을 좀…… 주세요. 적어도 제이가 어느 정도 회복될 때까지는.」

미아는 조용히 고개를 끄덕였다. 그녀는 친구 딸의 결혼식에 참석하기 위해 비행기로 두 시간 거리인 시애틀로 가야 했다. 제이의 상태가 걱정돼 며칠 더 머물고 싶었지만 결혼식에 불참할 수는 없었다. 그나마 한 달 뒤, 12월 초에 뉴욕으로 오기 전까지는 부상이 그럭저럭 회복될 것 같아 다행이었다.

리세는 그녀가 책임지고 제이를 잘 돌보겠다 장담했다. 미아는 일주일 뒤 다시 돌아오기로 하고 제이의 운전기사 중 한 명이 대기 중인 세단에 올랐다. 시각은 어느덧 9시가 훌쩍 넘어 있었다.

1층 테라스 창 너머 늦은 오후 햇살이 내리비쳤다. 리세는 최대영 변호사와 침실 옆 작은 응접실에서 테이블을 사이에 두고 마주 앉아 있었다. 손에는 며칠 전 은행 금고 안에서 모습을 드러낸 고 이무현 회장의 미공개 유언장과 유전자 검사 확인서였다.

모든 것이 미아의 말대로였다. 그때 박 여사가 응접실 문을 노크하고 들어와 제이가 찾는다고 알려 왔다. 최 변호사는 리세와 잠시 몇 마디 더 나누고 자리에서 물러났다.

"리세."

"제이, 괜찮아?"

"멀쩡해. 팔만 조금 다쳤을 뿐이잖아."

제이는 조심스럽게 상체를 일으켜 앉았다. 일주일 새 야윈 뺨이 그의 말처럼 멀쩡하게 보이지는 않았다. 하지만 창백한 낯빛은 그의 조각 같은 미색에 별다른 영향을 미치지 않았다.

깁스는 3주 정도 더 해야 했지만 자택으로 옮겨 의료진의 내방 치료를 받도록 결정된 것이 일주일 전이었다. 병원 소독약 냄새는 죽어도 더 맡기 싫다고 제이가 고집을 부린 까닭이었다. 그의 고집을 꺾을 이는 아무도 없었다. 세상에 오직 한 사람, 리세 한 명뿐일 터였다. 만약 의료진이 수락하지 않았다면 리세는 어떻게든 그의 조기 퇴원을 막았을 것이다.

"최 변호사가 여기까지 무슨 일로 날아온 거야? 뭘 가져왔어?"

"나중에…… 천천히 얘기할게. 지금은 회복하는 것만 생각해."

"이미 다 회복했어. 깁스만 풀지 못할 뿐이야. 어서 말해."

리세는 제이의 다그침에 의자를 끌어다가 머리맡에 앉았다. 이제는 말을 해야 할 것 같았다. 오늘 밤 미아가 시애틀에서 돌아오기로 되어 있었다. 그 전에 리세는 제이와 그들의 미래에 대해 대화를 나눠야만 했다.

리세는 최 변호사에게서 받은 제이와 고 이무현 회장간의 부자 관계를 증명하는 유전자 검사 결과 확인서와 스위스 은행의 모든 자금을 리세와 제이 둘에게 넘긴다는 미공개 유언장, 그리고 미아가 남겨 두고 간 편지 뭉치들을 침상 옆 티테이블 위에 올려놓았다.

제이의 눈빛이 한순간 흐려졌다. 그는 리세가 꺼낼 이야기를 죄다 짐작하는 눈이었다. 리세는 깁스하지 않은 그의 왼손을 두 손으로 꼭 잡았다. 그렇게 하면 제이를 놓치지 않을 수 있기라도 한 것처럼 절박함과 애처로움이 함께 깃들어 있었다. 그녀는 어디서부터 얘기를 시작해야 할지 알 수 없었다. 리세가 입술만 달싹거리고 머뭇거릴 동안 제이가 먼저 화두를 꺼냈다.

"어머니가 다 얘기하셨구나."

"……."

리세는 말없이 고개만 끄덕였다. 그녀의 눈에는 벌써 눈물이 차오르고 있었다.

"제이, 난 정말 몰랐어…… 꿈에도 몰랐어. 어떻게 이런 일이……."

그녀의 한쪽 눈에서 투명한 눈물방울이 떨어져 제이의 손등 위에 내려앉았다.

"하고 싶은 말은 너무 많지만…… 다 못 하겠어. 이거 하나만 말할게. 제이, 아빠를 그동안 나 혼자 독차지해서 미안해. 친딸도 아닌데…… 오히려 제이가 친자식이었는데도 그 오랜 시간 동안 나 혼자 아빠의 사랑을 넘치도록 받으며 살았어."

제이, 가엾은 제이. 아빠를 단 한 번도 부자관계로 만나지 못했어. 11년 전, 모라비아 마르체바의 병원에서 딱 한 번 얘기를 나눈 뒤로 서로가 부자란 걸 알면서도 제대로 만나서 포옹조차 해 보지 못하고 아빠를 보내고 말았어.

리세는 결국 목 놓아 울고 말았다. 아빠를 두 번 다시 만날 수 없게 된 제이가 안타까웠다. 가슴이 에일 듯 아파 왔다. 말로 할 수 없을 만큼 깊은 슬픔이 심장으로 밀려들었다.

"리세."

제이의 왼팔이 그녀의 목 뒤를 두르며 강하게 끌어당겼다. 환자복 가슴팍이 금세 축축하게 젖어 들었지만 그는 전혀 개의치 않았다.

"그만 울어. 너 우는 거 싫어. 끔찍하게 싫다고."

"제이……."

"그래, 나도 많이 후회했어. 그 오랜 세월 동안 아버지를 만나려 하지 않았던 걸 얼마나 후회했는지 몰라. 그렇게 갑자기 돌아가실 줄은 몰랐으니까. 시간을 거꾸로 되돌릴 수 있다면 몇 번이라도 그렇게 하고 싶었어. 하지만 아무리 아파하고 절규해도 달라질 건 없었어. 이산그룹 이름을 계속 살려 두고 명맥을 이어 가게 하는 게 내가 할 수 있는 최선의 일이었어. 그뿐이야."

그는 리세의 머리칼에 얼굴을 묻고 말을 이었다. 그녀는 울먹이며 제이에게 물었다.

"왜, 왜 그렇게까지 끝내 아빠를 만나 주지 않은 거야. 원망이나 복수심 때문이었어?"

"그런 마음도 있었지, 분명. 하지만 가장 큰 이유는…… 너 때문이었어. 내가 아버지를 만나는 즉시 내 존재가 세상에 알려지게 될 것 같았어. 그러면 네가 상처 입을 게 걱정됐어. 그리고 네가 내 여동생이 된다는 게 죽기보다 싫었어. 너에 대한 오해와는 별개로."

"뭐?"

리세는 그 고백에 깜짝 놀라 제이의 품에서 고개를 들어 마주 보았다. 눈물로 얼룩진 얼굴 위에 놀라움이 가득했다.

"말했잖아, 난 11년 전부터 널 사랑하고 있었다고. 내 감정을 자각하지 못했던 동안에도 너와 결혼하는 게 너무도 자연스러운 일처럼 여겨졌었어. 네가 민우진 그 개자식과 약혼설이 돌 때 난 돌아 버리기 일보 직전이었지. 그때는 수단 방법 안 가리고 하루라도 빨리 널 손에 넣어야겠다는 생각뿐이었어. 그리고 자기 합리화하는데 급급했지. 너에 대한 원망과 보복심 때문이라고…… 날 버리고 한국으로 가 버린 너, 오랜 시간 아버지의 사랑을 한 몸에 받고 행복하게만 살아온 너에 대한 보복, 오직 그 감정 때문일 거라고 믿었어. 널 장난감처럼 마음껏 탐하고 함부로 다루다가 모든 걸 빼앗고 비참하게 버릴 거라 다짐했었지."

제이는 손가락을 들어 그녀의 입술을 부드럽게 매만졌다.

"하지만 다 부질없는 짓이었어. 그 모든 걸 깨닫기까지 오래 걸리지 않았으니까. 내가 너를 얼마나 원하고 진심으로 사랑하는지."

"하지만 제이, 우린 헤어져야 해. 제이를 지금이라도 호적에 올리고 아빠의 친자식인 걸 공표하기 위해서는…… 우리는 부부가 되어서는……."

"말도 안 되는 소리 하지 마!"

제이의 포효가 방 안에 크게 울렸다. 지금까지의 부드럽고 다정하던 모습은 온데간데없었다. 리세가 그런 말을 입에 올렸다는 사실만으로도 솟구치는 분노를 누르기 힘든 것처럼 보였다.

"어머니가 그렇게 말씀하셨겠지. 하지만 절대로, 절대 내 목에 칼이 들어와도 안 될 일이야. 난 이대로 부친 신원 불명, 모친 스밀라 한인 사생아 제이든 한으로 살 거야. 리세네 남편으로 사는 것만으로도 충분해. 그게 내가 원하는 단 하나야. 네 남편으로 너와 함께 살 수 없다면…… 차라리 죽는 게 나아."

"제이, 하지만 넌…… 아빠는……."

"아버지는 우리가 이렇게 될 거라고는 생각도 못 하고 돌아가셨어. 만약 살아 계셨다 해도 난 똑같은 선택을 했을 거야. 내가 누구 아들인지 세상 사람들이 아는 게 대체 뭐가 중요해? 물론 생전의 아버지를 제대로 대면하지 못했던 건 후회돼. 내가 지금까지 살면서 가장 후회하는 일이야. 하지만 아버지도 돌아가신 지금, 그 사실을 아무 상관없는 타인들에게 알리는 게 대체 무슨 의미가 있어."

제이는 한 팔로 리세를 바짝 끌어당겼다. 목이 메어 목소리가 늪처럼 잔뜩 가라앉았다.

"내게 가장 중요하고 유일한 의미는 너야. 네가 내 곁에 있는 거, 이대로 평생 언제까지나 내 곁을 떠나지 않고 숨 쉬는 매 순간을 내 아내로 함께하는 것. 그게 내 삶의 이유야, 리세."

"제이……."

"내 출생에 대한 건 이대로 묻고 가자, 리세. 영원히."

"하지만……."

"어머니도 결국 이해하실 거야. 친어머니 못지않게 진심으로 내 행복을 바라시니까."

"할아버지가 제이의 어머니와 아빠 사이를 그렇게 막아서지 않았다면……."

"네 잘못이 아냐. 물론 어머니가 그렇게 돌아가신 건 슬프고 안타까운 일이지만 그 모든 과거를 딛고 지금 이렇게 행복을 찾았잖아. 11년 전 너와 만났고, 지금 이렇게 부부가 됐어. 내겐 이 기적 같은 현재만이 중요할 뿐이야. 다른 어떤 것도 너보다 1순위가 될 순 없어."

리세는 제이의 품에 안긴 채 눈을 감았다. 심장 뛰는 소리가 귀에 음악과도 같이 다가왔다. 세상의 온 평화가 그 박동 안에 죄다 담겨 있는 것 같았다. 그녀의 눈가에 맺혀 있던 눈물이 이슬처럼 뺨을 타고 흘렀다. 여러 가지 복합적인 감정들이 그 눈물 안에 녹아내렸다.

아버지의 존재를 모르고 지옥처럼 비참한 10대 시절을 보냈던 제이, 부친에 대한 원망으로 내내 만나길 거부해 오다 결국 다시 돌아오지 못할 곳으로 떠나보내 버린 그에 대한 바닥 모를 연민과 애처로움, 돌아가신 할아버지를 대신해 가슴 가득 밀려드는 죄책감과 회한이 한데 얽혀 있었다. 하지만 그중에서도 가장 크고 압도적인 감정은 제이에 대한 사랑, 그리고 그와 헤어지지 않고 이대로 쭉 함께할 수 있다는 안도감이었다.

"사랑해, 리세. 11년 전부터 쭉. 하루도 널 잊어 본 적이 없었어."

"나도…… 나도 사랑해, 제이."

"11년 전에 우린 이미 이렇게 될 운명이었어. 지금도 가끔씩 생각나곤 해. 그때 마르체바 다리 저편 높다란 흰색 담벼락으로 가득했던 하이 빌리지 입구 앞에서 나이마 아주머니 손을 잡고 서 있던 열한 살의 네 모습이. 아직도 눈에 선해. 새하얀 저택의 담들보다, 푸르고 맑았던 하늘보다 더 눈이 부셨지. 그야말로 천사 같았어."

제이의 듣기 좋은 음성이 리세의 귀를 통해 영혼까지 울려 왔다.

"우리 이대로 영원히 함께하자. 약속할 거지, 리세?"

"……응, 약속해."

둘은 꼭 포옹하며 언제까지고 붙어 있었다. 마치 처음부터 한 몸이었던 듯 서로에게서 떨어질 줄을 몰랐다. 마치 '죽음조차 그들을 갈라 놓을 수 없었다' 는 책의 한 구절을 그대로 재현하는 듯했다.

15화

미아 벨리니가 도착하기 10분 전, 리세와 제이는 화사한 꽃과 최고급 식기로 장식된 연회 룸 식탁에 나란히 앉아 있었다. 양손잡이인 제이는 멀쩡한 다른 손으로도 충분히 식사할 수 있다고 주장했다. 하지만 리세는 못 미더운 마음에 그의 옆에 앉기를 자청했다.

미아의 도착이 가까워 올수록 리세는 심장이 점점 바싹 조이는 기분을 맛봤다. 긴장으로 온몸에 오한이 드는 기분이었다. 그런 리세의 마음을 알아챘는지 제이는 깁스하지 않은 손을 뻗어 한 손을 꼭 잡았다.

"긴장돼? 아무 걱정하지 말라고 했잖아. 어머니도 결국 내 뜻을 존중해 주실 거야."

"걱정 안 해…… 안 하려고 해. 그래도 조금 떨려."

"떨지 마."

제이는 그녀를 안심시키려는 듯 리세의 손을 잡은 제 손에 더 힘을 주었다.

그때 주방과 연결된 문이 살짝 열리며 고소한 냄새가 풍겨왔다. 프랑스식 양파 스프 그라탱 특유의 치즈 향으로 입이 짧은 리세도 매우 좋아하는 음식이었다.

하지만 어찌된 일인지 그 냄새가 코를 찌르자마자 리세는 제이의 손을 거칠게 뿌리치며 의자를 박차고 일어나 버렸다.

"……!"

"리세, 왜 그래! 괜찮아?"

리세는 룸 밖으로 뛰쳐나가려다 더 참지 못하고 터키 카펫 위에 주저앉아 고개를 숙였다. 그리고는 갑자기 역한 냄새를 맡은 것마냥 카펫 위에 머리를 박고 열심히 구역질을 해 대기 시작했다.

입 밖으로 뭔가 나오는 건 없었다. 리세는 속에서 더 치밀어 오르는 걸 간신히 억누르고 자리에서 천천히 일어나려 애썼다.

하지만 결국 테라스로 달려가 열린 창문 아래 잔디밭을 향해 구토를 했다. 제이와 박 여사가 달려와 리세의 등을 토닥이고 큰일이라도 벌어진 양 호들갑을 떨었다.

"리세! 왜 그래? 아까 점심 때 뭐 잘못 먹었어? 빨리 의료진에게 연락해, 당장!"

"회장님, 제가 볼 때 이건…… 물론 의료진을 불러야 할 일이긴 하지만 걱정하시는 그런 일은 아닌 것 같습니다."

박 여사의 말에 제이는 비서들에게 호통을 치다 말고 심각한 얼굴로 그녀 쪽을 돌아보았다. 하지만 궁금증은 이내 풀렸다. 뒤이어 나타난 누군가의 한마디는 제이의 염려를 크나큰 놀라움과 환희로 바꿔 놓았다.

「리세가…… 임신한 것 같구나.」

언제 도착했는지 미아 벨리니가 연회 홀 앞에 우두커니 서 있었다. 그녀도 꽤 놀란 모양인지 눈을 동그랗게 뜨고 리세와 제이를 번갈아 보았다. 어찌 보면 놀랄 일도 아니었다. 결혼식을 올린 날 이후부터 쭉 리세가 언제 임신해도 이상할 게 없을 정도로 거침없는 밤을 보내 왔었다. 오히려 아이가 들어선 것이 늦은 편이라고 할 수 있었다. 당사자뿐 아니라 주변의 누구든 충분히 예상할 수 있는 일이었다.

리세는 구토를 간신히 가라앉힌 뒤 잠시 욕실에서 손만 씻고 오겠다며 모두를 안심시키려 했다. 하지만 제이의 만류에 그녀는 비서들의 부축을 받아 롤스로이스 세단 뒷좌석에 앉혀졌다. 제이의 서슬 퍼런 명령에 기사는 한시도 지체 않고 즉시 시동을 걸었다.

「임신이든 뭐든, 몸에 이상이 있는 건 맞으니 당장 병원에 가 봐야 해.」

지금 식사는 하나도 중요하지 않았다. 이 집에서는, 아니 부부가 있는 곳이면 어디서든 리세의 안녕이 무조건 최우선이었다.

리세의 담당 여의사는 부부에게 축하의 인사말을 건넸다.

「축하드립니다. 미즈터, 미즈 한. 9주 되었습니다.」

「임신……이 맞는 건가요? 확실합니까?」

「확실합니다, 회장님! 산모와 태아 모두 지극히 정상입니다. 다만 사모님께서 몸이 허약한 체질이시니 좀 더 건강에 신경 써야 할 거예요. 다시 한 번 축하드립니다!」

「…….」

제이는 말을 잇지 못했다. 의사가 방을 나간 뒤에도 그의 입은 쉬이 떨어지지 않았다. 먼저 운을 뗀 것은 리세였다.

"왜 그래, 제이…… 기쁘지 않아? 설마 부담스럽거나 그런 거야? 생각보다 더 빨리 아빠가 된다는 생각에……."

"말도 안 돼! 기쁘지 않다니. 내가 바라고 바라던 일인데 기쁘지 않을 리가 있어?"

제이는 두 팔로 리세를 으스러져라 끌어안으려다 한쪽 팔의 깁스를 의식하고 혀를 찼다. 하지만 다른 한 팔의 위력도 만만치 않았다. 그는 멀쩡한 한 팔로 리세가 숨도 못 쉬게 끌어안으며 기쁨의 탄성을 뱉었다.

"리세, 고마워. 정말 고마워. 내가 얼마나 기쁜지 몰라. 정말 상상도 못 할 거야!"

"제이……."

"이로써 우린 완전히 하나가 된 거야. 한 가족, 네가 없었으면 절대 이루지 못했을 내 가족을 이제야 만든 거야."

제이가 장담한 대로였다. 미아는 두 사람에게 축하의 말을 건네고 앞으로 태어날 아이를 위해 제이의 의지에 따르겠다 말했다.

조카가 오명을 벗고 만천하에 제대로 출생을 밝히기를 바라는 마음에는 변함이 없었다. 하지만 당사자인 제이의 강경한 의지와 두 사람 사이에 태어날 아기, 한 가족으로 이미 자리매김한 둘의 굳건한 사랑에 그녀도 더는 반대할 수 없었다.

제이가 본인의 자리를 되찾기 바랐던 것도 따지고 보면 모두 그의 미래와 행복을 위해서였다. 하지만 그렇게 함으로써 제이가 오히려 불행하게 되는 것이라면 무슨 의미가 있을까 싶었다.

「그래. 제이가 행복하다면, 리세와 둘이서 이대로 행복하기만 한다면 내가 무슨 권리로 너희들의 인생에 관여하겠니. 이대로 세상에 묻고 가자꾸나. 영원히.」

미아는 그 한마디를 남기고 모두와 깊은 포옹을 한 뒤 뉴욕행 비행기에 올랐다. 그녀의 남편 스탠이 그녀의 부재에 대해 끊임없이 전화로 호소한 것도 적잖은 이유였다.

공항에서 집으로 돌아오던 두 사람은 잠시 금문교(Golden Gate Bridge)의 야경이 한눈에 내려다보이는 곳에서 차를 멈춰 세우고 내렸다. 11월 초순이었지만 아직 바람이 찼다. 제이는 한 팔로 리세를 바짝 끌어당겨 온기를 나누었다.

"우리 정말 이렇게 해도 되는 거겠지? 이게 최선인 거지?"

제이는 리세를 돌아보며 한층 더 단호한 목소리로 대답했다.

"당연히 이게 최선이야. 우리 모두를 위해서. 태어날 아기는 말할 것도 없고. 예정보다 며칠 더 늦어질 수는 있지만 깁스 푸는 대로 바로 뉴욕에 가자. 12월 둘째 주 토요일은 어머니의 생일인 동시에 그분의 생일이기도 하니까."

"그분……의 생일? 혹시 친어머니 말하는 거야?"

리세의 물음에 제이는 고개를 끄덕여 보였다.

"맞아. 어머니와 두 살 차이가 나지만 생일은 같아. 그래서 지금까지 늘 두 분의 생일 파티를 같이하곤 했지. 돌아가셨지만 아직도 살아 계신 것처럼 늘 함께."

"아아, 그렇구나. 그런데 아빠의 마지막 편지에서 친어머니의 묘지를 다녀오셨다고 쓰여 있었는데…… 어디에 있어?"

"아버지가 마련해 놓은 납골당이 있고 마운틴 뷰 근교에 내가 임의로 만들어 놓은 묘지가 있어. 아버지가 편지에서 언급한 묘지는 한국의 납골당을 말하는 거야. 나도 아버지의 부음을 들은 후에야 한 번 갔었어."

"나도 가 보고 싶어. 가서 정식으로 인사드리고 앞으로는 꾸준히 찾아뵙고 싶어."

"그래, 며칠 뒤 이 근교 묘지에 먼저 가 보고 한국에 있는 곳은 내년에 인사드리도록 하자."

제이는 리세의 한 손을 따스하게 감싸 쥐었다. 둘 사이에 말은 더 이상 필요치 않았다. 골든게이트의 찬란한 금빛이 두 사람의 눈 안에 가득 들어왔다. 별처럼 흩뿌려진 도시의 불빛과 눈부신 교각을 온전히 소유한 느낌이었다. 오롯이 둘만의 세계 속에 있는 것 같았다.

평화로운 적막을 먼저 깬 것은 제이였다. 그의 손이 어느새 리세의 배 쪽으로 다가와 옷 위를 부드럽게 쓸고 있었다.

"아이 이름은 뭐라고 지을까? 딸이면 좋을 텐데……."

"아들일 수도 있는데 그런 말하지 마! 아기가 남자아이면 듣고 서운해할 수도 있잖아."

"당연히 아들도 좋아. 그래도 이왕이면 첫 아이는 널 꼭 닮은 딸이었으면 해서. 딸이든 아들이든 일단 태명은 제리로 하자. 제이랑 리세 한 글자씩 따서. 어때? 좋지?"

"제리…… 갑자기 톰과 제리가 생각났어."

리세의 생뚱맞은 대답에 제이는 너털웃음을 터뜨렸다. 귀엽고 사랑스러워 견딜 수 없다는 듯 리세의 이마와 뺨에 솜털처럼 가벼운 입맞춤을 했다. 먹먹한 하늘빛과 희미한 조명에 비친 그의 얼굴에 더할 수 없는 환희와 행복감이 어려 있었다.

리세는 입가로 가까이 다가오는 제이의 입술을 피하지 않았다. 지그시 두 눈을 감았다. 말로는 도저히 다 형용할 수 없는 충만한 행복감이 둘 사이에 가득했다.

제이의 따스한 입술이 보드라운 입가에 와 닿는 순간 11년 전 모라비아의 풍광이 선명히 떠올랐다. 마르체바 해안을 넘실대던 청록색 파도, 눈부시게 빛나던 창공 위 태양빛, 그리고 밤마다 흑단처럼 새까만 하늘 위를 수놓았던 별들의 향연. 그 아름답던 시절의 제이가 한순간 리세의 뇌리에 떠올랐다 스러졌다.

이제는 그때의 제이를 그리워할 필요가 없었다. 더는 그때의 다정하고 부드럽던 어린 제이를 떠올리지 않아도 괜찮았다. 지금 눈앞에 있는 사람은 11년 전의 제이와 현재의 그가 모두 공존하는 남자였다. 그리고 리세는 그를 사랑했다. 제이가 리세를 사랑하는 것처럼, 그녀는 있는 그대로의 제이 그 자체를 사랑했다.

어린 시절 그와 운명적인 만남을 가졌을 때 그녀는 제이의 비참한 환경에 가슴 아파하며 신이 공평하지 않다고 내심 한

탄했었다. 금수저나 은수저를 입에 물고 태어난 저 같은 아이들과 대조적으로, 뛰어난 두뇌와 총기를 타고 났음에도 책을 제대로 볼 전깃불조차 없이 더러운 흙바닥 위에서 살아야 하는 아이들이 같은 하늘 아래 분명 존재했다. 후자의 아이들에게 있어 삶은 그 시작부터 페어플레이가 아니었다. 출발점부터가 정정당당한 승부가 될 수 없었다.

11년 후, 두 사람이 다시 만났을 때 둘의 입장은 역전되어 있었다. 제이는 리세가 빠져나갈 수 없도록 철저히 옭아매고 사로잡아 기어이 제 것으로 만들었다. 처음부터 리세에겐 아무런 선택권이 없는 부당한 출발점이었다.

그리고 지금, 두 사람의 관계는 다른 방향으로 또 한 번 뒤바뀌어 있었다. 리세에게 완전히 사로잡혀 절대 벗어날 수 없게 된 쪽은 제이든이었다. 제이에게 있어 리세란 존재는 공기나 물과도 같았다. 그녀의 부재는 곧 죽음이나 다름없을 정도로 영혼이 단단히 결박되었다.

리세 역시 그를 진심으로 사랑하지만 제이 입장에서는 여전히 페어플레이가 아니었다. 그럼에도 제이는 주체하지 못할 정도로 행복이 흘러넘쳤다.

"리세, 사랑해. 세상에서 제일."

투명한 초겨울의 밤하늘 아래 이미 수없이 들려준 고백이 다시 리세의 가슴속을 감동으로 가득 채웠다. 행복에 겨운 눈물 한 자락이 눈가에서 뺨으로 흘러내렸다. 투명한 눈물방울이 밤하늘의 별빛처럼 반짝이며 두 사람의 심장에 영원히 아로새겨졌다.

"나도 사랑해, 제이…… 세상에서 제일."

에필로그

You are my Miracle

눈부시게 맑은 9월의 한낮, 고즈넉한 평창동의 골목길 안쪽 정원은 그야말로 평화로운 적막 그 자체였다. 평화를 깬 것은 가늘고 여린 여자의 목소리였다.

"애플! 망고! 어딨니?"

여주인의 부름에 두 마리 개는 멍, 짖으며 자리에서 일어나려다 다시 엎드린 자세를 유지했다. 지금은 여주인보다 그들을 발치에 둔 남자에게 1순위로 복종을 표시할 때였다. 남자는 한 손을 뻗어 두 사모예드의 머리를 번갈아 쓰다듬었다.

마침내 개들의 행방을 알아낸 듯 여주인의 가벼운 발걸음 소리가 다가왔다.

"여기들 있었구나. 제이."

"리세."

제이는 내내 시선을 떼지 않던 노트북을 티 테이블 위에 올려놓고 아내의 손을 부드럽게 잡아끌어 제 무릎에 앉혔다. 겨우 한 시간밖에 되지 않았는데도 마치 며칠 동안 못 본 양 그녀를 바라보는 눈에 사랑이 흘러넘쳤다. 리세는 저녁 식사에 방문할 손님들을 위한 음식 준비로 도우미들과 한 시간 내내 주방에 틀어박혀 있었다. 주한 영국 대사 내외와 아들 부부가 저녁을 함께할 예정이었다.

"이제 나머지는 박 여사에게 맡겨. 아직 몇 시간도 더 남았는데 왜 벌써 바쁘게 준비해?"

"디저트만이라도 내가 직접 준비하고 싶어서. 전에 나이마 아주머니께 배운 레시피 중 두 개를 시험 삼아 만들어 봤어. 다행히 성공한 것 같아!"

리세는 제이의 무릎 위에서 그의 품에 안겨 환하게 웃었다.

"오렌지 샤를로트 케이크랑 치즈 무스 케이크. 제이도 좋아하는 거니까 지금 한 조각씩 가져다줄게."

"아니, 나중에. 좀 더 이렇게 있고 싶어. 세상에서 최고로 맛있는 케이크를 준대도 너랑 떨어지긴 싫어."

"……."

제이는 무릎 위의 리세를 꼭 끌어안고 그녀의 머리를 제가슴으로 더 가까이 끌어당겼다. 리세는 한숨을 살짝 내쉬고 그가 원하는 대로 가만히 안겼다. 두 팔을 제이의 넓은 어깨에 두르자 그는 만족한 듯 입가에 옅은 웃음을 띠웠다.

"레나는 아직도 자고 있어?"

"이제 슬슬 일어날 때 됐어."

"그럼 공주님 깨어나셨나 가 볼까."

"제이, 난 내려놓고 가! 아기 엄마니까 둘만 있을 때 아니면 그렇게 안지 마!"

"너도 나한테는 영원한 아기야, 허니."

장난기 가득한 짓궂은 말에 얼굴이 확 붉어진 리세가 두 손으로 그의 어깨를 힘껏 밀었다. 그녀가 아우성을 치자 제이는 마지못해 잔디 위에 내려놓았다. 하지만 리세의 한쪽 허리에 두른 팔은 절대로 풀지 않았다.

엄마의 예상과는 달리 공주님은 아직 꿈나라에 빠져 있었다. 리세는 베이비시터에게 잠시 케이크을 들면서 쉬라고 주방으로 보낸 다음 아기 침대 머리맡에 앉았다.

제이는 벌써 다른 쪽에 앉아 얌전히 자고 있는 제 딸을 홀린 듯이 바라보고 있었다. 임신했을 때부터 첫 아이는 엄마를 꼭 닮은 딸이길 노래했던 만큼 제이는 딸에게 흠뻑 빠졌다. 심지어 회사에 있거나 출장 중일 때도 레나의 일상에 대해 하루에도 몇 번씩 전화를 걸 정도였다. 물론 리세에 대한 일상과 일거수일투족에 대해서도 예외는 아니었다.

두 여자의 존재는 세상에서 가장 아름다운 그만의 보석이었다. 제 목숨과도 바꿀 수 있을 만큼 온 영혼을 다 바쳐 사랑한다 해도 과언이 아니었다.

제이는 넘치는 애정을 주체하지 못하고 잠든 아가의 뺨을 살짝 꼬집었다. 아기는 두 손을 꼭 쥐고 인상을 쓰다가 칭얼거리기 시작했다. 울음을 터뜨리기 직전 제이는 재빨리 레나를 들어 올려 품에 안았다.

"으응, 우리 공주님 깼어?"

"당신이 깨웠잖아."

눈을 흘기는 리세를 모른 척 제이는 아기의 등을 토닥토닥 부드럽게 두들겨 주며 딸과 눈을 맞췄다. 긴 속눈썹 아래 커다란 다갈색 눈이 아빠를 알아본 듯 환하게 웃으며 까르륵 기분 좋은 소리를 냈다.

레나는 까탈 한 번 안 부리는 지극히 순하고 얌전한 아기였다. 태아일 때부터 엄마의 허약한 체질을 걱정하는 효심이 있었는지 태어나는 순간까지도 딸은 그야말로 천사 그 자체였다.

"레나, 이따 엄마랑 목욕하자! 저녁에 손님들이 오시니까 예쁘게 보여야지."

"안 씻어도 예쁜데 뭐. 우리 정원에 나가 볼까, 레나? 가자."

리세는 이불을 정돈하다 아기를 안아 들고 부리나케 밖으로 뛰어나가는 제이의 뒷모습을 눈으로 좇았다. 어느새 그녀의 입가에도 미소가 떠올라 있었다.

제이가 좋은 아빠가 되리라는 건 익히 예상했던 일이었다. 그는 몸소 아기 방을 꾸몄고 아직은 너무 이르다고 말해도 자기 전에 동화책도 읽어 주는 둥 리세가 짐작했던 것보다 훨씬 더 딸의 육아에 깊이 관여했다. 리세가 힘들까 봐 숙련된 상주 베이비시터를 고용해 놓고도 퇴근 후에는 베이비시터가 필요 없을 만큼 리세와 레나 둘에게 모든 시간을 할애했다.

리세는 이불을 정돈해 놓고 방을 나가려다 문득 한 달 전 기억이 되살아나 웃음을 지었다. 한 달 전 미국에서 한국 평창동 자택에 돌아왔을 때 제이가 가장 먼저 한 일은 침실과 연결된 아기 방의 인테리어를 직접 꾸미는 것이었다. 마음만 먹으면 전 세계 최고의 인테리어 전문가를 초빙할 수 있으련만 아이의 방에 대해서만은 굳이 손수 꾸며 보겠다며 팔을 걷어붙인 것이었다.

제이는 미학적 분야에서도 타고난 감각이 있었다. 크림색 벽지에 빈티지 스타일로 각종 동화책 속 그림과 인형, 꽃, 장난감 등으로 꾸며진 딸의 방은 왕실 공주의 방이나 영화 속 한 장면을 방불케 했다.

게다가 아직 한참 먼 일인데도 앞으로 레나가 한국과 미국을 오가며 어떤 학교에서 어떤 방식으로 교육을 받아야 할지 틈만 나면 플랜을 짜기에 바빴다. 얼마 전엔 레나 동생에 대해 너무도 진지하게 의견을 토로해 리세를 기함시킨 적도 있었다.

"리세, 아무래도 둘은 더 있어야겠어. 레나 동생."

"뭐? 그럼 셋? 둘만 낳자고 의논하지 않았어, 우리?"

"그랬는데 레나 동생이 사내애라도 아쉽고 여자애라도 아쉽잖아. 아들이면 딸 하나, 아들 하나 딱 좋기는 한데 그럼 여동생이 없으니까. 여자애는 자매가 함께 자라는 편이 좋아. 자매는 최고의 친구가 될 수 있으니까. 어머니도 그렇게 말씀하셨고, 당신도 언니나 여동생 없이 자라서 쓸쓸했다며 그 말에 동의했었잖아."

"그렇긴 한데 레나 동생이 여자애면 남자애도 있어야 하니까 셋째를 또 낳아야 한다는 거야?"

"딸이 가장 좋지만 아들도 있으면 좋잖아. 리세는 오히려 아들을 더 바랐고. 나 닮은 아들 보고 싶다며."

"그러다 셋째도 딸이면?"

"그럼 넷째 또 보면 되지."

"……셋째가 아들이라고 해. 그럼 그때 가서 또 이런 생각이 들지 않을까? 막내아들이 외로우니 아무래도 형제로 자랄 수 있게 넷째 사내아이가 한 명 더 있어야겠어, 이렇게."

제이는 손뼉을 탁 치면서 빛나는 눈을 했다. 그가 미처 생각하지 못했던 부분을 콕 짚어 내 감탄했다는 눈빛이었다.

"그래, 그 생각은 못 했네! 아무래도 딸 둘, 아들 둘은 있어야 좋겠어. 그렇지?"

"……."

리세는 어이가 없어서 그저 눈을 가늘게 뜨고 남편을 노려보았다. 리세의 소리 없는 항변과 나무람을 본능적으로 느낀 제이는 슬금슬금 눈치를 보며 조금씩 다가앉았다.

"알아, 힘든 거. 할 수만 있다면 내가 대신 임신하고 출산까지 하고 싶은 심정이야."

"현실적으로 불가능한 이야기를 그렇게 말하면 무슨 소용이야. 내가 애 낳는 기계는 아니잖아. 레나가 그렇게 순한 애였는데도 배가 불러 오면서 얼마나 힘들었는데. 그렇게 아무렇지도 않게 넷은 가져야 한다고 말하고……."

"알았어! 그럼 셋째까지만 갖자, 응? 딱 셋까지만! 일단 낳기만 하면 내가 다 키우고 다 알아서 할게."

그는 안절부절 못하며 싸늘한 얼굴의 아내를 달래려 애썼다. 고양이 앞에서 목숨을 구걸하는 쥐가 따로 없었다. 대외적으로 보이는 차디찬 석고상 같은 모습과는 그야말로 천지차이였다. 도저히 동일 인물로는 보이지 않았다.

"당신이 키우는 게 아니잖아. 베이비시터를 고용만 할 뿐이지. 아무리 뛰어난 베이비시터라도 난 엄마야. 내가 24시간 아이들 신경을 써야 하잖아. 당신은 일단 회사에 나가니 낮에도 없는데다 혹시 해외 출장이라도 가면 결국 내가 모든 책임을 짊어져야 해."

"그, 그렇지. 그럼 내가 최대한 출장도 줄이고 재택근무를 많이 할게. ……어디 가? 화났어? 리세, 리세! 어디 가!"

제이는 3층 서재로 올라가는 아내를 붙잡아 밤새 빌고 또 빌었다. 집 밖을 벗어나는 즉시 카리스마와 위압감 넘치는 제이든 한 회장의 모습은 흔적도 없이 사라져 있었다.

그날 저녁, 저녁 만찬의 주빈은 영국 대사 내외도 아니고 그들의 아들 부부도 아니었다. 이제 막 3개월로 접어든 아기 레나 한이었다. 레나는 유순하고 잘 웃는 천사 같은 성정으로 모두를 사랑에 빠지게 만들었다. 영국 대사는 장차 엄청난 미인으로 성장해 수많은 남자들을 애달프게 만들겠다며 시종일관 레나에게서 눈을 떼지 못했다.

만찬은 더할 수 없이 즐겁고 화기애애한 분위기에서 끝났다. 손님들이 다 돌아갔을 때 레나는 리세의 품에 안겨 잠든 채였다. 제이는 리세의 품에 있는 딸을 안아 들었다. 셋은 나란히 아기 방으로 향했다. 아빠의 손에서 천천히 아기 침대 이불 속으로 들어가는 순간까지 레나는 한 번도 깨지 않고 쌕쌕 고른 숨소리를 냈다. 한번 잠들면 좀처럼 깨지 않는 아기였다.

"오늘 밤 고생 많았어. 정말 완벽한 만찬이었어. 모든 게 완벽했지만 그중에서도……."

제이는 돌아서서 그녀를 제 쪽으로 부드럽게 끌어당겼다.

"내 아내 미즈 한이 가장 완벽했어."

리세는 뭐라고 대꾸할 수가 없었다. 뭐라 입을 열기도 전에 제이의 입술이 다가와 그녀의 것을 삼키듯 겹쳐 왔다. 어느새 리세는 바닥에서 발을 떼고 두 팔 안에 안겨 있었다. 제이는 그녀를 신부 안는 자세로 들어 올려 아기 방과 연결된 침실로 들어갔다.

화장대 앞에 걸린 은색 별 모양 펜던트가 창 너머로 비쳐 드는 정원의 조명등에 반짝 빛났다. 리세의 모친이 유품으로 남겨 준, 11년 만에야 되찾은 펜던트였다.

"먼저 샤워부터 할게. 나 오븐 앞에 있느라 땀 흘렸단 말이야."

"괜찮아. 일주일 내내 땀 흘렸다 해도 아무 상관없어."

제이는 리세를 커다란 침대 위에 부드럽게 눕히고 그녀의 목덜미 안쪽 가장 예민한 살점을 살짝 물었다. 아얏, 짧은 비명에 이어 고양이 울음소리 같은 신음이 리세의 목 깊은 곳에서 계속 울려왔다.

레나가 깰까 봐 걱정됐지만 딸은 지금까지 한 번도 깬 적이 없었다. 아무리 격렬하게 사랑을 나누고 리세가 소리를 높여도 단 한 번도 깨어나 울음을 터뜨린 적이 없기에 안심했다. 우리 딸은 여러모로 타고난 효녀라고 제이가 전에 우스갯소리처럼 말할 정도였다.

실크 블라우스와 스커트, 얇은 레이스 속옷들이 제이의 노련한 손길 아래 빠르게 분리되었다. 리세는 고개를 한쪽으로 가누고 붉게 상기된 얼굴로 부끄러운 듯 살짝 눈을 감았다. 이미 수없이 그에게 안기고 속속들이 보인 나신인데도 새삼 부끄러워하는 모습이 욕망을 한껏 더 돋웠다.

리세의 벗은 몸은 백합처럼 희고 아름다웠다. 장인의 손에 의해 빚어진 하나의 조각품처럼 완벽했다. 도저히 아기를 출산한 몸으로는 보이지 않을 만큼 변함없이 매끄럽고 탐스럽기 그지없었다. 제이는 실오라기 하나 걸치지 않은 몸으로 리세의 몸 위를 덮었다.

제이는 두 손을 뻗어 리세의 장미꽃처럼 붉은 양 뺨을 감쌌다. 작은 얼굴 곳곳에 입을 맞추자 꼭 감고 있던 리세가 살며시 눈을 떴다. 그녀의 촉촉한 눈과 마주한 제이의 눈은 주체할 길 없는 애정과 욕망에 가득 차 있었다.

"리세, 너무 예뻐. 미치도록 예쁘고 사랑스러워."

그의 뜨거운 입술과 혀가 리세의 보드라운 입술과 따스한 입속, 실크처럼 부드럽고 매끄러운 목덜미와 쇄골, 어깨의 맨살을 찬미했다. 제이의 크고 단단한 두 손이 풍만한 젖가슴을 감싸 쥐고 능숙한 애무를 가했다. 그의 혀가 동그랗게 오뚝 솟은 정점을 핥다가 입속에 넣고 빨아 당기자 리세는 아앙, 하고 우는 소리를 냈다.

흐느끼는 신음을 연신 내뱉으며 그의 손가락이 가하는 달콤한 고문에 몸을 맡겼다. 셀 수 없을 만큼 경험한 쾌감이었지만 결코 면역이 되지는 않았다. 앞으로도 영원히 면역될 것 같지 않았다.

제이는 좀 더 리세의 몸 구석구석 핥고 빨다가 마침내 한 손을 여성의 비부로 뻗었다. 곧바로 삽입해도 무리가 없을 만큼 안쪽은 촉촉하게 젖어 있었다.

동굴 안 속살은 손가락을 삼킨 채 약간의 움직임에도 예민하게 반응하며 꽉 조여들었다. 제이는 손가락 두 개를 더 넣어 최대한 부드럽게 풀어 주고 넓혔다. 애액으로 흠뻑 젖은 손가락이 어둠 속에서도 투명하게 번들거렸다. 마치 꿀을 핥듯 제이는 그녀의 흔적을 세심하고 꼼꼼히 혀로 쓸어내린 뒤 그의 것을 한 손에 쥐고 비부의 갈라진 틈으로 인도해 갔다.

"아! 응……."

너무도 익숙하고 뜨거운 제이의 것이 몸속에 미끄러지며 들어와 리세는 흐느낄 수밖에 없었다. 속살을 밀고 들어오는 둔중한 충격이 한바탕 지나가고 안쪽을 꽉 채우는 쾌감이 온몸에 전율의 파도를 일으켰다. 강철처럼 단단한 두 팔이 리세의 등 뒤를 둘러 가녀린 상체를 꼭 껴안았다.

매일 밤 서로를 이렇듯 탐하고 소유하고 절정을 나누는데도 매번 새로운 환희가 두 사람을 하나로 녹아들게 만들었다. 제이는 더 빨리 리듬을 타면서 새삼 깨달았다.

모든 것이 기적 같았다. 리세가 아내가 되어 매일 곁에 있고 항상 행복한 순간을 보낼 수 있다는 게 기적처럼 여겨졌다. 너무도 자연스러운 일상이었다.

만약 그녀를 11년 전 만나지 않았더라면, 아니 11년 후에 재회해서 이렇게 제 것으로 만들지 못했더라면 지금쯤 어떤 인생을 살고 있을지 상상조차 하기 싫었다. 아무리 세상을 발밑에 두고 돈을 휴지처럼 쓰며 재계의 제왕으로 군림한다 해도 영혼은 텅 비어 빈 껍질처럼 매 순간순간을 겨우 연명하고 있을 것이 뻔했다.

"리세……."

제이는 잠시 움직임을 멈추고 리세의 달뜬 얼굴에 한 손을 가져갔다. 그녀는 눈을 가늘게 뜨고 숨을 고르며 그를 올려다보았다. 촉촉이 젖은 눈동자가 너무도 예뻤다.

"리세, 사랑해."

제이의 손이 흐트러진 머리카락을 위로 부드럽게 쓸어 올렸다. 그리고 몸을 굽혀 리세의 드러난 이마에 입을 맞췄다. 그의 입술이 눈꺼풀로 내려오자 리세는 다시 눈을 감았다. 제이의 익숙한 키스와 숨결이 너무도 좋았다.

제이의 입술이 석류빛 붉은 입술에 머물다 다시 멀어졌다. 길고 단단한 손가락이 리세의 보드라운 입술을 쓸다가 입술새를 살짝 비집고 들어왔다. 리세의 따스하고 말랑한 혀가 살갗을 적셔 왔다.

"넌 기적이야. 내 인생에 일어난 최고의 기적."

넌 내 삶을, 아니 영혼을 송두리째 구원해 준 존재야. 네가 없으면 나도 없으니까. 너를 대신 할 수 있는 존재는 이 세상에 아무것도 없어. 너만이…… 너와 우리 아이들만이 내가 이렇게 숨 쉬고 살아갈 유일한 의미야.

"사랑해, 리세."

"나도…… 나도 사랑해, 제이."

원하던 대답을 들은 제이는 그녀의 목덜미에 입술을 묻고 움직임에 박차를 가했다. 고양이 울음소리 같은 귀여운 신음도 다시 시작되었다.

리세는 너무도 행복했다. 매번 수없이 사랑을 나눌 때마다 제이는 열렬한 사랑의 고백을 퍼붓곤 했다. 하지만 단 한 번도 지겹거나 듣기 싫다고 생각해 본 적이 없었다. 오히려 마치 처음 듣는 고백처럼 변함없이 가슴이 뛰고 설레었다.

둘은 한차례 격렬한 파도에 휩쓸렸다가 나란히 절정을 맞았다. 제이가 사랑의 흔적을 리세 몸속 깊은 곳에 흩뿌린 뒤로도 한참 동안 서로의 품에서 절정의 여운을 맛보았다. 레나는 여전히 잘 자고 있는지 열린 문 너머 아기 방에서는 아무 소리도 들리지 않았다. 제이는 숨을 고른 뒤 리세의 입술에 다시 한 번 입을 맞추며 나른하게 말했다.

"패티슨 박사와의 심리 테라피, 이젠 그만 받을까 해."

"왜? 이제…… 그래도 괜찮을 것 같아?"

그의 갑작스런 선언에 리세는 눈을 동그랗게 떴다. 제이는 고문 후유증을 극복하기 위해 반년 전부터 심리 상담을 받고 있었다. 서울에 돌아와 있느라 잠시 상담을 중단했지만 완전히 치료를 종료할 결심인 것 같았다.

"응, 이젠 그만해도 될 것 같다는 생각이 들어. 너와 결혼한 뒤로 계속 좋아졌잖아. 올해부터는 너도 알다시피 눈에 띄게 증상들이 호전되어 왔고. 이젠 개들도 만질 수 있게 됐고."

고문의 후유증으로 본래 동물을 좋아하던 천성도 완전히 변해 버려 개라면 질색했던 그였다. 하지만 이제는 애플과 망고를 거리낌 없이 쓰다듬을 정도가 되었으니 엄청난 발전이라 할 수 있었다.

매번 손톱 깎을 때마다 치러야 하는 의식도 이제는 더 할 필요가 없었다. 물론 아직도 손톱깎이를 보기만 해도 기분이

불쾌한 것은 변함없었다. 하지만 언젠가부터 그가 곤히 잠들어 있을 때 리세가 최대한 소리 나지 않게 손톱을 깎고 손질해 주곤 했다.

역한 냄새를 맡으면 하루 종일 구토감이 치밀어 올라 아무것도 먹지 못하는 증상도 조금씩 좋아졌다.

무엇보다 그는 올해 들어 단 한 번도 악몽을 꾼 적이 없었다. 돌이켜 보면 리세와 결혼하고 난 후 서서히 없어졌다. 심지어 해가 바뀌고부터는 한 번도 숙면을 취하지 못했던 적이 없었다.

출장으로 그녀가 잠자리에 없을 때조차 그랬다. 집에 없을 때는 언제나 리세와 통화하고 잠자리에 들기 때문인지도 몰랐다.

"그래, 제이. 이제는 정말 많이 좋아지고 있는 것 같으니까…… 그만해도 될 것 같아. 다행이야, 정말 너무 다행이야."

리세는 한 손을 뻗어 그의 뺨을 어루만졌다. 천사처럼 웃는 얼굴이 미치도록 사랑스럽고 예뻤다. 제이는 그녀를 더 바짝 품에 끌어당겨 안았다. 서로의 심장 소리가 적나라하게 들릴 만큼 단단히 밀착되어 있었다.

"다 네 덕분이야, 리세. 네가 내 옆에 있어 주기 때문이야."

네가 기적 그 자체니까.

두 사람은 하나로 녹아들어 동이 트고 날이 완전히 밝을 때까지 그렇게 서로를 꼭 껴안고 있었다. 태초의 아담과 이브가 그랬듯이 세상에서 가장 아름답고 자연스러운 모습으로 서로의 온기와 숨결을 나누며 평온한 잠에 빠져들었다.

—*Fin*